Horst Bieber

Kaiserhof

Kriminalroman

grafit

Der Autor

Horst Bieber, Dr. phil., geboren 1942 in Essen, Studium der Geschichte, Philosophie und Germanistik. Anschließend Volontariat und erster Redakteursjob. 1970 nach Hamburg zur ZEIT gewechselt (Ressort Politik). Seit 1990 Chef vom Dienst ebendort. Sachbücher und Kriminales: zehn Krimis, acht Krimihörspiele, ein Tatort und weitere Fernsehspiele.

Erstes Kapitel

Am Donnerstag las er in der Zeitung, daß Ende Juni das *Hotel Kaiserhof* in der Lindenallee geschlossen werden würde. Die *Nordische Rückversicherung* hatte den alten Bau erworben, um ihn zur Bezirksdirektion Ruhrgebiet umzubauen; spätestens zum Jahreswechsel 1977/78 sollte sie dort einziehen. Nachdenklich ließ Herrmann Stier, genannt Bulle, das Blatt sinken und starrte auf die geblümte Wachstuchdecke. Eine helle, aber kraftlose Januarsonne schien durch das hohe Fenster, das weiße Steingutgeschirr spiegelte das Licht wider und blendete ihn so, daß rote Flecken vor seinen Augen tanzten.

»Noch eine Tasse Kaffee?« Die kleine, verhuschte Frau mit den dünnen, straff an den Kopf gebürsteten grauen Haaren zwitscherte vor Eifer.

»Ja, gern, Mutter Krause, vielen Dank«, antwortete er geistesabwesend.

Mutter Krause strahlte. Das war einmal ein feiner, ordentlicher Untermieter. Immer höflich und zuvorkommend, ach ja, sie wußte das zu schätzen. Wenn man die Siebzig überschritten hatte und dann noch vermieten mußte, lernte man eine Menge unangenehmer Menschen kennen, da war man dankbar, wenn sich ein ruhiger, korrekter Endfünfziger einquartierte, der keine Ansprüche stellte, pünktlich seine Miete zahlte und nie Lärm machte. Nur seine Arbeitszeiten hatten sie anfangs gestört, um 17 Uhr aus dem Haus und erst gegen drei Uhr nachts zurück. Leise war er, das stimmte wohl, aber sie hatte halt einen leichten Schlaf und wurde regelmäßig wach. Doch mit der Zeit hatte sie sich daran gewöhnt, er schloß immer sorgfältig ab und schlief bis neun Uhr morgens, hetzte sie nicht mit dem Frühstück. Nein, sie hätte es sehr viel schlechter treffen können.

Mit ausdruckslosem Lächeln betrachtete Bulle seine Vermieterin, wie sie zwischen Tisch und Herd hin- und herwuselte. Gut ein Dutzend möblierter Zimmer hatte er sich angeschaut und schließlich hier einen Eckraum genommen, weil Mutter Krause in seine Pläne paßte, alt, mäßig neugierig und harmlos genug, ihm das Märchen von der schweren Krankheit und der langen Arbeitslosigkeit zu glauben. Wie erhofft hatte er damit ihr Mitleid erweckt. Krank sah er wirklich aus, sein Magen machte ihm tatsächlich immer wieder zu schaffen, und manchmal horchte er ängstlich in sich hinein, als könne er die neuen Geschwüre wachsen hören. Zwar hatte der Gefängnisarzt ihm hoch und heilig versichert, nach der Operation sei alles wieder in Ordnung, aber er traute diesen Burschen nicht. Als ob die sich Mühe gäben, einen alten Knastbruder wieder auf die Beine zu bringen! Der Verwaltungs-Oberinspektor war da ehrlicher gewesen: »Na, Stier, der Lack ist ab, wa? Wenn ich an deiner Stelle wär, würd ich sehen, daß ich nicht mehr auf unsere Schonkost angewiesen bin!« Bei dem wiehernden Gelächter hatte er die Fäuste geballt, aber keine Miene verzogen. Denn der Oberinspektor war ein hinterhältiger Hund, vor dem sich die Häftlinge fürchteten.

»Ein wunderschöner Tag, nicht wahr?«

»Ja, Mutter Krause.«

»Und Sie werden bald wieder etwas Farbe kriegen!«

»Das hoffe ich doch sehr!« log er glatt. Ab und zu schaute er in den fast blinden Spiegel über dem grau angelaufenen Waschbecken, auf ein altes, bleiches, faltiges Gesicht, das ihn abstieß, weil es ungeschminkt und gnadenlos sein Versagen, sein verpfuschtes Leben zeigte. Dann spürte er fast schmerzhaft die Müdigkeit, die er nicht mehr wegschlafen konnte. Manchmal schlug sein Herz so dumpf und langsam, als wolle es nicht mehr weiterpumpen. Ein halbes Jahr einmal raus, irgendwohin, ganz gleich wohin, nur warm und sonnig und ruhig mußte es sein. Na ja, vielleicht klappte es jetzt. Sorgfältig faltete er die Zeitung zusammen, trank den dünnen Kaffee, den sogar sein Magen vertrug, und packte die leichte Zigarre aus, die er sich morgens gönnte.

Mutter Krause lachte anerkennend. Ihr Seliger hatte auch Zigarren geraucht, abends, nach dem warmen Essen, wenn das Tagwerk erledigt war. Sie liebte den Duft, der sie an die gute Vergangenheit erinnerte, als die Welt noch in Ordnung war, die Kinder aus dem Hause, der Mann fleißig und gesund bis zu diesem schrecklichen

Unfall. Nein, das Leben spielte einem schon hart mit, aber man mußte sich hüten, mit dem Schicksal zu hadern. Hatte sie es nicht gut getroffen? Wieder einen Mann im Hause, den sie bekochen konnte – für sie allein hatte es doch gar nicht mehr gelohnt, wenn sie ehrlich war, obwohl sie wirklich gut und gern kochte. Etwas Umstellung hatte es sie schon gekostet, um halb fünf Uhr nachmittags ein leichtes Essen auf den Tisch zu bringen, aber was sollte der Ärmste denn machen? Magenkrank und diese fürchterlichen Kantinen, ihr Seliger hatte auch immer über den schrecklichen Fraß dort geklagt, ja, wenn er nur eine andere Arbeit fände als in diesem Kaufhaus abends, bis tief in die Nacht, die ganzen Abrechnungen erledigen. ihr Untermieter hatte es ihr erklärt, er beklagte sich nicht, ein alter, kranker Mann, der lange arbeitslos gewesen war, fand heutzutage nichts Besseres mehr. Und es war ganz richtig, daß er lieber eine schlecht bezahlte Stelle mit schlechter Arbeitszeit annahm, als der Versicherung auf der Tasche zu liegen. Wie diese jungen, faulen, verwöhnten Burschen aus der Nachbarschaft, die sich so gar nicht schämten, keine Arbeit zu haben. Wenn sie ganz aufrichtig war – bei dem Gedanken mußte Mutter Krause den Kopf wegdrehen, damit ihr Untermieter die leichte Röte nicht bemerkte – zweihundert Mark für das Zimmer waren ein guter Preis, und mit den vierhundert Mark für Frühstück und Essen kam sie so gut hin, daß sie eigentlich ein unverdientes Geschäft machte. Zwar hatte der Selige immer brav geklebt, doch mit der Rente war's wirklich nicht weit her, nein, für die kleine Aufbesserung mußte sie sehr dankbar sein.

Um elf Uhr verließ Bulle das düstere Haus. Der tristen, lauten Straße schenkte er keinen Blick. Von der Hütte zog ein schwach gelber Dunst über die Dächer; mit dem Gefühl, eigentlich dürfe er nicht tief durchatmen, hatte er sich mittlerweile abgefunden. Am Kiosk an der Ecke kaufte er eine Zeitung und verstaute sie in der abgegriffenen Mappe. Vielleicht wurde ihm doch noch einmal eine Chance geboten, aus allem herauszukommen.

In der Straßenbahn saß er stumm und unbeweglich, ein

alter und kranker Mann, unauffällig unter den vielen Rentnern, die auch nicht fröhlicher in den Tag schauten. Ein Winter ohne Schnee, mit Kälte und Nässe und stundenweiser trügerischer Helligkeit. Zweimal mußte er umsteigen, er schien durch eine riesige, gesichtslose Stadt zu fahren, die es darauf anlegte, den Fremden durch ihre graue Gleichförmigkeit zu verwirren und einzuschüchtern.

Von der Endstation aus hatte er zehn Minuten zu laufen, und als er endlich in die Hünxener Straße einbog, verzog er das Gesicht: Nichts hatte sich verändert, hier war die Zeit stehen geblieben. Die Bäume bogen sich noch immer unter der Staublast, die winzigen Siedlungshäuser duckten sich wie eh und je. Nur die Autos sahen anders aus. Vor neun Jahren war er zum letzten Mal hier gewesen, an einem regnerischen, stürmischen Herbstabend. Sein Schwager hatte breitbeinig die Tür versperrt und sich keinen Millimeter gerührt: »Hau ab, Herrmann, wir sind geschiedene Leute.« Sich auf die Zehenspitzen stellend, hatte er versucht, seine Schwester anzusehen, aber sie war seinem Blick ausgewichen. Wortlos war er gegangen. Seitdem gab es keinen Kontakt mehr. Vor drei Jahren hatte sie ihm eine Todesanzeige in die Haftanstalt geschickt; Bulle hatte nicht geantwortet. Jeder trug sein Päckchen alleine.

Nach dem Klingeln trat er einen Schritt zurück und begutachtete das vorspringende Dach. Das Holz faulte, wenn er sich nicht irrte. Seine Schwester öffnete, stutzte für den Bruchteil einer Sekunde und fragte kalt: »Was willst du?«

Das Kriegsbeil war also noch nicht begraben, und deswegen paßte er sich ihrem Ton an: »Aus meinen Sachen etwas holen.«

Widerwillig trat sie zur Seite: »Mach's kurz!«

Die Treppe war noch steiler, als er sie in Erinnerung hatte, und oben mühte er sich lange mit der Faltleiter, die zum Dachboden führte. Alle Scharniere schienen eingerostet, er geriet ins Schwitzen und keuchte, als er gebückt unter der Dachschräge nach seinen alten Koffern kramte. Es war kalt, und seine Finger wurden klamm. Nichts fehlte, das mußte er anerkennen, aber ohne die achttausend Mark, die er damals seiner Schwester geschenkt hatte, wäre sein Schwager auch nicht in der Lage gewesen, die Anzahlung für das Häuschen zu leisten. Der aufgewirbelte Staub reizte zum Niesen, obwohl Bulle die Plastikplanen so behutsam wie möglich zur Seite schob. Zwischendurch griente er schräg. Hier hätte er eine Million in Markstücken verstecken können, nie wären Schwager und Schwester auf die Idee gekommen, das Eigentum des Sträflings, der soviel Schande über ihren ehrbaren Namen gebracht hatte, auch nur anzurühren. Schlimm genug, daß sie es unter ihrem Dache dulden mußten, als die mit Handschlag besiegelte Gegenleistung für achttausend Mark.

Pläne und Notizen lagen am alten Platz, in dickes Ölpapier eingeschlagen. Bulle steckte das Päckchen ungeöffnet in seine Mappe. Sein Arbeitsbuch hatte er sorgfältig aufgehoben; für einen Mann mit einem so unordentlichen Lebenswandel hatte er erstaunlich auf Ordnung gehalten, doch eben nicht genug: Nur knapp die Hälfte der Seiten waren beschrieben und abgestempelt. Geduldig räumte er alles wieder zusammen und vergewisserte sich, daß seine Schwester nicht herausfinden würde, in welchem Stapel er gekramt hatte. Schwerfällig kletterte er rückwärts die Leiter hinunter, schob sie hoch und blieb zitternd stehen, ängstlich gespannt, ob sich nach dieser Anstrengung die Stiche im Magen wieder meldeten.

Seine Schwester ließ sich nicht blicken, hatte aber die Ohren gespitzt und rief jetzt: »Bist du endlich fertig?«

»Ich möchte mir gern die Hände waschen.«

»Muß das sein?«

»Es wird dich nicht umbringen.«

Argwöhnisch schaute sie ihm zu, als könne er das dünne Stück Seife stehlen, und deutete mit dem Kopf auf ein winziges, feuchtes Handtuch. Ihre geizige Selbstgerechtigkeit deprimierte ihn so sehr, daß er grußlos das Häuschen verließ. In der Straßenbahn umklammerte er die Mappe, als enthielte sie einen Schatz, und in einem Tabakladen kaufte er eine etwas bessere Zigarre, füllte einen Lottoschein aus und gestand düster: »Was probiert man nicht alles!«

Der picklige Jüngling mit der Hasenscharte grinste unverschämt, voller Verachtung für diesen alten Knacker, der es nicht weiter gebracht hatte als er. Aber er war ja noch jung!

In seinem Zimmer verstaute Bulle das Päckchen und sein Arbeitsbuch in dem Koffer, der stabiler war als sein schäbiges Äußeres vermuten ließ, schloß ab und schlief noch eine Stunde.

Während seine Wirtin das Essen auftrug, kicherte er: »Wissen Sie was, Mutter Krause? Das bißchen Sonne macht übermütig. Ich habe eben glatt vier Mark für Lotto geopfert.«

»Ach was! Ach nein! Lohnt das denn? Lotto? Mein Seliger hat fünf Jahre Staatliche Klassenlotterie gespielt und nie etwas gewonnen.«

»Tja, die Chance ist wirklich nicht groß. Aber Sie kennen doch das Sprichwort: Wer nicht wagt, der nicht gewinnt.«

Mit dem Autobus brauchte er zwanzig Minuten bis zum *Kleeblatt* in der Canalistraße. Rudi war schon da und öffnete ihm, ohne auch nur einmal die Augen von dem Pornoheft zu heben. Jeden Abend konnte Bulle Rudis Verachtung fast körperlich spüren, aber seit Hagen ein Machtwort gesprochen hatte, verzichtete Rudi wenigstens auf seine kränkenden Bemerkungen über alte Tattergreise oder sabbernde Schwächlinge. Rudi hatte es nicht im Kopf, sondern im Bizeps, und mit seiner Funktion als Rausschmeißer und Wächter im *Kleeblatt* erreichte er durchaus die Grenzen seiner intellektuellen Fähigkeiten.

In den nächsten dreißig Minuten drehte Bulle die Heizungen auf, schaltete die Spielautomaten ein, prüfte sie, räumte Wechselgeld in die Kasse, kontrollierte die Getränkevorräte und die Sauberkeit der Stühle, stellte die Stereoanlage leiser – was Rudi immer mit einem gefährlichen Knurren quittierte – und stieg in den Keller. Die beiden großen Räume waren Bulles Reich, vier Tische für

Poolbillard und vier Tische für Drei-Banden-Spiel. Das Licht brannte, die Lüftung rauschte auf der niedrigsten Stufe. Der Kühlschrank – gefüllt; die Kaffeemaschine – betriebsbereit; ausreichend Pappbecher, Zucker, Milchdosen. An sich war das Publikum nicht einmal schlecht, viele junge Leute, Schüler – er achtete peinlich darauf, an Jugendliche keinen Alkohol zu verkaufen – und oft sogar ganze Familien, Türken vor allem. Die Frauen saßen auf den Wandbänken, tranken süßen Kaffee und schnatterten leise miteinander, während die Männer verbissen kämpften. Ganz selten verirrten sich Betrunkene oder Rabauken hierhin, und weil Rudi strengen Befehl von Hagen hatte, half er sofort, diese unerwünschten Gäste rasch und lautlos abzuschieben.

Ab zwanzig Uhr lief Bulle ununterbrochen. Queues und Dreiecke ausleihen. Abrechnen. Getränke bringen und kassieren. Aschenbecher leeren, aufräumen, Gläser spülen, Geld wechseln, schnelle Blicke auf die Automatenspieler oben werfen, ob die wirklich nur Münzen in die Schlitze steckten. Manchmal auffegen oder auch aufwischen; den Ekel davor hatte er bis jetzt nicht überwunden. Die Toilettentüren im Auge behalten; Hagen wünschte nichts in diesem Teil des Hauses, was auch nur im entferntesten anrüchig war, sondern verlangte Sauberkeit und Ordnung. Irgendwie hatte er das auch Rudi eingebläut, der ab und zu von der Treppe aus mürrisch winkte. Bulle mußte dann entscheiden, ob sie den wahrscheinlich minderjährigen Jüngling oder die angetrunkene Frau so höflich wie energisch von den Spielautomaten an die frische Luft beförderten. Aus bitterer Erfahrung konnte er inzwischen einen stummen Polizisten in der Finsternis drei Meilen gegen den Wind wittern, und in den zehn Monaten, die er jetzt hier arbeitete, waren wenigstens zehn Kriminalbeamte im *Kleeblatt* gewesen. Keiner hatte etwas beanstandet, und Hagen lobte ihn häufiger: »Bulle, du bist Gold wert.«

Das *Kleeblatt* war Hagens Aushängeschild. Hier verdiente er offiziell das Geld, das er korrekt versteuerte, um aller Welt zu beweisen, daß er ein ordentlicher, gesetzesfürchtiger Geschäftsmann war – oder geworden war.

Gepokert wurde in den Räumen über dem *Kleeblatt*. Gute Kunden begannen wohl auch mal im Billardkeller, spielten dort eine Partie und bemerkten beiläufig in Bulles Richtung, die Strecke Wuppertal–Hagen sei länger, als man nach der Karte vermuten solle. Dann ging Bulle ans Haustelefon, wählte eine »59« und meldete kurz: »Von Hagen nach Wuppertal.« Wenig später klopfte es draußen an die Hintertür der Küche; der Ausgang führte in ein Treppenhaus, und er schob die Pokerspieler hinaus. Normalerweise kamen sie über den Kontakthof auf der Rückseite des Gebäudes. Zwanzig, dreißig Mädchen taten dort so, als hätten sie nur auf diesen Freier gewartet. Hagen war an diesem Unternehmen zur Hälfte beteiligt, was Polizei und Finanzamt bekannt war. Auf den besten Plätzen direkt am Eingang hatte er zwei seiner Puppen postiert, die sich hurenfreundlich erkundigten, was denn beliebe: Spielchen mit ihnen oder lohnendere Spiele.

Hagen hatte Bulle im Knast kennengelernt. Fast ein dreiviertel Jahr hatten sie in einer Zelle gelegen, und weil er den Prahlereien des Jüngeren immer schweigend gelauscht hatte, war Hagen irgendwie zu der Überzeugung gelangt, er habe einen Freund und Bewunderer gewonnen. Als Bulle vor elf Monaten mit 965 Mark in der Tasche entlassen worden war und vor dem Gefängnistor seinen stechenden Magen mit flachen Atemzügen niederzwang, suchte er Hagen auf: »Ich brauche einen Job. Ich kann nicht wieder in den Kahn. Es wäre mein Tod.« Hagen hatte das halbnackte Mädchen aus dem Raum geschickt, sich nachdenklich das Kinn gerieben und dann zu grinsen begonnen: »Bulle, ich hab genau den Job, den du suchst.«

Der Job war nicht einmal schlecht. Hagen zahlte ihm vierhundert die Woche, bar auf die Hand, mit Steuern und Versicherungen gab er sich nicht ab. Bulle hatte auch sofort begriffen, warum Hagen das *Kleeblatt* sauber haben wollte, und seit der Ärger mit Rudi beigelegt war, lief das Geschäft von Woche zu Woche besser. Neue Kundschaft stellte sich ein, die ernsthaft klaren Sprudel oder Apfelsaft oder Kaffee trank und mit dem Trinkgeld nicht knauserte. Zuerst wollte er der Entwicklung nicht trauen, aber dann offerierte er Gulaschsuppe, Käse-Schinken-Toast und Hausmacher-Butterbrote. Hagen lachte sich krank und ließ die Küche renovieren. Die Trinkgelder flossen reichlich, Rudi stimmte ein Hohngelächter an und verschluckte es sofort, als Bulle dem Muskelprotz ein Drittel anbot. Das *Kleeblatt* blühte auf, langsam zwar, aber stetig.

Die Kunde von dieser Verwandlung eines bis dahin schmierigen Spielsalons erreichte zuerst den Kontakthof. So hart gesotten waren die Huren nicht, besonders nicht in den kalten Herbst- und Wintermonaten, als daß sie jede Neugier geleugnet hätten. Immer häufiger pochten sie an die Hintertür seiner Küche. Kaffee, ein Brot, eine Cola oder auch nur ein Schwätzchen für eine halbe Zigarettenlänge. Oder einen Knopf, eine Schnalle annähen, einen Fleck entfernen. Jede, die zum ersten Mal kam, wollte wissen, warum er »Bulle« genannt wurde, und geduldig erklärte er, daß er Herrmann Stier heiße und früher, bevor er mit Magengeschwüren und Herzbeschwerden herumlaborierte, von seinen Freunden und Freundinnen »Bulle« gerufen wurde. Mehr brauchte er nicht zu sagen, den Rest reimten sich gerade diese Damen schnell zusammen, und weil sie alle ein falsches oder gar kein Verhältnis zum Geld besaßen, gaben sie großzügige Trinkgelder, die er vor Rudi verheimlichte. Das Geld konnte Bulle selbst gut gebrauchen.

Hagen erschien wie jeden Tag kurz vor Mitternacht, schaute in die Kasse und nahm gegen Quittung den größten Teil der Einnahmen heraus, steckte die Zettel ein, auf denen die Bestellungen notiert waren, und hielt je nach Laune ein kürzeres oder längeres Schwätzchen mit den beiden Männern. Gegen eins leerte sich der Billard-Keller, Bulle begann mit dem Aufräumen und Saubermachen. Eine Stunde später machte sich Rudi an die Arbeit und vergraulte die Automatenspieler; das *Kleeblatt* hatte eine Lizenz bis zwei Uhr, und Hagen wünschte keinen Ärger mit Polizei oder Ordnungsamt. Bis sie abgerechnet und abgeschlossen hatten, war es Viertel nach zwei, und seit Rudi jeden Abend sein Drittel kassierte, nahm er Bulle im Auto ein Stück mit. Den Rest lief er zu Fuß, dankbar für ein paar Schritte ohne Hektik. Wenn er sich vorstellte, das solle nun Jahre noch so weitergehen, packte ihn kalte Verzweiflung.

Auch am nächsten Tag schien die Sonne, Mutter Krause kramte in dem Kleiderschrank mit den Spiegeltüren nach den hellen Sachen, und Bulle fuhr mit der Straßenbahn zum Steeler Wasserturm. Den Turm erkannte er noch wieder, aber die Umgebung hatte sich völlig verändert. Fassungslos starrte er von der Brücke auf die Schnellstraße hinunter, die in einer brutalen Betonrinne das ganze Viertel zerteilte. Die Eckkneipe gab es nicht mehr, enttäuscht begann er die Straßen abzulaufen. Irgendwo würde sich der Sachse auftreiben lassen, er hatte immer in dieser Gegend gearbeitet und würde ihr treu bleiben, sich eine andere Stammkneipe suchen und dort auf Kundschaft warten.

In der folgenden Woche traf er den Sachsen zufällig auf der Straße. »He, Sachse«, grüßte er leise, und der unauffällige Mann schnaufte vergnügt: »Sieh mal an, der Bulle. Lange nicht gesehen. Wie geht's denn so?«

»Mittelprächtig. Können wir uns mal unterhalten?«

Sie setzten sich in ein fast leeres Café; der Sachse protestierte, bis Bulle seufzte: »Hör mal, Bier ist bei mir nicht mehr drin. Der Magen, verstehst du?«

Den koffeinfreien Kaffee ließ er kalt werden und kam sofort zur Sache: »Bist du noch im Geschäft?«

»Vielleicht – welches Geschäft meinst du denn?«

»Im Bau hatten wir einen Dieter Grille, einen ziemlichen Aufschneider« – der Sachse nickte knapp, sein Mund war schmal geworden – »der immer prahlte, er könne ganz leicht an die ganz Großen herankommen, über seinen Freund, den Sachsen.«

»Das große Maulwerk hat ihn auch hinter Gitter gebracht.«

»Wenn das stimmt ...«

»Wenn was stimmt?«

»Daß du an die ganz Großen herankommst – dann könnte ich einen Tip verkaufen.«

Der Sachse lächelte ungläubig: »Du?«

»Ja, ich. Es ist ein guter, ehrlicher Tip. Und er läßt sich nachprüfen.«

»So, nachprüfen. Und warum willst du so was verkaufen?«

Der Hohn schreckte Bulle nicht, er hatte das Interesse herausgehört: »Aus vielen Gründen. Erstens ist das Ding viel zu groß für einen Einzelnen, und für ein Team hab ich nicht das Geld. Zweitens bin ich zu alt für so was, und wenn ich noch einmal verknackt würde, wäre das ein Todesurteil für mich. Drittens will ich nicht mitmachen, ich verkaufe die Unterlagen und will keinen Anteil. Deswegen möchte ich auch gar nicht wissen, mit wem ich verhandle, ich hoffe nur, er ist ehrlich und zahlt bar im voraus.«

Der Sachse griente unverändert, aber hinter seiner Stirn arbeitete es. Seinen Spitznamen verdankte er seiner Fähigkeit, perfekt zu sächseln, wobei er eine Menge albernes Zeugs und schlechter Witze verzapfte. Die meisten Menschen hielten ihn für dumm, und er tat viel für diese Tarnung.

»Na, dann spuck mal aus, Bulle.«

Die nächsten Tage vergingen quälend langsam. Insgeheim zitterte er vor Ungeduld, was Mutter Krause nicht entging: »Aber Herr Stier, wer wird sich denn so übers Lotto aufregen! Oder haben Sie was gewonnen?«

»Noch nicht, Mutter Krause, noch nicht. Aber ich spür's, es wird klappen.«

Am Dienstag erschien der Sachse kurz vor Mitternacht im *Kleeblatt*, schaute sich unauffällig um und murmelte: »Du arbeitest also für Hagen?«

»Ja.«

»Schon lange?«

»Gut zehn Monate.«

Weil Rudi auf der Treppe erschien und zu ihnen herüberstarrte, lachte Bulle krampfhaft laut und zerrte den Sachsen in die Küche. Am Tisch saß eine blutjunge Nutte, fast noch ein Kind, und löffelte hastig eine Gulaschsuppe. Einen Moment musterte sie den Sachsen halb erstaunt, halb ängstlich; der Sachse warf ihr einen abschätzigen

Blick zu, drehte sich weg und erkundigte sich halblaut: »Hast du alles zusammen?«

»Ja.« Auch Bulle senkte die Stimme.

»Na fein. Morgen, fünfzehn Uhr, am Bahnhof Kettwig. Einer hat angebissen, aber der Mann will natürlich nicht die Katze im Sack kaufen, du mußt schon was zeigen.«

»Kann man ihm trauen?«

»Das schon. Ich bin dabei, wenn dich das beruhigt, aber ganz ohne Risiko ...« Er zuckte die Achseln.

Der Sachse wartete schon vor dem Bahnhof auf ihn; Bulle klammerte sich an seiner Mappe fest. Sie schlenderten zum Parkplatz, der Sachse hielt ihm die hintere rechte Tür auf.

»Guten Tag, Herr Stier.« Der Mann mit dem Vollbart und der riesigen, undurchsichtigen Sonnenbrille hatte eine kultivierte, angenehme Stimme. »Ich freue mich, daß Sie gekommen sind. Darf ich Sie zu einer kleinen Spazierfahrt einladen?«

Der Sachse saß schon hiner dem Steuer und drehte den Zündschlüssel.

»Gerne, vielen Dank«, krächzte Bulle. Sein Magen rebellierte.

Der Luxusschlitten rollte über die Ruhrbrücke, der Sachse bog rasch in eine Seitenstraße ab. Bulle räusperte sich und öffnete die Mappe, holte den Zeitungsausschnitt heraus und reichte sie dem Bärtigen neben sich.

»Ende Juni soll das *Hotel Kaiserhof* in der Lindenallee geschlossen und für eine Versicherung umgebaut werden.«

Der Mann hob die Hand, Bulle verstummte und schwieg, bis sein Nachbar den Artikel gelesen hatte.

»Im Jahr 1960 habe ich im *Kaiserhof* gearbeitet. Ich war damals bei einer Baufirma als Maurer beschäftigt.« Wieder wartete er, bis der Schweigsame die entsprechenden Eintragungen im Arbeitsbuch gefunden und studiert hatte.

»Wir haben damals eine Tiefgarage hinter dem Hotel und die Zufahrt gebaut, außerdem den Keller erweitert, für eine neue Heizung. Und den Tunnel verschlossen.«

»Welchen Tunnel, Herr Stier?«

»Dazu muß ich etwas ausholen.«

»Bitte, bitte.« Der Mann amüsierte sich. »Wir haben viel Zeit.«

»Direkt neben dem *Kaiserhof*, Wand an Wand, liegt das Bäckerhaus. Beide mit Eingang zur Lindenallee. Im Bäkkerhaus sind Büros untergebracht, Geschäfte, ein Autosalon, dazu ...«

»Ich kenne das Gebäude, Herr Stier.«

»Gut. Früher, also vor 1960, wurden das Bäckerhaus und der *Kaiserhof* von einer zentralen Heizungsanlage versorgt. Sie liegt im Keller auf der anderen Seite der Lindenallee. Und zwar unter dem Hof der Hauptpost. Es gab also einen Gang mit den Rohren unter der Lindenallee und unter den Gebäuden hindurch, die an der Lindenallee dem Bäckerhaus und dem *Kaiserhof* gegenüber liegen. Der Heizungsgang führte bis unter den Hof der Post.«

Der Mann nickte geduldig.

»Wissen Sie eigentlich, was früher im Bäckerhaus untergebracht war?«

»Was meinen Sie mit ›früher‹?«

»Nun, im Dritten Reich.«

»Nein, keine Ahnung.«

»Parteidienststellen. Gauleiter, Kraft durch Freude, Winterhilfswerk, Hitlerjugend, BDM, SA, alles mögliche. Und diese Herren waren sehr auf ihre Sicherheit bedacht.«

»Was soll das heißen?«

»Sie hatten Angst vor Bomben. Und deshalb wurde dieser Tunnel für die Heizungsrohre so groß angelegt, daß er im Fall der Fälle als Fluchtweg zum Zentralbunker dienen konnte. Als Zugang zum großen Zentralbunker unter der Post.«

»Zentralbunker unter der Post?«

»Ja, unter dem Innenhof der Post ist ein großer Bunker gebaut worden, für die Postler, für die Parteibonzen aus dem Bäckerhaus, für die Gäste aus dem *Kaiserhof*. Und für die Eisenbahner, ja, es gibt auch einen Tunnel, der vom Hauptpostgebäude unter dem Bahnhofsplatz zum

Hauptbahnhof führt. Er wird übrigens heute noch benutzt, für die Postwägelchen, die von den Bahnsteigen mit einem Aufzug bis in diesen Gang herunterfahren.«

»Davon habe ich nie gehört.«

»Das ist kein Geheimnis. Fragen Sie mal die Männer auf den Bahnsteigen, wohin die beladenen Wägelchen gebracht werden. Oder woher die vollen Wagen kommen.«

»Na schön, das könnte ich tun. Aber zurück zu unserem Geschäft.«

»Sofort. Der Bunkerzugang mündete also in den Kellern vom Bäckerhaus und vom *Kaiserhof*. Genau unterhalb der Trennwand zwischen beiden Gebäuden. Stellen Sie sich jetzt mal in Gedanken auf die Lindenallee, mit dem Rücken zum Bäckerhaus und dem Hotel, genau zwischen beide Häuser!«

»Wenn Sie mir sagen, warum – gern.«

»Was liegt dann auf der anderen Seite der Lindenallee?«

Der Mann überlegte eine halbe Minute, bevor er mit veränderter Stimme sagte: »Links der Juwelier Arntzen und rechts das Bankhaus *Jäger & Pauli*.«

»Genau. Unter der Trennwand dieser beiden Häuser verläuft der Bunkergang. Und beide Häuser hatten im Keller einen Zugang zum Bunkergang.«

»Sie hatten?«

»Ja. Als wir dort arbeiteten, wurden alle Zugänge zugemauert. Also die im Bäckerhaus, im *Hotel Kaiserhof*, im Keller des Hauses, in dem heute der Juwelier Arntzen sitzt, die Öffnung gegenüber, die in den Keller des Bankhauses *Jäger & Pauli* führt, die Tür zu der früheren Zentralheizung unter dem Hof der Post und hinter der Treppe der Eingang in den Tiefbunker.«

»Zugemauert ...«

»Schlecht zugemauert, mit einer einlagigen Ziegelwand innen an den Durchbrüchen. In den Kellern wurde diese Wand dann verputzt, so daß von dort der frühere Durchbruch nicht mehr zu sehen ist. Wenn da aber einer gegenfällt, purzelt er in den alten Bunkergang.«

»Woher wollen Sie das wissen?«

»Weil ich die Öffnungen zugemauert und verputzt habe.«

Der Wagen kurvte lautlos durch eine friedliche Siedlung. Der Mann schwieg, Brille und Bart verdeckten sein Gesicht wie eine Maske. Endlich seufzte er: »Das klingt sehr interessant. Sie schlagen also indirekt vor, jemand sollte sich unter die Bauarbeiter im *Kaiserhof* mischen, die einlagige Mauer im Keller aufstemmen und über den alten Heizungs- oder Bunkergang bis zu den vermauerten – schlecht vermauerten – Zugängen des Bankhauses *Jäger & Pauli* und des Juweliers Arntzen vordringen, um sich dort Einlaß zu verschaffen.«

»So ähnlich hatte ich mir das gedacht.«

»Sehr interessant, in der Tat. Aber bis jetzt habe ich nur Ihr Wort dafür, daß sich alles so verhält.«

»Nein.« Fast zärtlich holte Bulle das Paket aus der Mappe und faltete das Ölpapier auf. »Wir hatten einen widerlichen Polier. Er soff wie ein Loch, krakeelte herum und schikanierte alle Leute, mich vor allem, weil ich der Jüngste war. Dabei verlegte und verlor er alles, was man ihm gab. Eines Abends habe ich ihm aus lauter Wut alle Papiere und Pläne geklaut, die in seinem Verschlag herumlagen. Nur, um ihn zu ärgern.« Er reichte den Stapel hinüber. »Erst viel später habe ich mir die Sachen genauer angesehen, und da ist mir die Idee gekommen, die Pläne könnten mal hilfreich sein.«

»Existiert dieser Gang denn noch?«

»Ich weiß es nicht, aber ich vermute, ja. Der war aus massivem Beton, den hätte man sprengen müssen, und bei der Bebauung in der Lindenallee wäre das kompliziert und teuer geworden. Zumauern war billiger.«

»Ist der Verlust dieser Pläne damals aufgefallen?«

»Nein. Ich meine, der Polier bekam Ärger, aber alle wußten, daß er soff und nicht zuverlässig war. Eine Woche später wurde er abgelöst, und der neue Polier brachte neue Pläne mit. Wir Kollegen sind nie gefragt worden, ob wir die alten Pläne verbrannt oder geklaut hätten.«

Der Mann gluckste zustimmend. »Herr Stier, ich wäre Ihnen sehr verbunden, wenn Sie mit Herrn Risteck einen kleinen Spaziergang machen könnten. Ich möchte das

Material in Ruhe prüfen.« Der Wagen schlingerte schon in einen Waldweg hinein und bremste.

Der Sachse haute ihm auf die Schulter: »Kopf hoch, Bulle, er hat angebissen.«

»Meinst du?«

»Na klar doch!«

Bulle lief langsam, weil sein Magen vor Anspannung wieder kniff und er die kalte Luft nur flach einatmen durfte. Bis jetzt hatte er sich gut verkauft, aber nun kam es darauf an, was er herausschlagen würde. Es war seine letzte Chance, er brauchte das Geld so dringend. Am liebsten hätte er gebetet, und der Sachse warf ihm mitleidige Blicke zu.

Der Mann hatte alles schon wieder zusammengepackt. »Gutes Material, Herr Stier. Ich kaufe es.«

»Und was bieten Sie?«

»Fünfzehn.«

»Ich hatte an das Doppelte gedacht.«

»Nein, das hatten Sie nicht.« Der Mann lachte ärgerlich. »Ich gebe Ihnen fünfundzwanzig für die Pläne und Ihr Arbeitsbuch. Zur Rückversicherung. Sollte etwas schiefgehen, weil Sie unvorsichtig waren oder gequatscht haben, werde ich dafür sorgen, daß Ihr Arbeitsbuch zusammen mit den Plänen der Polizei in die Finger fällt.«

»Einverstanden.«

»Was wollen Sie jetzt tun?«

»So rasch wie möglich in den Süden.«

»Wann reisen Sie ab?«

»Das kann ich noch nicht sagen. Ich muß mit Hagen reden und vor allem mit meiner Wirtin, die ist so tüttelig, daß ich ihr zutraue, zur Polizei zu gehen, wenn ich einfach wegbleibe.«

»Na schön, wir haben uns verstanden. Wir setzen Sie an der nächsten Straße ab, tut mir leid für den Fußmarsch, aber ab jetzt halten wir wohl besser Distanz.«

Der Sachse holte aus dem Handschuhfach einen dicken Umschlag. »Zweihundertfünfzig saubere Scheine, Bulle. Du kannst dich auf mich verlassen.«

Bulle hatte also herausgeholt, was er sich vorgenommen hatte. Sein Arbeitsbuch brauchte er nicht mehr. Wer nahm schon einen alten, magenkranken Vorbestraften mit Herzklabastern, der keine zwei Stunden auf einem Bau durchhalten würde?

Zweites Kapitel

Nur wenige Menschen wußten, daß »Hagen« sein richtiger Familienname war, und noch weniger kannten seinen Vornamen, den er oft verflucht hatte, den Vornamen und mit dem zugleich seinen Vater, der ihn ausgesucht hatte. »Louis«, das klang wie eine Fahrkarte in das Rotlicht-Milieu, wo er schließlich ja auch gelandet war. Nach einigen Unterbrechungen und Zwischenstops in Haftanstalten. Heute, Mitte Vierzig, war er zäher als mit dreißig, groß, kräftig und energisch, kein Mann, der mit sich spaßen ließ, und hinter der billigen Eleganz des Bordellbesitzers und Zuhälters verbarg sich für jeden, der hinsehen wollte, immer noch ein Hauch von ungekünsteltem Charme. Frauen entdeckten ihn schneller als Männer, und die Männer verstanden deshalb seine Erfolge bei den Frauen nicht. Hagen hatte bald gelernt, daß sich daraus doppeltes Kapital schlagen ließ. Männer konnte er täuschen, weil die ihn für brutal hielten, und Frauen verstand er an sich zu binden, weil er sie höflicher und anständiger behandelte als die Kerle aus dem Milieu. Als er dann noch seinen Jähzorn, der nichts vergaß und nichts vergab, unter Kontrolle brachte, war er ein wirklich gefährlicher Mann geworden.

Rudi schwitzte. Vor Hagen hatte er Respekt. Wenn der Boß wünschte, daß es im *Kleeblatt* sauber und ordentlich zuging, gehorchte er, ließ auch solche Nullen wie Bulle in Ruhe, hielt sogar die Klappe, wenn sich Hagen über das Verschwinden dieses verkalkten Schwächlings aufregte.

»Noch mal, Rudi, wie war das?«

»Wie ich Ihnen gesagt hab, Chef. Wir haben am Mittwoch wie immer kurz vor zwei geschlossen. Er hat dann abgerechnet, ich hab alles abgeschlossen und kontrolliert, und dann sind wir losgefahren.«

»In deinem Wagen?«

»Jau, er hat ja keinen.«

»Wohin hast du ihn gebracht?«

»Bis zur Fritzenbrücke. Da ist er ausgestiegen. Wie jedes Mal.«

»Warum hast du ihn nicht nach Hause gebracht?«

»Das wollte er nicht. Er sagte, er wolle noch ein paar Schritte laufen. Das wär gut für seinen Magen. Zum Entspannen und so.«

»Hast du eine Ahnung, wo er wohnt?«

»Nee! Das hat er nie gesagt. In dem Viertel an der Hütte, denke ich. Aber ich hab nie darauf geachtet, wo er hinging.«

Und Hagen hatte in der Zelle nie zugehört, selbst das große Wort geführt; daß Bulle zu den schweigsamen Typen gehört hatte, fiel ihm eigentlich erst jetzt auf.

»Scheiße!« murmelte er, und Rudi zog den Kopf ein. »Ist am vorigen Mittwoch irgendwas passiert? Hat's in der Woche Ärger gegeben?«

Rudi tat so, als überlege er angestrengt, und schüttelte endlich den Kopf: »Nee, nix, Boß, war alles wie immer bis auf den Mann, der ihn besucht hat, am Dienstag. Aber mit dem hat er sich gut verstanden, die haben gelacht.«

Hagen zwang sich zur Ruhe. Rudi hatte es nun mal in den Muskeln und nicht im Kopf, das war von Anfang an klar, und als er am Donnerstag oben angerufen hatte, Bulle sei nicht erschienen, hatte sich Hagen noch keine Sorgen gemacht. Das begann erst am Freitag, und da hatte Rudi den Besucher vom Dienstag erwähnt, aber schon nicht mehr beschreiben können. Mist war das alles, verdammter Mist. Er kannte doch diese Typen von der Steuerfahndung. Zwölf Monate war er jetzt draußen, so viel Zeit ließen sie einem in der Regel, und dann putzten sie die Klinke: »Na, lieber Herr Hagen, wovon leben wir denn? Nicht von der Sozialhilfe?« Als ob sie das nicht längst gewußt hätten. »Und was zaubert denn dann die Brötchen auf den Tisch?« Unter dem Bullen hatte das Geschäft nachweislich geblüht, wann sonst hatte Hagen es sich erlauben können, über sechs Monate korrekt Buch zu führen?

»Scheiße!« knurrte er wieder und verzog sich. Im Billardkeller war ein Tisch besetzt, und Toni saß in der kleinen Küche, qualmte, studierte ein Groschenheft und tastete nach der Bierdose.

»Verfluchte Inzucht«, wütete Hagen lautlos und schmiß die Tür hinter sich zu. Im Treppenhaus hallten seine Schritte wider, und vor Wut glitt ihm vor seiner Bürotür der Schlüsselbund aus der Hand. Dreißig Sekunden atmete er tief durch, dann konnte er wieder mit der üblichen Miene durch die hohen, hellen Räume schlendern. Die Klimaanlage rauschte kaum vernehmlich; er hatte viel Geld investiert, um ein illegales Spiel in einer respektablen Umgebung stattfinden zu lassen. Bei ihm gab's keine gezinkten Karten und keine Falschspielertricks, sondern nur geübte Pokerspieler, die er prozentual am Gewinn beteiligte. Von Stammkunden nahm er neuerdings auch Schuldscheine an, und wenn ein Neuling Glück gehabt hatte, zahlte das *Kleeblatt* anstandslos seinen Gewinn aus. Daß im Laufe einer Runde Jacken ausgezogen und Krawatten abgelegt wurden, störte Hagen nicht, aber bei Lederkluft oder schmutzigen T-Shirts blieb die Tür verschlossen. Er gestattete nur eine etwas unsaubere Masche: Neulinge landeten oft in einer Viererpartie, in der die drei Mitspieler zu Hagens Mannschaft gehörten und mit Hagens Geld spielten. Deshalb bestand er auch darauf, nur mit Chips zu zahlen, um Kontrolle über sein Geld zu behalten. Für den Umtausch war Marlene zuständig. Seit ihr Zuhälter sie krankenhausreif geschlagen hatte, hinkte sie leicht; Hagen hatte sie in eine Art schwarzen Badeanzug mit schwarzen Netzstrümpfen gesteckt. Sie benutzte einen altmodischen Bauchkasten, wie ihn früher Zigarettenverkäuferinnen getragen hatte. Darauf stand die Kassette mit Geld und Chips, ferner neue, noch verschweißte Kartenspiele und fabrikfrische Würfelpacks. Zu seiner Verwunderung beobachtete er, daß manche Spieler ihr flüchtig über die verletzte Hüfte strichen; es war überhaupt nicht erotisch gemeint, sondern purer Aberglaube. Sie haßte die Berührung und duldete sie wegen der Trinkgelder.

Adrian warf Hagen einen kurzen, besorgten Blick zu,

als er Richtung Bar schlenderte. Der Weißhaarige hatte eine Glückssträhne und kassierte mächtig ab. Hagen strich sich kurz über die Stirn, das verabredete Zeichen, ab jetzt früher auszusteigen und die Verluste den Mitspielern zu überlassen.

In der kleinen Bar nebenan schäkerte Doris mit einem Gast, der unbedingt ihre Adresse erfahren wollte, und wenn nicht die Anschrift, dann ihr Versprechen, nach Ende der Arbeitszeit auf ihn zu warten. Weil sie dabei mit zwei Fingern Locken in ihre Haare drehte, machte Hagen kehrt; bei einem zudringlichen oder unangenehmen Gast hätte sie an ihrem Ohrläppchen gezupft. Die Mannschaft war gut aufeinander eingespielt.

Im Kontakthof herrschte kaum Betrieb. Der Umsatz hatte schwer nachgelassen, teils wegen der Furcht vor Aids, teils wegen einiger scheußlicher Razzien. Acht oder neun Mädchen lehnten an den Wänden und langweilten sich; die drei Jugendlichen, die mit hochroten Köpfen herumschlichen, wollten nur schauen und hatten wahrscheinlich nicht genug Geld, um mit einer Prostituierten aufs Zimmer zu gehen. Früher hätte Hagen sie verscheucht, heute ließ er sie gewähren, weil er wußte, daß Kunden oft kehrtmachten, wenn sie keine anderen Freier sahen. Nur noch am Freitag oder Samstag lohnte das Geschäft; er hatte sich selbst mehrfach ausgerechnet, daß er nicht mehr auf seine Kosten kam. Noch konnte er sich nicht entscheiden, das Bordell zu verkaufen. Als Tarnung war es fast unerläßlich, und von dieser Club-Mode hielt er nicht viel. Und ausgerechnet jetzt löste sich Bulle in Luft auf. Bei dem Gedanken verzog Hagen das Gesicht zu einer so wütenden Grimasse, daß die Neue, die ihn für einen normalen Kunden hielt, ihn nicht anzusprechen wagte.

Hauptmeister Otto Fröhlich hob zufällig den Kopf und erstarrte vor Schreck. Das durfte nicht wahr sein! Nein! Das konnte nicht ihm passieren! Aber schon während des kurzen Stoßseufzers wußte er, daß er seinem Schicksal nicht entgehen würde. Die kleine, verhuschte Frau mit den dünnen grauen Haaren blinzelte kurzsichtig durch den Raum. Dabei umklammerte sie die altmodische Handtasche wie einen Rettungsring. Noch achtete niemand im Revier auf sie, sie hatten gut zu tun, es herrschte ein ständiges Kommen und Gehen, und aus dem Nebenraum drang das Protestgebrüll zweier Jugendlicher, die am hellichten Tag versucht hatten, einen Kiosk zu überfallen, und von einer Streife überrascht worden waren. Vor jedem der drei Beamten wartete eine kleine Reihe; Anzeigen, Nachfragen, Beschwerden, Auskünfte. Obwohl sie die Heizungen abgestellt und die Fenster geklappt hatten, entwickelte sich die schwüle Wärme zu dicht besetzter Räume.

Während Mutter Krause sich entschloß, seinen Platz anzusteuern, dankte Fröhlich zum ersten Mal für die Überfüllung. Vielleicht hatte er noch eine Chance.

Sie wurde ihm nicht zuteil. Als Mutter Krause an der Reihe war, schlug das Schicksal zu. Die Kollegen links und rechts hatten für Minuten nichts zu tun, die Schlangen hatten sich aufgelöst, Mutter Krause räusperte sich, vor der Polizei hatte sie Respekt. Sie war noch nie auf einem Revier gewesen, aber die Männer sahen eigentlich ganz nett aus, und dann begann sie zu strahlen: »Nein, wen seh ich denn da? Jungchen, das ist aber eine Überraschung. Du bist hier?«

Otto Fröhlich war ehrliche 1,92 Meter groß und 95 Kilo schwer. Früher hatte er geboxt, gerungen und Kampfsport betrieben. Er war ein guter Polizist, höflich mit den Bürgern, hart mit Randalierern, freundlich zu Kindern und Hilflosen. Für den Streifendienst hatte der Revierleiter ihn mit einer zierlichen Polizistin zusammengespannt und rühmte sie als sein bestes Team: Sie beruhigte Schwache und Frauen, er schüchterte allein durch sein Aussehen und Auftreten Betrunkene, Krakeeler, echte und vermeintliche Starke ein, und wenn Otto der Große seine Augenbrauen drohend zusammenzog und die Fäuste spielerisch ballte, kehrte Ruhe ein. Und nun zwinkerte Mutter Krause in heller Freude mit ihren Knopfäuglein und wiederholte mit einer Lautstärke, die ihr keiner zugetraut hätte: »Ach, Jungchen, ist das aber eine Freude. Ist das schön, daß ich dich hier treffe.«

Für die Länge eines langen Herzschlags schwebte ein Engel durch das Revier, und Otto der Große wußte, daß alle Kollegen es gehört hatten. Es weitererzählen würden. Nicht in seiner Gegenwart, nein, das traute sich wohl keiner, von dieser frechen Miriam einmal abgesehen, aber bis heute abend hatte es die Runde gemacht. Otto der Große hatte einen neuen Spitznamen: Jungchen.

»Weißt du, ich bin noch nie bei der Polizei gewesen. Aber du hilfst mir doch, was?«

»Ja, Mutter Krause«, antwortete Fröhlich resigniert. »Was kann ich denn für Sie tun?«

Sie setzte sich umständlich und errötete. Das war neu für ihn. Früher hatten sie neben den Krauses gewohnt, und mit der Tochter Erika hatte er seine erste große Liebe erlebt und erlitten, was Mutter Krause voller Unbehagen und Angst verfolgt hatte. Immer, wenn er kam, um Erika abzuholen, mahnte sie: »Kind, bleib anständig! Jungchen, bleib sauber!« Was immerhin dazu führte, daß Erika ihm nur einmal erlaubt hatte, den BH aufzuhaken. Zu mehr war es zwischen ihnen nicht gekommen, und bis zu dem Tag, an dem die Fröhlichs wegzogen, hatte Otto den Verdacht nicht loswerden können, Erika habe diesen Verstoß gegen die Anstands-Sauberkeits-Regel sofort ihrer Mutter gebeichtet.

»Ich weiß nicht, wie ich ... also ... das ist eine komische Sache, Jungchen.«

Er seufzte erneut, die Polizei, dein Freund und Helfer. »Erzählen Sie nur, Mutter Krause.«

»Ja, also, du weißt doch, daß mein Mann schon lange tot ist. Und ich von der Rente lebe. Aber das reicht ja nicht so recht – also, ich habe ein Zimmer vermietet.« Wieder errötete sie, und er nickte. In der Arbeitersiedlung an der Hütte hatten alle Familien immer sparen müssen, und wer ein Zimmer für einen Untermieter freiräumen konnte, tat es, schämte sich aber dieses Glücksfalls. Die Wohnungen waren echte Burgen, und die alten Leute verteidigten diese Festungen gegen Not, Neugier und üble Nachrede.

»Ein netter Mann, doch, sehr nett, sehr freundlich und sehr ordentlich. Hat viel Pech gehabt, mußt du wissen, lange Zeit krank und dann lange Zeit arbeitslos und dann noch Magengeschwüre, na ja, da muß man sich einrichten.«

»Wie lange wohnt er denn schon bei Ihnen?«

Sie rechnete stumm. »Zehn, fast elf Monate.«

»Und wie heißt er?« Es konnte nur um diesen Untermieter gehen. Otto kannte diese Menschen, sie wandten sich erst an die Polizei, wenn sie beim besten Willen nicht mehr weiterwußten, und dieses Eingeständnis, daß sie Hilfe brauchten, fiel ihnen schwer.

»Herrmann Stier.«

»Und was macht er, Mutter Krause? Ist er immer noch arbeitslos?«

»Nein, wo denkst du hin! Ich sagte doch, er ist sehr ordentlich. Er arbeitet, abends und bis in die Nacht hinein. In einem Kaufhaus, da macht er die ganzen Abrechnungen.«

Einen Moment schaute der Polizist die Alte aufmerksam an, fuhr dann aber freundlich fort: »Und was ist nun mit ihm?«

»Er ist weg.«

»Wie meinen Sie das, Mutter Krause?«

»Am vorigen Mittwoch ist er vormittags weggegangen, weil er noch was Privates zu erledigen hatte. Und dann ist er nicht mehr zurückgekommen.«

Vor einer Woche also. Diese Frist hatte sie sich gesetzt, nach einer Woche mußte ein Mann Bescheid geben, wo er abgeblieben war, ob auf Montage oder bei einer anderen Frau nach einer ausgedehnten Sauftour.

Fröhlich schnaufte leise. »Vielleicht ist er verreist, Mutter Krause.«

»Ja, aber dann hätte er mir Bescheid gesagt. Er weiß doch, daß ich für sein Essen einkaufe.«

Ein gewichtiges Argument. »Hat er mal was von seiner Familie erzählt?«

»Verheiratet war er nie, und seine Eltern sind schon lange tot. Der arme Kerl steht allein.«

»Haben Sie noch Geld von ihm zu bekommen?«

»Nein, seine Miete hat er pünktlich bezahlt. Und seine ganzen Sachen stehen noch in seinem Zimmer. Jungchen, was soll ich jetzt machen?«

Am liebsten hätte er geantwortet: Das weiß ich auch nicht. Aber er war Polizist, für Mutter Krause eine Amtsperson, und ›die da oben‹ wußten immer, was zu tun war. Darauf durfte und wollte sie sich verlassen. Er spürte die amüsierten Blicke seiner Kollegen wie Nadeln auf seiner Haut.

»Wir machen es so, Mutter Krause: Ich erkundige mich jetzt, ob Herrmann Stier einen Unfall hatte. Und heute abend schaue ich bei Ihnen vorbei. Wenn Ihr Untermieter dann noch nicht zurück ist, gucken wir in seine Sachen, ob wir einen Hinweis finden. Einverstanden?«

»Wenn du das sagst, machen wir das so«, erklärte sie respektvoll und stand auf.

»Leben Sie noch immer in der alten Wohnung?«

»Natürlich«, erwiderte sie eine Spur gekränkt. Sah sie so aus wie eine von diesen jungen Frauen, die es nirgendwo hielt, die dauernd irgendwohin flatterten?

Der Polizist lächelte zerknirscht.

Als sich die Reviertür hinter ihr schloß, erhob er sich zu voller Länge, ballte die Fäuste, zog die Augenbrauen zusammen, runzelte die Stirn und wartete, ob es einer wagen würde. Die Kollegen blieben stumm und senkten ausnahmslos alle verdächtig schnell die Köpfe über die Formulare.

Oberkommissar Leo Kirchmann lachte schadenfroh: »Na, hat dich deine Vergangenheit endlich eingeholt, Jungchen?«

»Bist du jetzt der Schichtleiter oder nur ein Freund und Kollege?«

»Lieber der Schichtleiter, sonst schlägst du zu, ich kenn dich doch. Also, was ist los?«

Fröhlich berichtete, wobei er die Zähne kaum auseinanderbekam. Aber Kirchmann war nicht nur ein scharfer Hund, sondern auch ein erfahrener Revierbeamter. Er kannte die kleinen Leute in diesem Viertel und wußte, daß sie mit der Polizei ungern etwas zu schaffen hatten. Wenn eine alte Frau wie Mutter Krause aufs Revier kam, machte sie sich ehrlich Sorgen. Und wenn sie sich Sorgen machte, gab es – zumindest aus ihrer Sicht – einen triftigen Grund dafür.

»Ein Stier, Herrmann ist nirgendwo eingeliefert worden. Auch kein bislang nicht Identifizierter.«

»Er kann das Weite gesucht haben.«

»Kann er, Leo, aber ich glaub's irgendwie nicht. Wenn Mutter Krause von ihm behauptet, er sei ein sehr ordentlicher Mann, denke ich mir, er hätte sich von ihr verabschiedet. Oder ihr später eine Nachricht zukommen lassen.«

»Und was willst du jetzt tun?«

»Nach der Schicht gehe ich mal bei ihr vorbei. Vielleicht finde ich in seinen Sachen einen Hinweis.«

»Na schön, einverstanden, aber mach's nicht offiziell. Ein netter Polizist hilft einer früheren Nachbarin, okay?«

»So hatte ich mir das gedacht.«

»Nimm Miriam mit! Ich möchte nicht, daß irgend jemand später rumposaunt, die Polizei hätte in seiner Abwesenheit ohne Grund und Berechtigung seine Sachen durchstöbert.«

»Verstanden, Leo.«

Für eine Polizistin war Miriam viel zu hübsch, es war mehr als einmal vorgekommen, daß Angetrunkene ihre Personalien nur hergeben wollten, wenn sie im Gegenzug ihre Adresse verriet, und Fröhlich begriff bis heute nicht, wie sie die Einstellungshürden genommen hatte. Die vorgeschriebenen 165 Zentimeter konnte sie nur mit hohen Absätzen erreicht haben. Was ihr an Länge fehlte, ersetzte sie durch Pfiffigkeit und eine große Klappe. Einen Teil der überwältigend guten Laune, die sie früher verströmte, hatte sie verloren, die Erfahrungen des Wach- und Wechseldienstes förderten weder Humor noch Herzlichkeit. Sie kam auch mit der zynischen Härte vieler Kollegen nicht klar, die gegen Ende einer anstrengenden und zermürbenden Schicht nur zu oft in Kaltschnäuzigkeit oder auch Brutalität umschlug. Otto der Große hatte das nicht nötig, und deswegen fuhr sie gern mit ihm, würde sich allerdings lieber die Zunge abbeißen, als das zuzugeben.

»Hier hast du gewohnt?«

Er antwortete nicht. Es ärgerte ihn, daß er sich heute manchmal der Schäbigkeit dieses Viertels schämte. Und sie kannte weder die Mühe der Frauen, das Grau der Umgebung von Wohnungen und Familien fernzuhalten, noch die Anstrengung, in einem anderen Stadtteil eine erschwingliche Wohnung zu finden.

Mutter Krause lächelte geschmeichelt, als sie die Treppen hinaufstiegen. Sie liebte Besuch.

»Guten Tag, Mutter Krause. Das ist meine Kollegin Miriam Wolff.«

»Guten Tag. Was sind Sie für ein hübsches Kind! Aber Sie sollten einen Rock tragen, der steht Ihnen besser.«

Miriam lachte. Für ihr Alter bewies sie erstaunlich viel Takt und Geduld, und natürlich nahm sie ein zweites Stück von dem selbstgebackenen Sandkuchen, bevor sie in das untervermietete Zimmer gingen.

Groß war der Eckraum nicht, aber hell und sauber. Spärlich möbliert, ein Bett, ein wuchtiger Schrank, ein Tischchen mit zwei Sesseln, ein dünner Teppich. Es roch nach Putzmitteln. Der Schrank enthielt nicht viel, eine Jacke und zwei Hosen, einen dickeren Mantel und einen bunten Schwedenpullover, über einen Bügel drapiert. Ein Paar schwarze Schuhe. Vier Hemden, Unterwäsche, Socken. Alles sauber, aber billig. Herrmann Stier war mit irdischen Gütern nicht gesegnet. Kein Buch, keine Zeitschrift, auf dem Tisch ein Radiowecker. Unter dem Bett entdeckte Fröhlich einen großen Koffer, den er hervorzog. Äußerlich schäbig, aber erstaunlich fest und stabil, kein einfaches Leder und auch kein Sperrholz oder Pappmaché. Die Schlösser waren massiv, die ließen sich nicht mit einem Drahthaken oder einer gebogenen Haarklammer öffnen. Das breite, graue Stoffband entpuppte sich als ein biegsames, festes Stahlgeflecht, so einbruchsicher wie das massive Schloß. Herrmann Stier hatte seine persönlichen Unterlagen und Wertsachen gut geschützt. Vielleicht hatte er schlechte Erfahrungen mit vermieteten Zimmern und neugierigen Wirtinnen gemacht.

Miriam hatte ihren Kollegen genau beobachtet und zuckte jetzt die Achseln. Sie hatten kein Recht, den Koffer gewaltsam zu öffnen, und der große Otto bezweifelte, daß die Vermißtenmeldung einer Zimmervermieterin ihnen einen solchen Eingriff erlaubte; da wollte er sich lieber bei seinen Vorgesetzten vergewissern.

Mutter Krause schaute sie vertrauensvoll an. Jetzt war alles in besten Händen, und deshalb antwortete sie ohne Zögern auf alle Fragen. Nein, Besucher waren nie gekommen, auch keine Briefe, und wo genau er arbeitete, wußte sie nicht; er hatte es wohl mal erwähnt, aber sie mußte es vergessen haben. Sein Beruf? – War er nicht Buchhalter, wenn er abends die Abrechnungen machte? Gezahlt hatte er immer bar, keine Quittung, »weißt du, Jungchen, das ist unter ordentlichen Menschen nicht nötig«. Miriam verschluckte sich und hustete, Mutter Krause lief zartrot an, und beides schenkte Otto einen Geistesblitz: »Keine Quittung, Mutter Krause?«

Sie schüttelte den Kopf und mied seinen Blick.

»Haben Sie ihn denn nicht beim Einwohneramt angemeldet?«

»Nei...ein.«

»Auch nicht bei der Siedlung? Oder beim Finanzamt? Oder bei der Polizei?«

Das Zartrosa ging in ein Tiefrot über, nun rang sie die Hände.

Vorwurfsvoll musterte er sie: »Mutter Krause, das hätte ich von Ihnen nicht gedacht.«

»Ist es – ist das – sehr schlimm?«

Der Polizist räusperte sich ausgiebig: »Na gut, Mutter Krause, wir sind ja keine Unmenschen, wir behalten das alles mal für uns. Aber unter einer Bedingung.«

»Ja?« flüsterte sie verschämt.

»Sie nennen mich nicht mehr Jungchen, verstanden?«

»Klar, Otto, das habe ich verstanden.«

Miriam staunte noch auf der Treppe: »Das hätte ich dir nicht zugetraut, Otto. Eine alte Frau zu erpressen.«

»Ich bin noch zu ganz anderen Dingen fähig, liebe Kollegin.«

»Und die wären, zum Beispiel?«

»Wenn du nicht den Mund hältst, leg ich dich übers Knie und versohle dir deinen hübschen Arsch, kapiert?«

»Was wird deine Frau dazu sagen?«
»Die hilft mir dabei, verlaß dich drauf!«

Oberkommissar Kirchmann überlegte lange und schüttelte endlich den Kopf: »Nee, Otto, das war richtig. Wir haben kein Recht, den Koffer gewaltsam zu öffnen oder in Verwahrung zu nehmen.«

Otto der Große kratzte sich den Nacken. »Gefallen tut's mir trotzdem nicht.«

»Und warum nicht?«

»Miriam und ich sind noch mal bei ihr gewesen. Weißt du, Mutter Krause hat das Schießpulver nicht erfunden, sagen wir's mal so. Aber gerade deswegen glaube ich ihr, was sie so erzählt. Dieser Stier war schon ein komischer Heiliger. Kein Alkohol, eine kleine Zigarre pro Tag. Keine Freundinnen, keine Besucher.«

»Was dafür spricht, daß er lange krank war.«

»Sicher, auch für die Magengeschwüre, die er angeblich hat. Oder für den schwachen Magen. Nee, Leo, mich irritiert etwas anderes.«

»Und das wäre?«

»Er hat ihr erzählt, er müsse abends die Abrechnungen in einem Kaufhaus machen. Regelmäßig. Miriam ist darüber gestolpert. Kannst du dir vorstellen, daß ein großes Kaufhaus seine Tagesabschlüsse von einem fremden Mann machen läßt?«

Kirchmann stopfte seine Pfeife und knurrte. »Ein bißchen komisch klingt's schon.«

»Ich hab mich bei drei Kaufhäusern erkundigt, ob so was üblich ist. Die haben mich alle ausgelacht. Natürlich wird abends bei der Hauptkasse abgerechnet. Aber das dauert erstens nicht bis in die Nacht hinein. Zweitens erledigen das Festangestellte. Drittens wird fast überall die Bestandskontrolle der Ware per Computer erledigt. Und viertens würde ein Hauptbuchhalter so viel verdienen, daß er sich eine eigene Wohnung leisten könnte.«

»Richtig.« Wenn Kirchmann seine Pfeife mit Streichhölzern traktierte, brauchte man starke Nerven. Es dauerte Ewigkeiten, bis er mit der Glut zufrieden war. »Was schließt du daraus?«

»Daß dieser Stier der lieben Mutter Krause einen gewaltigen Bären aufgebunden hat. Was wiederum heißt – er hat sich gerade deshalb bei ihr einquartiert, weil sie harmlos genug ist, darauf hereinzufallen.«

»Gut möglich.« Kirchmann schielte auf den Aktenstapel. »Aber selbst wenn er sie angeschmiert hat, unterstellen wir das mal, hat er sie nicht betrogen oder geschädigt.«

»Nein«, gab Fröhlich zu und knetete wieder seinen Nacken. »Ich glaub nur mittlerweile, daß er ein krummer Hund ist.«

»Wie krumm, Otto?«

»Um in einer unserer Dateien zu stehen.«

»Aha!« Kirchmann grinste vergnügt. Endlich war Otto der Große zum Punkt gekommen. »Und ich soll nun die Kollegen von der Kripo fragen, was sie über einen Herrmann Stier wissen?«

»Wäre schön!« Auch Otto Fröhlich feixte. Der Zugang zu den elektronischen Systemen der Polizei war auf dem Papier minutiös geregelt, was natürlich den kleinen Dienstweg nicht ausschloß. Und die Möglichkeit, daß einer der Zugangsheiligen griesgrämig fragte, warum zum Teufel sich ein Revier für einen bestimmten Mann interessierte, war bei einem Schichtleiter eben sehr viel kleiner als bei einem kleinen Schutzpolizisten.

»Na gut, Otto, mach ich bei Gelegenheit.«

Drittes Kapitel

Der März hatte Schnee und Dauerfrost gebracht, die Frau und die vier Männer zitterten wie Espenlaub auf den wenigen Metern zwischen ihren Autos und dem Wochenendhaus, dessen Schornstein heftig qualmte. Hier oben über der Talsperre wehte es ständig, und der leiseste Hauch kratzte wie Schmirgelpapier im Gesicht. Nur Verrückte verirrten sich jetzt in diese Gegend, und der Gedanke beruhigte sie.

»Also herzlich willkommen.« Der Doktor hatte Unmengen Kaffee und Tee gekocht und in überdimensionale Thermoskannen gefüllt. So sehr er einen guten Tropfen schätzte – bei der Arbeit trank er nicht, und sie wußten, daß er auch von ihnen Abstinenz bis zum Schluß verlangte.

»Harry hat euch ja in etwa schon eingeweiht. Wir werden heute die nötigen Einzelheiten besprechen – wenn alle bereit sind mitzumachen.«

Für zwei Minuten trat eine Stille ein, in der das Knakken der brennenden Scheite im Kamin fast bedrohlich laut klang. Jeder von ihnen hatte schon einmal für den Doktor gearbeitet, und der Name »Doktor« stand für sorgfältig ausgetüftelte Aktionen, die ohne Gewalt und mit minimalen Risiken abliefen. In die Planung ließ er sich nicht hineinreden, und jeder erhielt eine lange Liste mit Aufgaben, die er genau zur angegebenen Zeit ausführen mußte.

Der Sachse gähnte verstohlen und lehnte sich zurück. Nachdem er den Bullen und die alten Bauzeichnungen angeschleppt hatte, war er gut beschäftigt gewesen. So überzeugend die Pläne waren und so plausibel Bulles Geschichte klang – der Doktor hielt es mit dem schönen Wort, daß Vertrauen gut, Kontrolle aber besser sei, und bei solchen Recherchen bewies der Sachse, daß sein dümmliches Äußeres wirklich nur Maske war. In den letzten acht Tagen hatte er die Mannschaft zusammengetrieben, die jetzt vor ihnen saß, und weil der Doktor prinzipiell nichts glaubte, hatte er auch die künftigen Kollegen überprüft: Keine Haftbefehle oder Strafverfahren anhängig. Daß der Doktor Sylvia – wenn auch nur mit einer winzigen Aufgabe – beteiligen wollte, hatte den Sachsen verblüfft, in der Regel hielt der Doktor seine Freundin im Hintergrund, aber der Sachse wußte, daß sie einen großen Einfluß auf den Doktor besaß, obwohl sie das nie zeigen würde. Und den Doktor wagte er nicht zu fragen, der konnte so eigenartig grinsen, daß jedem prompt die Lust verging, sich um Dinge zu kümmern, die ihn nichts angingen.

Das Projekt stand und fiel mit Werner Jambowski. Alle Welt nannte ihn Katte, warum, das wußte keiner und er wahrscheinlich auch nicht mehr. Kattes Alter konnte man nicht schätzen, zwischen Vierzig und Sechzig schien jede Zahl möglich, er war nicht groß, aber auffallend breit, so rund wie sein Kugelkopf, doch der Eindruck täuschte: Katte war stark, ausdauernd und gelenkig. Im Laufe eines bewegten Lebens, über das er nicht gerne sprach, hatte er eine Liebe für Maschinen und Werkzeuge entwickelt, die voll und ganz erwidert wurde. Das Werkzeug oder die Maschine, mit der er nicht im Handumdrehen vertraut war, mußte erst noch erfunden werden, und seine dicken Wurstfinger hinderten ihn nicht daran, kleinste Uhrwerke auseinanderzunehmen und blitzschnell zu reparieren. Diese Fähigkeit hatte irgendwie auf sein Äußeres abgefärbt: Was immer Katte anzog, es erinnerte an einen Blaumann, und nur darin fühlte er sich mittlerweile wohl. Ob er wirklich ein so schlichtes Gemüt besaß, wie sein Kindergesicht vermuten ließ, wollte der Sachse nicht entscheiden; Katte besaß mit Maschinen eine Engelsgeduld, doch bei Menschen konnte er vor Jähzorn explodieren.

Achim Lauffer ging in jeder Gesellschaft als Gentleman durch. Mitte Vierzig, schlank, durchtrainiert, sportlich, ein kantiges Gesicht, das Frauen interessant und Männer häßlich nannten. Hinter seiner höflichen und notfalls verbindlichen Miene schimmerte stets ein Gran Spott oder Hochmut durch, und wenn er wollte, fühlten sich andere Menschen in seiner Gegenwart unbehaglich. Jederzeit und überall konnte er Autorität so spielen, daß niemand sie bezweifelte, und er besaß Intelligenz und Erfahrung genug, in allen Kreisen aufzutreten, als ob er dazu gehörte. Mit seinen Fähigkeiten hätte er auch durch ehrliche Arbeit Karriere machen können, und warum er von diesem Weg abgewichen war, wußte nur der Doktor, der diese Kenntnis vor Achim freilich verheimlichte.

Bodo Schlitter war so ziemlich das Gegenteil seines Nachbarn. Anfang Vierzig, grob, mürrisch, ungehobelt, ein Klotz, dem man gerne aus dem Wege ging. Allgemein hieß es, er sei skrupellos, doch das bezweifelte der Doktor: Bodo verfügte einfach nicht über genug Grips, sich einen gewaltfreien Ausweg aus einer Klemme auszudenken, und entwickelte nicht genug Phantasie, die Folgen seiner spontanen Taten vorherzusehen. Als Mann fürs Grobe wurde er benötigt, aber nicht geschätzt, und Bodo hatte immerhin begriffen, daß es besser war, aufs Wort genau zu tun, was ihm der Doktor befahl. Autos waren seine Stärke und seine Leidenschaft, er fuhr und reparierte alles, was mehr als ein Rad besaß, und kannte sich mit Motoren fast noch besser aus als Katte.

Alexandra Aglaja von Alten fiel nicht nur in dieser Runde auf. Der Name war so echt wie ihre Erziehung in einem stinkvornehmen Internat, das ihr allerdings in neun Jahren die Seelenachse irreparabel verbogen hatte. Nach dem Abitur eröffnete sie ihren entsetzten Eltern, daß sie sich hiermit für immer verabschiede, weil sie herausgefunden habe, daß Geld und Vergnügen wichtiger seien als guter Ruf und würdevolle Armut. Sie war eine wirkliche Schönheit, mittelgroß, zierlich, mit schulterlangen, blonden Locken und dem unverwüstlichen, immer noch makel- und faltenlosen Gesicht eines Engels. Männerherzen schmolzen, wenn sie ihre blauen Augen aufschlug, und wenn sie zaghaft lächelte, weil wieder ein Opfer an ihrem Haken zappelte, blockierte bei den meisten auch der Verstand. Ihre Klugheit hatte sie sich weniger durch gute als böse Erfahrungen erworben, gerissen schien sie dagegen von Geburt an. Ihr Äußeres täuschte auch noch in anderer Hinsicht, sie war zäh und ausdauernd, aber sie scheute regelmäßige Arbeit, erst recht, wenn sie mit körperlichem Einsatz verbunden war. Der Doktor traute ihr nur bedingt.

»Na schön, dann leg mal los!« brummte Katte.

»Harry und ich haben die Pläne des Mannes so gründlich wie möglich geprüft. Es stimmt: Es gibt einen Gang vom Keller des *Hotels Kaiserhof* unter der Lindenallee hindurch, unter den Häusern auf der anderen Straßenseite bis zum Bunker unter dem Innenhof der Hauptpost. Es stimmt auch, daß dieser Gang nie beseitigt oder zugeschüttet worden ist. Und es trifft zu, daß der Gang an den Kellerwänden des Juweliers und des Bankhauses *Jäger & Pauli* vorbeiführt. Alles andere haben wir nicht kontrollieren können, aber ich will das Risiko eingehen.«

»Also durch diesen Gang in die Keller von Arntzen

und der Bank?« Katte liebte es klar und deutlich, Achim hüstelte und zog die Bügelfalte seiner Hose glatt.

»Genau. Das werden wir vorbereiten, Schritt für Schritt, und uns erst in letzter Minute entscheiden, ob wir den Bruch durchführen. Ob es lohnt, na, und so weiter. Ihr wißt, ich wünsche keine Gewalt und drehe keine Todesspiralen.«

»Wie kommen wir ins Hotel?« Achim schien desinteressiert.

»Moment noch. Fünfzigtausend für jeden, unabhängig davon, ob wir reingehen oder uns in letzter Sekunde zurückziehen.«

»Donnerwetter!« platzte Bodo heraus. Auch die anderen setzten sich aufrecht hin. Das war ein Wort! Zwar wußten sie alle, daß der Doktor überaus großzügig plante und honorierte, aber wenn er bereit war, 300.000 Mark plus Spesen plus Sachkosten notfalls in den Sand zu setzen, mußte er sich eine Menge ausrechnen.

»Und wenn es sich wirklich gelohnt hat, eine Prämie obendrauf.« Über die erstaunten Gesichter mußte der Doktor lächeln. Natürlich vermuteten sie jetzt alle, daß er schon mehr wußte, als er ihnen verriet. »Einverstanden? – Gut, dann also der Reihe nach. Achim, du quartierst dich im *Kaiserhof* ein. Ein Geschäftsmann, der für einige Monate in Essen zu tun hat, es lohnt nicht, ein Haus zu mieten. Du hast eine Menge wertvoller Geschäftsunterlagen in deinem Besitz, die du beim Bankhaus *Jäger & Pauli* sicher deponieren möchtest.«

»Schon verstanden. Ich sehe mich in der Bank um. Was befindet sich im Keller? Wie gesichert?«

»Genau. Außerdem brauchen wir den Schlüssel für eine Tür im Keller des Hotels, die in die Tiefgarage an der Rückseite führt.«

»Kein Problem.«

»Einen Plan des Hotelkellers.«

»Wird erledigt.«

»Und einen Kellerraum, den wir unmittelbar vor Beginn des Umbaus belegen können.«

Achim nickte und schmunzelte; er hatte begriffen, wie der Doktor vorgehen wollte.

»Außerdem wirst du die Eingänge der Bank und des Juwelierladens morgens und abends filmen. Ich will wissen, wer wann als erster hineingeht und als letzter herauskommt.«

»Gebucht.«

»Katte, du besorgst als erstes das Werkzeug. Denk aber dran, daß wir es notfalls zurücklassen müssen, es darf also nicht zu uns führen.«

»Alles klar.«

»Ich hab mal eine Liste zusammengestellt. Laß dir etwas einfallen, wie wir einen seit Jahrzehnten vermauerten Gang belüften und beleuchten können. Strom brauchen wir auch.«

»Geht in Ordnung.«

»Unser Informant behauptet, er habe die Zugänge nur einlagig vermauert, aber das kann falsch sein.«

»Dann denk dir was aus, wie wir das ganze Werkzeug in den Keller schaffen, Doktor. Wenn wir anschließend noch brechen sollen, klopfe ich keine Wand mit Hammer und Meißel auf.«

»Okay. Bodo, die Elektroarbeiten im Hotel werden von einer Firma *Gärtner & Roedicke* ausgeführt, aber den Auftrag für den Umbau haben sie nicht bekommen. Schau dir die Firmenwagen an, kauf zwei, die genauso aussehen, bring sie auf Vordermann und besorg dir Schilder oder Klebefolien oder was weiß ich mit der Aufschrift *Gärtner & Roedicke*.«

»Mach ich.« Bodos Stimme kratzte vor Eifer.

»Ich habe bereits eine Villa in Heiligenhaus gemietet, du wirst die Wagen etwas bewegen und dort in unregelmäßigen Abständen abstellen, die Nachbarn sollen sich daran gewöhnen.«

Bodo nickte mit glänzenden Augen.

»Außerdem wirst du für beide Wagen einen Satz falscher Kennzeichen besorgen, die wir nur am Tag X benutzen.«

»Geht klar, Doktor.«

»Nun zu dir, Aja.«

Sie seufzte, was Sylvia mit einem bösen Blick quittierte.

»Das Hotel hat eine Putzkolonne für die groben Arbeiten engagiert. Ausländerinnen, Illegale und so. Du bekommst Papiere auf den Namen Anja Beckum und läßt dich für diese Kolonne von der Firma anstellen.«

»Oh Gott, putzen.« Sie schauderte, ehrlich entsetzt.

»Sieh zu, daß du die Schlüssel bekommst, und Katte wird dir zeigen, wie man Abdrücke macht.«

Alle lachten, als sie ihre schönen Augen verheißungsvoll in Richtung Katte kullerte, der sich allerdings heftig an die Stirn tippte.

»Arntzen ist Witwer.«

Alle Blicke richteten sich verstohlen auf Sylvia, die spöttisch lächelte; sie kannte ihre Aufgabe schon.

»Sylvia und Achim werden als Ehepaar zu Arntzen gehen, wo sie sich ein Schmuckstück aussuchen soll. Aber sie kann sich nicht entscheiden, Achim wird ungeduldig herumlaufen und sehen, ob er Alarmanlagen entdeckt.«

Nach einer Weile nickte Achim zustimmend. Von Infrarotschranken und Bewegungsmeldern auf Ultraschallbasis verstand er eine Menge.

»Gut, dann wäre erst einmal alles klar. Ab jetzt vermeiden wir persönliche Kontakte, der Sachse ist Anlaufstelle, und ihr lest jetzt aufmerksam durch, was ihr in den nächsten Tagen erledigen müßt.«

Der Doktor und seine Pläne, ein allgemeiner Seufzer füllte den kahlen Raum, aber fünfzigtausend waren ein überzeugendes Argument. Sauberes Geld, das sie ohne Bedenken ausgeben durften. Und die Prämie würde mindestens hundert Riesen betragen, sie kannten ihren Doktor. Außerdem ein großzügiges Gehalt für die nächsten Monate, unterm Strich rechnete es sich.

Auf der Rückfahrt schwieg sie so demonstrativ, daß er endlich leise lachte: »Also, raus mit der Sprache.«

»Nichts«, murrte sie.

»Liebe Sylvi, ich kenne dich jetzt seit mehr als zehn Jahren. Du hast was auf dem Herzen.«

Nach zwei Minuten drückte sie heftig ihre Zigarette aus: »Ja, das habe ich.«

»Und was?«

»Mir gefällt das nicht.«

»Was? Mein Plan?«

»Daß ich da mitmachen soll. Verdammt, Doktor, ich habe keine Lust mehr, immer wieder krumme oder nur halb gerade Dinger zu drehen. Mit solchen Sachen will ich nichts mehr zu tun haben.«

So schnell ließ er sich nicht aus der Ruhe bringen, und ihr heftiger Ton beeindruckte ihn überhaupt nicht. »Fünfzigtausend für eine Viertelstunde Theaterspielen, auf solche Gagen mußt du lange warten.«

»Du weißt genau, was ich meine!« brauste sie auf, und jetzt schwieg er lange, blinkte schließlich und steuerte auf einen Parkplatz.

Als er den Zündschlüssel drehte, warf sie ihm einen unruhigen Blick zu.

»Ja, ich glaube, ich weiß, was du meinst«, begann er in dem schleppenden Tonfall, den sie insgeheim fürchtete. »Du willst Sicherheit. Auf Dauer versorgt sein.«

»Ist das nicht verständlich?«

»Sicher, doch. Aber nach zehn Jahren müßtest du wissen, daß ich nicht der richtige Mann dafür bin.«

»Und warum nicht?«

»Weil ich ein Einzelgänger bin und bleibe. Du hast es gewußt, als du zum ersten Mal zu mir gekommen bist, freiwillig, aus eigenen Stücken, wenn ich dich daran erinnern darf. Ich bin gerne mit dir zusammen, das gilt immer noch uneingeschränkt, aber ich binde mich nicht.«

»Dann gibt doch wenigstens diese blöden Projekte auf.«

»Warum? Erstens machen sie mir Spaß und vertreiben die Langeweile. Zweitens verdiene ich gut daran.«

»Eines Tages werden sie dich schnappen.«

»Möglich. Aber noch ist es nicht so weit. Ich habe dich gefragt, ob du mitmachen willst, und du hast es dir reiflich überlegt. Jetzt kannst du nicht mehr abspringen. Ich würde es ehrlich bedauern, wenn sich unser Verhältnis ändern sollte, aber ich kann und werde mich nicht ändern, Sylvi.«

Gelassen griff er wieder nach dem Zündschlüssel, und sie keuchte leise. Sie hatte Angst vor der Zukunft, aber die Furcht, den Doktor zu verlieren, war im Moment noch größer.

Achim hielt sein Aktenköfferchen so demonstrativ fest, daß es dem jungen Angestellten nicht entging. »Was kann ich für Sie tun?« fragte er höflich.

»Ich würde gern ein Schließfach mieten. Allerdings nur für sechs, höchstens sieben Wochen.«

»Natürlich, das ist kein Problem.«

Achim seufzte verlegen: »Wissen Sie, meine Firma hat mich drüben im *Kaiserhof* einquartiert, und da sieht mir alles etwas zu – hm – ...«

Der junge Mann lachte zustimmend: »Ich verstehe. Das Hotel schließt Ende Juni, es wird zu einem Bürohaus umgebaut. Und so was färbt natürlich auf die Stimmung der Mitarbeiter ab.«

»Ziemlich sogar.« Das kam so scharf heraus, daß der Angestellte aufmerksam wurde. Der Mann vor ihm wirkte mit einem Mal sehr selbstbewußt und hart. Jemand, der Anordnungen gab und seinen Zorn über das miserable Quartier nur deshalb zügelte, weil er sich Fremden gegenüber keine Vertraulichkeiten gestattete. Eilig bückte sich der Angestellte nach dem Formularblock. »Ich muß Sie leider um einen Ausweis bitten. Oder waren Sie schon einmal Kunde bei *Jäger & Pauli*?«

»Nein.«

Die Abteilung mit den Schließfächern lag im Keller, Achim folgte dem jungen Mann ohne auffällige Verzögerung. Die Treppe knickte zweimal ab, also liefen sie jetzt auf die Lindenallee zu. Die Gittertür, hinter der ein Wachmann saß, ging rechts von diesem Flur ab. Hinter der Stahltür links sollte dann der Tresor liegen, rechts der Souterrainraum mit den Schließfächern. Wenn er die Größe der Schalterhalle richtig abgeschätzt hatte, stieß die Wand dieses Schließfachkellers an die Trennwand der beiden Häuser. Respektive an den Fluchtgang unter der Lindenallee hindurch. Zehn Meter, schätzte Achim und wartete geduldig, bis der junge Mann die Formalitäten erledigt hatte. Die Querwand lag frei, dort waren drei kleine Kabinen für die Schließfachbesitzer eingerichtet, die unbeobachtet ihre Kassette füllen oder leeren wollten.

»Folgen Sie mir bitte?«

»Danke.«

Zufällig stieß er mit dem Aktenkoffer gegen die Wand. Ein fester Ton, massives Mauerwerk. Wenn die Pläne stimmten, befand sich der frühere Zugang zum Tunnel direkt in der Verlängerung der mittleren Schließfachreihen, an der Querwand mit den drei Kabinen aus dünnen Brettern und Vorhängen. Nun ja, er war nicht zum letzten Mal hier. Im Türrahmen hatte er jedenfalls keine Vorrichtung für eine Licht- oder Infrarotschranke entdeckt, und auf seine Augen konnte er sich verlassen.

»Gnädige Frau, das ist ein selten schönes Stück.«

»Ja, wirklich wunderschön«, hauchte Sylvia hingerissen. Ein Rubin in einer schlichten Fassung, ungewöhnlich geschliffen, so daß er das Licht fast so intensiv brach wie ein Brillant. Eine dünne Goldkette, kein Stück, das auf den ersten Blick auffiel oder seinen Wert verriet.

Peter Arntzen war zu lange im Geschäft, um jetzt noch etwas zu empfehlen oder eifrig zu lächeln. Die Kundin hatte ihren eigenen Geschmack, so etwas blitzschnell zu erkennen und sich darauf einzustellen, machte die Kunst des Verkaufens aus, und er hatte nach dem ersten Blick begriffen, daß sie nicht zu beeinflussen war.

Sylvia nahm die Kette ab und studierte das Preisschild, lächelte und drehte sich um. »Achim, ich hab was gefunden.«

Achim grinste breit und schüttelte den Kopf. Er hatte sich als erstes einen der beiden Hocker organisiert, manche Sachen konnte man nicht beschleunigen, das lernte man als Ehemann, und kluge Ehemänner versuchten auch gar nicht, daran etwas zu ändern. Wirklich gebraucht wurde er nicht, aber irgendwie gehörte es sich, daß der Mann die Wahl guthieß und hinterher die Brieftasche zückte. Und weil das teure Eheweib sich mal wieder nicht entscheiden konnte, war er bald aufgestanden und hin- und hergetigert, hatte sich die Auslagen angesehen, den Inhalt der Glastheken studiert, einzelne Stükke in den Glasschränken hinter den Theken bewundert und alle aushängenden Zertifikate mehr als einmal gelesen. Wenn ihm die amüsierten Blicke des Personals begegneten, verzog er den Mund schräg und zwinkerte. Man verstand sich; Männer mußten leiden, wenn Frauen etwas für die Schönheit kauften.

»Bist du sicher?« fragte er gerade so patzig, daß die beiden Verkäuferinnen ihre Heiterkeit unterdrückten.

»Ich schon!«

»Aha, ich verstehe!« Ein Ritual, oft praktiziert in diesem stillen Raum. »So, so.« Er drückte die Zigarette aus und schlenderte zur hinteren Theke.

»Gefällt es dir?« erkundigte sie sich eifrig.

»Hauptsache, es gefällt dir.«

»Das tut es«, versicherte sie schnell und hielt ihm das Preisschildchen hin. Weil es von ihm erwartet wurde, zuckte er kurz zurück und stöhnte leicht.

»Schlimm?«

»Es hätte schlimmer kommen können«, antwortete er einigermaßen ungalant.

Peter Arntzen schmunzelte. Wenn Achim ein erfahrener Ehemann war – und so sah er eigentlich aus –, hatte er seiner Frau ein niedriges Limit vorgegeben, wohl wissend, daß sie es überschreiten würde. Aber weil sie auch eine erfahrene Ehefrau war, kannte sie den Trick und würde die Überraschung über seine unerwartete Großzügigkeit spielen müssen. Doch diesmal täuschte er sich; die beiden musterten sich eine ganze Weile, er runzelte die Stirn, sie hob die Augenbrauen, und danach verzichteten sie auf jedes Theater.

»Wir nehmen es«, verkündete Achim gelassen, und Sylvia warf ihm eine kleine Kußhand zu.

Er zahlte bar, und während die Verkäuferin nachzählte, nutzte er die letzte Gelegenheit, sich umzuschauen und in den schräg hängenden Sicherungsspiegeln oberhalb der Kasse, die den Kollegen auf der anderen Seite des Verkaufsraumes einen Blick auf das Gesicht des Kunden erlaubten, nach Warn- und Alarmanlagen zu suchen. Entdeckt hatte er nichts, so sorgfältig er auch die Einrichtung inspizierte. Die aufrollbaren Scherengitter über den beiden Schaufenstern und dem Eingang waren modern, auch die Tür besaß eine neuartige Panzerglasscheibe mit eingelassenen Stahlfäden. Wenn ihn nicht alles täuschte, wurde die Treppe in den Keller mit einer Stahltür gesichert, das Markenzeichen kannte er: *S & K*. Eine sehr gute, sehr konventionelle Sicherung gegen unerwünschte Besucher. Hoffentlich die einzige.

»Wie heißt du?«

»Beckum, Anja Beckum.«

»Du bist Deutsche, wie?«

»Ja, sicher!« knurrte Aja. Die Vorarbeiterin war ein widerliches Stück und behandelte die Ausländerinnen wie Dreck.

»Zum ersten Mal hier?«

»Ja.«

»Aha. Diese Bimbas verstehen alle kein Deutsch. Oder tun so. Du übernimmst das Erdgeschoß und den Keller und achtest ...«

»Muß das sein? Ausgerechnet der Keller?«

Die Stämmige vertrug keinen Widerspruch: »Du kannst auch gleich wieder verduften. Den Keller. Und paß auf, daß die wirklich arbeiten.«

Aja nickte nur. Als sie bei der Reinigungsfirma nach Arbeit fragte, hatte der fette Besitzer sie stumm taxiert. Ungerührt gab sie den Blick zurück, bis der Mann unangenehm kicherte: »Du brauchst Kohle, wie?«

»Wäre ich sonst hier?«

»Na schön. Bar auf die Hand, verstanden? Das Wort Sozialabgaben kenne ich nicht, keine Ansprüche, die gibt's bei mir nicht, Steuern sind was für die Dummen. Jammern kannst du dir schenken, es warten genug andere auf den Job. Alles klar?«

»Bei Stinktieren immer.«

Das Kichern war in ein erheitertes Meckern umgeschlagen, doch als sie schon die Klinke herunterdrückte, erkundigte er sich in einem beiläufigen Ton, der sie alarmierte: »Wieso will eine wie du ausgerechnet putzen?«

Ganz langsam drehte sie sich um und fixierte den Fetten, ihr Zorn war nicht einmal gespielt. Doch er war zu abgebrüht und hielt dem Blick ungerührt stand.

»Was soll das heißen?«

Statt einer Antwort zuckte er die Achseln, und sie begriff, daß er gemein, widerlich, aber auch mißtrauisch war.

»Du meinst, wenn ich mich hinlege und die Beine breit mache, kommt mehr in die Kasse?«

»Zum Beispiel.«

»Also, du Scheißkerl, es gibt Frauen, die lieber arbeiten als auf den Strich gehen. Ich bin geschieden. Erst hat er mein Geld durchgebracht, dann meine beste Freundin ins Bett gezerrt und mich hinterher zum Dank verprügelt. Und das Gericht hat mich verdonnert, ihm Unterhalt zu zahlen, der Arme bekommt nämlich solche Schmerzen, wenn er sich regelmäßig bewegen muß. Zufrieden?«

»Grüß das Sozialamt von mir!«

Der Keller des *Kaiserhofs* sah schlimm aus. Hier war seit Monaten nicht mehr gründlich gereinigt worden, defekte und verstaubte Glühbirnen steckten in den Fassungen, offenbar wurde nur noch der hintere Teil des Untergeschosses regelmäßig benutzt; in den anderen Ecken türmte sich Gerümpel. Die Türkinnen und Afrikanerinnen begannen schon stumm und hastig mit der Arbeit. Nach hinten heraus, zur Tiefgarage, lagen die Weinkeller, fest verschlossen, und mehrere Vorratskeller. Die Waschküche wurde nicht mehr benutzt; in dem früheren Bügelraum standen alte Fahrräder und defekte Elektrogeräte. Halbwegs neu und modern sah nur der Kühlraum aus.

Aja schlenderte nach vorn zur Straßenseite. Dieser Teil diente inzwischen als Lager für alte Möbel: Betten, Stühle und Schränke. Was immer defekt, beschädigt oder unbrauchbar war, hatte man hier wild übereinander gestapelt. Reparatur lohnte nicht mehr. Von den Wänden rieselte der Putz. Trotz aller Mühe konnte sie ein nachträglich gemauertes Stück nicht entdecken. Aber der Zugang zu den Wänden war jederzeit möglich. Das alte Mobiliar ließ sich leicht wegräumen, das war das Wichtigste. Aja holte Luft und schwang ihren Besen. Auf Befehl des Doktors hatte sie einen Teil ihrer langen Haare geopfert und den zu einer häßlichen Strubbelfrisur verunstalteten Rest dunkel gefärbt. Mit der kleinen, stramm sitzenden Nickelbrille und dem echten Fensterglas sah sie so anders aus, daß niemand Alexandra Aglaja von Alten, mit Kosenamen Aja, wiedererkennen würde.

Die Vorarbeiterin hatte offenbar noch andere Objekte zu beaufsichtigen. Schon am dritten Tag winkte sie Aja heran: »Hör mal, Beckum, du hast ein Auge auf die Weiber, verstanden?«

»Meinetwegen.«

»Laß die Farbigen ruhig schwitzen, die sind das gewöhnt und haben hier sowieso nichts verloren. Hier, paß auf die Schlüssel auf, ich bin in einer Stunde wieder da.«

Peter Arntzen betrachtete sie voller Bewunderung, und Sylvia hatte Mühe, ein Lächeln zu zerkauen. Der Rubin-Anhänger machte sich gut in dem tiefen Ausschnitt auf der braunen Haut, und ihm fiel auf, daß sie nicht nur eine ungewöhnlich attraktive, sondern sogar eine schöne Frau war. Als sie ihm die Hand hinstreckte, verbeugte sich der Juwelier: »Ich freue mich, daß Ihnen der Stein gefällt.«

»Er ist wunderschön, Herr Arntzen.«

»In diesem Punkt paßt er ganz zur Trägerin.«

»Danke«, lächelte sie ohne Verlegenheit. Komplimente verwirrten sie nicht, beleidigten sie auch nicht.

»Was kann ich für Sie tun, gnädige Frau?«

»Ich brauche Ihre Hilfe.« Sie öffnete ihre große Handtasche, zögerte dann und fragte heiter: »Haben Sie einen Moment Zeit für mich?«

»Natürlich.« Die beiden Kunden wurden bedient, und zwei Verkäuferinnen waren schon mit der Abrechnung beschäftigt. Im Hinterzimmer belud seine Geschäftsführerin bereits die Schmuck-Paletten, die nachher im Keller-Tresor eingeschlossen werden sollten. In der letzten halben Stunde vor Geschäftsschluß kamen selten Kunden, die kaufen wollten, viele schauten nur.

»Wir haben einige Jahre in Südamerika gelebt«, sagte Sylvia und lachte. »Und ich habe zuviel Geld für Steine ausgegeben. Behauptet jedenfalls mein Mann. In einem Punkt hat er recht, anfangs habe ich mir wohl viel

Schund andrehen lassen. Aber von einigen Stücken bin ich immer noch überzeugt. Jetzt brauche ich einen Fachmann, der die Steine taxiert. Ich will sie nicht verkaufen, aber ich möchte auch nur die besten fassen lassen.«

»Ja, das könnte ich erledigen. Nicht bei allen Steinen, Brillanten würde ich lieber von einem unabhängigen Fachmann schätzen lassen, weil ...«

»Himmel hilf!« unterbrach sie ihn resolut. »Zu Brillanten hat's nie gelangt. Smaragde, Rubine, Topase, Amethyste, Turmaline, was halt so auf den Märkten verkauft wird.« Sie holte einen Lederbeutel heraus. »Darf ich Ihnen mal den ganzen Schmutz zeigen?«

Bevor er antworten konnte, hatte sie schon die Schlaufe aufgezogen und den Beutel umgekippt. Arntzen wollte noch protestieren, doch nach einem Blick auf ihr Gesicht verzichtete er darauf, seufzte aber leise. Vor ihm lag ein kleiner bunter Berg in allen Farben, die unter dem Licht der Halogen-Lampen so verführerisch wie verwirrend funkelten. Selbst für sein geübtes Auge waren in dieser Menge echt und falsch, wertvoll und billig nicht zu unterscheiden, es mochten an die hundertfünfzig Steine sein. Große und kleine, rohe und schon geschliffene. Einige glühten, als sammelten sie das Licht, andere schimmerten stumpf und brüchig. Vorsichtig breitete der Juwelier den kleinen Haufen auf der Glasscheibe aus. Es war genau so, wie sie vermutet hatte, einige schöne Stükke, viele mittelmäßige und zum Teil ausgesprochener Schund. Ein goldorangener Topas mit Brillantschliff, eine Seltenheit. Aquamarine, darunter zwei kostbare dunkelblaue Exemplare; er hob sie gegen das Licht und bewunderte eine fehlerfreie Schattierung. Rosa Turmaline mit symmetrischen Einschlüssen. Citrin-Topase. Ungewöhnlich große und gleichmäßige Kaoline. Von einigen Stükken würde er ohne jede Prüfung annehmen, daß es Diamanten waren. Andere sahen sehr nach Bergkristall aus, nein, da mußte er jedes Stück einzeln begutachten.

»Sie mögen Steine?«

Ihre Frage riß ihn aus seiner Verzückung. »Ja«, gestand er leise, »ich bin auch ein paar Jahre in Südamerika gewesen. In Brasilien, in Diamantina, in Minas Gerais, ich habe

Steine gebrochen und Drusen gesucht. Es waren schöne Jahre. Die schönsten«, setzte er hinzu und wunderte sich einen Moment, daß er so viel von sich verraten hatte.

»Für mich auch«, stimmte sie mit flacher Stimme zu. »Jetzt haben wir schon zwei Dinge gemeinsam.«

»Auf die Schnelle kann ich die Steine nicht schätzen«, bedauerte Arntzen und füllte sie in den Lederbeutel zurück.

»Das sollen Sie auch nicht«, befahl sie vergnügt und zwinkerte. »Ich lasse sie hier, Sie nehmen sich Zeit, und Sie entscheiden, welcher Stein eine Fassung lohnt.«

»Wissen Sie, daß Sie leichtsinnig sind? Steine für eine Viertelmillion oder mehr in der Handtasche herumzuschleppen?«

»Sehe ich so aus, als lohne sich bei mir ein Überfall?«

»Doch, das tun Sie«, erwiderte er ernsthaft. »Wir verplomben jetzt diesen Beutel, ich gebe Ihnen eine Quittung, und dann packe ich alles unten in unseren Tresor. Mir wäre sehr unbehaglich, wenn Sie mit diesen Steinen ohne Schutz auf die Straße gingen.«

»Oh!« machte Sylvia überrascht. »Wem gilt Ihre Sorge? Den Steinen oder mir?«

»Zuerst Ihnen, und dann den Steinen.«

Lange Sekunden wich er ihrem Blick nicht aus. Sie war eine erfahrene Frau, zu beeindruckend, um in diesem Moment an das Geschäft zu denken, und ihre Miene ließ erkennen, daß sie ihn durchschaute, in diesem Moment sogar verstand. Endlich zuckte es in ihren Mundwinkeln: »Die Marquise von Scudery würde sich gern von ihrem Cardillac zu einem Wein einladen lassen.«

»So blutrünstig bin ich nicht«, wehrte er ab und hatte plötzlich einen trockenen Mund.

»Dann warte ich draußen auf Sie!«

Das Zimmer im zweiten Stock war für seine Zwecke ideal gelegen. Hinter den altmodischen, dichten Stores fielen die beiden Stative mit den Camcordern nicht auf, wenn er kein Licht anknipste, und von der Straße aus ließen sie sich nicht sehen. Die Leute, die in den Büros im zweiten Stock auf der anderen Straßenseite arbeiteten, hatten das

Interesse an den Hotelgästen verloren, jedenfalls war ihm trotz stundenlanger Kontrolle nie aufgefallen, daß jemand zu ihm herübergeschaut hätte, wenn er die Stores oder die Übergardinen bewegte.

Bei dem Juweliergeschäft Arntzen hatte er keine Zweifel mehr. Neben dem linken Schaufenster gab es einen Eingang für die Büros, die über dem Geschäft lagen. Gegen 18.30 Uhr fuhren die schweren Scherengitter vor den beiden Auslagen und dem Geschäftseingang herunter, dann dauerte es zwei oder drei Minuten, bis entweder der Juwelier oder eine ältere Angestellte aus dem Seiteneingang auf die Lindenallee trat. Auch sie schien Schlüssel für das Geschäft zu besitzen; Achim hatte sie mehrmals morgens beobachtet und auf Videoband aufgenommen, wenn sie noch vor Arntzen durch den Seiteneingang das Haus betrat. Zwei, drei Minuten später hoben sich die Scherengitter, und anschließend wurde die Tür zum Geschäft von innen aufgeschlossen.

Die Bank beobachteten Achim und der Doktor noch. Ganz rechts, fast schon an der Ecke Lindenallee/Eichenstraße, existierte eine Art Personaleingang, der ebenfalls mit einem ferngesteuerten, einbruchsicheren Rolladen gesichert war. Der Haupteingang der Bank, eine zweiflügelige Glastür, zu der acht Stufen hinaufführten, wurde nachts durch ein innen herabgelassenes Gitter geschützt. Die ziemlich hoch über dem Bürgersteig liegenden Fenster des Erdgeschosses waren mit sehr stabilen, fest eingemauerten Ziergittern versehen, durch die sich nicht einmal ein Kind zwängen konnte.

Zweimal hatte Achim abends gefilmt, wie sich der Rolladen und das Schutzgitter senkten, obwohl sich kein Mensch in der Nähe der beiden Türen befand. Also wurden die Motoren entweder über eine Fernsteuerung angeworfen – oder von einem Menschen bedient, der sich anschließend nicht durch die Türen zur Lindenallee entfernte. Was das bedeutete, wollte er nicht allein entscheiden.

Der Doktor hatte sich belustigt in dem hohen Zimmer mit seiner verblichenen und verschlissenen Eleganz umgesehen und dann genickt: »Es gibt einen Hinterausgang der Bank, der auf den Innenhof der Hauptpost führt. Das werden wir morgen überprüfen.«

Achim drückte die Taste des Funksprechgeräts: »Unsere Freunde verlassen die Party.«

»Verstanden!« quäkte es prompt zurück.

Zwei Minuten später gab er die nächste Meldung durch: »Der Hausherr verriegelt die Haustür.« Im Fernglas konnte er sehen, wie sich das Gitter im Zeitlupentempo hinabsenkte.

»Verstanden.«

Keine Minute später war die nächste Durchsage fällig: »Der Hausherr verschließt den Seiteneingang.« Der Rollladen knallte regelrecht auf den Boden.

»Verstanden.«

Zwei weitere Minuten später schnarrte das Funksprechgerät: »Der Hausherr verdrückt sich durch die Hintertür.«

»Na prima.« Achim setzte das Glas ab. Das ergab Sinn: ein Mitarbeiter der Bank, der Schlüssel zu der Hintertür besaß, kam als erster, ging als letzter und bediente innen in der Bank die Schalter der Sicherungsgitter für den Haupt- und den Personaleingang. Gut möglich, daß innerhalb des Gebäudes bestimmte Abteilungen auf ähnliche Art und Weise abgesperrt waren, aber das störte sie nicht, im Gegenteil, es verringerte die Gefahr, daß in der Bank zusätzliche Alarm- und Kontrollanlagen über Nacht eingeschaltet wurden.

Erleichtert drehte Achim den Kopf nach links und erstarrte. Das war doch – automatisch schaltete er den linken Camcorder ein, der auf den Seiteneingang neben dem Juweliergeschäft Arntzen gerichtet war. Das war Sylvia, kein Zweifel, die Freundin des Doktors, und der Mann, der jetzt aus dem Gebäude kam und sie wie eine gute Bekannte begrüßte, war Peter Arntzen. Der Recorder schnurrte leise. Zusammen gingen sie fort, in eine angeregte Unterhaltung vertieft, und erst nachdem sie außer Sicht waren, wagte Achim wieder auszuatmen. Sylvia und Peter Arntzen! Das stand nicht in den ellenlangen Vorschriften, die der Doktor verteilt hatte. Wie ein Automat nahm er die Kassette aus dem Gerät, legte sie aufs Bett und räumte seine Geräte zusammen, die er in einem Stahlkoffer verschloß, um sie heute abend in sein Auto zu packen. Für den Wagen hatte er in der Tiefgarage hinter dem Hotel einen Platz gemietet – hauptsächlich, um an der Rezeption offziell einen Schlüssel für die Verbindungstür zu erhalten. Was sollte er bloß tun?

Gegen neun Uhr erreichte er den Sachsen am Telefon. »Hör mal, Harry, ich habe hier eine Video-Kassette, die du dir unbedingt ansehen mußt.«

»Du weißt doch, ich hasse Fernsehen.«

»Hör auf mit deinen blöden Witzen. Ich fürchte, das wird ernst.«

Viertes Kapitel

Die Leiche sah schrecklich aus. Offenbar war sie mehrere Wochen mit einem Gewicht am Grund des Rheines gehalten worden, bis sich der Knoten gelöst hatte. Der aufschwimmende Körper war mehrfach mit Schiffsrümpfen kollidiert, bis ihn eine Strömung ans Ufer gespült hatte. Der nächtliche Sturzregen war in ein enervierendes Nieseln übergegangen, der Tag würde nicht mehr hell werden. Zwanzig Meter vom überschwemmten Ufer entfernt schaukelte ein Boot der Wasserschutzpolizei.

Die Bergungsmannschaft hatte kehrtgemacht und sich hohe Gummistiefel organisiert. Alles klebte, und der nasse Lehm verbreitete sich auf Hosen, Jacken und Geräten, als würde er dafür bezahlt.

Küppers fluchte leise und ausdauernd. Die spöttischen Gesichter der Kollegen auf dem trockenen und warmen Boot konnte er sich gut vorstellen. Irgendein Übereifriger hatte den Toten, der sich am Ufer im Gestrüpp verfangen hatte, im Gras entdeckt; zur Bergung durften sie dann anrücken.

»Können Sie schon was sagen?«

Der Arzt schüttelte unwillig den Kopf: »Nein. Was ich weiß, sehen Sie auch. Männlich, um die Sechzig, seit wenigstens sechs Wochen im Wasser.«

»Gibt es eine sichtbare Todesursache?«

»Nee, und ich werde den Teufel tun, ihn hier zu untersuchen. Sonst gibt's nämlich den zweiten Toten, gestorben an Lungenentzündung. Packen Sie ihn ein.«

Küppers winkte seinen Leuten: »Vorsicht mit den Händen! Wir brauchen Fingerabdrücke, ruft lieber im LKA an, bevor ihr was zerstört.« Sinnlos, hier nach Spuren zu suchen, der Mann war irgendwo stromauf ins Wasser geworfen worden, und ohne das Rhein-Hochwasser, das einen Teil der Uferwiesen überschwemmte, hätte die Leiche bis in die Niederlande treiben können. Jetzt mußten sie den Toten erst einmal identifizieren, dann konnten sie nach dem Mörder suchen. Denn um Mord handelte es sich aller Wahrscheinlichkeit nach. Selbstmörder pflegten sich äußerst selten einen Strick um die Füße zu binden. Was immer an dem losen Ende gehangen hatte, lag jetzt irgendwo auf dem Grund. Scheißspiel!

Küppers nieste, und der ganze Trupp brüllte wie auf Kommando: »Gesundheit!«

Ihre versteckte Heiterkeit entging ihm nicht, aber er schwieg, während sie durch die Räume schlenderte und ihr Lächeln verlor. Er hatte Angst, etwas Falsches zu sagen, und ihm lag sehr viel daran, daß sie ihn richtig verstand.

»Seit wann bist du Witwer?« fragte sie nachdenklich.

»Seit elf Jahren.«

Melancholisch nickte sie, es waren Zimmer oder vielmehr Wände mit Decken und Böden, vor die Einrichtungsgegenstände gestellt waren.

»Warum hast du das gefragt?«

»Weil es ein Haus ohne Leben ist.«

Peter Arntzen seufzte leise. Natürlich hatte sie recht, er fühlte sich auch nicht wohl in dieser für ihn viel zu großen Villa, aber er hatte es nie über sich bringen können, das Haus zu verkaufen.

»Und ich wette mit dir, daß du keine Haushälterin angestellt hast, sondern eine zuverlässige Putzfee, die morgens kommt und mittags wieder geht.«

»Die Wette hast du gewonnen.«

»Sie macht hier sauber, aber sie wohnt hier nicht. Keine Frau würde so wohnen.«

»Ich mag keine fremden Menschen um mich herum.«

Erst als Sylvia leise lachte, ging ihm auf, was er gesagt hatte, doch bevor er etwas verbessern konnte, legte sie ihm schnell einen Finger vor die Lippen: »Lieber Peter, wir müssen ernsthaft miteinander reden.«

»Worüber?«

»Ich bin verheiratet.«

»Ich weiß. Es klingt gehässig, aber ich hatte bis jetzt den Eindruck, daß du in deiner Ehe nicht glücklich bist.«

»Glücklich?« zögerte sie. »Vielleicht nicht, aber zwischen nicht glücklich und Scheidung liegt eine große Strecke.«

»Sylvia, ich hätte nie gewagt, als erster von Scheidung zu reden.«

Unwillig schüttelte sie den Kopf: »Das wollen wir auch nicht tun. Nicht jetzt.«

»Ich bin ein altmodischer Mensch ...«

»Und ich ein neumodischer Mensch, der sich Zeit nimmt.«

»Ja«, sagte er traurig. Sie schaute zu Boden. Es lief nicht so, wie sie es geplant hatte, und der Fehler lag bei ihr. Zu Anfang hatte sie heimlich über den schwerfälligen Mann gelacht, den sie offen hofierte und der sich so schwertat, seine Zuneigung zu zeigen. Aber irgendwann hatte ihr sein Benehmen Respekt abgefordert oder sie hatte begonnen, sein Verhalten mit dem der Männer zu vergleichen, für die sie gearbeitet hatte. Darunter waren phantastische Liebhaber, und was sie in der Hinsicht bei Peter Arntzen erwartete, konnte sie sich gut vorstellen. Doch für diese Männer war sie bestenfalls eine Kumpanin, ein Vergnügen auf Zeit gewesen, und eben die Zeit lief ihr langsam davon. Sie vermißte etwas, Vertrauen oder Zärtlichkeit oder Sicherheit, was ihr auch der Doktor nicht bot, obwohl er sich in vielen Punkten anders, besser benahm, und seit ihrer ersten Begegnung beschäftigte sie der Gedanke, ob sie das nicht bei Peter Arntzen, dem verwitweten, kinderlosen Juwelier finden würde. Wenn sie ihren Job hinschmiß, was der Doktor nicht dulden würde. Liebe war ein großes Wort, das sie nicht gern benutzte, und für Arntzen verspürte sie plötzlich, was sie selbst beunruhigte, Zuneigung.

»Ich habe einen sehr schönen Bordeaux im Keller«, schlug er unsicher vor und riß sie aus ihrer Grübelei.

»Gerne.«

Als er das Tablett hereinbalancierte, lachte sie ihn fröhlich an: »Ich weiß jetzt, warum du mir so lange Ketten für die beiden Anhänger empfohlen hast.«

»So? Und weshalb?«

»Du hast doch gesagt, daß Steine nur auf der Haut leben.«

»Ja, das stimmt auch«, erwiderte er ernsthaft und zog fast zärtlich den Korken.

»Aber tiefere Ausschnitte kann ich beim besten Willen nicht mehr tragen, Peter.«

»Nein, das ist auch richtig.«

»Was machen wir da?«

Verlegen hob er das Glas: »Zum Wohl, Sylvia.«

»Zum Wohl, Peter.« Sie setzte das Glas ab und knöpfte ihr Kleid auf, bis er nach ihren Händen griff und sie küßte. Einen winzigen Moment lang vermißte sie Leidenschaft, aber sie hatte es so gewollt, und seine Hände auf ihrem Busen waren angenehm warm und zärtlich.

Küppers schaute den Gerichtsmediziner ungläubig an: »Das ist nicht Ihr Ernst.«

»Doch, doch. Der Mann war tot, als er in den Rhein geworfen wurde. Kein Wasser in den Lungen, Sie kriegen's schriftlich, Herr Kommissar.«

»Und woran ist er gestorben?«

»Tut mir leid, das kann ich Ihnen noch nicht sagen.«

»Was soll das heißen?« Küppers wurde langsam ungeduldig.

»Das soll heißen, daß wir bei der Obduktion keine Wunde oder Verletzung gefunden haben, die zu einem gewaltsamen Tod geführt hat. Im Moment ist denkbar – bitte beachten Sie: im Moment, wir sind noch nicht mit allen Untersuchungen fertig –, daß er eines natürlichen Todes gestorben ist.«

»Und jemand wollte sich die Beerdigungskosten sparen?«

»Zum Beispiel.« Der Arzt blieb ruhig, weil er die Nöte des Polizisten zu genau kannte. »Es gibt kein Zeichen körperlicher Gewalt, keine Prellungen oder Quetschungen oder Blutergüsse vor dem oder während des Exitus.«

»Auch das noch!« Küppers blies viel Luft ab. Bis jetzt wußten sie nicht, wer der Tote war, die Kleidung hatte keinen Hinweis enthalten, Schriftliches hatten sie bei ihm nicht gefunden, und die mit viel Mühe und Aufwand gesicherten Fingerabdrücke wurden noch im Landeskriminalamt ausgewertet, das angeblich mit Arbeit überlastet war. Zur Not konnte der Gebißabdruck weiterhelfen; es waren zwei ungewöhnliche Arbeiten ausgeführt worden. Aber solche Rundfrageaktionen bei den Zahnärzten dauerten endlos. Und die Hochwasserwelle des Rheines nach den vier Tagen Dauerregen vereitelte jeden Versuch, mit Hilfe der Strömungsgeschwindigkeit den Ort zu ermitteln, wo der Tote ins Wasser geworfen worden war.

»Na schön, dann erzählen Sie mir mal bitte, was Sie über den Toten wissen, Herr Doktor – ach ja, bitte für einen Laien.«

»Gut. Er ist um die sechzig Jahre alt. Magengeschwüre, wenigstens einmal operiert. Arteriosklerose, mindestens ein leichter Herzinfarkt, laienhaft ausgedrückt: er hatte ein schwaches Herz. Und nach dem Zustand seiner Lungen zu urteilen, würde ich sagen: kurzatmig. Für sein Alter zu schwach. Untergewicht. Seine Gelenke sind angegriffen, er konnte sich wohl noch ohne Beschwerden bewegen, aber keine schwere körperliche Arbeit mehr leisten.«

»Ist es denkbar, daß er schon Rente bezog?«

»Wenn er ein Handwerker oder Arbeiter war – ja, gut denkbar. Wenn nicht arbeitsunfähig, dann erwerbsgemindert.«

Küppers nickte und kritzelte in seinen Block.

»Die chemischen Untersuchungen der Organe sind noch nicht abgeschlossen; ich glaube allerdings nicht, daß wir Gift finden werden.« Der Arzt griente unbehaglich:

»Es tut mir leid, Herr Küppers, aber diesmal können wir Ihnen die Arbeit nicht abnehmen.«

»Ja, aber eine Frage hätte ich noch. Gesetzt den Fall, wir hätten die Leiche auf dem Land gefunden, sagen wir mal, zwei oder drei Tage nach dem Exitus. Hätten Sie dann etwas entdeken können, das jetzt durch das Wasser weggewaschen ist?«

»Sicher. Dreck unter den Fingernägeln. Oder Staub in der Kleidung.«

»Aber das Wasser hat keinen Hinweis auf die Todesursache beseitigt?«

Der Arzt kaute auf den Lippen. Sieben Wochen lang hatte die Leiche im Wasser gelegen, das konnten sie mit einiger Sicherheit behaupten, und in dieser Zeit – er zuckte die Achseln, und Küppers resignierte.

Otto Fröhlich staunte. Oberkommissar Kirchmann galt nicht als ausgesprochen geizig, aber im Revier war allgemein bekannt, daß er seine Groschen zusammenhielt. Und nun lud Kirchmann ihn in die Kneipe ein, das hatte es noch nie gegeben. Otto der Große klappte den Mund auf und zu, räusperte sich und hatte immer noch eine belegte Stimme: »Jau, gerne.«

»Und bring Miriam mit!«

Mich laust der Affe! dachte Otto Fröhlich und sagte laut: »Mach ich, Leo!«

Die Kneipe hieß, weil sie direkt neben dem Revier lag, *Zelle*, und viele Polizisten kamen nach Dienstschluß auf ein Glas vorbei. Das hatte sich herumgesprochen, deshalb warteten hier kleine Zuträger und Ganoven, die einen Tip loswerden oder versilbern wollten, auf ihre Kontaktleute. Der Wirt huldigte den drei Affen, sah nichts, hörte nichts, plauderte nichts aus und spielte gelegentlich den Vermittler zwischen Polizei und deren Kunden.

Miriam Wolff konnte es sich leisten, Kirchmann zu hänseln: »Was ist mit dir los? Hast du im Lotto gewonnen?«

»Nein«, antwortete der Oberkommissar bedächtig, »ich habe mich mal umgehört. Nach dem Untermieter eurer Mutter Krause.«

»Meine Mutter ist sie nicht«, protestierte Miriam, »das ist Jungchens Sache – au, du blöder Hund!«

Der große Otto und Kirchmann sahen sie verwundert an. »Ist was?«

»Nein, natürlich nicht«, preßte sie heraus und massierte ihren schmerzenden Knöchel.

»Die Kollegen von der Kripo haben einen Herrmann Stier in ihren Dateien. Einen guten Kunden, 59 Jahre alt, hat mehrfach gesessen, wegen Einbruch, Diebstahl, Körperverletzung. Vor einem Jahr ist er aus Werl entlassen worden. Seitdem nicht mehr auffällig. Und dieser Stier ist tatsächlich magenkrank, ist während der Haft operiert worden. Das könnte er sein.«

Otto Fröhlich nickte: »Du bist bestimmt so klug gewesen, dir ein Bild zu besorgen.«

»Bin ich.«

Das Photo war so scheußlich wie alle erkennungsdienstlichen Aufnahmen, Stier sah wie ein irrer Massenmörder aus, und Otto mußte genau hinschauen, um die tiefen Krankheitsfalten zu bemerken. Miriam erkannte diese Anzeichen schneller.

»Er sieht wirklich schlecht aus«, urteilte sie fast mitleidig.

»Ich hab mit dem Anstaltsarzt gesprochen«, gab Kirchmann zu, »und der meinte auch, Stier sei am Ende. Er soll in der Haft ganz ruhig gewesen sein.«

»Dann spricht einiges dafür, daß er sich tatsächlich eine Arbeit gesucht hat.« Otto Fröhlich überlegte laut. »Und wenn er bei Mutter Krause untergekrochen ist, kann ich gut verstehen, daß er ihr nicht die Wahrheit erzählt hat.«

»Richtig. Ihr beiden Hübschen werdet jetzt Mutter Krause besuchen, und wenn sie diesen Mann als ihren Untermieter identifiziert, schnappt ihr euch gegen Quittung den Koffer und liefert ihn auf dem Revier ab. Es sei denn, Bulle ist wieder aufgetaucht.«

»Bulle?« Miriam riß die hübschen Augen weit auf.

»Hast du dir schon mal überlegt, woher die zwei- und vierbeinigen Kälber kommen, liebe Miriam?«

Mutter Krause schnaufte unglücklich und mußte das Bild unendlich lange und gründlich studieren, bevor sie mit dünner Stimme bestätigte: »Ja, das ist er, Otto.«

»Fein, Mutter Krause, dann nehmen wir jetzt seine Sachen mit aufs Revier.«

»Ja, aber – aber – was soll ich denn sagen, wenn er zurückkommt?«

»Dann zeigen Sie ihm die Quittung, die wir Ihnen geben. Er weiß dann schon Bescheid.«

Mutter Krause sah zwischen dem großen Otto und der zierlichen Miriam hin und her. Nein, so ein Unglück aber auch! Kaum hatte man mal etwas Glück mit einem ordentlichen Untermieter, dann verschwand der gleich und die Polizei holte seine Sachen ab. Und wenn sie ehrlich war, aber das mußte sie ihren Besuchern ja nicht auf die Nase binden, vermißte sie auch die Miete und das Essensgeld.

Oberkommissar Harald Möller sprang fröhlich pfeifend die Treppen des Präsidiums hoch. Die Sonne wärmte aus einem wolkenlosen Himmel, das Thermometer war noch in der Nacht geklettert, und selbst in den Straßenschluchten schwebte etwas von dem verheißungsvollen Duft, der früher jeden Frühling begleitet hatte. So konnte man es aushalten, sogar die Kollegen grüßten freundlich.

Seine gute Laune erstarb jäh, als er das Fernschreiben überflog. Kurz vor der niederländischen Grenze war im Rhein eine männliche Leiche gefunden und anhand der Fingerabdrücke identifiziert worden: Herrmann Stier, 59, mehrfach vorbestraft, vor gut zwölf Monaten aus der JVA Werl entlassen mit Adresse seiner verwitweten Schwester, Marlies Lauterbach. Bisher kein Hinweis auf ein Tötungsdelikt. Allerdings war am linken Bein der Leiche ein Strickrest befestigt gewesen, wahrscheinlich für ein Gewicht, um den Körper unter Wasser zu halten. Kein Hinweis darauf, wo die Leiche in den Rhein geworfen worden war, deswegen gebe die Kripo Moers/Wesel den Fall an die für den Wohnort der Schwester zuständige Kripo ab. Akten folgen.

Möller wünschte sich Blitz, Hagel und Donner, als er

hinter dem Kollegen Küppers hertelefonierte, doch der freute sich ebenfalls über das schöne schöne Wetter und war nicht gewillt, sich seine gute Laune verderben zu lassen.

»Was soll ich denn machen?«

Das konnte Möller nicht beantworten, und weil Küppers ahnte, was der Kollege so dachte, versetzte er trokken: »Wir lassen die Leichen immer schön weitertreiben, die Holländer auch, und dann kommt ja auch schon die Nordsee. Aber in diesem Fall war ein Anfänger von der Wasserschutzpolizei übereifrig.«

»Arschgeige!« brummte Möller, und Küppers lachte erleichtert. Beide verschwiegen es, beteten aber heimlich, die Chemiker möchten bei der zweiten Organ-Untersuchung nichts finden. Denn sonst war, wegen des ungeklärten Todesortes, eine länderübergreifende Sonderkommission fällig, die sich niemand herbeisehnte. Es sei denn, das Landeskriminalamt wollte mal wieder praktisch arbeiten, aber die Brüder hielten sich unangenehme Arbeit gern vom Leib.

»Na gut«, schickte sich Möller in sein Schicksal, »es eilt ja nicht. Ich warte erst mal ab, bis ich die Akten auf dem Tisch habe. Kein Fremdverschulden – sag mal, habt ihr eigentlich Anzeige gegen Unbekannt wegen Gewässerverschmutzung erstattet?«

Nach diesem Hieb legte er mit etwas besserer Laune auf.

Während der Doktor las, saß der Sachse ganz still in seinem Sessel und atmete unwillkürlich flach. Es war immer das gleiche: Wenn sie sich draußen an einem neutralen Ort trafen, in einem Restaurant oder einem Café, fühlte er sich dem Doktor gewachsen, fast gleichberechtigt, dann waren sie Partner in einem Geschäft. Aber sobald er das Haus des Doktors betrat, ordnete er sich unwillkürlich unter, wagte kaum den Mund zu öffnen und wartete, bis er angesprochen wurde. Mit der Umgebung konnte das nichts zu tun haben, die beeindruckte niemanden, im Gegenteil, das Häuschen war altmodisch, klein und verwinkelt, nichts, in das er freiwillig eingezogen wäre, und die Möbel hatten ihre besten Tage hinter sich. Aber der Doktor liebte es, und natürlich hatte der Sachse schnell begriffen, daß es eine wirkungsvolle Tarnung darstellte. Er wußte auch, daß der Doktor niemanden gern in sein Haus ließ, mit dem er solche Aktionen plante und durchzog; insofern stellte es schon einen Vertrauensbeweis dar, daß er hier ein- und ausgehen durfte. Trotzdem atmete er jedesmal erleichtert auf, wenn er wieder ins Freie trat.

Und jetzt war etwas schief gegangen. Solche Pannen schätzte der Doktor gar nicht, und weil er ein vorsichtiger Mann war, der lieber Geld verlor, als eine Begegnung mit Polizei oder Staatsanwaltschaft zu riskieren, konnte es durchaus sein, daß er die Aktion ›Kaiserhof‹ abblies.

»Wer war das?« Gleichmütig faltete der Doktor die Zeitung zusammen und schien nicht im geringsten interessiert oder gar erregt. Das Photo im Lokalteil hätte er nicht wiedererkannt, aber auf den Namen Herrmann Stier und den Spitznamen ›Bulle‹ war er natürlich sofort angesprungen.

»Ich habe keine Ahnung, Doc. Außer uns beiden ist keiner mit Bulle zusammengetroffen.«

»Hast du den Namen Stier oder Bulle mal irgendwo fallen lassen?«

»Nein. Es gibt überhaupt nur eine winzige Chance, daß mich irgend jemand mit Bulle in Zusammenhang bringen kann ...«

»Dieser Rausschmeißer im *Kleeblatt*?«

»Ja. Er sieht zwar aus, als liege sein Intelligenzquotient irgendwo bei fünfzig, aber man weiß ja nie.«

»Hat er versucht, mit dir Kontakt aufzunehmen?«

»Nein. Auch Hagen nicht.« Der Sachse überlegte, ob er die junge Nutte erwähnen sollte, die ihn für den Bruchteil einer Sekunde in der Küche des Billardkellers mit Bulle zusammen gesehen hatte, aber dann entschloß er sich, diese Begegnung zu verschweigen. Sie war zu jung, um den Doktor oder ihn persönlich zu kennen.

Der Doktor hatte die Augen halb geschlossen und dachte nach. Die Fähigkeit, in Gegenwart anderer lange zu schweigen und nicht verlegen zu werden, beherrschte er perfekt. Der Bericht in der Zeitung hatte ihn nicht wirklich beunruhigt, aber die Frage, wer dem »mehrfach vorbestraften Herrmann Stier« ein Gewicht ans Bein gebunden und den Mann im Rhein versenkt hatte, beschäftigte ihn doch. Kein Grund zur Panik, das nicht, aber Anlaß zu verstärktem Mißtrauen und zu noch größerer Vorsicht. Und am Tage X würde er selbst auf Patrouille gehen.

»Schön«, murmelte der Doktor endlich, »wir machen erst mal weiter.« Obwohl er nichts anderes erwartet hatte, atmete der Sachse doch tief durch. »Wie weit ist Achim?«

»Er hat einen Plan des Kellers gezeichnet. Hast du den schon ...?«

»Ja. Das sieht nicht schlecht aus für uns.«

»Nein, gar nicht. Inzwischen hat er sich mit dem Somelier etwas angefreundet. Der nennt sich übrigens ganz altmodisch Tafelmeister. Mitte Fünfzig, ziemlich entsetzt bei dem Gedanken, bald arbeitslos zu werden. Sein Weinkeller hatte früher einmal einen guten Ruf – behauptet Achim.«

»Stimmt«, nickte der Doktor.

»Der Wein soll möglichst en bloc verkauft werden. Er lagert jetzt in drei großen, verschlossenen Räumen.«

»Schon verstanden, Harry.«

»Du weißt, daß hinter dem Hotel eine Tiefgarage liegt?«

»Ja. Mit einer Verbindungstür zum Treppenhaus des Hotels.«

»Eben. Die Treppe führt hoch in die Halle des Hotels. Im Kellergeschoß gibt es nur eine simple Tür, die macht keine Probleme.«

»Na fein. Trotzdem sollten wir uns jetzt schon einen unauffälligen Zugang zu allen Räumen verschaffen.«

Nach einer Pause begann der Sachse zu lächeln. »Wie wär's denn mit Aja? Sie hat sich mit der Hausdame angefreundet, und der wächst das alles über den Kopf. Sie hat schon wie die Katze um den heißen Brei herumgeredet, ob Aja sich vorstellen könnte, mit einem Zeitvertrag als ihre Assistentin im Hotel zu arbeiten.«

»Um so besser.« Auch der Doktor schmunzelte jetzt. »Und Bodo?«

»Der hat die Lieferwagen besorgt und bewegt sie regelmäßig, auch die Klebefolien und die beiden Sätze anderer Nummerschilder sind okay.«

»Gut. Wie weit ist Katte?«

»Den größten Teil des Werkzeugs hat er zusammen. Eine Woche noch. Den Ventilator holt er morgen.«

»Gut.«

Danach saß der Sachse ganz still, als müsse er allen Mut sammeln für die nächste Frage: »Und Sylvia?«

Die heitere Miene des Doktors veränderte sich nicht, aber sein flüchtiger Blick ließ den Sachsen verstummen. Natürlich hatte der Sachse sich das Videoband angeschaut und als erstes Achim zu absolutem Stillschweigen vergattert. Dem Doktor hatte er das Band vor einigen Tagen wie zufällig hingelegt und, schon im Gehen, gemurmelt: »Das mußt du dir unbedingt ansehen.«

»Den Fall regele ich. Bodo, Katte und Aja dürfen nichts davon erfahren.«

»Achim hält dicht.«

»Fein. Dann ist für heute alles klar.«

Fünftes Kapitel

Oberkommissar Möller schauderte. Die Hünxener Straße war nicht das, was er sich für seinen Ruhestand aussuchen würde, staubig und trostlos wie die kleinen Siedlungshäuschen. Gegen diesen Eindruck kämpfte selbst die strahlende Maisonne vergebens an. Nach dem Klingeln schaute er hoch. Das Holz des vorspringenden Daches faulte, eine Planke hatte sich schon gelöst.

Eine alte Frau öffnete, und Möller seufzte heimlich. Diese Miene kannte er zur Genüge: hart, selbstgerecht und unfreundlich.

»Guten Tag«, grüßte er deshalb besonders höflich. »Sind Sie Frau Lauterbach, Marlies Lauterbach?«

»Warum wollen Sie das wissen?«

»Mein Name ist Möller, Kriminalpolizei.«

Sie studierte seinen Dienstausweis, als sei auf dieser Welt alles falsch und gefälscht. »Ja, ich bin Marlies Lauterbach. Was wollen Sie von mir?«

»Ich möchte Ihnen einige Fragen stellen.«

»Worüber?«

»Über Ihren Bruder Herrmann Stier.«

»Ich weiß nichts über meinen Bruder.« Sie stand unbeweglich in der Tür, als verteidige sie ihr Heim gegen einen Räuber.

»Können wir uns nicht drinnen unterhalten?«

»Warum? Ich weiß nichts über meinen Bruder, ich weiß nicht, wo er steckt, und will nichts von ihm hören.«

Also las sie keine Zeitung. Na schön, in diesem Fall half vielleicht der große Hammer: »Er ist tot, Frau Lauterbach. Jemand hat ihn in den Rhein geworfen, wir haben seine Leiche vor ein paar Tagen bei Wesel herausgefischt.«

Sie zuckte nur einmal kurz zusammen, doch ihr Gesichtsausdruck veränderte sich nicht. Das war eine Neuigkeit für sie, die sie aber nicht erschütterte. Sie trug genug Sorgen auf den Schultern, sie wollte sich keine weiteren aufladen, und nun der tote Bruder und die Kripo vor der Tür. Unwillig trat sie zur Seite: »Kommen Sie herein!«

Möller wunderte sich nicht, daß sie ihn in die Küche führte. Er war kein willkommener Gast, und wenn es nur nach ihr gegangen wäre, hätte sie ihn zum Teufel geschickt. Es roch nach gekochtem Kohl.

»Frau Lauterbach, Ihr Bruder hatte als Entlassungsadresse dieses Haus angegeben ...«

»Das tat er immer. Aber er ist nie hierher gekommen. Und gewohnt hat er hier auch nicht.«

Was stimmen mochte, Herrmann Stier war nirgendwo gemeldet. »Gab es einen Grund, warum er nie hierher ...«

»Er war ein Verbrecher, mit dem wir nichts zu tun haben wollten. Früher hat er immer versprochen, es wäre das letzte Mal gewesen, jetzt würde er ehrlich werden, aber das war immer gelogen. Bis ihm Werner – mein verstorbener Mann – eines Tages das Haus verboten hat.«

»Wann war das?«

»Vor neun Jahren.«

»Aber Sie wußten, daß er vor sechs Jahren wieder verurteilt worden ist?«

Widerwillig nickte sie: »Er hat mir einen Brief geschrieben, aus dem Zuchthaus.«

Möller überlegte einen Moment, ob er sie korrigieren sollte, das Zuchthaus war abgeschafft, aber sie würde es nicht verstehen wollen.

»Es ging ihm sehr schlecht, wegen seines Magens, aber er war ja selbst schuld an seiner Lage, und deshalb haben wir nicht geantwortet.«

»Doch als Ihr Mann starb, haben Sie ihm eine Todesanzeige geschickt. Nach Werl.«

»Er sollte wissen, daß er mitgeholfen hatte, Werner so früh ins Grab zu bringen.«

»Wann haben Sie Ihren Bruder zum letzten Mal gesehen oder gesprochen?«

Er sah, daß sie überlegte, und ihre Gedanken konnte er besser lesen, als ihr bewußt war. Am liebsten hätte sie gelogen, ihren Bruder verleugnet, aber damit hätte sie sich mit dem Verbrecher auf eine Stufe gestellt: der Polizei nicht die Wahrheit gesagt.

»Das war im Januar. Ende des Monats. Da kam er hierher, über Mittag. Das genaue Datum weiß ich nicht mehr.«

»Und was wollte er?«

»Etwas aus seinen Sachen holen.«

»Welche Sachen?«

Sie stöhnte, halb aus Wut, halb aus Scham. »Als wir das Haus kauften, hat uns Herrmann Geld geschenkt, für die Anzahlung. Unter einer Bedingung: daß er seine persönlichen Sachen bei uns auf dem Dachboden abstellen durfte, so lange er wollte.«

»Das hat er auch getan?«

»Ja. Wir brauchten das Geld, und deshalb liegen seine Sachen immer noch oben.«

»Wissen Sie, was sich Ihr Bruder geholt hat?«

»Nein. Ich wollte es auch nicht wissen.«

Das glaubte er ihr sofort. »Hat Herrmann bei seinem Besuch erzählt, wo er wohnte? Was er tat?«

»Nein. Wir haben nicht miteinander geredet.«

Auch das würde stimmen, sie war nicht nur selbstgerecht, sondern auch hartherzig. Und weil sie niemandem half, würde ihr in der Not auch kein anderer Mensch beistehen, damit hatte sie sich abgefunden.

»Wir wissen nicht, wo sich Ihr Bruder in den gut elf Monaten seit seiner Entlassung aufgehalten hat«, versuchte er es trotzdem noch einmal.

Ihr gleichmütiger Blick nahm ihre Antwort vorweg: »Wahrscheinlich hat er wieder ein krummes Ding gedreht. Was anderes konnte er ja gar nicht.«

Angewidert klappte Möller sein Notizbuch zu: »Kann ich mir mal die Sachen ansehen, die Ihr Bruder hier untergestellt hat?«

Vor den dicken Plastikplanen und dem millimeterstarken Staub kapitulierte er: »Darf ich mal telefonieren?«

»Ich habe kein Telefon.«

Vom Auto aus rief er im Präsidium an; Christine Seidel versprach, sofort einen Trupp in Marsch zu setzen. Danach ließ Marlies Lauterbach ihn ohne große Umstände wieder ins Haus. Denn eine Frage beschäftigte sie: »Wer muß sich um Herrmanns Beerdigung kümmern? Ich meine, wer zahlt das?«

Möller sah sie lange an, bevor er sich entschloß, ruhig zu bleiben. »Das müssen Sie den Staatsanwalt fragen«, erklärte er trocken.

Die Hauptmeisterin Seidel hatte eine Überraschung für ihn parat, als er ins Kommissariat zurückkam: »Außer uns hat sich noch jemand für Herrmann Stier interessiert. Oberkommissar Kirchmann, Schichtleiter im siebten.«

»Ach nee! Woher weißt du?«

»Aus der Datenverarbeitung. Da hat er nachgefragt.«

Sie trafen sich um zwölf Uhr im siebten Revier, Oberkommissar Kirchmann, Otto Fröhlich und Miriam Wolff, Oberkommissar Möller und Hauptmeisterin Seidel, die sich auf den ersten Blick mit Miriam anzufreunden schien. Der große Otto beichtete und erwähnte auch tapfer das »Jungchen« seiner früheren Nachbarin Mutter

Krause, die ihren Untermieter vermißte. Nach Möllers Anruf hatte er ein ausführliches Protokoll angefertigt, das die Kriminalbeamten wortlos studierten.

»Dann hat er sich unmittelbar nach der Entlassung ein Zimmer gesucht«, urteilte Kirchmann. »Bei Mutter Krause, die harmlos genug aussah, ihm die Geschichte mit den abendlichen Schlußabrechnungen in einem Kaufhaus zu glauben.«

Damit schien Möller nicht ganz einverstanden: »Okay. Mit dem Arbeitsplatz hat er seiner Wirtin einen Bären aufgebunden. Aber er ist tatsächlich jeden Nachmittag aus dem Haus gegangen und erst in der Nacht zurückgekommen.«

»Bei der AOK war er nicht gemeldet. Für ihn ist auch keine Steuerkarte ausgestellt worden, zumindest nicht hier im Ruhrgebiet. Ich hab noch nicht alle Sozialämter durch, aber es sieht so aus, als habe er irgendwo Geld oder Hilfe beantragt. Und im Meldeverbund ist kein Stier, Herrmann verzeichnet.« Hauptmeisterin Seidel hatte ihre Hausaufgaben pünktlich erledigt; Kirchmann pfiff anerkennend, weil er wußte, wieviel Arbeit solche Recherchen machten.

Möller musterte den großen Otto, der zwar den Kopf einzog, aber dann seufzend nachgab: »Okay, Miriam und ich gehen zu Mutter Krause und bringen's ihr bei.«

»Warum haben Sie Mutter Krause nach Post für ihren Untermieter gefragt?«

»Weil mir gleich der Verdacht gekommen ist, daß sich Stier bei ihr verstecken wollte. Keine Post und keine Besucher – wissen Sie, Mutter Krause lebt allein, die Kinder vernachlässigen sie, für sie ist es nicht ungewöhnlich, daß wochenlang kein Mensch was von ihr will. Aber er behauptete, ein zwar kranker, aber arbeitender Angestellter zu sein. Der sollte doch Freunde, Bekannte, Kollegen haben.«

»Gut kombiniert«, lobte Möller ernsthaft. »Dann entführen wir Ihnen Stiers Koffer und bedanken uns für den hervorragenden Kaffee.«

Miriam konnte es nicht lassen: »Den hat Jungchen gekocht.« Dabei streckte sie herausfordernd ihr Bein hin, aber der große Otto verschmähte den Knöchel. Für den Augenblick.

Sie mußten einen Schlosser holen, weil sie den Koffer nicht gewaltsam öffnen wollten.
Der Inhalt war, alles in allem, enttäuschend, und während Möller die Stücke auf einem langen Tisch ausbreitete, diktierte Seidel die Beschreibung in ein Kassettengerät. In einer Mappe hatte Stier seine persönlichen Unterlagen aufbewahrt, von der Geburtsurkunde über die Zeugnisse, den Gesellenbrief, Urteile und Entlassungsscheine. Sie ergaben kein erfreuliches Bild. Stier war schon als Jugendlicher mit dem Gesetz in Konflikt geraten, zuerst Schlägereien und Sachbeschädigung, dann Diebstahl, zum Schluß Einbrüche. Das Verrückte war, daß er zwischendurch immer wieder regulär gearbeitet hatte, als Maurer, Fahrer, manchmal wohl auch als Hilfsarbeiter; das übliche Arbeitsbuch, das ihm von der Innung nach der Freisprechung ausgehändigt worden war, fehlte allerdings. Auch die Arbeitszeugnisse und Arbeitsbescheinigungen schienen nicht vollständig zu sein.

In einer anderen Mappe fanden sie Photographien, wahrscheinlich die Eltern, die Schwester, der Schwager. Drei Aufnahmen, offenkundig bei einem Richtfest aufgenommen.

Eine dritte Mappe enthielt seine Krankengeschichte. Kleinere Arbeitsunfälle, nichts Ernstes, aber vor gut fünfzehn Jahren begannen seine Schwierigkeiten mit dem Magen. Diätpläne. Krankheitsbescheinigungen von verschiedenen Ärzten, ein ausgefüllter, aber nicht mehr unterschriebener Antrag auf Feststellung verminderter Erwerbsfähigkeit. Während der letzten Haft war er wegen der Magengeschwüre operiert worden. Der Anstaltsarzt hatte ihn gründlich untersucht, sein Bericht ließ an Deutlichkeit nichts zu wünschen übrig.

»Verstehst du dieses Medizinerlatein?« fragte Möller.

»Laß mal sehen!« Sie krauste die Stirn. »Allgemein schlechter Gesundheitszustand. Untergewicht. Coronarinsuffizienz – hm, also ein schwaches Herz. Und mit den

Gelenken hatte er auch etwas, aber da müssen wir einen Medizinmann fragen.«

»Na schön. Daß er keine Bäume mehr ausreißen konnte, wissen wir ja schon.«

Eine Kassette enthielt knapp viertausend Mark in Scheinen aller Größe. Aufschlußreich waren die obenauf liegenden Prospekte eines Sanatoriums in Bayern, spezialisiert auf Magenkranke. Stier hatte sich außerdem für eine Ferienhaussiedlung auf Mallorca interessiert, zu den wenigen Büchern, die er aufgehoben hatte, zählte auch ein spanisch-deutsches Lexikon.

Möller schüttelte den Kopf: »Mit dem Geld hätte er sich dort nie einkaufen können.«

Der restliche Inhalt des Koffers war unergiebig. Wo zum Teufel hatte er zehn, wenn nicht elf Monate gejobbt? Oder ließen sich die Stunden, die er jeden Tag fortgegangen war, anders erklären?

»Bei seiner Vergangenheit wird er wenig Wert darauf gelegt haben, Steuern zu zahlen«, bemerkte Seidel spitz, aber das war nicht das Problem, wie Möller nüchtern verbesserte: »Wenn er tatsächlich regelmäßig gearbeitet hat, muß sein Arbeitgeber doch sein Fehlen gemeldet haben. Oder nachgefragt haben, was mit ihm geschehen ist.«

»Wenn sein Arbeitgeber nichts zu verbergen hat!«

Das war ein Gedanke. In seinen besten Einbruchs-Zeiten hatte Bulle mehrfach mit anderen zusammengearbeitet, gut möglich, daß er bei einem alten Kumpel untergekrochen war, der wenig Wert darauf legte, ihn bei der Polizei als vermißt anzuzeigen. Möller griente anerkennend, und sie wurde blaß: »Nein! Ich soll alle alten Kumpane ... Harald, das kannst du mir nicht antun!«

»Aber liebe Chris, so etwas erledigst du besser als jede andere Kriminalbeamtin.«

Die Temperatur sank spürbar. Sie haßte es, wenn jemand ihren Vornamen Christine zu Chris oder, schlimmer noch, zu Tine verkürzte, was Möller genau wußte. Er tat es auch nur, wenn sie sich gegen eine Anweisung oder einen Vorschlag sperrte.

»Hör zu! Bis jetzt müssen wir uns an den Obduktionsbefund halten: Stier ist eines natürlichen Todes gestorben. Aber wer zum Teufel hatte ein Interesse daran, die Leiche zu beseitigen? Ihr ein Gewicht ans Bein zu binden und sie in den Rhein zu kippen?« Ihr finsterer Blick erschütterte ihn nicht. »Und noch eins. Stier besaß kein Auto. Du klapperst die Leihwagenfirmen ab, obwohl ich mir nicht vorstellen kann, daß er das Geld gehabt hat, über Monate einen Mietwagen zu fahren. Wenn nicht, dann muß sein Arbeitsplatz in einem begrenzten Radius um Mutter Krauses Wohnung gelegen haben. Dann war er nämlich auf öffentliche Verkehrsmittel angewiesen.«

»Ich hätte beim Betrug bleiben sollen«, fauchte Christine und packte zusammen. Mit Stiers Hinterlassenschaft auf dem Dachboden seiner Schwester durfte sich Möller alleine beschäftigen.

Im Laufe eines Lebens war eine kuriose Sammlung entstanden. Eine altmodische Wasserwaage aus Messing mit Rankenverzierung. Ein Lot, auf dem Kegel die Gravierung *Für Bulle.* Zwei ehemals gute Anzüge samt scheußlichen Krawatten. Eine Uralt-Kamera mit Stativ, für die längst keine Platten mehr hergestellt wurden. Zwei Herrenringe, billiger Schmuck aus 333er Gold, die Steine waren so groß, daß sie falsch sein mußten. Zwei Füllhalter, zwei alte Brieftaschen, deren Leder mürbe geworden war. Krimskrams und Tinnef, Möller mußte jedes Teil für die Asservaten-Liste beschreiben und wunderte sich von Stück zu Stück mehr, warum Stier diese Teile aufbewahrt hatte. Zum Schluß faltete er ein Paket auf, das in Plastik und Ölpapier eingeschlagen war, und der Inhalt entlockte ihm zum ersten Mal einen Pfiff. Bauzeichnungen, nur Bauzeichnungen: Grundrisse, Aufrisse, Detailpläne. Manchmal war rechts unten noch zu lesen, welcher Architekt sie gezeichnet oder welches Bauamt sie genehmigt hatte, doch meist waren die entsprechenden Eintragungen und Stempel mit einem scharfen Messer weggeschabt worden. Viele Striche waren nicht mehr zu erkennen, das Papier war vergilbt oder fleckig, manchmal überdeckten dicke Bleistiftstriche die Originallinien. Möller verstand die meisten Bezeichnungen und Ziffern nicht, ja, er konnte nicht einmal sagen, welche Blätter zusammengehörten. Herrmann Stier, gelernter Maurer, hatte also Bauzeichnungen aufbewahrt. Möglicherweise nicht einmal ungewöhnlich für einen Maurer, aber Stier war kein normaler Arbeiter gewesen. Er war sechs Mal vorbestraft wegen Einbruchs ...

Da mußte ein Fachmann ran!

Mit der Hausdame verstand sie sich auf Anhieb sehr gut, und der Doktor, den sie über den Sachsen informiert hatte, war damit einverstanden. Wem sich eine Chance bot, einen neuen Job zu finden, der kündigte im Hotel so rasch wie möglich, es fehlte bereits an Personal, den Betrieb auf allen Stockwerken aufrechtzuerhalten. Am sechsten Tag hatte sie es eingerichtet, der Hausdame »zufällig« über den Weg zu laufen, und nach ein paar entsetzten Bemerkungen über den Zustand des Hotels rang sich die Grauhaarige zu der Frage durch, ob Aja es sich vorstellen könnte – nun ja, es sei schon ungewöhnlich – und höchstens ein Vertrag auf Zeit – aber wenn sie jetzt nicht aufpaßte, verschwand alles, was noch einigen Wert besaß – und der Erlös aus der Versteigerung sollte doch in die Abfindungssumme fließen – also kurz und gut: sie brauchte Hilfe, eine Assistentin, eine vertrauenswürdige Person – Aja hatte stumm genickt. So herzlos war sie nicht, sich über das alte Mädchen zu mokieren, ohne ehrliche Menschen wurden Diebe arbeitslos, und aus dem Hotel wollten sie ja auch nichts widerrechtlich entfernen.

Morgen würde sie den befristeten Vertrag als Assistentin der besorgten Hausdame unterschreiben. Ihre falschen Papiere waren dank des Doktors Hilfe perfekt.

Hagen hatte die Wohnungstür geöffnet und die junge Frau unwillig gemustert. Eine Nutte erkannte er immer noch auf zehn Meter in finsterer Nacht, und diese halbe Portion mochte sich kleiden wie sie wollte, ihre Profession konnte sie schon nicht mehr verleugnen, obwohl sie erst knapp zwanzig Jahre alt war. Unter seinem langen Schweigen verlor sie den dreisten Blick und schaute zur Seite, ihre Mundwinkel begannen zu zittern.

»Was willst du?« fragte er endlich drohend.

»Ich will mit dir reden.«

»Ich hab dich nicht bestellt.«

»Erkennst du mich nicht?«

»Nein«, knurrte er gelangweilt. Was stellte die sich vor – als ob er sich an alle Weiber erinnern könnte, die seinen Weg gekreuzt hatten.

»Ich arbeite für dich, in der Canalistraße.«

»Ja, und?«

»Du hast einen alten Mann angestellt, unten, im Billardkeller, der tot aus dem Rhein gefischt worden ist.«

»Erinnere mich nicht daran«, sagte er langsam. Es bimmelte in seinem Hinterkopf.

»Und als Rausschmeißer für den Automatensalon hast du einen gewissen Rudi.«

»Richtig«, bestätigte er ausdruckslos, und sie bemerkte nichts von seinem hochschießenden Jähzorn.

»Kurz bevor der Alte – der Bulle – verschwand, hatte er Besuch im *Kleeblatt*. Von einem Mann.«

Ja, genau so war es gewesen. Und Rudi, diese Pfeife, hatte den Unbekannten nicht beschreiben können. Oder wollen. »Warum erzählst du mir das alles?«

»Darf ich nicht reinkommen?«

Donnerwetter, hartnäckig war das Früchtchen. »Wie heißt du?«

»Sina.«

»Ah ja. Na, dann komm mal rein, du Püppchen.«

Er half ihr nicht, den Mantel auszuziehen und an der Garderobe über einen Bügel zu hängen; sie sollte sich bloß nichts einbilden. Ihr Name »Sina« war wohl so echt wie ein Dreimarkstück, und er konnte nur für sie hoffen, daß sie wirklich was zu melden hatte.

»Kaffee?«

»Gerne, danke – Hagen.« Das letzte Wort kam sehr zögernd heraus, sie schielte ihn dabei besorgt an. Eine dieser halben Portionen, enge schwarze Hosen über den nicht vorhandenen Hüften, und ein enger schwarzer Pullover über einem winzigen Busen. Alles klar, diese Masche strickte sie also. Ungeduldig wedelte er mit der Hand, ›Hagen‹ war geschenkt.

Ihr schneller Blick durch das Zimmer entging ihm nicht, das lernte man in diesem Job, sich in Sekunden ein Bild von dem Freier zu machen. Was sie gerade dachte, hätte er Silbe für Silbe aufschreiben können.

»Nun leg mal los.«

Vor zwei Jahren war sie zu Hagen in den Puff an der Canalistraße gekommen, und das auch nur, weil ihr Freund bei einem Bruch geschnappt worden war. Grille hieß er, Dieter Grille, und heute, na ja, also jetzt würde sie zugeben, daß sein Maul schneller lief als sein Gehirn tickte. Aber damals, die erste große Liebe – sie zuckte die Schultern und griff verstohlen nach dem Brotkorb. Er grinste, ihm konnte man viel erzählen, jede Wette, daß sie abgebrannt war und noch nicht gefrühstückt hatte.

Einmal hatte ihr der Dieter einen Mann gezeigt, in einem stinkvornehmen Restaurant in der Nähe des Hauptbahnhofes. Kurz bevor die Bullen ihn bei einem Bruch schnappten. Das wär ein ganz Großer, hatte er geprahlt. Keiner, der sich selbst die Finger bei einem Bruch schmutzig machte, nein, nein, einer von denen, die ausbaldowerten und organisierten und finanzierten. Na ja, daß der Dieter aufschnitt, ahnte sie damals schon, der Kerl hatte nämlich ausgesprochen dämlich ausgesehen, so, als könne er nicht bis drei zählen. Doch der Dieter schnauzte sie richtig beleidigt an, ganz großes Ehrenwort, der Sachse gehörte zu den wirklich großen Brechern.

»Der Sachse?« Hagen schob ihr ungerührt die Wurstplatte hin, und sie langte hastig zu.

»Das war sein Spitzname. Richtig heißt er Risteck, Harry Risteck.«

Hagen nickte scheinbar gelangweilt. Harry der Sachse war ihm ein Begriff, aber die Kleine irrte, Harry finanzierte nicht, sondern spielte den Laufburschen für die Geldgeber.

»Na ja, ich hab mir den Risteck genau angesehen.«

»Nun komm schon zur Sache.«

Sie kaute und schluckte. »Ein oder zwei Tage, bevor der Bulle verschwunden ist, sitze ich unten in seiner Küche, um etwas zu essen, da kommt der Bulle mit diesem Sachsen herein.«

»Der Bulle und der Sachse?«

»Ganz sicher, die beiden kannten sich, gut sogar, bestimmt, sie haben auch gelacht.«

Hagen musterte sie scharf, sagte aber nichts, und weil er danach grübelnd aus dem Fenster sah, nahm sie sich noch ein Brötchen. Herrmann Stier, genannt der Bulle, kannte also Harry Risteck, den Sachsen. Sieh mal an! Eine solche Bekanntschaft hätte er dem alten Wrack nicht zugetraut.

»Warum hast du mir bis jetzt nichts von dem Bullen und dem Sachsen erzählt?«

»Mich hat ja keiner gefragt.«

Dagegen war nichts einzuwenden, und als Anfängerin hatte sie sich bestimmt lange überlegt, ob sie es wagen dürfe, mit dem Boß zu reden.

»Hat der Sachse dich erkannt?«

»Nein. Woher auch? Ich hab früher nie mit ihm gesprochen.«

Logisch, tatsächlich, sie wußte, wie man einen mißtrauischen Mann überzeugte. »Und was ist mit deiner Grille?«

»Die hat ausgesungen. Er sitzt immer noch.«

Was sich notfalls nachprüfen ließ. Hagens Laune hob sich, das entging ihr nicht, und deshalb riskierte sie ein Lächeln. Er brummte zustimmend und holte einen Tausender aus der Brieftasche: »Wir kommen ins Geschäft.«

Ihr Blick hellte sich so schnell auf, daß er drohte: »Wenn du genau das tust, was ich dir sage. Sina war dein Name, nicht wahr?«

»Ja«, preßte sie heraus.

»Okay, ich würde dich jederzeit und überall finden. Ist das klar?«

»Ja«, hauchte sie, »ich tu alles, was du willst.«

Während der Ausbildung hatte sie mehrere Haftanstalten besichtigt, zusammen mit den anderen Teilnehmern des Kursus und den Schulungsleitern. Damals war sie beeindruckt gewesen, aber jetzt war sie bedrückt. Die JVA Werl war außen wie innen nichts für schwache Gemüter, und der ältere Beamte schmunzelte still in sich hinein, weil er die Gedanken seiner Begleiterin richtig las.

Sie wurde erwartet; trotzdem bat sie der Mann hinter dem Gitter um Brief und Dienstausweis: »Christine Seidel, Kriminalhauptmeisterin, in Sachen Stier, Herrmann – is' gut, bitte, kommen Sie!« Das Schloß schnarrte, die Gittertür schwang auf, und sie hatte einen Moment das irrwitzige Gefühl, auf dem Weg in eine Zelle zu sein.

Der flotte Verwaltungsinspektor schien mächtig von sich eingenommen, er stieß einen schrillen Pfiff aus, mit dem er sich ihre Zuneigung auf ewig verscherzte, und fletschte die ganze Zeit über unternehmungslustig die Zähne.

»Was kann ich für Sie tun?«

»Wir haben die Leiche eines Mannes gefunden, der vor gut einem Jahr aus Werl entlassen worden ist.«

»Herrmann Stier, mit Spitznamen Bulle, abgemeldet zu seiner verwitweten Schwester Marlies Lauterbach.«

»Richtig. Dort ist er aber nie eingezogen, in der ganzen Zeit hat er seine Schwester nur einmal besucht. Wir wissen, wo er gesteckt hat, zwar unter seinem richtigen Namen, aber sonst mit einer Legende, die seine etwas harmlose Vermieterin geschluckt hat. Bestimmte Umstände deuten daraufhin, daß er in der Zeit etwas vorbereitet hat.«

Der Flotte strahlte wohl unverändert weiter, schüttelte aber sofort den Kopf: »Liebe Kollegin, das halte ich für unwahrscheinlich. Bulle war am Ende, krank, klapprig, nach seiner Operation ist sogar erwogen worden, ihn wegen Haftunfähigkeit zu entlassen, aber bei seinen Vorstrafen ...«

»Akzeptiert. Aber er hat in den elf Monaten regelmäßige Einkünfte gehabt, das wissen wir von seiner Wirtin, der er regelmäßig Miete und Kostgeld gegeben hat. Nun verraten Sie mir mal, wo ein alter, kranker Vorbestrafter was verdienen kann – nein, keine Sozialhilfe, überhaupt keine Zahlung aus amtlicher Quelle.«

Dumm war der Inspektor nicht, er schaltete schnell: »Bei einem seiner früheren Kumpel.«

»Die klappern wir noch ab. Aber mir ist dabei eine andere Idee gekommen. Hat Bulle hier im Knast jemanden kennengelernt, von dem er Hilfe erwarten konnte? Dem er vielleicht hier geholfen hat?«

Dieser Panik-Gedanke mit der Zelle war so falsch nicht gewesen, das Büro des Inspektors war kaum größer, und als er aufstand, um an seine Karteischränke zu gehen, mußte er sie anstoßen. Na ja; schweigend rückte Christine Seidel ihren Stuhl herum. Dabei lächelte sie verheißungsvoll, was der Inspektor auf ein mögliches Rendezvous, sie auf einen gezielten Stoß mit dem Ellbogen bezog.

Stier, Herrmann hatte eine Menge Formulare und Berichte erzeugt; der Flotte summte vor sich hin und blätterte eilig. Diese Arbeit hätte sie ihm gern abgenommen, aber dem standen erstens Datenschutz-Vorschriften entgegen und zweitens das erkennbare Interesse des Möchtegern-Casanovas, ihren Besuch zu verlängern.

»Nein, Bulle ist nicht aufgefallen, Frau Kollegin.« Was hatte der bloß immer mit ›Kollegin‹? Blöder Laffe! »Gleich nach Haftantritt klagte er über Magenbeschwerden. Ja. Mit schwerer Arbeit war auch nicht mehr viel – er hat nachher in der Buchhaltung für die Werkstatt – gute Führung, die anderen Häftlinge haben ihn wohl in Ruhe gelassen – Tabletten, zwei Rollkuren – Diät, warme Milch, kein Sport – nee, da ist nichts. Fast ein Einzelgänger. So weit man das im Bau überhaupt sein kann.«

»Gibt es keinen Hinweis darauf, daß er sich einem anderen Häftling angeschlossen hat?«

»Nein, ich schaue mir mal an, mit wem er zusammengelegen hat – Kotowski, der war gewalttätig – Bauer, etwas unterbelichtet – Herkenbach, schwul – Grille, ein unerträgliches Großmaul, der sitzt noch – Hagen, der hielt sich für was Besseres – Junghans, ein notorischer Pechvogel – nee, das sieht nicht so aus, als hätten Sie Glück.«

»Könnte ich mir die Namen der Zellengenossen notieren, Herr Kollege?« Das Schlimme an der Kripo war, daß man dort das Heucheln so gut lernte; den Inspektor traf der Blitz, er erstarrte in freudiger Überraschung, während sie noch an dem Wort »Kollege« herumwürgte, und bei seinem Eifer, ihr die Akte richtig hinzulegen, mußte er sie prompt ein zweites Mal anrempeln. Sie beherrschte ihren Ellbogen.

Eisentraut studierte die alten Bauzeichnungen und Pläne, als wolle er sie auswendig lernen. Möller hatte sich gewundert, wozu der stellvertretende Leiter des Bauamtes die vielen Gewichte und Metallstücke auf dem langen Tisch benötigte, aber als sie die erste Zeichnung ausbreiteten, kapierte er. Das Papier wollte sich unbedingt wieder zusammenrollen, man konnte die Ränder gar nicht genug beschweren.

Aus dem Haus war nicht ein Geräusch zu hören. Offenbar waren alle Mitarbeiter des Bauamtes schon gegangen. Möller hatte unten dem Schild *An unsere Besucher* entnommen, daß in dieser Behörde die Gleitzeit eingeführt worden sei, mit einer »Kernzeit«, aber er verstand einfach nicht, daß normale Menschen freiwillig um sieben Uhr mit der Arbeit begannen, nur damit sie um 15.30 Uhr gehen konnten.

Eisentraut, alt, grauhaarig und umständlich, schien noch zur alten Schule zu gehören.

»Also, Herr Kommissar, viel kann ich Ihnen dazu nicht sagen. Das sind in der Tat Bauzeichnungen und Detailpläne. Bei einigen würde ich vermuten, daß sie vierzig Jahre alt sind, hier, schauen Sie mal, wer mauert heute noch 60er Außenwände. Oder hier, eine Wangenlichte von 1,75 Meter. Doppelfenster, keine Doppelverglasung.«

Möller hatte seinen Block herausgeholt und machte sich Notizen.

»Ich bin nicht sicher, ob die Detailpläne überhaupt etwas mit den Übersichtsplänen zu tun haben. Sehen Sie mal, hier wird ein Rundbogen gemauert, der Statiker hat sogar die Lage der Steine vorgegeben, das kann sich heute kein Mensch mehr leisten, da würde ein vorgefertigter Stahlbogen eingesetzt.«

»Sie können also nicht erkennen, auf welche Häuser oder Gebäude sich diese Pläne beziehen?«

»Nein, bei keinem einzigen.« Fast anklagend deutete Eisentraut auf die Radierungen und Lücken in den Rahmenkästen rechts unten. »Da steht normalerweise der

Name des Architekten und des Bauherren. Dann die Behörde und die Aktennummer des Genehmigungsbescheides. Alles entfernt.«

»Man könnte es wohl sichtbar machen«, murmelte Möller, aber Eisentraut wiegte zweifelnd den Kopf: »Da wäre ich nicht so sicher. Fassen Sie das Papier mal an, Herr Kommissar. Das ist nicht fürs Büro oder für sorgfältige Sekretärinnen gedacht, sondern für Baustellen.«

»Tapete«, knurrte Möller und rieb die Zeichnung zwischen Daumen und Zeigefinger.

Eisentraut lachte, wurde aber schnell wieder ernst: »Und dann diese dicken Bleistiftstriche hier, sehen Sie? Da war ein wütender Polier unterwegs, das Stück schaffst du heute noch, oder ich stopfe dir den nicht verbrauchten Mörtel ins Maul. Diese Zeichnungen sind mal auf einer Baustelle gewesen.«

»Wir haben sie im Nachlaß eines Mannes gefunden, der wohl eines natürlichen Todes gestorben ist, dem aber ein Unbekannter ein Gewicht ans Bein gebunden und dann in den Rhein geworfen hat. Der Mann war gelernter Maurer, hat sich aber später auf Einbrüche spezialisiert und deswegen ein paar Mal gesessen.«

»Endlich!« Eisentraut blubberte. »Das hätten Sie mir ruhig gleich verraten dürfen. Sie vermuten also, der Knabe habe Pläne beiseite geschafft, um dort später einzubrechen?«

»Ist das ganz unmöglich?«

»Nee, überhaupt nicht. Solche Tricks gibt's ja leider. Zum Beispiel mit Schlüsseln. Bei allen städtischen Neubauten achten wir darauf, daß unsere eigenen Leute sofort nach Bauübergabe die Zylinder an allen Türschlössern auswechseln. Wir haben da schon die tollsten Sachen erlebt.«

»So, und nun brauche ich Ihre Fachkenntnis. Gibt es auf diesen Zeichnungen einen Hinweis darauf, wo jemand Jahre später besonders leicht oder besonders bequem einsteigen kann?«

»Ach du meine Güte, mehr erwarten Sie nicht?«

»Nee«, brummte Möller und zwinkerte.

Eisentraut reckte sich, holte tief Luft und sagte überraschend fest: »Herr Möller den Namen hab ich doch richtig verstanden? Fein, Herr Möller, jedes Ding hat seinen Preis. Sie holen jetzt was zu futtern und größere Mengen Bier, ein kleiner Klarer wäre auch nicht schlecht, und ich erkläre meiner Frau am Telefon, daß mich die Kripo nicht nach Hause läßt.«

»Eine faire Arbeitsteilung«, stimmte Möller zu und stand auf.

Seine erste große, herzzerreißende Schülerliebe hatte ihm auf einem Spaziergang rund um die Langenberger Sendemasten erklärt, daß es aus sei, weil da ein anderer gekommen war. Seitdem zog es den Doktor in zynischem Masochismus an diesen Ort, wenn er etwas mit sich ausmachen mußte, das andere nicht erkennen sollten. Die Wege waren trocken, das frische Grün duftete, und sie hatten zu dieser Tageszeit den ganzen Wald für sich.

Sylvias Anruf hatte ihn nicht wirklich verwundert. Seit dem Videoband war er darauf gefaßt gewesen, daß sie ihre eigenen Pläne mit Peter Arntzen verfolgte, und sie hätte mit dem Geständnis keine zwei Tage länger warten dürfen. Mit solchen Komplikationen mußte man rechnen, wenn man eine Frau ins Geschäft nahm, und Sylvias Wunsch war einfach hirnrissig.

»Schau mal, die Kripo ist nicht dumm. Die werden automatisch Peter Arntzen durchleuchten und darauf stoßen, daß er sich eine Freundin zugelegt hat. Eine angeblich verheiratete Kundin. Dann bist du dran, das ist so sicher wie das Amen in der Kirche. Und glaubst du, bei deiner aktenkundigen Vergangenheit hättest du eine Chance, aus der Mühle herauszukommen?«

»Kaum«, sagte sie trotzig.

»Als erstes werden sie Arntzen fragen, ob er gewußt hat, daß seine Freundin in Wahrheit anders heißt, gar nicht verheiratet ist und wegen Betrugs schon einmal vor Gericht gestanden hat. Bist du wirklich überzeugt, daß er dann noch zu dir hält?«

»Kaum«, wiederholte sie, jetzt traurig.

»Also mußt du jetzt abspringen. Wir haben nicht mehr viel Zeit.«

Sie lief stumm neben ihm her, und auch der Doktor schwieg. Was gesagt werden mußte, hatte er vorgebracht, und er war klug genug, nicht zu drängen, sondern abzuwarten, bis sie selbst den richtigen Entschluß traf. Mitleid wäre ein zu großes Wort, aber er verstand schon, daß sie litt, daß es ihr schwer fiel, das Unvermeidliche zu tun. Ein anderer Boß hätte nur darauf bestanden, daß sie sich an die Vereinbarungen hielt, notfalls mit ›Konsequenzen‹ gedroht, aber bei Frauen konnte man nie wissen. Frauen brachten es fertig, um der sogenannten Liebe willen alles zu verraten, sich selbst hinter Gitter zu bringen. Allerdings hatte er nicht damit gerechnet, daß Sylvia ihre Beziehung ausgerechnet wegen dieses Mannes beenden wollte, und der Gedanke, er könne sie zehn Jahre lang so falsch eingeschätzt haben, bereitete ihm Sorge. Über seine eigenen Gefühle würde er sich später Rechenschaft ablegen. Er mochte sie, ja, er hatte sich an sie gewöhnt und würde sie vermissen, aber das Wort »Liebe« hatte er nie ausgesprochen, und jetzt verbot es sich ohnehin.

»Ich mach dir einen Vorschlag. Der ist mit Achim vereinbart. Er erscheint noch einmal mit dir im Juweliergeschäft und erzählt dem Arntzen, daß er Hals über Kopf eine längere Dienstreise antreten muß. Und dich nimmt er mit, das hat er bei seiner Firma durchgesetzt. Für sechs Monate. Du hast dann noch einen Abend, dich von Peter zu verabschieden und ihm meinetwegen ewige Treue zu schwören. In den sechs Monaten Ausland willst du auch mit deinem Mann über die Scheidung reden. Okay?«

»Ich weiß nicht ...«

»Wenn du zurückkommst, liegt der Einbruch fünf Monate zurück. Vielleicht hat die Kripo bis dahin die Ermittlungen eingestellt. In der Zwischenzeit besorg ich dir die nötigen Papiere, das braucht ohnehin Zeit. Einverstanden?«

»Ja«, flüsterte sie.

»Allerdings habe ich eine Bedingung. Wenn Achim mit dir in dem Juweliergeschäft aufkreuzt, läßt du die beiden Männer unbedingt allein reden. Ist das klar? Ich will auf keinen Fall, daß Arntzen den altmodischen Ritter spielt und Achim erklärt, daß er dich liebt und ihn deswegen um die Scheidung bitten wolle. Achim weiß, wie man so etwas abbiegt, aber dir traue ich in diesem Punkt jetzt nicht mehr so recht. Kapiert?«

»Ja«, gehorchte sie und fügte nach einer Pause kläglich hinzu: »Danke, Michael.« Schon einmal hatte sie »danke« sagen müssen, als er sie vor Jahren mit einem waghalsigen Manöver vor einer Verurteilung rettete, mit einem Manöver, das sich nur ein Rechts- und Gerichtskundiger ausdenken konnte, das so viele Risiken barg, daß er nicht einmal ihren Anwalt eingeweiht hatte. Und sie zweifelte keine Sekunde daran, daß der Doktor sie verpfeifen würde, bei der Polizei und vor allem bei Peter Arntzen, wenn sie ihren neuen Freund vor dem großen Bruch warnen sollte. Was der Doktor jetzt für sie zu tun bereit war, hatte sie nicht erwartet, denn seine Härte, seine Unerbittlichkeit, wenn es nottat, kannte sie besser als selbst der Sachse. Seine Kreise ließ er nicht stören, und vor ihrer Fahrt nach Langenberg hatte sie sich immer wieder an der Überlegung festgeklammert, daß der Doktor es nicht wagen würde, sie zu beseitigen und Arntzen so aufzuschrecken, daß er sie bei der Polizei als vermißt meldete.

Den Rest des Weges liefen sie wortlos nebeneinander her, und als sie seinen Wagen wieder erreicht hatten, schloß er ihr die Beifahrertür auf, blieb dann in Gedanken versunken stehen und öffnete den Verschluß der Armbanduhr, die er in seine Jackentasche gleiten ließ. In seinem Gesicht war keine Regung zu erkennen, und ihr blieb für eine lange Sekunde das Herz stehen, weil sie begriff, daß sie nicht mehr zurückkonnte.

Christine Seidel lachte laut und schadenfroh los, und Möller mußte sich bei dem schrecklichen Geräusch die Ohren zuhalten, weil sonst sein Kopf explodiert wäre. Das Dienstzimmer schwankte wie ein Schiff in schwerem Seegang.

»Hör auf!« bat er heiser.

»Was ist denn mit dir passiert?«

»Später, alles später. Oh mein Gott, hoffentlich überlebe ich den heutigen Tag.«

Nach mehreren Tabletten, zwei Litern Sprudel und

kaum weniger Kaffee lichtete sich der Nebel. Die Hauptmeisterin hatte ihr weiches Herz nicht verleugnet und Rollmöpse, Gurken und Zwieback mit Schmalz und Salz besorgt. Gegen Mittag schien die akute Lebensgefahr gebannt. Natürlich hatte alles mit diesem Arsch am Kiosk begonnen, der rumnuschelte, Flachmänner hab ich nich mehr, müssen Se schon 'ne ganze Pulle nehmen, was Eisentraut als exzellente Idee begrüßt hatte. »Konnte ich wissen, daß der Kerl einen Magen aus Eisen und eine Leber aus Stahl besitzt?«

»Doch, konntest du«, widersprach sie. »Bauamt, fängt mit B wie Bier an. Bei einem ordentlichen Neubau wächst der Bierkastenstapel so schnell wie der Rohbau.«

Ihre Weisheit verbreitete sie zu spät. »Wir haben also zur finalen Landung angesetzt ...«

»Was habt ihr gemacht?« unterbrach sie entgeistert.

»Absturz.« Vom Bauamt in eine Kneipe, bis den anderen Gästen ihr Gesang nicht gefiel, dann weiter in die nächste Pinte, und dort mußte den Wirt ein Geistesblitz erhellt haben. Das grüne Taxi erschien.

»Bin ich heute blöd? Grünes Taxi?«

»Streife.« Er mußte rülpsen, dieses Sodbrennen signalisierte doch nicht etwa altersbedingte Schwäche? »Nette Kerle, haben uns nach Hause gebracht. Kostenlos. Doch, wirklich hilfreich.« Sie tippte sich an die Stirn.

Abgesehen von der Rechtfertigung, sich quasi dienstlich zu besaufen, hatte der Abend nichts gebracht. Keine Zeichnung, kein Detailplan enthielt einen Hinweis auf eine besonders leichte Einbruchsmöglichkeit, und Eisentraut hatte ihm wenig Hoffnungen gemacht, die Häuser zu den Plänen zu finden, wenn es den Laborfritzen nicht gelang, die weggeschabten Schriftzüge wieder hervorzuzaubern. Und das bezweifelte Möller stark.

Sie zuckte ärgerlich die Achseln. »Bulle hat sich einen Plan vom Dachboden geholt, und der ist verschwunden. Wenn er was plant oder geplant hat, dann finden wir in dem Rest ohnehin keinen Anhaltspunkt.«

Dieser Gedanke war ihm auch schon gekommen. Aber er wollte nichts unversucht lassen, und sie stimmte giftig zu: »Eben! Keinen Schnaps, kein Bier ...«

»Halt die Klappe!« murrte er. »Bist du denn weitergekommen als ich, du abstinente Christine?«

Sie seufzte und verneinte. Bis jetzt klafften überall noch Lücken. Arbeitsamt, Krankenkasse, Meldeämter – nirgendwo ließ sich ein vollständiger Lebenslauf rekonstruieren. Was schließlich auch nicht anders zu erwarten war. In den fünfziger Jahren hatte Bulle zum ersten Mal gesessen. Damals herrschte zwar im Baugewerbe Hochkonjunktur, aber es gab noch genug Arbeitslose, die nur auf einen Job warteten, und ein Vorbestrafter mußte wahrscheinlich froh sein, wenn er irgendwo schwarz beschäftigt wurde, Lohn bar auf die Hand, die Sozialabgaben gespart. Bulle hatte noch Rentenversicherungsmarken geklebt, die Hefte auch später eingereicht, als das System auf direkte Überweisung umgestellt wurde. Aber der einzige Nachweis, wo überall er malocht hatte, das früher übliche Arbeitsbuch, war verschwunden.

»Weißt du, wenn ich ehrlich sein soll – verrennen wir uns nicht in die Idee, er habe einen neuen Bruch geplant?«

Das war gut möglich, Möller wollte es nicht bestreiten. Aber dann blieb immer noch der Strick um das Bein der Leiche. Bulle war eines natürlichen Todes gestorben, und jemand wollte nicht, daß sein Tod bemerkt wurde. Dünn, zugegeben, aber er hatte schon auf einen dünneren Verdacht hin ermittelt.

»Was machen Bulles frühere Kumpel?«

»Wenig. Die alle aufzutreiben, ist eine Lebensaufgabe, Chef. Aber ich habe mir erlaubt, auch eine Idee zu haben.«

»Soso!«

»Ich bin in Werl gewesen und habe mir eine Liste derjenigen besorgt, mit denen Bulle eine Zelle geteilt hat. Vielleicht hat er denen was anvertraut oder einer von denen hat ihm nach der Haft einen Job verschafft ...«

»Eine zweite Lebensaufgabe, Chris.«

»Von wegen.« Die Rollmöpse, die sie bezahlt hatte, waren noch nicht verdaut, und schon markierte Möller wieder das Vorgesetzten-Ekel. »Erstens heiße ich Christine, und zweitens habe ich mich an deinen Rat gehalten.«

»Häh?«

»Du hast unterstellt, daß Bulle, weil er kein Auto hatte, öffentliche Verkehrsmittel benutzen mußte, wenn er zu seinem Job ging. So, und zwei Zellengenossen leben nun in einem Kreis mit zehn Kilometer Radius um Mutter Krauses Wohnung herum.«

Seidel strahlte, und er war zu groggy, sich gegen soviel Aktivität zu wehren.

Sina kaufte sich flache Schuhe und behandelte abends ihre Blasen. Seit Tagen lief sie durch die Innenstadt, vom Hauptbahnhof bis zum Berliner Platz, kreuz und quer, und starrte die Passanten an. Hagen hatte sie auf Tour geschickt: »Der Sachse soll sich um die Hauptpost herumtreiben.«

Sie wagte nicht, eine Frage zu stellen, sondern nickte rasch. Wenn Hagen einen Tip bekommen haben sollte, würde er es ihr nicht verraten; sie fürchtete ihn eigentlich von Tag zu Tag mehr. Einmal hatte er vor sich hingemurmelt, während er in seine Hosen stieg: »Der Doktor wird sich wundern.«

»Bist du krank?« platzte sie heraus, und er drehte sich so wild zu ihr herum, daß sie instinktiv die Arme vor das Gesicht legte; seinen Jähzorn kannte sie mittlerweile. Im letzten Moment fing er sich: »Es gibt auch andere Doktoren«, knirschte er mit den Zähnen, und auf ihren langen Spaziergängen durch die Innenstadt legte sie sich zurecht, daß dieser »Doktor« etwas mit dem Sachsen zu tun haben mußte.

Immerhin zahlte Hagen regelmäßig, und wenn sie in einem Café saß, weil die Füße schmerzten, beobachtete sie die Bedienungen. Ein harter Job, zweifellos, aber vielleicht doch besser als ihre – Tätigkeit in der Canalistraße.

Christine Seidel rieb sich mehrfach die Augen, als träume sie. Aber sie irrte nicht, es war so, nicht ein Mensch war zu Herrmann Stiers Beerdigung gekommen, weder Mutter Krause noch seine Schwester. Kein Kranz, kein Blumenstrauß. Kein Pfarrer, kein Gebet. So wurde ein Hund verscharrt! Der Mann vom Beerdigungsinstitut wartete genau zwei Minuten, dann winkte er den vier Trägern zu, die den Sarg auf den Karren wuchteten, als handele es sich um Sand und Zement. Im Eiltempo rasten sie auf das Gräberfeld zu; sie hatte Mühe, ihnen zu folgen, und während sie nach Luft schnappte, legte sich ihre Empörung. Je schneller der Sarg in der Grube lag, desto größer die Pause für die Träger. Was war daran verwerflich?

Aus zwanzig Meter Entfernung schaute die Kriminalbeamtin zu; die Männer hatten Übung, der Sarg landete mit einem dumpfen Poltern auf dem Grund der Grube, wenigstens einer verbeugte sich kurz in Richtung des Toten. Zwei Männer mit Spaten traten heran und begannen eilig, die seitlich aufgehäufte Erde in das Loch zu schaufeln. Möller hatte sie gewarnt, und sie ärgerte sich, daß er recht behalten hatte. Als Christine an das Grab trat, unterbrachen die beiden Männer ihre Arbeit.

»Guten Tag«, radebrechte der eine. »Wir nicht graben?«

Traurig schüttelte sie den Kopf und drehte sich weg. Die scheußliche Wasserleiche hatte sie sich ohne große Bewegung ansehen können. Die Beerdigung wühlte sie auf.

Möller wartete schon auf sie in der Mülheimer Straße, und weil sie seinem neugierigen Blick hartnäckig auswich, verzichtete er auf Fragen. Klaus Junghans wohnte im dritten Stock, eine dicke Frau in Schürze und Pantoffeln öffnete.

»Was wollen Sie?« schnauzte sie los. Aus der Wohnung quoll der Geruch nach gekochtem Fisch wie eine Narkose-Wolke hervor.

»Mit Ihrem Sohn sprechen!« Möller antwortete grob, er mußte sich nicht vorstellen, diese Frau hatte ihn sofort als Polizisten erkannt.

»Er hat nichts getan!« kreischte sie los.

»Wenn wir hier nicht mit ihm reden können, holen wir ihn aufs nächste Revier. Was ist Ihnen lieber?«

»Scheißbullen! Euch hätte man alle abtreiben sollen!«

Irgend etwas zersprang in der Kriminalbeamtin mit einem unhörbaren Knacks. Erst Bulles Beerdigung, dann dieses widerliche Weib: »Sie hat man auch künstlich befruchtet, was?« Möller blieb der Mund offen stehen. »Oder kannst du dir vorstellen, daß sich jemals ein richtiger Mann auf diesem Haufen Dreck gewälzt hat?«

Sekunden lag etwas in der Luft, Gebrüll oder Gewalt, es war ihr egal, Christine Seidel wußte nicht, daß sie vor Haß die Zähne fletschte, aber die Dicke kapierte instinktiv, was ihr drohte.

»Er ist in seinem Zimmer«, quetschte sie heraus und verzog sich so hastig, daß die Halbstrümpfe rutschten und ihre Krampfadern bloßlegten. Möller kam erst zu sich, als die Küchentür ins Schloß krachte. Er machte den Mund auf, aber seine Kollegin rammte ihm den Ellbogen in die Seite: »Ein Wort, und ich werde wegen Körperverletzung mit Todesfolge angeklagt.«

Junghans stand im Zimmer und starrte ihnen entgegen, als solle er ohne Betäubung kastriert werden. Die Monate außerhalb des Knasts hatten ihm nicht gut getan. Sein Bierbauch hing über dem Gummizug der schmutzigen Trainingshose, das Unterhemd war seit zwei, er seit einer Woche nicht mehr gewaschen. Wenigstens überdeckte es den Fischgeruch.

»Wa-aas – was wol-len Sie von mir?«

Wie hatte der flotte Inspektor in Werl ihn genannt? Einen Pechvogel, ach, das war eine milde Umschreibung für dieses geistesschwache Riesenbaby. Möller angelte sich den einzigen Stuhl, holte in aller Seelenruhe seine Zigaretten hervor und zündete sich umständlich eine an, wobei er Junghans keine Sekunde aus den Augen ließ. Auch Seidel musterte den Dicken ausdruckslos, verzog dann nach einem Blick durch das Zimmer angeekelt den Mund und stolzierte ans Fenster.

»Du hast mit einem Herrmann Stier in Werl in einer Zelle gelegen.«

Junghans blubberte vor Aufregung. »Mit Bulle, ja, ja ...«

»Wann habt ihr euch zum letzten Mal gesehen?«

»Ich? Den Bulle?«

»Mein Gott, lispele ich? Oder hast du so viel Dreck in den Ohren?«

»Ich – ich – mit dem Bulle? Wann ich ...?«

»Entweder kriegst du jetzt die Kiemen auseinander, oder ich nehm dich mit aufs Revier. Jemand hat dem Bullen ein Gewicht ans Bein gebunden und ihn in den Rhein geworfen.«

»Ich – in den – den Rhein – aber ...« Die Schweißtropfen liefen über sein erhitzes Gesicht, mit offenem Mund keuchte er. »Hab Bulle nie mehr gesehen, nie mehr, nie, nach dem – dem Kahn ...«

»Wo hat Bulle gewohnt?«

»Wo – wo – wo er ...?«

Zur selben Sekunde gaben sie es auf. Wenn Junghans nicht so blöd war, wie er sich präsentierte, verdiente er Orden und Freispruch für eine hervorragende schauspielerische Leistung. Aber in Wirklichkeit war er ein schwachsinniges Würstchen, mit dem sich kein normaler Mensch einlassen würde, der etwas Kriminelles plante. Wortlos verließen die Beamten das Zimmer, die Küchentür stand einen Spalt offen, sie spürten das Auge förmlich auf ihren Rücken, aber die Dicke riß sich zusammen, bis sie die Wohnungstür hinter sich ins Schloß gedonnert hatten.

Erst kurz vor ihrem anderen Ziel mahnte Möller beiläufig: »Deine Beleidigung war schon richtig, Risti, aber in Zukunft denk daran, daß du nicht immer einen Begleiter hast, der dich schützen kann.«

»Wie hast du mich eben genannt?«

»Risti. Christine ist mir zu lang, Chris oder Tine magst du nicht leiden, also habe ich mir etwas Neues ausgedacht.«

»Hm.« Sie sollte einmal ausprobieren, ob sie mit diesem Namen leben konnte.

Hagen zwinkerte, aber nur einmal, dann setzte der Verstand wieder ein: Das eindeutig nicht professionelle, hübsche Kind vor seiner Wohnungstür war leider eine Polizistin. Und der Knabe, der hinter ihr die Treppe heraufstieg, sogar ein Oberbulle. Ein Pärchen – das kündigte Ärger an.

»Herr Hagen?« fragte Möller gleichmütig. »Mein Name ist Möller, Kriminalpolizei. Das ist meine Kollegin Seidel.

Können wir Sie einen Moment sprechen?«

»Mir wird kaum etwas anderes übrig bleiben«, erwiderte Hagen trocken. »Kommen Sie herein!«

Die Wohnung war groß, für einen Junggesellen sogar sehr groß, aber spärlich möbliert. Die wenigen Stücke verrieten, daß der Besitzer mehr Wert auf demonstrativ teure als geschmackvolle Sachen legte.

»Darf ich Ihnen einen Kaffee anbieten? Ich sitze noch beim Frühstück.«

»Den Kaffee nehmen wir gerne an, und die Störung tut uns leid«, sagte Möller ruhig. »Wir werden Sie auch nicht lange aufhalten.«

»Ich habe Zeit.«

»Herr Hagen, Sie haben in Werl ein halbes Jahr lang mit einem Herrmann Stier in einer Zelle gelegen.«

»Mit Bulle, ja.« Hagens Gedanken rasten. Konnte er leugnen – nein, zu viele hatten Bulle im Billardkeller getroffen, und dann waren da noch Rudi und diese Sina ...

»Sind Sie nach Ihrer Entlassung noch einmal mit Bulle zusammengekommen? Oder haben Sie ihn gesprochen, gesehen?«

»Fast täglich.« Hagen stöhnte, aber was half's jetzt? »Er kam zu mir, er brauchte einen leichten Job.«

»Was meinen Sie mit einem ›leichten‹ Job?«

»Er war schwer magenkrank, das wissen Sie doch sicher aus den Anstaltsakten. Und mit seinem Herz war auch nicht mehr viel los. Außerdem kurzatmig, und dann noch Schmerzen in den Gelenken, nee, gesundheitlich war er eine ziemliche Ruine.«

Seidel holte einen Block aus der Handtasche und begann zu stenographieren, was Hagen einen Moment ablenkte.

»Vor allem hatte er eine panische Angst vorm Knast. Auf keinen Fall wieder in den Bau, das wäre für ihn eine Art Todesurteil – so hat er sich ausgedrückt.«

»Und? Hatten Sie einen Job für ihn?«

»Ja.« Hagen brummte. »Ich hab in der Canalistraße einen Automatensalon. Mit einem Billardkeller, das war genau das Richtige für Bulle.«

»Moment! Sie haben eben gesagt, er sei schwach ...«

»Nein, nein, natürlich habe ich für die Spielautomaten einen Assistenten ...«

»Einen Rausschmeißer!« verbesserte Möller skeptisch.

»Sicher. Sie wissen doch, wie's in diesem Gewerbe zugeht. Rudi heißt er, hat wenig im Kopf und viel im Bizeps. Frauen und kleine Jungs laufen vor ihm weg, da war Bulle genau der richtige, älter und nicht – nicht –«

»Bedrohlich«, half Seidel spöttisch aus, worauf Hagen nach kurzem Zögern nickte.

»Bulle hat also im Billardkeller gearbeitet«, sagte Möller nachdenklich.

»Ja, jeden Tag bis zum Schluß. Und was soll ich Ihnen sagen: Er hat den Laden auf Vordermann gebracht, sauber gehalten, keinen Streit geduldet, Getränke und Brote verkauft, ob Sie's glauben oder nicht, der Keller war auf dem besten Weg, eine Goldgrube zu werden.«

»Sie waren also zufrieden mit ihm?«

»Und wie!« Hagen blieb wachsam.

»Bis Bulle eines Tages wegblieb.«

»Ja, ohne jede Ankündigung. Er kam einfach nicht. Na ja, zuerst hab ich gedacht, er ist krank ...«

»Haben Sie ihn nicht angerufen?«

»Nee!« Hagen zog den Kopf ein. »Ich wußte nicht, wo er wohnt, das hat er nicht verraten wollen. Keine Anschrift, keine Telefonnummer.«

»Merkwürdig«, meinte Möller unfreundlich, und Hagen holte tief Luft: »Verdammt, Herr Kommissar, nun stellen Sie sich nicht so an! Natürlich ging das alles ohne Steuerkarte. Nix Sozialversicherung oder Krankenkasse. Bar auf die Hand, und wenn Bulle nicht wollte, daß ich spitz kriegte, wo er untergekrochen war, okay, dann war das seine Sache. Wir haben uns nicht im Priesterseminar kennengelernt.«

Christine lachte vergnügt über den letzten Satz, und Möller funkelte sie ärgerlich an, bevor er sich wieder an Hagen wandte: »Wann haben Sie Bulle zum letzten Mal gesehen oder gesprochen?«

»Moment!« Hagen verließ den Raum und kam mit einem Ringbuch zurück. »Das war am Mittwoch, 31. Januar. Gegen Mitternacht nehme ich immer den größten Teil der Tageseinnahmen aus der Kasse, Bulle hat mir einen Zettel gegeben, was ich besorgen sollte, na, und dann haben wir ein paar Worte gewechselt, das war's dann auch schon.«

»Genau so ist es am 31. Januar abgelaufen?«

»Ja. Rudi hat Bulle immer mitgenommen und an der Fritzenbrücke rausgelassen. Er meinte, Bulle wohnte in der Nähe der Hütte.«

»Aber Rudis Anschrift haben Sie doch?«

»Ja, Emscherweg 114. Nach hinten raus. Rudi Kotowski.«

»Na schön, Herr Hagen, das wär's vorerst mal.« Möller mußte niesen. »Aber ich hätte mir an Ihrer Stelle etwas mehr Sorgen über Bulle gemacht.«

Hagen musterte ihn düster, bevor er Christine Seidel anlächelte und zeigte, daß er Charme und Selbstbewußtsein besaß: »Sie sind auch nicht vorbestraft und haben ein etwas anderes Verhältnis zur Polizei.«

Darauf wußte Möller nichts zu erwidern, aber Christine schnaufte ärgerlich: »Lesen Sie keine Zeitungen? Da stand doch drin, daß ein Herrmann Stier tot aus dem Rhein gefischt worden ist.«

»Sicher, man hat's mir später erzählt. Laden Sie sich freiwillig Schwierigkeiten auf?«

Den forschenden, unfreundlichen Blicken der beiden hielt er ungerührt stand. Was er wirklich überlegte, konnten sie ihm nicht ansehen. Die Mordkommission befaßte sich mit diesem Todesfall – diese kleine Nutte hatte ganz recht, es wurde höchste Zeit, daß er sich mal mit dem Sachsen unterhielt.

Im Auto falteten sie den Stadtplan auf. Von der Fritzenbrücke über die Eisenbahn hatte Bulle eine Viertelstunde, zwanzig Minuten bis zu Mutter Krauses Haus zu laufen. Nach Stunden in einem verqualmten Keller vielleicht eine willkommene Erholung. Und weit genug, daß Rudi nicht durch Zufall mitbekam, wo Bulle hauste. Nein, das klang logisch.

Rudi Kotowski war zu Hause. Auf dem düsteren Hinterhof bastelte er an einem uralten Motorrad herum, das er in seine Einzelteile zerlegt hatte. Ein junges, mageres Mädchen in Jeans und Lederjacke sah ihm zu, verzog sich aber unauffällig, als sie in den Hof einbogen. Auch Rudi hatte Möller und Christine Seidel auf den ersten Blick als Polizisten erkannt, seine finstere Miene mochte viel verdecken, aber als Möller erklärte, sie kämen gerade von Hagen, entspannte er sich ein wenig und bekam die Zähne auseinander.

Ja, es war genau so, wie Hagen erzählt hatte. Zum Dienst fuhr Bulle wohl mit dem Bus oder der Straßenbahn, nachts nahm Rudi ihn mit und ließ ihn an der Fritzenbrücke raus, weil Bulle noch etwas frische Luft haben wollte – hatte er immer gesagt. Nee, also daß er ein Freund von dem komischen Alten gewesen wäre – nee, das also nun nicht. Aber Hagen hatte befohlen, daß Rudi keinen Ärger machen sollte, und Hagen war der Boß. Ja, zuletzt war der Billardkeller gut besucht gewesen, doch, das stimmte. Und der Alte achtete schon darauf, daß es weder bei den Spielautomaten noch im Keller Knatsch gab, war wohl ein bißchen ängstlich geworden. Also, sein Fall war dieser Bulle nicht, aber man konnte ihn ertragen. Und mit den Trinkgeldern – da war er sogar ganz passabel.

»Welche Trinkgelder meinen Sie?«

Rudi erklärte die Aufteilung der Trinkgelder, die Bulle eingenommen hatte, und fügte großmütig hinzu: »Doch, war anständig von ihm.«

»Als Sie Bulle am Mittwoch – oder in der Nacht zum Donnerstag – absetzten: War da irgendwas Besonderes los? War er krank? Hat er gesagt, er würde ein paar Tage wegbleiben? Gab's Ärger mit einem Besucher oder so etwas?«

»Nee, nee.« Rudi schüttelte ratlos den Kopf und wischte sich die ölverklebten Hände an der Hose ab. »Kann mich nicht erinnern, es war alles so wie immer.«

Möller überlegte, aber ihm fiel nichts mehr ein. »Na, dann haben wir's ja wohl.«

»Tschüß!« knurrte Rudi und bückte sich nach seinem Motorrad.

Rudis Aussage hatte nicht viel Licht in die Sache gebracht. Mutter Krause konnte nicht sagen, ob und wann ihr Untermieter Herrmann Stier nach Hause gekommen war. Sie vermißte ihn zum ersten Mal am Donnerstag, also am 1. Februar, gegen Mittag, als er nicht zu seinem späten Frühstück erschienen war. Aber sie hatte auch nicht gewagt, in sein Zimmer zu schauen. Vielleicht war er schon wieder weggegangen; sie hatte am Morgen – da schlief er sonst noch – eingekauft und sich überall Zeit zu einem Schwätzchen gelassen. Doch er versäumte auch das späte Mittag- oder frühe Abendessen, und da hatte sie an seine Tür geklopft. Ohne Antwort.

Nach dem erstaunlichen Obduktionsbefund mußten sie davon ausgehen, daß Bulle eines natürlichen Todes gestorben war. Otto Fröhlich und seine Kollegin Miriam hatten bei allen Ärzten rund um Mutter Krauses Wohnung nachgefragt, ob ein unbekannter Mann nachts medizinische Hilfe gesucht hatte. Ohne Ergebnis. Auch die Krankenhäuser hatten keinen Patienten in der Ambulanz behandelt, auf den Bulles Beschreibung zutraf. Polizei, Feuerwehr, Krankentransporte – nirgendwo war ein Notruf eingegangen. Wenn Rudi wie immer gegen 2.15 Uhr vom *Kleeblatt* in der Canalistraße fortgefahren war, hatte er etwa fünfzehn Minuten bis zur Fritzenbrücke gebraucht. Etwa 2.30 Uhr. Gegen 2.45 Uhr oder wenige Minuten später hätte Bulle normalerweise Mutter Krauses Wohnung betreten müssen. Oder war er auf dem Weg einem Bekannten begegnet? In dessen Gegenwart er später starb und der gute oder auch schlechte Gründe hatte, den Verstorbenen mittels Gewicht im Rhein zu versenken? Sie besaßen immer noch keinen Hinweis auf den Ort, an dem der Unbekannte die Leiche in den Fluß geworfen hatte; die Leute vom Wasserwirtschaftsamt meinten achselzuckend, es könne bei der Wasserführung durchaus oberhalb Duisburgs geschehen sein. Eine großartige Hilfe, diese präzisen Auskünfte.

»Und was jetzt?«

Möller grunzte. »Zurück ins Präsidium.«

Sechstes Kapitel

Peter Arntzen zwinkerte erstaunt, sagte aber höflich: »Natürlich, Frau Pauli. Bitte, hier entlang!«

Johanna Pauli war eine freundliche, herzensgute Frau, die es einfach nicht fertigbrachte, etwas Schlechtes über einen anderen Menschen zu denken. Was sicherlich erheblich dazu beigetragen hatte, so sinnierte er, ihren einzigen Sohn Thomas zu einem widerlichen Nichtsnutz heranzuziehen, an dem sie gleichwohl mit einer Affenliebe hing.

Den Junior konnte Arntzen nicht ausstehen, und mit Pauli senior, einem harten, selbstgerechten Mann, vertrug er sich so schlecht, daß er ihm, abgesehen von höchst steifen Einladungen, gern aus dem Weg ging. Zwischen Vater und Sohn herrschte Krieg, und die gutmütige Mutter hatte ihrem Juwelier, den sie nach den ersten Käufen wie einen Freund behandelte, häufiger ihr Herz ausgeschüttet: »Ich weiß einfach nicht, wie das zwischen meinem Mann und Thomas enden soll.«

Kein neues Problem. Die erste Generation baute etwas auf, die zweite konsolidierte das Erreichte, und die dritte ruinierte es. Auch der Juwelier würde das Geschäft verkaufen müssen, weil es keinen Erben gab, der es in seinem Sinne weiterführen konnte. Finanziell hätte er sich den Rückzug in den Ruhestand schon lange leisten können, aber er fürchtete die Langeweile. Dann war eine Frau in sein Leben getreten, und der Gedanke, hier seine Zelte abzubrechen und weit weg mit ihr etwas Neues anzufangen – oder auch nur zu leben – ach ja, Träume. Sie hatte sich verabschiedet, für ein halbes Jahr nur, wie sie geschworen hatte, und sein Gefühl ließ ihn an dieses Versprechen so sehr glauben wie sein Verstand daran zweifelte. Die Unterredung mit ihrem Ehemann war ausgesprochen unangenehm verlaufen, der Mann hatte ihm mit eisiger Höflichkeit zu verstehen gegeben, daß er vieles ahnte und nicht bereit war, kampflos das Feld zu räumen.

Arntzen seufzte und bot Johanna Pauli stumm einen Platz an.

»Herr Arntzen, darf ich mich darauf verlassen, daß alles, was wir hier besprechen, in diesen vier Wänden bleibt?«

»Ja, natürlich«, antwortete er verwundert.

Sie ließ sich in den Besuchersessel fallen und kämpfte mit den Tränen, wobei sie sich an ihrer Handtasche wie an einem Rettungsring festhielt.

»Es geht um Thomas.«

Das hatte er sich schon gedacht, aber weil sie ihn flehentlich ansah, nickte er verständnisvoll.

»Er war bei – er hat mir gebeichtet. Weil er wieder einmal eine Dummheit gemacht hat.«

»So?«

»Er spielt, Herr Arntzen. Poker, stellen Sie sich das mal vor! Und natürlich hat er verloren.«

»Wieviel denn?« fragte er höflich. Ein Thomas Pauli gewann nie. Ein Dummkopf seines Kalibers, der sich für den Größten hielt, wurde immer und überall gerupft.

»Es sind – 55.000 Mark.«

»Donnerwetter!« stieß der Juwelier hervor, ehrlich beeindruckt.

»Er hat – er hat Schuldscheine unterschrieben. Und nun muß er zahlen, sonst – sonst ...«

Wieder mußte sie die Tränen hinunterschlucken, und Arntzen überlegte, daß eine Tracht Prügel dem Junior eigentlich nicht schaden konnte. Aber genau deswegen war dieser Feigling zu seiner Mutter gekrochen.

»Ich habe hier eine Kette, die ich mal bei Ihnen gekauft habe.« Nervös zerrte sie ein Etui aus der Handtasche, und Arntzen seufzte in sich hinein. Johanna Pauli sah in allen Kleidern, die sie kaufte oder schneidern ließ, etwas plump und ziemlich pummelig aus, und beim Schmuck bevorzugte sie Stücke, die im Zweifel mehr Geld als Geschmack verrieten. Wie diese Kette, Smaragde und Diamanten auf Weißgold, er hatte sie nach ihren Wünschen anfertigen lassen.

»Wäre es – könnten Sie – mein Mann darf nie von diesen Schulden erfahren, sonst gibt's ein Drama.«

»Schon recht«, murmelte er müde. Der Familienjuwelier nahm auch in aller Diskretion Stücke zurück, wenn's knapp wurde, er wußte sehr genau, daß sein guter Ruf nicht ausschließlich auf der Qualität seiner Ware gründete. »Wenn ich mich recht erinnere, haben Sie damals 70.000 Mark dafür gezahlt.«

»Ja, ja, wahrscheinlich.« Sie schluckte aufgeregt. »Herr Arntzen, darf ich noch – es geht ja eigentlich nicht nur um das Geld ...«

»Ja, was meinen Sie?«

Sie wurde hochrot, bevor sie mit ihrem Wunsch herausplatzte: »Herr Arntzen, würden Sie die Schuldscheine auslösen? Bitte! – Ich kann das nicht, und bei Thomas – bei meinem Sohn ...«

Ja, so hatte er sich das vorgestellt. Also kannte sie das Früchtchen von Thomas doch sehr genau. Der Bengel würde seine Schulden blechen und den Rest seelenruhig verspielen.

»Er darf nie wieder dahin, verstehen Sie? – Ich weiß, es ist ungeheuerlich, was ich Ihnen zumute, aber ich wüßte nicht, wer mir sonst helfen sollte.«

Mit der Antwort ließ Arntzen sich Zeit. Vor einigen Wochen hätte er dieses Ansinnen mit viel Diplomatie, aber energisch zurückgewiesen. Doch jetzt, ohne Sylvia, hatte sich vieles in seiner Sicht verschoben, plötzlich erschienen Dinge möglich und einsichtig zu sein, vor denen er früher zurückgeschreckt wäre. Wie zum Beispiel, daß er die verzweifelte Mutter verstand, die darum kämpfte, daß der Mann den mißratenen Sohn nicht davonjagte.

Etwas bitter lächelnd stand er auf: »Gut, Frau Pauli, dann machen wir das so. Ich hole die Schuldscheine, und für den Rest der Summe besorge ich Ihnen eine Kette, die dieser ähnlich sieht, aber natürlich sehr viel weniger wert ist. Und wenn Ihr Mann die echte Kette vermißt, zeigen Sie ihm den Schein, daß Sie mir das Stück zur Reparatur gebracht haben.«

»Wie soll ich das nur je wieder gutmachen, Herr Arntzen?«

Er schüttelte den Kopf und schwieg.

Der Mann, der die Schuldscheine akzeptiert hatte, hieß Hagen, Louis Hagen, und der liebe Junge Tom hatte seiner Mutter eine Telefonnummer gegeben, unter der man

Hagen jederzeit erreichen konnte, wenn es darum ging, Schulden zu begleichen.

In der vorletzten Juni-Woche hatte Katte alles Nötige besorgt; die Garage in Borbeck war bis unters Dach gefüllt, jedes Teil mehrfach geprüft und eingehend darauf untersucht, ob sich sein Käufer feststellen ließ. Zum Schluß wusch Katte mit Bodos Hilfe jedes Teil gründlich ab, sie trugen Plastikhandschuhe und würden ab jetzt das Werkzeug nie wieder mit bloßen Händen berühren. Am Freitag rechnete Katte mit dem Sachsen ab, er hatte weniger ausgegeben, als der Doktor veranschlagt hatte, und darüber amüsierten sie sich.

Das Wochenende über langweilte sich der Sachse in der großen Villa in Heiligenhaus, die der Doktor unter falschem Namen gemietet hatte. Den Ausschlag hatte die große, hohe Doppelgarage gegeben; die beiden Lieferwagen, die Bodo besorgt, inspiziert und auf Vordermann gebracht hatte, paßten ohne Schwierigkeiten hinein, und die Nachbarn waren inzwischen daran gewöhnt, daß der Sachse und seine »Mitarbeiter« zu unregelmäßigen Zeiten die Lieferwagen dort abstellten und abholten. Noch immer galt das vom Doktor verhängte Alkoholverbot, an das sich alle streng hielten. Der Sachse erwarb sich in der Nachbarschaft rasch den Ruf eines nüchternen, hart arbeitenden Mannes, der allerdings wenig Wert auf Kontakte legte. Die Klebefolien mit dem perfekt imitierten Aufdruck *Gärtner & Roedicke* und die beiden Sätze Kennzeichen lagen in einem verschlossenen Keller.

Fünfzigtausend Mark für fünf Monate waren kein schlechter Lohn, zumal der Doktor jede Woche 500 Mark »Unterhalt« pro Nase löhnte. Und möglicherweise zum Abschluß eine »Prämie«. Noch zwei oder drei Jobs dieser Art, und der Sachse konnte daran denken, sich zur Ruhe zu setzen. Leider hatte er viel zu spät damit begonnen, seine Mäuse zusammenzuhalten, früher lief das Geschäft auch besser, aber in den ruhigen Stunden, in denen nichts zu erledigen war, begann er jetzt über das Alter nachzudenken. Bei seinem ersten großen Einbruchs- und Betrugsmanöver war er aufgeflogen und hatte zweieinhalb

Jahre sitzen müssen; es war ihm eine Lehre gewesen, lieber der zweite Mann in einem sicheren Projekt als allein noch einmal alles zu riskieren. Die große Frage war nur, wie lange der Doktor im Geschäft bleiben würde.

Bodo schlug seine Zeit in einem Fitness-Studio tot. Stundenlang konnte er sich an den Geräten quälen, und an der Bar trank er tatsächlich nur Sprudel oder Spezi; die andere Besucher mokierten sich heimlich über diesen etwas unterbelichteten Muskelprotz, der keinen Kontakt wünschte und sich nicht daran störte, daß die anderen ihm aus dem Weg gingen. Wenn es das Wetter erlaubte, sonnte er sich im Freibad und schielte auf die Frauen, die er nicht anzusprechen wagte. Denn wegen so einer dämlichen Zicke hatte er das erste Mal gebrummt. Alles schien in Butter, solange er das nötige Kleingeld für sie springen ließ, doch als es knapp wurde, hatte sie die Kurve gekratzt: Da stünden andere auf der Matte, die sehr viel spendabler wären. Rote Wutflecken hatten vor seinen Augen getanzt, als er zuschlug, und die Vorsitzende haßte ihn auf den ersten Blick. Versuchter Totschlag, so ein Blech, eine verdiente Abreibung hatte er diesem Flittchen verpassen wollen, aber die spielte vor Gericht das arme Hascherl, das unschuldige Kind, es hatte ihm die Sprache verschlagen. Seitdem zahlte er lieber für sein Vergnügen, diese Frauen boten einen reellen Gegenwert und störten sich nicht daran, daß er jedes Wort dreimal überlegte.

Achim war aus dem *Kaiserhof* in eine kleine Pension umgezogen, weil sie nicht mehr riskieren durften, daß Sylvias »Ehemann« dem Juwelier Arntzen zufällig über den Weg lief. Die Wirtin hatte eine süße Tochter, siebzehn Jahre jung und so schnippisch, daß Achim sie mit aufmerksamer Heiterkeit studierte und seinen Sprachschatz erweiterte. Daß sie ihn beeindrucken wollte, stand nach einem Tag fest, aber von Minderjährigen ließ er die Finger, bestimmte Fehler beging man einmal und nie wieder. Die Mutter beklagte sich bei ihm mit heißen Augen über den Leichtsinn der jungen Mädchen im allgemeinen und ihrer Tochter im besonderen, er hörte amüsiert zu und rechnete nach. Höchstwahrscheinlich wußte sie, wovon sie sprach; denn sie mußte ebenfalls mit siebzehn schwanger geworden sein, und als sie sich eines Abends spät unter einem albernen Vorwand in sein Zimmer drängte, drehte er den Schlüssel und legte sie wortlos auf sein Bett.

Aja schlief. Von den vierundzwanzig Stunden des Tages hätte sie zwanzig nur schlafen können, die Arbeit im Hotel war anstrengender, als sie sich das vorgestellt hatte, und abends fiel sie wie erschossen ins Bett. Die Füße schmerzten unerträglich, morgens kaum weniger als abends, und jeden Tag schwor sie sich, die nächsten fünfzigtausend auf angenehmere Art zu verdienen. An der Straßenbahnhaltestelle erkannte sie in den grauen Gesichtern der Wartenden ihr eigenes, aber Gott sei Dank nur vorübergehendes Schicksal.

Die wenigsten Gedanken machte sich Katte. Schnaps blieb Schnaps, und Geschäft war Geschäft. Er schätzte gründliche, sorgfältige Vorbereitung und hatte seinen Teil dazu geleistet, er konnte ruhig schlafen und dachte nur ausgesprochen selten daran, was er mit fünfzigtausend Mark anstellen sollte. Kam Zeit, kam Rat, und bei seinen Einkäufen war ihm eine Idee für einen Coup gekommen, den er notfalls allein ausführen konnte. Nix gegen den Doktor – den Sachsen verdaute er weniger –, aber eigentlich arbeitete er lieber auf eigene Faust und eigene Rechnung.

Hagen blieb hartnäckig. Der Sachse war wie vom Erdboden verschluckt, an den üblichen Orten hatte man ihn seit Wochen nicht mehr gesehen, und niemand wußte, wo er sich herumtrieb. Oder was er plante. Es mußte nichts bedeuten, aber Hagen interpretierte es anders: Der Sachse organisierte wieder etwas, und irgendwie hing es mit dem Bullen zusammen. Diese Sina lief sich in seinem Auftrag die Hacken krumm und hielt nach dem Sachsen Ausschau. Einmal mußte der Kerl auftauchen.

Die Kripo hatte sich bei ihm nicht wieder blicken lassen.

Dank Aja war auch im Hotel alles vorbereitet. Die erleichterte Hausdame überließ es völlig ihrer neuen Assistentin, sich um die Vorbereitungen für die Auflösung des Hotelbetriebes zu kümmern. Inzwischen hatten sie die beiden oberen Stockwerke geschlossen und das Mobiliar bereits in den Keller geschafft. Aja sorgte dafür, daß die sperrigen Teile in dem zur Lindenallee gelegenen Teil gelagert wurden, bis jener Teil durch Schränke, Betten und hochgestellte Schreibtische abgeteilt war, in dem nach den Zeichnungen der Zugang zum alten Bunkertunnel liegen mußte. Katte erschien eines Tages mit einer schweren Tasche über der Schulter und stiefelte in den Keller, von einer lautstark schimpfenden Aja begleitet: »Wenn Handwerker sagen, sie kommen am Donnerstag, ist über den Monat oder das Jahr noch nichts gesagt, wie?«

»Ich kann ja wieder gehen, junge Frau.«

»Wenn Sie mich noch einmal ›junge Frau‹ nennen, tun Sie das auch! Und zwar schneller, als Sie sich das vorstellen können!«

Mit einem kleinen Hammer und einem Stethoskop war die dünne Wand leicht zu finden. Katte markierte die vier Ecken mit rotem Plastik, maß das Rechteck sorgfältig aus, verknipste einen Film, packte ein und blinzelte Aja zu.

Am Nachmittag zimmerten Katte und der Sachse eine Holzwand, die sie nach der Fotovorlage liebevoll mit einem Steinmuster bemalten. Aja schleppte mehrere Müllsäcke und zwei leere Porzellankisten in den Keller; als die Putzkolonne erschien, instruierte sie die mürrische Aufsicht: »Wir fangen jetzt an, Räume zu verschließen. Da muß nicht mehr gereinigt werden.«

»Is' mir nur recht!«

Katte holte die Fugenfräse aus der Borbecker Garage und fuhr direkt ins Hotel, wobei er auf Verfolger achtete und zwei Autos, die ihm verdächtig erschienen, fachmännisch abhängte. In der Tiefgarage hinter dem Hotel wartete Bodo schon auf ihn, auch er trug einen Blaumann mit dem Aufnäher *Gärtner & Roedicke*.

Mit viel Öl kreischte die Fräse erträglich leise; sie legten immer wieder eine Pause ein, bis sie mitten in der Mauer einen Stein rundherum freigelegt hatten.

»Also dann!« Bodo schob den flach liegenden Haken in den Schlitz, drehte ihn um und zog. Der Stein glitt widerstrebend heraus.

»Laß mal gucken!« Katte ruckelte an den Steinen rings um das Loch und grinste begeistert: »Das hat wirklich einer mit der heißen Kelle gemauert.«

»Um so besser!«

Sie schoben den Stein wieder an die alte Stelle, fegten den Mörtel sorgfältig auf und klatschten einen Pinsel Farbe auf ihr Zerstörungswerk. Das lief alles glatter als erwartet. Einen Schrank füllten sie mit dem Inhalt ihrer Tragetaschen und sicherten ihn mit einer Kette und einem festen Schloß. Vor Dieben war man nie sicher!

Am nächsten Tag erschienen Katte und Bodo schon früh morgens, die Putzkolonne packte gerade zusammen, und niemand achtete auf sie, als sie in den Keller gingen. Eine halbe Stunde später hielt ein großer Lieferwagen der Firma *Gärtner & Roedicke, Elektroanlagen* am Kücheneingang im Keller; sie schleppten mehrere Kisten nach vorn, grüßten die beiden Köche höflich und schnorrten ungeniert Kaffee: »Wenn ihr schon mal dabei seid ...«

Der Ältere brummte mürrisch, der Jüngere fragte neugierig: »Was macht ihr denn schon hier?«

»Wir fangen mit der neuen Verkabelung an. Das Leitungsnetz ist ja vorsintflutlich.«

Den Köchen waren oft genug die Sicherungen herausgesprungen, der Ältere murrte: »Wenn die Scheißkerle nur etwas investiert hätten ...«

Mit den ›Scheißkerlen‹ waren die Eigentümer des Hotels gemeint, Katte und Bodo zuckten die Achseln, das war nicht ihr Bier.

Als Bodo die Kanne in die Küche zurückbrachte, warnte er: »Es wird ein paar Mal rumpeln, Kollegen.«

»Meinetwegen könnt ihr den Bau in die Luft sprengen!« zischte der Ältere, und Bodo rief fröhlich: »Machen wir. Wir sagen euch auch rechtzeitig Bescheid.«

In den Holzkisten befand sich die gemalte Wand; sie rissen die restlichen Steine heraus, die meisten ließen sich mit der Hand ausbrechen, sonst genügten drei, vier Schläge mit einem gummibespannten Hammer; aus dem Loch wehte es sie kühl und modrig an, doch sie entdeckten, als sie mit starken Taschenlampen hineinleuchteten, zwar Feuchtigkeit, aber kein Wasser. Der Gang schien intakt. Steine und Mörtelreste räumten sie sorgfältig in die leeren Holzkisten, die alle mit schweren Schlössern versehen waren.

»Na, dann wollen wir mal unser Kunstwerk ausprobieren.«

Die Holzplatte paßte perfekt, nachdem sie an dem früheren Betonrahmen für die Tür den verhärteten Dreck und Speisteile weggeklopft hatten. Nur die Farbe war etwas zu hell ausgefallen; im Schrank befand sich aber schon ein Eimer mit schnelltrocknender schmutzgrauer Leinfarbe, die Bodo über die Tarnwand und die benachbarten Wandteile vermalte. Katte machte sich schon am Hauptverteiler zu schaffen, den irgendein kluger Kopf mal mit Teer überstrichen hatte; er mußte die Klappe regelrecht aufstemmen. Wie er es sich gedacht hatte: Blanke Übergangskontakte, von denen sich mit überdimensionalen und dick isolierten Krokodilklemmen Strom abzapfen ließ. Diesen Verteiler mußte Edison antiquarisch erworben haben.

Der Doktor kreuzte gegen zehn Uhr in der Hotelhalle auf, höflich begrüßt von Aja, die ihn wegen der Brille, des kleinen Bartes und der Perücke nicht erkannt hatte, bis er sie anstupste. Sie ging mit ihm in den Weinkeller, begleitet vom Tafelmeister, dem es das Herz zu brechen schien, daß ein Fremder seine Schätze erwerben könnte. Vor Jahren war der Weinkeller des *Kaiserhofes* berühmt gewesen, da lieferte aber auch die Küche noch Qualität, und das Restaurant rühmte sich als eine der besten Adressen.

»Wir hatten daran gedacht, die Weine zu versteigern«, behauptete der Tafelmeister in dem vergeblichen Versuch, schon im voraus den Preis zu treiben; der Doktor schaute ihn kühl an und sagte nichts. Die Bestände waren nicht schlecht, aber auch nicht überwältigend; man merkte, daß seit Jahren nicht mehr systematisch nachgekauft worden war; und ganze Regale enthielten Weißweine, die der Doktor zynisch als »besseren Trinkessig« bezeichnete.

»Ich bitte Sie!« entsetzte sich der Tafelmeister und wischte sich den Schweiß von der Stirn.

Dem Doktor platzte der imaginäre Papierkragen: »Entweder verstehen Sie nichts von Weinen, oder Sie halten mich für einen Schwachkopf.«

Aja hüstelte, und der Tafelmeister verstummte. Auf seiner Stirn perlten wieder Schweißtropfen.

»Ich biete Ihnen 15.000 für den gesamten Bestand.«

»Wie bitte?« Der Tafelmeister hatte mit dem Doppelten gerechnet. Sein verzweifelter Blick konnte einen Stein erweichen, und der Doktor lächelte schmal: »Okay, sechzehn, und ich übernehme den Transport. Wann kann ich den Wein abholen lassen?«

Der Tafelmeister schaute hilflos auf Aja, die den Zettelwust auf ihrem Klemmbrett durchblätterte. »Ich würde vorschlagen, am Samstag gegen 17 Uhr. Dann sind die anderen Sachen bereits weggeschafft, und Ihre Leute können sich ungestört bewegen.«

»Der Wein ist dann in Kisten verpackt?«

»Ja, wenn Sie uns die Kisten am Freitag vor neun Uhr hier anliefern.«

»Wo?« fragte der Doktor knapp und machte sich Notizen.

»In der Tiefgarage sind mehrere Stellplätze für die Abholer *Kaiserhof* reserviert. Parkdeck zwei.«

»In Ordnung. Ich zahle jetzt schon, in bar, einverstanden?«

Weil Aja ihn anstieß, nickte der Tafelmeister schwach. Mit den Gedanken war er schon wieder weit weg, bei seiner Zukunft. Im Arbeitsamt hatte man ihm wenig Hoffnungen auf eine Vermittlung in seinem erlernten Beruf gemacht. Und ein Mann Mitte Fünfzig konnte weder in Rente gehen noch auf Umschulung und ausreichenden Verdienst in einem anderen Job rechnen. Aja mußte ihn noch einmal anstoßen, damit er die Quittung unterschrieb.

Hagen betrachtete den grauhaarigen Mann völlig ausdruckslos.

Seit drei Wochen hatte sich Thomas Pauli nicht mehr im Spielclub blicken lassen, und Hagen wußte, daß er mit seinen beiden Anrufen den grünen Jungen gewaltig aufgescheucht hatte. Wahrscheinlich hatte er die Hosen gestrichen voll, das kannte er, und mehr als einmal waren Angehörige bei ihm erschienen, um die Schuldscheine ihrer Sprößlinge auszulösen. Zinsen nahm er nicht, wenigstens in den ersten drei Monaten nicht, und bei den ersten Mahnungen verhielt er sich so, daß Richter und Staatsanwälte seine Anrufe mithören konnten.

»Thomas Pauli. Drei Schuldscheine, zweimal über 20.000, einmal über 15.000 Mark.« Daß sein Besucher sich geweigert hatte, sowohl bei der telefonischen Verabredung wie jetzt in seinem Büro einen Namen zu nennen, störte Hagen nicht; Polizisten roch er, und für einen Privatdetektiv war dieser Knabe zu alt und trat auch etwas zu höflich auf. Ein Verwandter oder guter Freund der Familie. Ihm war beides recht.

»Ich habe das Geld in bar bei mir.«

»Fein. Dann hole ich die Schuldscheine.«

»Einen Moment bitte, Herr Hagen.« Arntzen hob die Hand und lächelte erleichtert, daß er es mit einem Profi zu tun hatte. »Es gibt noch eine kleine Bedingung.«

»Glauben Sie?« Auch Hagen lächelte höflich.

»Ja, davon bin ich überzeugt.«

»Das Wort ›Bedingung‹ höre ich nicht gern.«

»Das verstehe ich gut. Aber Sie wissen, daß diese Schuldscheine nicht einklagbar sind.«

»Schon möglich.«

»Sie könnten versuchen – aber dazu sind Sie zu klug –, sich das Geld gewaltsam zu holen. Was Ihnen nichts nutzen würde. Denn Thomas Pauli ist pleite. Und wird auch in Zukunft pleite bleiben. Sollten Sie also noch einmal einen Schuldschein von ihm akzeptieren, haben Sie Ihr Geld aus dem Fenster geworfen.«

»Ich verstehe. Diese Bedingung kann ich leichten Herzens akzeptieren. Ab sofort hat Thomas Pauli keinen Zutritt mehr zum Club.«

»Danke, Herr Hagen. Können wir dann den geschäftlichen Teil regeln?«

Quer über die drei Scheine schrieb Hagen *Bezahlt. Louis Hagen;* die Geldpäckchen verschloß er in einem Stahlschrank, während Arntzen die Schuldscheine sorgfältig in der Brieftasche verstaute. Anders als Johanna Pauli vertraute er nicht auf das Wort des Juniors, nie wieder eine Karte anzurühren, und im Fall der Fälle genügte ein – im doppelten Sinne des Wortes – Wink mit diesen teuren Papierchen.

Um acht Uhr herrschte in der Tiefgarage hinter dem *Kaiserhof* schon Hochbetrieb. Die Stahltür zum Keller des Hotels stand weit offen, mit einem Holzkeil festgeklemmt. Auf den reservierten Flächen parkten Transporter aller Größen, Männer schleppten Geräte, Geschirr und Möbel heraus, Sessel oder Lampen, Radiogeräte und Fernseher, Kisten mit Gläsern, riesige Kochtöpfe und Teppichrollen. Der Ausverkauf hatte begonnen, was noch Geld bringen konnte, sich noch zu Geld machen ließ, wechselte den Besitzer. An der Tür innen hatte Aja einen kleinen Tisch aufgestellt, neben ihr saß eine ältere Frau, die ständig mit den Tränen kämpfte. Aja kontrollierte gründlich und unfreundlich, wenn's nottat, und hakte auf vorbereiteten Listen ab. Bodo und Achim beschlossen, nicht auf eine Parkmöglichkeit direkt neben der Tür zu warten.

»Was wollen Sie denn?« fauchte Aja sie an, als sie mit der ersten Ladung Kisten und Kartons den Hotelkeller betreten wollten.

»Wir sollen den Wein einpacken.«

»Moment!« Aja wühlte in dem Papierstapel und sagte scharf: »Okay. Ich schließe Ihnen den Weinkeller auf. Für die Kontrolle sind Sie selbst zuständig.« Während des kurzen Dialogs hatte sich im Keller schon eine kleine Schlange gebildet.

Es artete in Arbeit aus. Zuerst mußten Achim und Bodo die vollen Kisten nach vorn, auf die Straßenseite des Kellers, schleppen, dort nahm Katte die Kartons in Empfang, und die leeren Weinkisten stellten sie im Weinkeller ab. Niemand achtete auf sie. Achim schloß den Keller ab und gab Aja den Schlüssel: »So, die Kisten sind drin. Wir holen sie dann morgen nach 17 Uhr ab.«

»Okay.«

Achim fuhr den Transporter aus der Garage, der Doktor hatte ihm einen sicheren Abstellplatz in der Nähe der Marialuisenschule angewiesen. Von dort fuhr er mit dem Bus in die Innenstadt zurück.

Bodo zog sich im Schutz des Gerümpelberges einen Blaumann an, schnappte sich die Werkzeugkiste und begann, auf der anderen Seite des Haufens das Gerümpel zu zerlegen. Daß er in seiner Ungeschicklichkeit die Einzelteile so um sich herum verteilte, daß eine Barrikade entstand, störte niemanden, das Durcheinandergewusele dauerte an, keiner achtete auf den anderen.

Katte hob die Tarnplatte von der früheren Tür des Verbindungsganges zum Tiefbunker unter der Hauptpost, öffnete den Verteilerkasten, zog ein Kabel durch das Rohr und befestigte es mit zwei Krokodilklemmen an den blanken Anschlüssen. Direkt über dem Fußboden war nun eine neue, auf alt getrimmte Verteilerdose befestigt, in die das Kabelrohr mündete; der Doktor hatte sich unnötig gesorgt, wie sie ohne auffälligen Lärm die Betonwand durchbohren sollten: Genau an dieser Stelle war früher das Hauptkabel oder das Ersatzkabel für den Notstromkreis der Gangbeleuchtung verlaufen und durch die Betonwand geführt worden; Katte hatte es ihm gleich vorhergesagt, aber vom Handwerk verstand der Doktor nichts.

Der Gang war tatsächlich nicht naß, zwar feucht und muffig, aber Regen oder Leitungswasser war nicht hineingelaufen. Allerdings konnten sie die dicken Profilgummisohlen gut gebrauchen, der Boden glitzerte und war glitschig, sogar verboten glatt. Aja hatte schon zweimal die Verkleidung abgenommen, damit der Gang etwas lüftete, des Doktors Warnung vor möglichen Faulgasen nahmen sie ernst. Auf dem Bauplan hatte Katte nur einen Belüftungsschacht entdeckt, und zwar nahe der Treppe, die zum Eingang des Tiefbunkers, schon unter dem Innenhof des Post, hinunterführte.

»Du meine Güte, das stinkt hier ja wie in der Kanalisation!« murrte Bodo.

»Dann brauchste die nächsten Tage nicht zu duschen«, tröstete Katte sarkastisch.

Von dem Berg ausrangierter Möbel holten sie sich Tische und Bänke und schafften sie in den Gang. Sie mußten ihr zum Teil empfindliches Material wassersicher lagern, und die Kartons wollten einfach kein Ende nehmen; sie schufteten stumm und fühlten die Schweißtropfen herunterlaufen. Endlich turnte Achim über den Sperrmüll-Hügel: »Seid ihr immer noch nicht fertig?«

»Hilfe wird dankbar angenommen!« knurrte Katte.

»Kommt sofort, ich steig nur noch in meinen Blaumann.«

Die unangenehmste Arbeit lag noch vor ihnen. Bodo hielt eine starke Lampe, in deren Schein Katte schimpfend und fluchend an das Kabel eine riesige Mehrfachsteckdose montierte. Das Kabel führte Strom, und trotz der isolierten Werkzeuge und der dicken Handschuhe besaß Katte gehörigen Respekt vor der Elektrizität.

»Endlich!« schnaufte er erleichtert.

In einer der großen Kisten hatten sie ein vorbereitetes Kabel eingeschmuggelt. Alle drei Meter führte es durch eine wasserdichte Lampe, sie brauchten Licht für ihre Arbeit und tasteten sich jetzt wie auf Glatteis mit der sperrigen Kabelrolle vorwärts, legten die Lampen wie rohe Eier ab und schnappten bald nach Luft, die immer schwerer, dunstiger zu werden schien. Bald keuchten sie wie die Blasebälge. Nach 45 Metern, am Ende des Lampenkabels, hatten sie das Gefühl, ersticken zu müssen.

»Zurück!« stieß Katte heraus. Die staubige Luft des Hotelkellers sogen sie wie Balsam ein und merkten erst jetzt, wie schwindelig ihnen geworden war.

»Das geht so nicht«, brummte Katte, als er sich wieder gefangen hatte. »Ich schau mal nach dem Lüftungsschacht.«

Achim nickte. Keine zehn Pferde hätten ihn jetzt in den Gang zurückgeschleift, und bei dem Gedanken, dort bald Stunden schuften zu müssen, wurde ihm bange. Katte erschien nach fünf Minuten wieder, bleicher als die Kellerwand, sein Brustkorb hob und senkte sich beängstigend. Endlich konnte er flüstern: »Ich hab den Schacht gefunden. Wenn ich pfeife, soll Bodo mal kräftig Lärm machen, ich muß etwas aufhacken.«

»Okay. Warte.«

Bodo blinzelte beunruhigt, legte sich aber mehrere Sperrholzplatten bereit und schwang den Meißel. »Los.«

Nach drei Minuten pfiff es leise, Achim gab das Signal weiter, und Bodo veranstaltete ein Höllenspektakel, das selbst die wie Ameisen hin- und hereilenden Männer und Frauen aufschreckte; Aja erschien mit nervöser Miene, und Bodo flüsterte zwischen den Meißel-Hieben: »Katte muß etwas aufstemmen.«

»Beeilt euch!«

Bodo und Katte schlugen im selben Rhythmus, dann ertönte zwischen zwei Donnerschlägen ein leiser Pfiff. Bodo stellte sein Radauwerk ein, und noch bevor Katte wieder sichtbar wurde, spürte Achim vor dem Durchbruch einen leisen Luftzug, der einen widerlichen Gestank mitbrachte. Diesmal war Katte nicht so bleich, aber jeder Arzt hätte ihn ohne Untersuchung sofort krank geschrieben.

Der Luftzug nahm zu, und Katte griente wütend: »Der Schacht war nur zugemörtelt, ich möchte mal wissen, welcher Idiot auf die Idee gekommen ist.«

Zwei Stunden später hatten sie alles eingeräumt, sogar die Schutt-Kisten in den Gang gewuchtet, es gab für sie nichts mehr zu tun, und Katte machte noch einmal einen Kontrollgang.

»Es wird erträglich«, grunzte er, »Durchzug wäre am besten, aber wir müssen weiter.«

Katte hielt sich buchstabengetreu an die Anweisungen des Doktors. Deswegen verspritzte er auch Farbe mit Kalkmilch auf die Ränder der Holzwand, die sie in den Durchbruch schoben. Die Tarnung war fast perfekt, und Aja würde schon dafür sorgen, daß sich kein Unbefugter in diesem Teil des Kellers zu schaffen machte. Getrennt verließen sie das Hotel, Bodo hatte sein Werkzeug weggepackt und den Blaumann in der Kiste verschlossen. Aja hockte noch immer neben der Tür in die Tiefgarage und kontrollierte, was pausenlos aus dem Hotel weggeschleppt wurde. Daß sie gähnte, schien allen nur natürlich.

Der junge Mann lächelte verständnisvoll: »Natürlich, ich verstehe. Am Montag soll's richtig losgehen.«

»Wissen Sie, wer in den *Kaiserhof* einzieht?«

»Ja, eine Versicherung baut es zu einem Bürogebäude um. Die *Nordische Rückversicherung*, so heißt sie. Ich glaube, ein schwedisches Unternehmen.«

»Na, hoffentlich bietet die Versicherung mehr Qualität als das Hotel.« Achim verdrehte die Augen.

Der Bankangestellte schüttelte ernsthaft den Kopf: »Ja, solche Klagen haben wir auch gehört, aber das Personal ist zu Recht sauer. Die haben erst aus der Zeitung erfahren, daß sie ihre Jobs verlieren. Ohne Sozialplan und nur mit einer winzigen Abfindung. Ich wäre auch ziemlich verbiestert.«

»Okay«, lenkte Achim ein. »Und ich bade den Zorn aus.«

Er humpelte leicht und mußte langsam gehen. Auf der Treppe hinunter in den Kellerraum mit den Schließfächern stützte er sich schwer auf den Handlauf des Geländers. Der junge Mann warf einen neugierigen Blick auf Achims Fuß, sagte aber nichts.

Nein, keine Veränderungen. Keine Alarmgeräte, keine neuen Sperren. Vielleicht ab Montag, wenn drüben auf der anderen Straßenseite die eigentlichen Bauarbeiten begannen, ein zusätzlicher Wächter.

»Helfen Sie mir bitte?«

»Natürlich.«

»Ich bin umgeknickt, ich kann Ihnen flüstern, die Engel haben laut gesungen.«

»Das tut mir leid. Lassen Sie bitte die leere Kassette ruhig in der Kabine stehen. Sie müssen nur Ihren Schlüssel nachher mit hochbringen.«

»Vielen Dank.«

Während der Auflösung des Mietvertrages für das Schließfach sah sich Achim in der Schalterhalle um. Nichts Auffälliges, nichts, was sich seit seinem ersten

Besuch hier verändert hatte. Kein Hinweis auf zusätzliche Sicherheits-Maßnahmen.

Der Sachse mußte sich beeilen, blieb aber im Zeitplan des Doktors und konnte sich im Juweliergeschäft Arntzen ohne Hast goldene Armbänder ansehen.

»Hm«, räusperte er sich und lächelte etwas verlegen, »das ist mir zu – na ja, zu groß. Die junge Dame wird erst fünfzehn, verstehen Sie, und ein kleineres Stück tut's dann auch. Noch!« fügte er seufzend hinzu, und die Verkäuferin lächelte unwillkürlich mit.

»Ich verstehe. Ich zeige Ihnen etwas anderes.« Der Spiegel über der Kasse war nicht verrückt worden. Nichts verändert, alles so, wie es Achim beschrieben hatte. »Gefällt Ihnen das besser?«

»Prima«, lobte der Sachse ehrlich begeistert, »genau das habe ich mir vorgestellt.«

Hagen stutzte, drehte rasch den Kopf weg und konnte sein Glück nicht glauben. Das war doch – nein, kein Zweifel, der Mann, der da gerade eilig das Juweliergeschäft verließ, war Harry Risteck. Na klar, Harry der Sachse. Einen Moment überlegte Hagen, ob er den Sachsen direkt ansprechen sollte, aber dann siegte doch die Vorsicht. Lieber erst mal abwarten, beobachten, beschatten. In diesem Menschengewühl war es schließlich keine Schwierigkeit, einen Mann zu verfolgen, und für alle Fälle, nur zur Sicherheit, konnte er diese Kleine einspannen – wie hieß sie noch? – diese Sina, die ihm den Tip gegeben hatte.

Bodo, Achim und Katte rissen sich kein Bein aus, während sie die Weinkisten vollpackten. Erstens war es anstrengender, als sie sich diese Tätigkeit vorgestellt hatten, zweitens hätten sie nicht geglaubt, daß es so viele Flaschen in einem so kleinen Keller geben konnte, obwohl der Doktor sie vorgewarnt hatte, und drittens kam es nicht mehr darauf an, wann sie heute fertig werden würden. Der Betrieb hatte nachgelassen, Aja saß erschöpft an ihrem Tischchen und kontrollierte ihre Listen; der Hotelkeller war merklich leerer geworden, und niemand hatte sich für den Sperrmüll-Wall interessiert, den Bodo aufgerichtet hatte. Alles lief nach Plan, und irgendwie imponierte ihnen schon, wie genau der Doktor alles vorausberechnet hatte.

Staatsanwalt Breithaupt hatte es nicht eilig, obwohl Möller auf seiner Stuhlkante hin- und herrutschte, weil es ihn ins verdiente Wochenende zog.

»Soweit ich das beurteilen kann, haben Sie alles Menschenmögliche versucht«, erklärte Breithaupt langsam. Er hatte eine seltsam hohe Stimme, die gar nicht zu seiner wuchtigen Figur paßte. »Ich denke, wir können die Akte schließen – oder was meinen Sie?«

»Das wollte ich vorschlagen. Die Ärzte bleiben dabei, ein natürlicher Tod, keine Anzeichen von Gewalteinwirkung.«

»Und wer diesen Herrmann Stier in den Rhein gekippt hat ...?«

»Fehlanzeige, Herr Staatsanwalt. Wir haben uns noch mal um diesen Rudi Kotowski gekümmert, der könnte es rein theoretisch gewesen sein, wenn dieser Bulle – äh – wenn Stier in seinem Auto gestorben sein sollte, auf der letzten Fahrt von diesem Billardkeller zur Fritzenbrücke. Aber warum sollte er das getan haben?«

»Irgendwo habe ich in einem Bericht gelesen, daß es dieser Rudi eher in den Muskeln als im Kopf hat.«

»Sicher, der typische Rausschmeißer. Aber gerade weil er so ein schwaches Kirchenlicht ist, wäre er wohl sofort zu Hagen, zu seinem Chef, gerannt und hätte gefragt, was er nun tun sollte.«

»Vor Hagen hat er Angst?«

»Ja, oder auch Respekt, er gehorcht ihm jedenfalls aufs Wort. Und Hagen hatte keinen Grund, Bulles Leiche zu beseitigen. Oder ihm etwas anzutun, im Gegenteil.«

»Tja, das ist wohl richtig.« Breithaupt fischte aus einer Schublade ein Formular und zögerte einen Moment, wobei er schräg grinste: »Und Ihre Theorie, dieser Stier könne anhand alter Baupläne einen Bruch geplant haben ...?«

»... die halte ich immer noch für möglich, aber was

nutzt mir das, solange wir nicht wissen, welchen Plan sich Bulle – äh – Stier bei seiner Schwester abgeholt hat.«

»Na schön. Es muß auch ungeklärte Fälle geben.« Der Staatsanwalt haute mit unnötiger Wucht einen Stempel auf das Papier und kritzelte eine Unterschrift. »Dann also ein schönes Wochenende für Sie, Herr Möller.«

»Vielen Dank, Herr Staatsanwalt.«

In dem wilden Durcheinander fielen Achim, Bodo und Katte gar nicht auf. Von den Schlüsseln zum Weinkeller, in dem sie ihre Werkzeugkisten abstellten, hatte Katte Duplikate hergestellt; nach dem Umladen fuhren sie rasch mit ihrem Lieferwagen wieder fort. Der Sachse hatte den Inhalt der Kisten sorgfältig mit einer Liste verglichen. Nach menschlichem Ermessen war an alles gedacht, sogar an Trinkwasser und Brote für die paar Stunden, die sie in dem Weinkeller warten mußten. Der Countdown tickte jetzt wie eine Präzisionsuhr. Jeder hatte seinen schriftlichen Fahrplan auswendig gelernt, nun durfte eigentlich nichts mehr schiefgehen.

Der Sachse hatte den Lieferwagen übernommen, sich vergewissert, daß sie nichts darin vergessen hatten, und war auf einen wilden Parkplatz gefahren. Er schloß sorgfältig ab und spazierte zur nächsten Bushaltestelle, um in seine Wohnung zu fahren. Er würde jetzt ein paar Stunden schlafen, er hatte eine lange Nacht vor sich.

Gegen 16 Uhr hatte der Betrieb im *Hotel Kaiserhof* doch mächtig nachgelassen. In der Lindenallee parkten nur noch wenige Transporter kreuz und quer, die meisten Sachen schienen weggeschafft, das Gebäude machte einen leeren Eindruck, obwohl sich an der Fassade noch nichts verändert hatte. Vielleicht wegen der Gardinen, die jetzt an allen Fenstern abgehängt waren.

Bodo steuerte ihren zweiten Transporter in die Tiefgarage. Nahe der Tür zum Keller des Hotels gab es jetzt ausreichend Parkplätze. Aja erwartete sie schon, gähnend und grau vor Müdigkeit. »Toi, toi, toi«, murmelte sie und ging. Ihre Aufgabe war erfüllt, bis auf die kleine Abschlußfeier, zu der die Hausdame, der Tafelmeister und der Maître de table eingeladen hatten; sie konnte sich den Abend angenehmer vorstellen, aber als Alibi war diese Veranstaltung einfach zu perfekt, um sie zu versäumen.

Staunend sahen Achim, Bodo und Katte sich um. Jeder Schritt warf ein kleines Echo, der Keller war so leer, wie sie sich das nie hatten vorstellen können. Selbst das Gerümpel, das sie als Barrikaden benutzt hatten, war verschwunden. Rund um ihr gemaltes Mauerstück hatten sie volle Bewegungsfreiheit.

»Denn mal los!« brummte Achim.

Auch zu dritt war es noch ein schönes Stück Arbeit, die Weinkisten in den Transporter zu verladen. Auf dem Rückweg vom Auto zum Keller nahmen sie das restliche Material mit; natürlich erschien der Tafelmeister, genau, wie der Doktor vorhergesagt hatte, um Abschied von seinem Weinkeller zu nehmen.

»Alles klar?« erkundigte sich Achim.

»Ja, ja, danke«, erwiderte der Traurige. Auch er machte, nach einem langen wehmütigen Blick, kehrt und verließ den Keller. Punkt 17.15 Uhr tauchte wie vom Himmel gefallen der Sachse auf, marschierte mit einem schnellen Rundgang durch den Keller und nickte den drei Männern zu: »Leer. Ihr könnt abschließen.«

Achim schloß die Verbindungstür zur Tiefgarage hinter dem Sachsen und hörte den Transporter fortfahren. Vom Keller führten insgesamt drei Treppen ins Erdgeschoß; sie verriegelten die Zugangstüren, schlossen in der Küche die Aufzüge zu, sicherten die einzelnen Kellertüren und konnten sich Punkt 17.30 Uhr im Weinkeller niederlassen. Für Achim, Bodo und Katte begann jetzt das Warten. Weil der Doktor an alles dachte, hatten sie Camping-Klappstühle mitgebracht. Vor ihnen lag eine lange, harte Nacht, und weil sie alle Profis waren, konnten sie jetzt im dunklen Keller tatsächlich entspannen.

Der Sachse fuhr den mit Wein beladenen Transporter auf einen Parkplatz am Rande der Innenstadt, verschloß ihn sorgfältig, schlenderte Richtung Rüttenscheid, setzte sich in ein Café und schlug die Zeit tot. Als er aufbrechen mußte, hatte er alle Zeitschriften gelesen und drei Tassen Kaffee getrunken. In aller Ruhe spazierte er durch die City, betrachtete die Schaufenster und bog zu einer letzten Kontrolle in die Lindenallee ein, lief am Juweliergeschäft Arntzen und dem Bankhaus *Jäger & Pauli* vorbei, studierte interessiert die Fassade des geschlossenen *Hotels Kaiserhof* und hielt sich dann Richtung Theater.

Sina hatte auf Hagens Befehl am Ende der Lindenallee gewartet und besonders auf den Juwelierladen geachtet; Hagen war überzeugt, daß der Sachse es auf Arntzen abgesehen hatte. Nach drei Stunden glühten ihre Füße, sie trippelte hin und her, dehnte die Strecken immer weiter aus und hätte beinahe den Sachsen verpaßt, der schon aus der Lindenallee herausgekommen war. Sie zuckte zusammen, die müden Beine waren vergessen, und von der nächsten Telefonzelle rief sie bei Hagen an: »Unser Mann ist aufgetaucht.«

»Prima. Bleib in der Nähe, ich werd dich schon finden.«

Um 20 Uhr standen sie auf und machten Licht, erleichtert, daß es endlich losging. Jeder wußte, was er zu tun hatte. Bodo packte die Brote und die Thermosflaschen mit heißem Tee aus; sie trugen seit dem Nachmittag ihre dünnen Plastikhandschuhe. Katte räumte die Stühle zusammen, es war schon eine Menge Gerümpel, das sie in das Hotel geschleppt hatten; gut, daß sie einen großen Teil zurücklassen konnten. Achim marschierte quer durch den Keller bis an die Außenwand zur Lindenallee, dort hatte es in der hintersten Ecke früher eine Art Luke zur Straße gegeben. Über die Glasbausteine klebte er die Antenne für das Funkrelais, das sie mit Netzstrom betrieben; er hatte ein Sende-Empfangsgerät umgeschnallt und setzte sich einen Bügelkopfhörer mit Mikrophon auf.

»Ich habe Hunger«, murmelte er in das Mikrophon.

»Dann iß doch was!« schlug der Doktor prompt vor.

»Aber trink nicht so viel!« mahnte der Sachse.

Die beiden hatten also Posten bezogen. Bis zum frühen Morgen würden sie rund um den *Kaiserhof* patroullieren und notfalls über Funk Alarm schlagen; der Sende- und Empfangsverstärker an dem Wanddurchbruch und sein Funksprechgerät stellten sicher, daß Wächter und Bewachte jederzeit miteinander reden konnten.

Katte hatte die gemalte Wand bereits zur Seite getragen, der Gestank in dem Betontunnel war etwas erträglicher geworden. Bodo und Achim bauten einen riesigen Ventilator aus Einzelteilen zusammen, der eine halbe Stunde lang Luft in den Gang blasen sollte. Strom hatten sie, Katte montierte bereits eine Mehrfachsteckerleiste und klemmte die Kabel in die vorbereiteten Ösen. Als Achim dann schwarzes Papier über die Glasbausteine geklebt hatte, pfiff Katte leise: »Es werde Licht!«

Die Glühlampen an dem ausgelegten Kabel leuchteten auf, Licht fiel aus dem Gang in den Keller, der Ventilator begann sich brummend und sausend in Bewegung zu setzen – sie empfanden plötzlich das Gefühl trügerischer Sicherheit. Am wenigsten noch Katte, der wußte aus Erfahrung, daß die sorgfältigste Planung den Zufall nicht ausschaltete.

»Nun schlaft mal nicht ein!« brummte Katte.

Das Werkzeug war in Gebinden zusammengepackt. Wenn die anderen Durchbrüche ähnlich schlampig vermauert worden waren, konnten sie in einer halben Stunde im Schließfachkeller des Bankhauses *Jäger & Pauli* und im Keller des Juweliers Arntzen stehen. Die Schließfächer kannten sie dank Achim; was sie bei Arntzen erwartete, wußten sie noch nicht. Die halbe Stunde Belüftung, die der Doktor befohlen hatte, dehnte sich zäh. Katte rauchte genüßlich und steckte die Kippe in eine Blechdose, die er mitgebracht hatte und jetzt zuschraubte.

»Also los!«

Der Ventilator lief langsamer, jeder schnappte sich sein Werkzeug und stieg in den Gang. Sie schwiegen und sahen sich um. Der Beton hatte die fünfzig bis sechzig Jahre gut überstanden. Die Oberfläche war rauh geworden und hatte sich an vielen Stellen durch rostenden Monierstahl braun verfärbt, dünne Lagen waren abgeplatzt, aber sie entdeckten nirgendwo einen Riß oder eine Fuge. Auf dem Boden hatte sich Feuchtigkeit angesammelt, an einigen Stellen war wie durch ein Wunder auch Moos angewachsen. Katte nickte befriedigt: Keine Anzeichen für eine offene Stelle oder einen Bruch, der Verbindung zum Erdreich herstellte. Mit dem Holzstiel seines Hammers klopfte er an die Wände: Keine Hohlräume. Das Licht war ausreichend, nein, sie durften es riskieren. Nur die Luft hätte besser sein können.

Katte nahm sich Zeit mit der Inspektion, wanderte durch den Gang unter der Lindenallee hindurch, an den Kellern der Bank und des Juweliers vorbei. Links war, wie auf der Zeichnung angegeben, noch eine Tür vermauert, die zur zentralen Heizung geführt hatte. An der Treppe, die zum eigentlichen Bunker hinunterführte, blieb er stehen. Nichts Auffälliges. Zweifelnd schaute er zum Lüftungsschacht hoch, den er wieder geöffnet hatte. Etwas Licht fiel jetzt nach draußen, nein, es war wohl besser, wenn er ihn wieder verstopfte.

Bodo holte einen Lappen, den Katte sorgfältig in die Öffnung schob. Man konnte nicht vorsichtig genug sein.

Achim hatte schon das markierte Maßband ausgerollt, was sich als unnötig herausstellte: Die beiden Öffnungen zum Bunkergang waren tatsächlich nur auf der Kellerseite vermauert, so daß in der bestimmt sechzig Zentimeter starken Betonwand richtige Nischen entstanden waren.

»Um so besser!« pustete Katte.

Jetzt stand ihnen die erste Probe bevor. Sie mußten oberhalb eines Durchbruchs zwei Stahlhaken einschlagen, um das Lampenkabel vom Boden wegzunehmen und hochzulegen. Bodo brachte den Elektro-Schlagbohrer, Achim drückte den Mikrophonknopf: »Wir stimmen die Instrumente.«

»Wir freuen uns auf die Musik.«

Der Doktor bewunderte jetzt die Auslage des Juweliers hinter den Scherengittern. Katte setzte den Bohrer an, der Motor jaulte und wimmerte, die Erschütterungen ließen Bröckchen wegspritzen, in dem Gang hallte der Lärm beängstigend wider.

Nach dreißig Sekunden nahm Katte den Finger vom Schaltknopf, das Geräusch erstarb, und Achim fragte: »Na, wie sind wir?«

»Katzenmusik, nicht zu hören, ihr müßt noch viel üben.«

Erleichtert nickte Achim, und Katte legte sofort wieder los. Der Doktor hatte also nichts mitbekommen, obwohl er direkt über ihnen stand. Die beiden Löcher mußten ja auch nicht tief sein, gerade ausreichend für zwei Haken mit Spreizfuß.

Achim und Bodo begannen schon auf der Bankseite mit dem Durchbruch. Der Putz war Schund, Sand mit Spucke, es brauchte nicht einmal einen Meißel; die graubraune Masse zerpulverte unter leichten Hammerschlägen. Darunter kam eine Ziegelwand zum Vorschein, mehr als flüchtig gemauert, Achim verzichtete sogar auf die Fräse, ein Kuhfuß in eine der fast offenen Fugen gestemmt, zwei kräftige Ruckelbewegungen, der erste Stein wackelte.

»Gib mal den Haken!«

Kaum zu glauben, aber der Stein ließ sich mühelos herausziehen. Katte hatte darauf bestanden, die Steine ordentlich zu stapeln, das fehlte ihnen noch, mit der Beute zu stolpern und sich einen Fuß zu brechen; Bodo kam nicht nach, so schnell holte Achim die Steine heraus. Der viel massivere, besser verstrichene Putz auf der anderen Seite der einlagigen Mauer hielt erstaunlich lange, dann brach er in sich zusammen, es staubte, sie niesten wie die Weltmeister, und auf der anderen Seite ahnten sie den großen Raum mit den Schließfächern. Die Rückwand der Kabinen für die Schließfachmieter bestand aus einer furnierten Faserplatte; sechs, sieben Schläge mit dem Beil, und sie konnten die mürben Teile mit der bloßen Hand herausreißen.

»Großartig«, brummelte Katte, »Handwerk hat goldenen Boden.«

Mit der Wand zum Keller des Juweliergeschäftes hatten sie ebenfalls keine Mühe. Auf dieser Seite war der Mörtel etwas gleichmäßiger aufgetragen, vier, fünf Schläge mit Hammer und Meißel, dann lag ein Stein so weit frei, daß sie ihn aus der Wand heraushebeln konnten. Pfuscharbeit, wirklich mit der heißen Kelle erledigt, wahrscheinlich hatte das Ganze nur wegen des sehr guten Putzes auf der Innenseite gehalten. Katte erzählte den blöden Witz von dem Polier, der den Bauunternehmer anruft und jammert: »Chef, wir haben das Gerüst abgebaut, und da ist das ganze Haus zusammengefallen.« Worauf der Chef brüllt: »Arschloch, ich hab euch doch immer gesagt, das Gerüst bleibt stehen, bis tapeziert ist.« Die beiden anderen grinsten breit, und Katte fragte verständnislos: »Is' was?«

Achim meldete vergnügt: »So, wir haben die Ouvertüre einmal gespielt.«

»Sehr schön«, erwiderte der Doktor hörbar beeindruckt.

»Jetzt räumen wir erst mal den Mist beiseite«, befahl Katte. Inzwischen bewegten sie sich ohne Scheu in dem Gang. Katte hielt auf Ordnung: Das nicht mehr benötigte Gerät wurde weggepackt, das andere geholt, und er selbst säuberte die beiden Durchbrüche von scharfen Mörtelresten. Irgendwie hatte er sich vorgestellt, er würde erleichtert oder begeistert sein, wenn sie erst einmal in den Kellern waren, aber alles war so schnell und leicht gegangen, daß Katte einen Moment innehielt; eine Spur Aberglauben leugnete er nicht und traute deshalb seinem Glück nicht. Einen Stoßseufzer unterdrückend schob er sich in den Juwelierkeller und suchte nach dem Lichtschalter. Als es hell wurde und er einen Moment die Augen zukneifen mußte, kribbelte ein ganz dummes Gefühl im Magen.

Achim stellte sich neben ihn und murmelte: »Du lieber Himmel, das darf nicht wahr sein.«

Katte öffnete die Augen. Nein, es durfte nicht wahr sein. Sie hatten mit einem Tresor gerechnet, der alle Schikanen besaß: mehrere Schlösser, Zeitschaltung, elektrische Verriegelung, schweißfeste Stahlplatten zum Schutz der Mechanik. Was sie wie blöde anstarrten, war ein fester Stahlschrank mit einem einfachen Riegelverschluß, gesichert durch zwei moderne Rundschlösser, mit der Rückseite an der Wand verankert, aber sogar die Seitenwände frei für den ungehinderten Angriff mit Schweißbrenner oder elektrischer Fräse.

»Verstehst du das?« erkundigte sich Achim fast nervös,

und Katte schüttelte nur den Kopf. Entweder enthielt dieser Schrank nichts, was einen Einbruch lohnte, oder der Juwelier war von bodenlosem Optimismus erfüllt. Das war kein Hindernis, das war eine Aufforderung! Besorgt drehte sich Katte um und musterte die Tür. Seine Miene hellte sich auf: Die Tür erklärte einiges, sie war aus Stahl und mit all den mechanischen Kniffen und Gemeinheiten versehen, die sie an dem Tresor befürchtet hatten. Elektrische Verriegelung auf ihrer Seite, möglicherweise ein Zeitschalter, fünf beeindruckende Zungen, je eine oben und unten, drei auf der Seite, und vier Angeln. Kein Schlitz, durch den man von der anderen Seite aus angreifen konnte, nein, Arntzen hatte die Sicherung sozusagen vorverlegt, den Zutritt zu diesem Raum, den er offenbar für absolut sicher hielt, unmöglich gemacht. Erst als er hörte, wieviel Luft er abließ, wurde Katte klar, wie groß seine Spannung gewesen war.

»Wir benutzen die Fräse«, bestimmte er leise.

Achim kicherte: »Warum nehmen wir nicht den ganzen Schrank mit?«

»Ich schau mal drüben nach.«

Auch im Keller des Bankhauses flammte jetzt die Beleuchtung auf. Sie schritten langsam an den Schließfächern vorbei. Vier Reihen, je eine an den Längstwänden, zwei in der Mitte, Rücken an Rücken. Damit würden sie einige Arbeit haben. Katte rieb sich das Kinn. »Wir versuchen es mit den Rückwänden. Holt mal die Wagenheber.«

Die beiden Mittelreihen waren offenbar nur zusammengerückt und auf der Oberseite mit mehreren Verbindungslaschen zusammengeschraubt. Bodo turnte hoch, wegen der Decke mußte er sich hinlegen. »Verschraubt«, bestätigte er, »nicht verschweißt.«

»Moment«, befahl Katte hart und ging zur Tür. Und wieder blies er angehaltene Luft ab. Auch hier eine hervorragend gesicherte Tür. Das Bankhaus hatte, wie der Juwelier, den Raum selbst für unangreifbar gehalten. Keiner hatte sich vorgestellt, daß man ohne große Mühe in die Keller eindringen konnte. Das Geldinstitut war Ende der sechziger Jahre hier eingezogen, Arntzen Mitte der sechziger. Der Verbindungsgang vom *Hotel Kaiserhof* und dem Bäckerhaus zum Tiefbunker unter dem Hof der Hauptpost mußte ganz rasch in Vergessenheit geraten sein. Eigentlich zu rasch. In Kattes Bauch tanzte ein Schmetterling. Hoffentlich hatten der Sachse und der Doktor wirklich an alles gedacht!

Achim und Bodo keuchten mit dem Gerät heran. Sie mußten jetzt zuerst die Verschraubungen der Laschen auf dem Dach der beiden Schließfachreihen lösen. Katte zog sich hoch, legte sich auf den Bauch und kratzte den Lack aus den Schlitzen der Schrauben. Nein, hier würde es keine Probleme geben.

Richtige Stimmung würde nicht mehr aufkommen, aber der Wein half doch etwas, die trüben Gedanken zu verscheuchen. Nur Aja blieb konsequent bei Traubensaft und Mineralwasser und gestand errötend, daß sie erst seit einigen Monaten »trockengelegt« sei und auf keinen Fall Alkohol trinken dürfe, was die anderen verstanden. Der Tafelmeister nickte mitleidig, einen Moment von seinen Zukunftssorgen abgelenkt. Die Hausdame hatte während des Essens hin- und hergerechnet; wenn sie die Halbtagsstelle in dem Seniorenheim annahm und in den nächsten vier Jahren etwas bescheiden lebte, so daß sie das Ersparte nicht angreifen mußte, sollte die Rente reichen. Gute Laune verströmte nur der Maître de table, er hatte einen gleichwertigen Job in Düsseldorf bereits sicher, und seit seine Freundin, die nicht umziehen wollte, ihm den Laufpaß gegeben hatte, hielt ihn wenig hier. Diese Aja war ein hübsches Weib, und weil er selbst wenig trank, störte ihn ihre Abstinenz gar nicht.

»Was machst du nun?« fragte er sie vertraulich, und Aja, auf alle Nuancen von Männerstimmen geeicht, lächelte träge: »Ich? Morgen schlafe ich vierundzwanzig Stunden hintereinander, und am Montag fahre ich nach Holland, an die See.«

»Schade«, bedauerte er und warf ihr einen kühnen Blick zu, den sie nicht zu bemerken schien. Mit einer kleinen, witzigen Rede hatte sie der Hausdame ihren Schlüsselbund überreicht: »Meine Pflicht ist beendet, ich habe viel gelernt und werde in Zukunft das Hotelpersonal immer höflich, freundlich und geduldig behandeln. Ohne eure Hilfe wäre ich nicht klar gekommen, und deswegen stoßen wir jetzt an: Danke und alles Gute für die Zukunft.«

Sie tranken sich zu, und der Tafelmeister grübelte in einer Anwandlung neuerlichen Trübsinns, ob dieser arrogante Widerling den Wein, den er so billig erworben hatte, überhaupt zu schätzen wußte.

Mutter Krause richtete sich mühsam auf. Ihr schwindelte, sie mußte sich am Schrank festhalten, dieses Großreinemachen überstieg langsam ihre Kräfte. Deshalb hatte sie Erika gebeten, ihr zu helfen, natürlich hatte die Tochter nicht Wort gehalten, auf seine Kinder durfte man sich nicht verlassen, leider nicht. Aber was sollte der neue Untermieter denken, wenn er am Montag in ein dreckiges, staubiges Zimmer einzog? Das ging doch nicht!

Ob sie es noch einmal so gut treffen würde?

Am meisten Kummer bereitete ihr der Schrank. Alleine konnte sie das Stück nicht bewegen, aber er müßte von der Wand abgerückt werden, um dahinter einmal zu putzen. Was mochte sich in der schmalen Spalte nicht alles an Staub und Spinnweben angesammelt haben! Sie wartete, bis sich ihr keuchender Atem beruhigt hatte, und holte dann die Heizungsbürste. Weit reichte sie damit nicht hinter den Schrank, aber es war besser als gar nichts, und vielleicht kam Erika morgen ja doch noch vorbei.

Dann blieb die Bürste an etwas Widerspenstigem hängen, es raschelte und knisterte, sie zog, ruckelte und zerrte, und plötzlich gab das Ding nach; eine alte, graue, verstaubte Zeitung erschien. Du meine Güte, was war denn das? Eine Zeitung hinter dem Schrank? Wie konnte – Mutter Krause wurde richtig ärgerlich. Das gehörte sich nun wirklich nicht! Als sie sich bückte, spürte sie in ihrer Empörung nicht einmal ihr schmerzendes Kreuz.

Aber so alt war die Zeitung gar nicht – oder doch? Ach, die Augen, nein, sie brauchte ihre Brille aus der Küche. Das wollte sie nun genau wissen!

Immer noch schnaufend setzte sie sich die Brille auf und studierte das Datum. Vom Januar, sieh mal an, so lange hatte die hinter dem Schrank gesteckt. Gut fünf Monate. Mutter Krause ließ sich schwerfällig auf den Stuhl sinken und begann zu überlegen. Fast ein halbes Jahr. Das war doch – oder wie war das?

Hagen verstand gar nichts mehr. Jeder Mensch pflegte seine Marotten, schön und alles okay, aber der Sachse spann doch. Wie ein Automat kurvte er immer wieder durch dieselben Straßen, um dieselben Häuserblocks herum, und Hagen hatte einen immer größeren Abstand einhalten müssen, bis ihm die Idee kam, sich in einem Geschäftseingang zu verstecken und abzuwarten. Zwanzig Minuten später strich der Sachse tatsächlich an der Öffnung vorbei und schien Selbstgespräche zu führen: »Alles klar!« sagte er ziemlich laut.

Was war klar?

Plötzlich spürte Hagen das leichte Piksen unter dem Gürtel. Das kannte er gut, irgend etwas stimmte hier nicht, und der Teufel sollte ihn holen, wenn der Sachse wirklich wie ein Halbidiot ohne einen triftigen Grund durch dunkle, menschenleere Straßen strolchte und mit sich selbst redete. Und dieser Grund interessierte ihn von Minute zu Minute mehr. Instinktiv tastete er nach der Pistole, die er auf dem Rücken unter den Gürtel geschoben hatte. Unter der weiten Jacke fiel sie nicht auf. Jetzt mußte er erst einmal herausfinden, welche Route dieser Sachse lief und ob ihn ein bestimmter Häuserblock – Hagen schlug sich mit der flachen Hand vor die Stirn. Arntzen, natürlich, das war es, schließlich galt der Sachse als Spezialist für große Dinger. Und wenn er sich nicht ganz täuschte, mußte das Juweliergeschäft einen Hinterausgang auf den Innenhof der Hauptpost haben – na klar doch, eines fügte sich zum anderen. Am liebsten hätte Hagen vor Begeisterung laut gelacht, aber das verkniff er sich im letzten Moment wegen eines Mannes, der gerade in aller Seelenruhe an seinem Versteck vorbeispazierte und ihn nicht bemerkte.

Selbst mit den Wagenhebern artete es in Schufterei aus, wenigstens zu Anfang, bis sie die beiden Schließfachreihen so weit auseinandergerückt hatten, daß ein breiter Spalt entstand, in den sie die angeschweißten Zungen des beweglichen Vierecks klemmen konnten. Mit den Laschen auf der Oberseite hatte Katte keine Mühe gehabt, die Bohrmaschine drehte die Schrauben im Nu heraus. Aber jetzt ... Achim klinkte die Kurbel ein, nach vier Umdrehungen preßten sich die Zungen gegen die beiden Gestelle.

»Und – und – und –« kommandierte Katte. Achim und Bodo warfen sich gegen die Kurbel, zogen und drückten, daß ihnen die Schläfenadern schwollen, bange Augenblicke schien alles vergeblich, das Metall beulte ein, bewegte sich aber nicht, dann endlich, plötzlich knirschte und knackte es, als wolle das Haus einstürzen, die beiden Schließfachreihen ruckten auseinander, das Poltern und Schrammen konnte Tote aufwecken. Katte jubelte vor Begeisterung, turnte wie ein Affe mit dem zweiten Wagenheber auf die Gestelle, setzte ihn ein Stück entfernt in dem sich öffnenden Schlitz an und kurbelte aus Leibeskräften. Nachdem der erste Widerstand überwunden war, ging es wie geschmiert, spreizen, zurückdrehen, ein Stück weiter wieder ansetzen. Die Reihen krümmten sich, aber brachen nicht auseinander. Es klappte, sie kamen an die Rückseiten heran! Vor Erleichterung lachten sie laut, die Schufterei machte jetzt richtig Spaß, vor allem, weil der Doktor mit seinen Recherchen ins Schwarze getroffen hatte: Die Rückseiten bestanden aus dünnem Blech, mehr Staubschutz als ein wirkliches Hindernis. Vorne hui, hinten pfui. Nach einer halben Stunde bildeten die Schließfächer-Schränke eine keilförmige Gasse, breit genug, mit der Elektrofräse anzusetzen.

Bodo und Katte schalteten das Gerät an, und Achim drückte den Mikrophonknopf: »Wir proben das Stück noch einmal.«

»Gut«, antwortete der Doktor sofort, »Üben macht den Meister.«

Das Geräusch war widerlich, schmerzte in den Zähnen, obwohl Katte unablässig Glyzerin auftrug, das unter dem

Sägerad aufrauchte. Der Gestank wurde schlimmer, als sie gedacht hatten. Bodo hustete als erster.

»Keine Musik«, bestätigte der Doktor wenig später. Achim winkte den beiden beruhigend zu: Das Geräusch war auf der Straße also nicht zu hören.

Sie arbeiteten verbissen fast eine Stunde, jede fünf Minuten meldete sich der Doktor über Funk: »Alles ruhig.« Katte hatte darauf bestanden, eine zweite Fräse mitzunehmen, was sich als kluge Voraussicht erwies, die Geräte liefen rascher heiß, als sie angenommen hatten. Einmal mußten sie eine Pause einlegen; Katte und Bodo holten den Ventilator und stellten ihn so, daß der Luftstrom den Rauch in den Gang hinausblies. Wenn der Henker es wollte, existierten oben in der Bank Rauchmelder. Aber ohne Schmierung ging es nicht, das Geräusch wurde sonst unerträglich, und ein Sägerad glühte so schnell rot auf, daß Katte es auswechseln mußte. Während er mit dem Werkzeug hantierte, tranken die anderen durstig, das Wasser lief ihnen nur so herunter. Noch lagen sie in der Zeit, aber es wurde knapp, die Fräsen kamen nicht so schnell voran, wie sie veranschlagt hatten, zumal sie alle zwei Meter einen langen, senkrechten Schnitt von oben bis unten ansetzen mußten. Achim hatte sich dicke Arbeitshandschuhe übergezogen und schleppte die herausgeschnittenen Metallplatten in den Gang hinaus, wo er sie so leise wie möglich stapelte. Nach einer Stunde hatten sie erst die linke Reihe geschafft, das letzte Stück war besonders mühevoll, weil sie sich in der schmalen Gasse kaum bewegen konnten.

»Pause!« ordnete Katte heiser an. Er hatte geschuftet wie ein Berserker und keuchte jetzt. Die Nacht würde hart werden.

Achim erntete. Mühelos konnte er die Kassetten nach hinten aus den Fächern herausziehen, den Inhalt schüttete er in feste Plastiksäcke, Geld, Schmuck, Papiere, kleine Barren aus Gold, Silber oder Platin, Münzen, Briefe, versiegelte Päckchen kunterbunt durcheinander. Sortieren konnten sie später. Im Moment verschnauften die anderen zu erschöpft, sich zu freuen, schauten nur stumpf zu, wie Achim die leeren Kassetten ebenfalls im Gang stapelte. Keiner wollte im Moment wissen, ob es die Mühe lohnte.

Als Katte auf die Uhr blickte und mit dem Daumen Richtung Schließfächer wies, stöhnten sie alle.

Diesmal begannen sie mit dem schwierigsten Teil an der engsten Stelle ganz hinten, arbeiteten sich langsam und systematisch zurück auf den Durchbruch zu. Achim schleppte wieder Metallrechtecke in den alten Bunkergang hinaus, rückte zwischendurch den Ventilator näher an die Frässtellen, der Gestank ließ ihre Augen tränen und Gaumen kratzen. In regelmäßigen Abständen war die Stimme des Doktors zu vernehmen: »Alles klar.« – »Macht euch keine Sorgen.« – »Übt noch ein wenig.«

Für die rechte Schrankreihe brauchten sie nur fünfzig Minuten, aber Katte betrachtete sorgenvoll seine Glyzerinvorräte. Es würde nicht für die beiden restlichen Reihen reichen, entweder taugte die Fräse nichts, oder das Blech war härter als in den Katalogen des Herstellers angegeben. Bei dem letzten Stück Rückwand hatte er versucht, nur einen kurzen Schlitz aus dem Metall zu schneiden und den Rest gewaltsam wegzubiegen. Aber das Blech saß zu fest, und Katte wollte nicht riskieren, daß es plötzlich abbrach und sie beim Vorschnellen verletzte. »Nächste Pause!« ächzte er. Nein, sie hatten die Zeit zu knapp kalkuliert.

Erst in dem Gang spürten sie, wie flau ihnen war; jeder Schluck erzeugte Übelkeit, und das Wasser schwitzten sie umgehend wieder aus. Achim gönnte sich keinen Moment Ruhe. Was er in die Plastiksäcke abfüllte, beachtete er nicht. Nach dem Gewicht zu urteilen, hatten sie für die nächsten Jahre ausgesorgt. Der Stapel leerer Kassetten in dem Gang wuchs pausenlos. Bodo und Katte rauchten jetzt wortlos und warteten, bis sich ihre verkrampften Muskeln wieder lockerten, während Katte rechnete. Wahrscheinlich war es sinnvoller, sich jetzt erst einmal den Tresor im Juwelierkeller vorzunehmen. Sie mußten mit ihren Kräften haushalten.

Verärgert über diese Abweichung vom Plan winkte er Achim heran: »Gib dem Doktor durch, daß wir Erholung brauchen. Wir knacken jetzt erst einmal den Tresor.«

»Okay«, murmelte Achim und drückte den Mikrophonknopf: »Mit diesem blöden Stück kommen wir nicht voran. Wir spielen jetzt mal die andere Partitur.«

»Was ist los?«

»Die Blechbläser brauchen eine Atempause.«

»Na schön«, erwiderte der Doktor zögernd. Es gefiel ihm nicht, das konnte Achim deutlich heraushören, aber der Doktor mußte sich auf Katte verlassen.

»Er ist nicht begeistert«, verkündete Achim halblaut.

»Ich auch nicht«, erwiderte Katte brummig. »Hol mal das Schweißgerät.« Irgend etwas ging immer schief.

Otto Fröhlich fluchte jugendgefährdend los, als das Telefon klingelte. Am Samstag um 23 Uhr hatte auch er ein Anrecht auf Ruhe, und diesen Ärschen im Revier würde er jetzt mal die Meinung geigen. Was fiel diesen Vollidioten eigentlich ein?

»Ja?« brüllte er, und eine zittrige Altfrauenstimme sagte halb ängstlich, halb erschrocken: »Hallo, Jungchen, hier ist Mutter Krause.«

Heimlich zählte Otto bis zehn. Trotz seiner Größe und seines Aussehens war er ein ruhiger, selbstbeherrschter Mann, der Gewalt verabscheute, und weil er von Natur aus auch ein rücksichtsvoller Mensch war, erzählte er Mutter Krause anschließend nicht, daß er sie am liebsten erwürgt hätte.

»Mutter Krause, wir hatten verabredet, daß Sie nie wieder ›Jungchen‹ zu mir sagen. Erinnern Sie sich noch?«

»Hab ich das? Oh, Jungchen, das tut mir leid, das wollte ich nicht, Otto.«

Noch einmal zählte er bis zehn, bevor er fragte: »Was kann ich für Sie tun?«

»Otto, ich brauche deine Hilfe. Ich hab im Zimmer saubergemacht, weil doch am Montag der neue Untermieter kommt, und da hab ich was gefunden, und jetzt weiß ich nicht, wem ich das zeigen soll.«

»Um was handelt es sich denn?«

»Um eine Zeitung, Jung... Otto.«

»Eine Zeitung?« Er mußte sich zur Gelassenheit zwingen. Daß Mutter Krause allmählich senil wurde, wußte er ja, aber das überstieg nun doch ...

»Ja, eine Zeitung vom Januar. Hinter dem Schrank. Dabei war er ein so ordentlicher Mann. Und ein Stück ist aus der Zeitung herausgeschnitten, also, das tut man doch nicht, oder?«

Eine Zeitung in Bulles früherem Zimmer. Hinter dem Schrank – was? Versteckt? Vergessen? Und ein Stück herausgeschnitten? »Mutter Krause, sind Sie heute abend noch auf? – Ja? – Ich komme gleich mal vorbei.«

»Das ist aber nett, Otto, ich bedanke mich auch schön, du bist doch ein guter Junge.«

So hätte sich Otto Fröhlich in dieser Sekunde nicht bezeichnet.

Sie arbeiteten jetzt hastiger, angestrengter, die präzise Planung hatte ihnen allen ein falsches Gefühl der Sicherheit vermittelt, das jetzt verflog. Der Wettlauf mit der Zeit weckte Nervosität.

Katte hatte die Flamme des Schweißbrenners eingeregelt und führte sie nun rings um den Riegel des Tresors, das scharfe Zischen beruhigte seine Nerven, diese Arbeit liebte er. Achim schleppte die gefüllten Plastiksäcke durch den Gang in den Weinkeller des Hotels und legte sie in Holzkisten, die laut Aufschrift elektrotechnisches Material enthielten. Der Gestank des heißen Glyzerins hatte sich durch den Ventilator bis in den Hotelkeller ausgebreitet. Bodo quälte sich derweil mit dem Wagenheber ab. Sie mußten die auseinandergerückten Reihen der Schließfachschränke wieder zusammenschieben, um Platz vor den Reihen an den beiden Längstwänden zu bekommen, und zurück ließen sich die Metallkästen fast so schwer bewegen wie zuvor. Das Kreischen des über den Boden schrammenden Metalls erschien ihnen jetzt noch lauter als zuvor, obwohl der Doktor alle drei Minuten beruhigend über Funk versicherte, daß draußen nichts zu vernehmen war. Der Sachse patroullierte angespannt rings um den Hauptpostblock herum. Sie waren alle nervös, auch der Doktor, der leise in sich hineinfluchte. So etwas fürchtete er, weil er nur zu gut wußte, daß Nervosität unnötige Fehler verursachte.

Mit dem Riegel hatte Katte keine Mühe, nach sechs Minuten polterte das herausgebrannte Stück auf den Boden, er schob es mit einem Fuß beiseite und nahm sich sofort die Schlösser vor. Unter Umständen saßen die auf der Rückwand der doppelschaligen Tür, deswegen war es aussichtsreicher, die Blende vor den Zungen oberhalb und unterhalb der Schlösser aufzuschweißen.

Während die Flamme wie ein scharfes Messer durch harte Butter fuhr, beruhigte er sich, sie holten Zeit auf, und nach den Mengen, die Achim in seine Plastiksäcke gefüllt hatte, mußte sich der Bruch schon jetzt gelohnt haben. Obwohl man nie wissen konnte, welch nutzloses Zeugs überbesorgte Menschen in Schließfächer steckten! Mit Testamenten konnten sie nichts anfangen. Dieser Stahl war sein Geld nicht wert! Katte begann leise vor sich hinzupfeifen.

»Scheiße!« brüllte Bodo. Er lag oben auf der Schließfachreihe und starrte wutentbrannt auf die Maueranker. Alle zwei Meter war dieses Stahlgestell fest in Wand und Decke verankert, es würde sie Stunden kosten, die Flacheisen herauszumeißeln oder durchzutrennen. Wenn sie überhaupt genug Schweißgas hatten! Und dann stand ihnen noch die Schweinearbeit bevor, das ganze Gelump von der Wand wegzuziehen.

»Was ist?« Achim krächzte vor Aufregung und wegen dieses unerträglichen Geruchs, der den Mund austrocknete und das Schlucken schmerzhaft machte.

»Maueranker. In der Wand und der Decke.«

Achim hatte sich nicht getraut, bei seinen Besuchen mit einem Spiegel an einem Teleskop auf die Oberseite der Schließfächer zu schauen, weil jeden Moment ein anderer Kunde herunterkommen konnte. Nicht zur Freude Kattes, der so etwas geahnt hatte: »Paß auf, eine Schweinerei haben die sich bestimmt einfallen lassen.«

»Mist verdammter.« Bodo hangelte sich herunter und griente wütend. Das bedeutete Schwerstarbeit, bis zur halben Höhe mußten sie jetzt jede Schließfachtür mit einem Stahlhaken aufbrechen.

Katte grölte laut auf und stellte den Schweißbrenner ab. Daß es so leicht gehen würde, hatte er im Traum nicht gedacht. Denn die Schlösser saßen wider alle Vernunft auf der Vorderwand, und er hatte, als er die Blende aufschweißte, auch die Zungen durchgetrennt. Drei, vier Sekunden reckte er sich, schob die Brille hoch und zog feierlich an der Tresortür, die lautlos, ohne Widerstand, aufschwang. Bei dem Anblick verschlug es selbst dem hartgesottenen Katte die Sprache. Der Tresor war bis oben hin gefüllt, mit Kästen, Kistchen, Etuis und kleinen Säckchen, die Katte von einem früheren Bruch her nur zu gut kannte. Kleine Ledersäckchen, verschnürt und verplombt, mit einer kleinen Papierfahne versehen. Zuunterst lagen unscheinbare Päckchen, bessere Schokoladenriegel, in braunes Papier eingewickelt, auch die kannte er, und die Stempel veranlaßten ihn zu einem satten Brummen.

Bei dem ersten Krach fuhr er zusammen. Waren die da drüben auf der anderen Seite des Ganges verrückt geworden? Wie der Blitz schoß er durch die Öffnung, ein zweiter Krach; er glitt in den Schließfachkeller.

»Was macht ihr Halbaffen denn da?« wütete Katte.

Achim und Bodo hielten inne und richteten sich auf.

»Warum brecht ihr die Fächer auf?«

»Die Reihe ist verankert«, antwortete Achim mürrisch.

»Dann nehmt die Fräsen, zum Teufel.«

»Das dauert noch länger.«

»Woher willst du das wissen? Brechen könnt ihr immer noch.«

Einen Moment lag Streit in der Luft, aber dann zuckten sie wie auf Kommando die Achseln. Hier unten war Katte der Boß, und wenn er alles besser wußte, nun schön, er würde schon sehen, wie weit sie mit den Fräsen kamen.

»Achim kann drüben einsacken.« Katte grinste. »Beruhigt euch, der Tresor ist bis zum Rand gefüllt. Selbst wenn wir jetzt aufhören, sind wir gemachte Leute.«

»Laß mal sehen!«

Sie stolperten in den Juwelierkeller und verharrten anschließend in andächtigem Schweigen. Obwohl sie auf so etwas gehofft hatten, überwältigte sie der Anblick.

Katte registrierte den Stimmungsumschwung. »Okay, eine Extrapause. Aber nicht für Achim.«

Selbst Achim stimmte in das laute Gelächter ein.

Mutter Krause schielte aufgeregt auf den großen Mann an ihrem Küchentisch, der sorgfältig die Zeitung ausbreitete und die zerschnittene Seite glattstrich. Das Jungchen hatte sich wirklich herausgemacht, auch wenn er jetzt unbedingt Otto genannt werden wollte. Nein, das mit der Erika war verziehen, und dazu gehören ja auch immer zwei. Besuch zu so später Zeit, nein, das Leben konnte aufregend sein, auch in ihrem Alter noch. Irgendwie bekümmerte es sie, daß sie ihm keine Flasche Bier anbieten konnte, so ein stattlicher Mann schätzte doch bestimmt abends ein Bier; ihr Angebot, einen Kaffee zu kochen, hatte Jungchen höflich, aber entschieden abgelehnt. Gleich Montag würde sie Bier besorgen, vielleicht trank der neue Untermieter mal einen Schluck, und sie hatte doch gegen etwas Unterhaltung nichts einzuwenden.

Fröhlich überlegte und bemühte sich, seine Unsicherheit nicht zu zeigen. Es war tatsächlich eine *Westdeutsche Allgemeine Zeitung* vom Januar, ein Artikel im Lokalteil war sauber herausgeschnitten, aber so recht begriff er nicht, warum Bulle – unterstellt, er hatte den Artikel herausgetrennt – den Rest der Zeitung nicht weggeworfen hatte. Gut, Mutter Krause, klein und gebückt, konnte nicht auf die Oberseite des Kleiderschrankes langen, und Bulle hatte vielleicht Sachen, die sie nicht sehen sollte, einfach oben auf dem Schrank abgelegt. Andererseits hatte er die wirklich wichtigen Dinge in einem Koffer aufbewahrt, der sich ohne Werkzeug nicht öffnen ließ. Durfte Fröhlich daraus schließen, daß die Zeitung nicht wichtig war? Oder daß Bulle sie aus Gewohnheit auf den Schrank gelegt und dort vergessen hatte? Aber sie hatten, so weit er wußte, in seinen Sachen auch keinen Zeitungsartikel gefunden. Hatte er den Ausschnitt ebenfalls weitergegeben, verkauft, zusammen mit einem alten Bauplan? Otto mußte unbedingt mit Miriam sprechen.

»Nun, was meinst du? Ist es wichtig?«

Mit ihrer Frage brachte Mutter Krause ihn in die Gegenwart zurück. Die jüngeren Kollegen diskutierten manchmal, ob die Aufgabe der modernen Polizei nicht eher mit Sozialarbeit zu vergleichen sei als mit der Aufrechterhaltung von Sicherheit und Ordnung, was Otto der Altmodische für dummes Zeugs hielt. Aber wer würde es übers Herz bringen, Mutter Krause jetzt zu enttäuschen?

»Ja, Mutter Krause, es sieht so aus, als sei es wichtig. Es war gut, daß Sie mich angerufen haben. Und jetzt muß ich gehen.«

»Schlaf gut, Otto. Und vielen Dank für deinen Besuch.«

»Ich habe zu danken«, erwiderte er und wunderte sich noch auf der Treppe über seine Antwort. Am Sonntag arbeiteten die Redaktionen, und deshalb würde er sich morgen den Artikel heraussuchen, der in Mutter Krauses Zeitung fehlte.

Achim protestierte: »Ich schufte, und ihr faulen Hunde amüsiert euch.«

Der Tresor wollte einfach nicht leer werden. Und diese kleinen Riegel in dem braunen Papier wogen wie Blei, vier Stück und die Griffe der Plastiktüten drohten auszureißen. Zwei Augenpaare verfolgten sein Tun, die Begeisterung auf ihren Gesichtern konnte er so recht nicht teilen. Und der Doktor mit seinen regelmäßigen Wasserstandsmeldungen machte ihn langsam verrückt.

»Hast schon recht«, stimmte Katte gutmütig zu. »Dann wollen wir auch mal wieder.«

Im Bankkeller kratzte er sich lange den Kopf. Ideal war das wirklich nicht. Die Mittelreihen waren mehr oder minder zusammengeschoben, vor den Schließfächern entlang der Wände gab es ausreichend Platz, aber bis sie die Anker durchtrennt und alles vorgezogen hatten, um an die Rückseiten zu gelangen – nein, es war wohl vernünftiger, hier nur die Fächer aufzusprengen.

»Also: ich schweiße hier, du fräst, und wenn Achim drüben fertig ist, soll er sich die zweite Maschine nehmen. Was wir aufkriegen, ist gut, was nicht, auch gut.«

Viel Gas und Sauerstoff gab es nicht mehr. Die erste Ladung war bereits aufgebraucht, von der zweiten vielleicht ein Viertel. Mit viel Geduld studierte Katte eine der aufgesprengten Türen. Die Zunge des Schlosses war tatsächlich nicht stark, die ließ sich leicht durchtrennen, aber er mußte vorher die Abdeck-Blende durchschweißen, was Zeit und Gas kostete.

»Wenn wir mit der Fräse die Blende wegschneiden und du nachher nur noch die Zunge hast, könnte es schneller gehen«, schlug Bodo vor. Die Idee schien nicht schlecht, das Blech war dünn genug zum Fräsen, und wenn er nur die Zunge durchtrennte, verringerte sich auch die Gefahr, daß sich in dem Schließfach etwas durch die Hitze entzündete.

»So machen wir das«, brummte Katte. »Dann fang mal an, und ich hole mein Gerät.«

Vor dem Durchbruch blieb er einen Moment stehen. Im hellen Licht sah ihr Gang fast friedlich aus, die Helligkeit verlor sich freilich rechts, wo die Stufen zum eigentlichen Bunker hinunterführten, und Katte, der nicht unter zuviel Phantasie litt, versuchte sich die Menschen vorzustellen, die nach dem Heulen der Sirenen hier entlanggehastet waren, um Schutz gegen die nahenden Bomber zu suchen. Eine Sekunde fröstelte es ihn, er haßte geschlossene Räume und noch mehr das Gefühl, sich nicht frei bewegen zu dürfen.

Achim stieg gerade wieder in den Gang hinein. »Ist was, Katte?«

»Nein, alles in Ordnung.« Dem Doktor würde er vielleicht seine Gedanken gestanden haben, aber nicht diesem überheblichem Achim, in dessen Gegenwart er sich nie wohlfühlte.

»So, ich kann euch jetzt helfen. Welches Blatt soll ich nehmen, Katte?«

»Versuch's erst mal mit Nummer vier, wenn's zu langsam geht, dann drei.«

Das Jaulen und Wimmern der Metallfräse störte ihn nicht, solange der Doktor meldete, daß es draußen nicht zu hören war. Zufrieden schleppte Katte sein Gerät in den Bankkeller und schaute einen Moment neugierig zu. Die Methode klappte, sie kamen sogar recht schnell durch das Blendenmaterial voran.

»Moment mal!« Katte hob die Hand, das Geräusch erstarb. »Ihr müßt gar nicht bis zum Ende schneiden, ihr könnt nachher die Zange nehmen und das letzte Stück wegbiegen.«

Zwei Minuten später grummelte Katte zufrieden in sich hinein, die Kollegen schufteten wie die Brunnenputzer, es ging aber auch flott voran. Keine Minute pro Schließfach gefräst, dann bogen Bodo und Achim das halb abgetrennte Metall zur Seite, die Zunge lag frei. Verstohlen schaute Katte auf die Uhr: Sie blieben innerhalb der Zeit, und was er nicht mehr aufschweißen konnte, weil das Gas verbraucht war, sollten die beiden anderen aufstemmen.

»Schluß jetzt!« Wieder hob Katte die Hand, zwei Jauler wurden leise. »Jetzt an die andere Reihe, damit ich hier schon schweißen kann.«

Sie hatten nur eine Schweißbrille mitgebracht, und Katte besaß Respekt vor den Schäden, die das Licht seiner Flamme anrichten konnte. Er drehte die Ventile auf und hielt das Feuerzeug an den Brenner, regulierte und nahm sich dann die erste Zunge vor.

Es klappte, es klappte fast verboten leicht. Die Flamme glitt durch den Stahl wie ein heißes Messer durch weiche Butter, kein Vergleich mit dem altmodischen Tresor drüben. Kaum zu glauben, aber sie konnten es hinkriegen, alle Fächer auszuräumen. Auf der anderen Seiten kreischten die Fräsen; Katte fluchte, weil Bodo und Achim zu kurz schnitten, und die beiden protestierten laut gegen seine Vorwürfe.

Minutenlang stand der Doktor unbeweglich in dem tiefen Hauseingang und beobachtete den Mann, der langsam die Straße entlangschlich, sichtbar bemüht, sich im Schatten zu halten. Vor einer dreiviertel Stunde hatte er ihn zum ersten Mal bemerkt und für einen Nachtschwärmer gehalten, obwohl es ihn für einen Moment beunruhigte, daß der Unbekannte in dieselbe Richtung schlenderte wie der Sachse. Dann hielt ihn eine junge Frau an, klein und zierlich, offensichtlich eine Prostituierte, sie unterhielten sich kurz, aber das Geschäft kam nicht zustande, und sie stromerte jetzt wieder herum. Wen wollte sie hier und jetzt aufgabeln? Warum verzog sie sich nicht Richtung Limbecker Straße? Das hier war doch Sperrgebiet.

Und jetzt wieder – nein, kein Zweifel, der Unbekannte bog wie der Sachse in die Eichenstraße ein.

Fünf Sekunden erlaubte sich der Doktor ein Frösteln. Ein Zufall? Er mochte keine Zufälle, und erst recht keine im Verlauf einer sorgfältig geplanten Aktion. Das Dumme war, daß er den Sachsen nicht warnen konnte, die Mannschaft hörte alles mit, was er über Funk weitergab, und er scheute sich, jetzt, kurz vor Abschluß, noch Unruhe zu verbreiten oder gar Panik auszulösen.

Eine Minute wog er das Für und Wider ab. Trotz allem, was man ihm nachsagte, ging er Risiken ein, wenn es sich nicht vermeiden ließ, aber je größer er das Risiko einschätzte, desto weniger verließ er sich auf andere. Er mußte seinen Plan umwerfen.

»Hör mal, Freundchen, zieh jetzt etwas größere Kreise«, sagte er in das Mikrophon, und kurz darauf bestätigte der Sachse verwundert: »Mach ich.«

Von der Mannschaft hörte er keinen Kommentar in dem Ohrhörer. Womit die Würfel gefallen waren.

Der Sachse hatte einen Moment den Atem angehalten, als er den Befehl des Doktors hörte. Seit einer Viertelstunde war er sich sicher, daß er verfolgt wurde, von einem breitschultrigen großen Mann, der sich immer wieder einmal wie zufällig mit einer kleinen, zierlichen Puppe traf, die durch die Gegend strich, als wolle sie einen Freier aufgabeln. Sollte er es dem Doktor melden? Und riskieren, daß der daraufhin in seiner sprichwörtlichen Vorsicht die Aktion abbrach? Er war noch nicht zu einem Entschluß gekommen, als ihm der Doktor befahl, von der vereinbarten Kontrollroute abzuweichen, und diese Chance würde er nutzen. Den Innenhof der Post hatte er gründlich ausgekundschaftet; wenn der Unbekannte unvorsichtig genug war, ihm dorthin zu folgen, würde er ihn überrumpeln.

Entschlossen machte er kehrt, und Sina, die ihm auf der Eichenstraße entgegenkam und ihn gerade noch rechtzeitig bemerkte, bog in Panik in die Einfahrt zum Innenhof der Post ein.

Siebtes Kapitel

Sie legten nur noch eine Pause ein, bevor sie die Fächerreihen wechselten. Bodo stöhnte und klagte über Muskelkater, Achim fräste wie ein Weltmeister, und Katte kämpfte allmählich gegen lahme Arme, weil er den Brenner an die oberen Fächer halten mußte.

Um drei Uhr waren sie fertig. Der Druck in der Gas- und Sauerstoffflasche war mächtig abgesunken, aber sie hatten es geschafft, sie hatten alle Fächer geöffnet, und der Doktor lobte über Funk: »Ich denke, das Proben hat sich gelohnt.«

»Doch, das meine ich auch«, gab Achim zurück. Im Moment spürte keiner seine Müdigkeit, es hatte sie wie ein leichter Rausch gepackt, und Katte mußte schimpfen, bis sie mit dem Aufräumen begannen. Während Achim wieder die Kassetten herauszog, die Plastiktüten füllte und die leeren Behälter im Gang stapelte, schleppten Bodo und er die Geräte durch den Gang zurück in den Weinkeller. Es war schon eine beeindruckende Menge Werkzeug.

Eine halbe Stunde später konnten sie in beiden Kellern das Licht ausknipsen. Zum Schluß starrte Katte einen Moment seltsam unruhig in die dunklen Räume. Sie hatten erst zwei Drittel erledigt, hineinkommen war eine Sache, brechen eine zweite und heil herauskommen eine dritte.

Achim prüfte bereits anhand der beiden Listen, ob sie alles aus den Kellern und dem Gang mitgenommen hatten; bestimmte Werkzeuge und selbst gekauftes, nicht zu identifizierendes Material wollten sie zurücklassen, für den Abmarsch stand nur ein Transporter zur Verfügung, und den würden sie bis in den letzten Winkel beladen müssen. Sie hängten die Lichterkette ab, Katte unterbrach die Verbindung zum Stromverteiler, und in der plötzlichen Dunkelheit tanzten farbige Blitze vor ihren Augen.

Ab jetzt waren sie auf die Taschenlampen angewiesen. Mehr aus Jux denn aus Tarnung stellten sie die gemalte Wand wieder vor die Öffnung, Achim entfernte die Antenne und das Relais, nachdem er seine letzte Meldung an den Doktor durchgegeben hatte. Eine gute halbe Stunde hatten sie jetzt noch im Weinkeller zu tun, um alles zu verpacken und für einen schnellen Abtransport vorzubereiten. Der Sachse und der Doktor würden so rasch wie möglich mit dem Lieferwagen in die Tiefgarage kommen. Sobald die Luft rein war.

Als sie sich erschöpft in die Campingstühle setzten, kroch die Nervosität wieder in ihnen hoch. Warten war das Schlimmste, warten mit der Beute neben ihnen.

Der Sachse hatte sofort kehrt gemacht, als er Achims Abmeldung hörte, und war zu dem wilden Parkplatz gelaufen. Ab jetzt zählte jede Sekunde, und auf der Fahrt zu der Tiefgarage hinter dem Hotel pfiff er auf Tempo fünfzig. Am Horizont hellte es schon auf, diese Juninächte waren für einen ordentlichen Einbruch eigentlich zu kurz.

In der Innenstadt begegneten ihm die letzten Säufer, die freilich andere Sorgen hatten, als sich für einen eiligen Lieferwagen zu interessieren. Langsamer steuerte der Sachse einmal um den Block und riskierte es dann, in die Einfahrt zur Tiefgarage einzubiegen. Kurz vor dem Scherengitter bremste er, der Doktor trat aus dem Dunkel, eine halbe Minute später fuhr das Gitter leise quietschend hoch, und unmittelbar hinter dem Transporter senkte es sich wieder. Der Sachse ließ den Wagen bis zur Tür in den Hotelkeller rollen, rangierte mit dem Heck vor die Öffnung, sprang heraus und schloß die Tür auf. Der Gestank aus dem Hotelkeller nahm ihm den Atem. Wie nach einem Feuer.

Auf sein Klopfen wurde die Tür zum Weinkeller sofort geöffnet.

»Was ist passiert?« fragte der Sachse nervös. »Hat's gebrannt?«

»Nein, keine Sorge, das ist nur das Glyzerin«, beruhigte Achim. »Alles in Ordnung.«

»Dann legt los! Und beeilt euch etwas, es ist schon verdammt hell!«

Das Einladen fiel ihnen schwer, die Müdigkeit schmerzte in allen Knochen, und die Kisten schienen immer mehr zu wiegen. Im Laderaum wurde es eng, der Sachse half nach Kräften, sie mußten stapeln und zusammenpressen, jeden Zentimeter nutzen, und es ging langsamer als veranschlagt. Selbst Katte ließ sich von der Nervosität anstecken und fluchte immer häufiger. Aber sie hatten nur die Wahl, einen ganzen Tag im Weinkeller auf die nächste Dunkelheit zu warten oder jetzt in letzter Sekunde, bevor es auf den Straßen lebhaft wurde, das Hotel zu verlassen. Der Wagen war so voll, daß die Hecktür klemmte. In fliegender Eile zogen sie die Blaumänner aus und warfen sie vor den Beifahrersitz, schlüpften in ihre normalen Klamotten; fast hätten sie vergessen, die Klebefolien mit dem Aufdruck *Gärtner & Roedicke, Elektroanlagen* zu entfernen.

»Fahr bloß vorsichtig!« mahnte Bodo aufgeregt, und der Sachse nickte verkniffen. Ein kräftiger Hopser in ein Schlagloch, und die Heckklappe würde aufspringen. Zum letzten Kontrollgang mußte er sich regelrecht zwingen. Der Weinkeller war leer, sie hatten nichts vergessen, das harmlose Material lag im Gang hinter der gemalten Pappmauer. Als er abschloß, stieß er ein Stoßgebet aus. Die letzten Minuten zerrten an den Nerven. Alle Lichter aus, die Verbindungstür zur Tiefgarage abgeschlossen, wo steckten bloß die Kumpel? – Er beschleunigte behutsam, als habe er rohe, unverpackte Eier geladen. Das Scherengitter bewegte sich hoch, der Doktor ließ sich nicht blicken, und dann jaulte der Motor die Steigung hinauf. Oben, an der Einmündung in die Straße, schlug die Sekunde der Wahrheit. Wenn sich jetzt jemand über einen Lieferwagen wunderte, der so früh am Sonntag morgen ...

Der Sachse fuhr so vorsichtig wie noch nie. Er ahnte die Wellen und Buckel im voraus, vermied Bremsen und Beschleunigen. Man konnte förmlich sehen, wie es heller wurde, obwohl er die Straßen noch für sich hatte, und erst außerhalb der Innenstadt entspannte er sich. Wenn die drei unbemerkt weggekommen waren, hatten sie es geschafft; um den Doktor sorgte er sich nicht, der behielt einen kühlen Kopf. Und in Heiligenhaus würden die Nachbarn – wenn sie überhaupt schon wach waren – denken, daß der fleißige Mieter wieder einmal die ganze Nacht irgendwo geschuftet hatte.

Das Wasser blubberte noch in der Kaffeemaschine, als der Doktor den zweiten, mit Wein vollgepackten Lieferwagen in die Garage steuerte. Auch er sah grau und übermüdet aus, nach diesen Stunden Pflasterlatscherei immer rund um Hotel und Hauptpost schmerzten die Waden, aber sein verkniffenes Gesicht verriet so viel Anspannung, daß es dem Sachsen auffiel.

»Sie sind glatt weggekommen.«

»Fein.«

»Ein Kaffee ist eine gute Idee.«

Stumm hockten sie in der Küche am Tisch und dösten vor sich hin. Die Erschöpfung ließ keinen Raum für Triumphgefühle, sie hatten hart gearbeitet und brauchten jetzt Schlaf. Nur einmal raffte sich der Doktor zu einer Frage auf: »Hat Katte noch was gesagt?«

»Nur, daß es sich wohl gelohnt hat.«

»Dann haue ich mich jetzt in die Falle.«

Um Viertel nach zehn rief Otto Fröhlich bei Miriam an, aber niemand nahm ab. Vielleicht stand sie gerade unter der Dusche. Eine Viertelstunde später versuchte er es noch einmal und legte brummig den Hörer hin. Ausgeflogen. So ein Pech! Der Kommissar vom Dienst im Präsidium konnte ihm auch nicht weiterhelfen: »Möller hat frei, die Seidel auch.«

»Keine Rufbereitschaft?«

»Nicht eingeteilt – nein.«

»Bei euch darf am Sonntag nichts passieren, wie?«

»Doch, wir haben ja die Kollegen von der Schutzpolizei.«

Otto legte erst auf und knurrte dann »Arschloch!«

Oberkommissar Kirchmann wußte auch keinen Rat: »Am besten gehst du in die Redaktion und suchst schon mal den Artikel heraus. Damit soll sich die Kripo morgen beschäftigen.«

»Weißt du, wann die bei der Zeitung heute anfangen?«

»Keine Ahnung.«

Die Zentrale der Zeitung war nicht besetzt, aber der Pförtner meldete sich: »Wann? Ich würd's mal so gegen drei Uhr versuchen.«

»Danke.« Wenigstens konnte er in aller Ruhe zu Mittag essen. Seine Frau blinzelte ihm zu: »Du bist herzlich eingeladen, den Salat abzusuchen und zu waschen.«

»Das hat mir gerade noch gefehlt.«

Der Sachse wälzte sich am frühen Nachmittag aus dem Bett und schüttete furchterregende Mengen Kaffee in sich hinein, bis seine Gähnkrämpfe aufhörten. Der Doktor saß bereits in dem großen Zimmer, in dem sie zwei Tapeziertische aufgestellt hatten, und sortierte die Beute. Noch immer zeigte er das verkniffene Gesicht, schien überhaupt keine Freude über den gelungenen Coup zu empfinden, und als er den forschenden Blick des Sachsen spürte, schaute er hoch.

»Schiefgegangen«, zischte er in einer Wut, die den Sachen zusammenfahren ließ.

»Was heißt das?«

»Einer hat sich nicht an die Vorschriften gehalten. Oder das Maul zu weit aufgerissen.«

»Wie meinst du das?«

Darauf antwortete der Doktor nicht mehr, sondern sortierte das Bargeld aus den Unterlagen, die in den Bankschließfächern gelegen hatten. Mit einem äußerst unguten Gefühl setzte sich der Sachse und schaute schweigend zu. Was hieß das: Schiefgegangen?

»Okay, wir müssen uns schneller trennen als geplant.« Der Doktor flüsterte fast. »Ich zahle die vereinbarte Summe, aber eine Prämie gibt's nicht, und wenn du den Vollidioten das Geld gibst, schärfe ihnen um Himmels willen bloß eines ein: Weg und still verhalten!«

»Willst du mir nicht sagen, was passiert ist?«

»Das werdet ihr noch früh genug erfahren.«

Trotz seines Ärgers über den kurz angebundenen Ton

wagte der Sachse keine weitere Frage. Und wenn er ehrlich sein sollte, wurde seine Angst bald größer als der Ärger. Zwei Stunden half er dem Doktor, die Beute zu verpacken und wieder in dem Lieferwagen zu verstauen, und während der ganzen Zeit wechselten sie kein Wort mehr.

»So, ich zockele los.« Der Doktor deutete auf die fünf Päckchen: »Meine Versprechen halte ich, aber dieses Geld da reut mich mehr, als du dir vorstellen kannst.«

»Willst du nicht ...«

»Nein! Vergiß es! Mach's gut!«

Otto Fröhlich mußte mit Engelszungen reden, bis man ihn in das Redaktionsarchiv ließ. Der Band Januar war schon gebunden, er fand die Lokalseite auf Anhieb und legte die zerschnittene Seite daneben. Ein kleiner Faustschlag in den Magen nahm ihm einen Moment den Atem. *Hotel Kaiserhof an Versicherung verkauft*. Ende Juni würde das Hotel schließen, ab Juli sollte es zu einem Bürogebäude ausgebaut werden ...

Geduldig schrieb Fröhlich Schlagzeile und Vorspann ab, notierte Datum, Seite und Ausgabe und bedankte sich ziemlich geistesabwesend bei der Redakteurin: »Sie haben mir wirklich sehr geholfen. Und entschuldigen Sie bitte, wenn ich Ihnen Mühe gemacht habe ...«

»Bitte, bitte, keine Ursache«, erwiderte sie erstaunt und mußte ein Lachen unterdrücken.

Sein Chef fluchte nicht schlecht: »Otto, du spinnst. Jetzt, am Sonntag ...?«

»Ja, jetzt am Sonntag. Wenn ich Alarm schlage, nutzt das nichts, du mußt ran!«

Kirchmann kannte seinen großen Otto. Ein Panzer konnte nicht so stur sein, er stöhnte und alarmierte das Polizeipräsidium.

Bei der Tagesschau hielt der Sachse den Atem an: Ein dreister Einbruch nach Rififi-Manier in eine Privatbank und ein Juweliergeschäft. Die Täter waren vom Keller eines stillgelegten Hotels aus durch einen unterirdischen Gang, der zu einem Bunker aus der Vorkriegszeit unter dem Innenhof der Hauptpost führte, in die Untergeschosse eingedrungen, nachdem sie zwei notdürftig vermauerte Zugänge aufgebrochen hatten. Der Wert der Beute ließ sich noch nicht abschätzen. Möglicherweise hatte es unter den Tätern zum Schluß eine Auseinandersetzung gegeben; auf dem Innenhof der Post war ein Mann mit einem Genickbruch aufgefunden worden; wahrscheinlich durch einen einzigen Handkantenschlag getötet. Es handelte sich um den mehrfach vorbestraften Louis H., der an einem Bordell beteiligt war und einen Automatensalon betrieb. Auf dem Rücken, unter der Jacke in den Gürtel geschoben, hatte er eine großkalibrige Pistole mit Schalldämpfer versteckt.

Der Sachse wurde bleich, damit hatte er nicht gerechnet. Wie waren sie so schnell darauf gestoßen? Die ganze Planung war darauf abgestellt, daß die Truppe morgen, zu Wochenbeginn, mit plausiblen Erklärungen für die Nachbarn das Weite suchen würde. Bevor bei Dienstbeginn die Bank und Arntzen entdeckten, daß sie Besucher gehabt hatten. Und jetzt –

Nach dem ersten Schluck spürte er, wie sehr ihm der Alkohol gefehlt hatte, und nach der langen Abstinenz trat die Wirkung fast sofort ein. In kürzester Zeit sah die beschissene Welt wieder rosiger aus – bis ihn siedendheiß der Gedanke durchschoß, daß er die anderen warnen sollte. Sobald er ihnen das Geld ausgehändigt hatte, mußten sie unbedingt untertauchen.

Aja hatte von dem Einbruch schon um neunzehn Uhr in den Regional-Nachrichten gehört und ihren Ohren auch nicht getraut. Die Meldung über den Toten erschreckte sie. Um Himmels willen keine Gewalt, hatte der Doktor immer gefordert! Was für ein Glück, daß sie zu dieser Abschiedsfeier gegangen war! Und wenn sie nun, wie sie dem Zudringlichen erzählt hatte, den ganzen Sonntag verschlafen würde? Und am Montag, ohne einen Blick in die Zeitungen zu werfen, an die See fuhr? Nach drei Wochen konnte sie in aller Harmlosigkeit wieder auftauchen und abwarten, ob sich die Kripo bei ihr meldete. Scheißspiel! Ausgerechnet Mord!

Achim lag mit seiner Wirtin im Bett, sie tranken Wein und sahen sich die Tagesschau an.

»Hach, sowas würde mir auch gefallen«, seufzte sie.

»Was? Erschlagen in einem Innenhof zu liegen?«

»Ach du! Nein, so ein paar hunderttausend Mark, dann wäre ich saniert.«

»Und immer auf der Flucht vor der Kripo«, versetzte er fromm und kniff ihr zart in den Busen.

Bodo verstand gar nichts und glotzte wie ein Schwachsinniger auf die Mattscheibe. Der Doktor hatte doch gesagt, der Bruch würde erst am Montag morgen entdeckt werden. Und wieso lag da ein Toter rum? Er schielte auf die Tür seines Zimmers. Abgeschlossen! Also würde er jetzt die vierte Bierflasche öffnen und erst einmal abwarten. Eine Woche nicht rühren, hatte der Doktor befohlen, und am nächsten Samstag sollte der Sachse das restliche Geld bringen. Darauf verließ er sich.

Katte werkelte seit dem Mittag in seinem Bastelkeller herum, noch nicht ausgeschlafen, aber zu munter, um im Bett zu faulenzen. Er höre die Meldung bereits um 18 Uhr im Radio, kratzte sich den Kopf und machte weiter. Der Tote auf dem Innenhof der Hauptpost irritierte ihn, aber er war ein praktisch veranlagter Mensch: Tote redeten nicht, und selbst wenn dieser H. ihnen auf die Schliche gekommen war, hatte er nichts mehr davon. Um den Rest würden sich der Doktor und der Sachse schon kümmern.

Noch am Montag morgen wurde eine Sonderkommission gebildet, in die Oberkommissar Möller auch Otto Fröhlich und Miriam Wolff berief. Das Präsidium vibrierte vor Aufregung, einen so dreisten und, wie bald feststand, so lohnenden Bruch hatte es seit Jahrzehnten nicht gegeben. Reporter von Fernsehen, Funk, Nachrichtenagenturen und Zeitungen verstopften den Flur, keiner konnte einen Schritt tun, der nicht gefilmt wurde, aber alle riefen und brüllten zum Glück so durcheinander, daß sie auf keine Frage antworten mußten. Gegen Abend platzte Möller der Kragen, die Meute wurde unfein und energisch aus dem Hause gedrängt, und gegen 20 Uhr versammelten sie sich zum ersten Mal ungestört in dem kleinen Konferenzsaal, der ihnen zur Verfügung gestellt worden war. Ein hilfreicher Geist hatte belegte Brote, Bier und Getränke besorgt, und wie auf ein geheimes Kommando schaltete jemand den Fernseher ab, sobald die Tagesschau-Musik ertönte.

»Ich schlage vor, daß zuerst Kollegin Seidel und Kollege Fröhlich erzählen, was sie bisher von dem Fall wissen.«

Selbst der frechen Miriam war der Humor vergangen.

Achtes Kapitel

Nach acht Wochen wurde die Sonderkommission »Kaiserhof« aufgelöst. Sie hatten, wie Möller in seinem Abschlußbericht formulierte, »jeden Stein dreimal umgedreht« und keine verwertbare Spur entdeckt, sehr zum Hohn der Zeitungen, die mit ungewöhnlicher Hartnäkkigkeit berichteten. Über den Ablauf bestand keine Unklarheit mehr. Herrmann Stier, genannt Bulle, hatte die Pläne des alten Bunkergangs vor Jahrzehnten geklaut und dann, als er aus der Zeitung erfuhr, der *Kaiserhof* solle umgebaut werden, den Tip für 25.000 Mark an einen Unbekannten verkauft. Die Summe kannten sie von Rudi Kotowski, der wild kreischend und spuckend gestand, daß er versucht hatte, Bulle das Geld abzunehmen, auf der letzten Fahrt vom *Kleeblatt* zur Fritzenbrücke. »Zufällig« hatte er das Geldpäckchen in Bulles Brieftasche gesehen, nun ja, das Gegenteil war ihm nicht zu beweisen, und wahrscheinlich stimmte auch seine Behauptung, der Alte habe sich fürchterlich aufgeregt und sei plötzlich über die Wupper gegangen. Ganz einfach so zur Seite gekippt, nix mit Gewalt. Mit einem Mal schmiß der Bulle den Löffel weg, Rudi fuhr mit der Leiche an den Rhein und beschwerte sie mit einem Anker, den er samt Strick aus einem Bootshafen geklaut hatte. Möller hatte ausgesprochen, was alle Zuhörer dachten: »Du bist sogar zu dämlich, einen richtigen Knoten zu machen.«

Der Haftrichter hatte ein Einsehen und schickte Rudi in Untersuchungshaft; daß sie Bulles Tod aufgeklärt hatten, verbesserte ihr ramponiertes Ansehen in der Öffentlichkeit allerdings nicht die Bohne. Denn die Frage, an wen Bulle die Pläne verscherbelt hatte, konnten sie nicht beantworten.

Vieles sprach natürlich dafür, daß es Louis Hagen gewesen war, den Bulle aus der Haft in Werl kannte und in dessen Billardsalon er gearbeitet hatte. Möller blieb skeptisch; das sah dem schönen Louis eigentlich nicht ähnlich, und selbst wenn – wen hatte er angeheuert? Es mußten Fachleute gewesen sein, daran bestand kein Zweifel, und Hagen kannte sich wohl im Rotlichtmilieu aus, doch niemand hatte je gehört, daß er sich als Finanzier betätigte. Und ob Hagen selbst im Bunkergang gewesen war – sie hatten keinen verwertbaren Fingerabdruck gesichert, weder an Arntzens Tresor noch an den Schließfächern noch an dem zurückgelassenen Werkzeug, dessen Käufer sich nicht feststellen ließ.

Einige Verdächtige hatten sie immerhin ermitteln können, zum Beispiel den Mann, der den gesamten Weinbestand des Hotels gekauft hatte. Doch der blieb unauffindbar. Die Firma *Gärtner & Roedicke* konnte beweisen, daß den ganzen Juni über keiner ihrer Arbeiter und Angestellten den *Kaiserhof* betreten hatte; in welcher Tarnung die Täter sich Zugang verschafft und das Einbruchmaterial in den Hotelkeller gebracht hatten, war also geklärt. Die mit einem Zeitvertrag angestellte Assistentin der Hausdame schien verschwunden, bis ein Kellner erzählte, sie sei für drei Wochen an die See gefahren; in der vierten Woche erschien sie bei der Kripo, und damit hatte sich wieder eine Spur erledigt. Zuletzt waren so viele Menschen im Hotel ein- und ausgegangen, daß die Beamten vor der Aufgabe, alle aufzuspüren und zu kontrollieren, resignieren mußten.

In der Canalistraße wußte ohnehin keiner etwas. Am Montag hatten die Zeitungen groß berichtet, und schon am Abend waren einige Prostituierte nicht mehr erschienen, die allen Grund hatten, nicht mit der Kripo zusammenzutreffen.

Blieb also nur Louis Hagen, vorbestraft, Bordellbesitzer und ein guter Bekannter Bulles aus gemeinsamer Haft. Er war mit der bloßen Hand, mit einem genau gezielten Schlag getötet worden, das stand zweifelsfrei fest, aber von wem und warum – Fehlanzeige. Hatte Hagen diesen Rififi-Bruch wirklich finanziert? Das Bordell lief schlecht, der schöne Louis mußte sich Gedanken über seine Zukunft machen, aber mit wem hatte er sich für den Bruch zusammengetan?

Von dem Spielclub erfuhr die Kripo nur gerüchteweise. Bei einer späteren Durchsuchung des Gebäudes entdeckte sie wohl über dem Billard- und Automatensalon Räume und eine Einrichtung, die auf illegales Glücksspiel hindeuteten, aber die Mannschaft hatte längst das Weite gesucht – nicht ohne Getränke, Chips, Karten und Würfel mitgenommen zu haben –, und als sie endlich mit Hilfe von Fingerabdrücken eine junge Frau gefunden hatten, die auch zugab, in der Bar des Spielclubs bedient zu haben, konnte sie sich nicht an einen Namen oder Mann erinnern, der dort gepokert hatte.

Gegen Ende der Ermittlungen erfuhren die Polizeibeamten zufällig, daß ein Unbekannter persönliche Papiere wie Testamente oder private Briefe an die Schließfach-Mieter zurückschickte. Möller griente wütend; für ihn war es der endgültige Beweis, daß nicht Louis Hagen den Bruch organisiert und finanziert hatte: Warum sollten die »Handwerker« sich die Last aufhalsen, solche Sachen zu retounieren? Nein, da hockte jemand auf der Beute, der Zeit hatte und sich mit dem Verkauf des Schmucks und der Wertsachen aus den Schließfächern nicht beeilen mußte.

Daß es sich um einen Verkauf im doppelten Sinn des Wortes handelte, stellten sie wiederum nur durch Zufall fest. Ein jüngerer Schließfach-Mieter verplapperte sich, stotterte gewaltig herum und gestand endlich, nachdem Christine Seidel ihn sehr massiv und ausgesprochen grob angetönt hatte, daß er Unterlagen aus seiner Firma aufbewahrt hatte, die einen Steuerbetrug belegten. Für »schlappe 50.000«, wie er sich ausdrückte, hatte er diese Papiere zurückgekauft, in bar, fünfzig Riesen in einem

Brief, postlagernd unter dem Kennwort *Rücktritt*. Was für Möller Wasser auf seiner Mühle war: Dieser junge alerte Typ hatte sich Material beschafft, um seinen Chef zu erpressen, und der Unbekannte – der sich den Geldsegen unter dem Namen Roland Hagen schicken ließ –, riet ihm dringend den Rücktritt von seinen Plänen. Daß er sich ausgerechnet Roland Hagen nannte, empfand Möller als Verhöhnung, aber sein Zorn legte sich bald, und er begriff, daß der »Große Finanzier« ein ernstzunehmender Gegner war.

Das »Bullen-Quintett«, wie sie sich selbst verspotteten, feierte privat den Mißerfolg. Leo Kirchmann hatte Otto Fröhlich, Miriam Wolff, Harald Möller und Christine Seidel eingeladen, sie tranken an diesem Abend zuviel, duzten sich, schworen sich ewige Freundschaft und trafen sich doch erst zwei Jahre später bei der Beerdigung von Mutter Krause wieder.

Neuntes Kapitel

In der Nacht war ein Orkan über Norddeutschland hinweggebraust, der Bäume entwurzelt, Äste geknickt, Dächer abgedeckt und Autos umgeworfen hatte. Gegen Morgen hatte der Sturm nachgelassen, fauchte jetzt nur noch in vereinzelten Böen heran. Aus einem tiefen, grauen Himmel regnete es seit Stunden, alles schwamm und tropfte, die Ränder des Grabes hatten schon nachgegeben, und dünne Rinnsale flossen in die Grube.

Sie fröstelte. Südwester, Regenmantel und Stiefel glänzten vor Nässe; sie spürte, wie sie allmählich in den weichen Lehmboden einsank, und bedauerte einen Moment den weißhaarigen Geistlichen, der vergeblich gegen das Heulen und Brausen der Windstöße ansprach.

»... nach einem gotterfüllten Leben und ...«

Von wegen, dachte sie amüsiert. Außer ihr und dem Pfarrer froren noch vier Männer in regenschweren, schwarzen Uniformen. In aller Hast hatten sie den Sarg hinuntergelassen und auf das Handzeichen gewartet, um sich zu entfernen.

»... Erde zu Erde ...«

Der Sturm hatte zwei Grabsteine umgestürzt und Hekken zur Seite gedrückt, im Ziegeldach der kleinen, grauen Kapelle klafften Löcher, die Fensterscheiben waren wohl schon vor längerer Zeit zerbrochen.

»Amen!«

Sie trat einen Schritt vor und warf das Sträußchen auf den Sarg hinunter. In diesem scheußlich nassen Grau konnte sie keine Trauer empfinden, und Abschied hatten sie bereits vor vielen Jahren genommen. Nicht im Zorn, der Doktor beherrschte sich in jeder Situation, aber in einer gegenseitigen Verstimmung, die sich nicht mehr hatte ausräumen lassen.

»Alles Gute«, sagte sie trotzdem unwillkürlich und achtete nicht auf den erstaunten Blick des Geistlichen.

»Kommen Sie, Herr Pfarrer, das ist kein Wetter für die Lebenden.«

»Ja, gerne«, murmelte er. Seine Zähne klapperten. Ein winziger Friedhof in einem winzigen Dorf, mit einem zerfallenden Kirchlein und verwahrlosten Gräbern, die von Unkraut überwuchert waren. Nein, so hatte sich der Doktor sein Ende bestimmt nicht vorgestellt. So war sein Leben auch nicht gewesen. Der Bestattungsunternehmer fror wie ein Schneider und drückte ihr hastig einen Umschlag in die Hand: »Die Sterbeurkunde, der Kaufvertrag für das Grab und der Totenschein. Ich muß weiter, mein herzliches Beileid, auf Wiedersehen.« Er rannte beinahe seinen Leuten nach, bis ihn ein grauer Regenschleier verschluckte, den die nächste Bö vor sich hertrieb. Schweigend kämpften sie sich zum Ausgang und atmeten auf, als sie die Autotüren schließen konnten. Der Wagen rumpelte über freigewaschene Steine und holperte durch tiefe Rinnen, die Scheibenwischer kämpften gegen die Flut an.

»Entschuldigen Sie, ich weiß nicht einmal Ihren Familiennamen.«

»Buschhaus, Sylvia Buschhaus, Herr Pfarrer.« Sie lächelte freundlich und mit einem Spott, der ihm verborgen blieb.

»Sie kannten Michael - ich meine, Herrn Jansen ...?«

»Oh ja, gut sogar. Sehr gut, wenn auch ohne Trauschein.«

»Ich wollte nicht ...«

»Wir haben uns vor zwölf Jahren getrennt.«

Weil er ein alter und höflicher Mann war, fragte er nicht weiter, sie hätte ihm auch nicht mehr geantwortet.

Das Haus lag etwas außerhalb des Dorfes, ein längst aufgegebener Bauernhof. Scheune, Stall und Geräteschuppen waren zum Teil in sich zusammengebrochen, das Wohnhaus hatten die Vorbesitzer zum Teil renoviert, den Umbau aber nicht mehr zu Ende gebracht. Aus dem Fachwerk waren auf der einen Seite Steine und Lehm herausgefallen; zwei Eisenträger stützten das Gebälk und den Dachstuhl, eine Ziegelmauer trennte die bewohnte Hälfte ab. Auf dem Hof breiteten sich riesige Pfützen mit schmutzig-grüner Oberfläche aus, der Sturm hatte die Fichten und Kiefern gewaltsam entnadelt.

»Sie kommen doch mit herein? Vielleicht rettet uns ein Kaffee vor dem Erfrieren.«

»Den nehme ich gerne an.«

»Darf ich Sie dann auch einmal nach Ihrem Namen ...«

»Entschuldigung. Limbach, Peter Limbach. Pfarrer im Ruhestand ...«

»... aber nicht außer Diensten«, ergänzte sie heiter.

Die Wohnstube war groß und niedrig, die Dielenbretter knarrten unter ihrem Gewicht, aber es war warm und sogar gemütlich, nachdem sie die Lampen angeknipst hatte. Unter einem Fenster stand ein Tischchen mit einem eingelegten Schachbrettmuster, sie deutete neugierig auf die Figuren: »Sie haben mit ihm gespielt?«

»Gelegentlich, ja. Aber eigentlich ohne große Freude, er war zu gut für mich.«

»Das war seine Stärke und zugleich seine Schwäche, Herr Pfarrer, er konnte nicht verlieren.« Während sich der alte Herr umständlich aus seinem schweren Mantel pellte, blinzelte er, weil ihm der Unterton nicht entgangen war. Sie zwinkerte ihm zu: »In dem Punkt hatte er sich wohl nicht geändert – oder?«

»Nein.« Er seufzte und ließ sich in den Sessel sinken. »Nein, ganz und gar nicht.«

Vor drei Jahren war Michael Jansen nach Röhrichtshausen gekommen und hatte dieses Haus gekauft, erzählte der Geistliche nachdenklich, beide Hände um den warmen Kaffeebecher geklammert. Zu dem Zeitpunkt wußte Jansen bereits, daß er Krebs hatte und auf Abruf lebte – so nannte er es mit seinem grimmigen Humor, der sich Mitleid verbat. Angst vor dem Tod verspürte er nicht, vielleicht vor dem Sterben und den Schmerzen, aber auf keinen Fall sollte jemand Zeuge seines Verfalls werden. Wie ein Tier, das sich verkroch, wenn es seine Zeit gekommen spürte.

»Dabei war er ja nicht alt.«

»Nein«, stimmte Sylvia bitter zu, »gerade über Sechzig. Heutzutage kein Alter mehr, sollte man meinen.«

Limbach nickte. Verkrochen hatte sich der Verstorbene also, niemanden an sich herangelassen, du meine Güte, wie oft hatte er, der Pfarrer, angeklopft und angerufen, bis er endlich hereingelassen wurde, und das auch nur unter der Bedingung, nie über Gott und das Jenseits zu sprechen, über die Zukunft nicht und auch nicht über die Vergangenheit. Nur die Gegenwart zählte, alles andere durfte er nicht erwähnen.

Sie lachte leise: »Eisenhart und kompromißlos.«

»Sind Sie das auch?«

»Fast zwölf Jahre habe ich nichts von ihm gehört. Dann schrieb er mir aus heiterem Himmel, ich solle kommen, es ginge zu Ende mit ihm, und vorher wolle er mich noch einmal sehen.«

»Dann hat er Sie also doch noch ...«

»Nein, nein, sentimental war er nicht. Keine Gefühle mehr, Herr Pfarrer.« Sie fuhr zusammen, weil ein heftiger Guß gegen die Fenster prasselte. »Er wollte Ordnung schaffen, er hatte keine Familie, keine Angehörigen, einer mußte ein abgeschlossenes Leben auflösen, formell – oder heißt es formal? – beenden. Abschließen.«

»Er hat mir erzählt, daß er seine alte Liebe erwartet.«

»Nein, Herr Pfarrer, das hat er bestimmt nicht gesagt«, verbesserte sie hart. »Seine frühere Liebe – er war immer präzise. Noch einen Cognac?«

Trotz seines Protestes fuhr sie Limbach nach Hause, es nieselte jetzt enervierend, Wasser und Schlamm hatten die Straßen in Rutschbahnen verwandelt, und auf den Feldern standen regelrechte Seen. Selbst für Ende November war es ein verboten trister Tag, der aufs Gemüt schlug und Depressive zum Selbstmord treiben konnte. Kein Mensch unterwegs, kein Tier zu sehen, Sylvia schauderte, gegen diese Kälte kam keine Heizung an.

In dem Umschlag hatten zwei Blätter gesteckt, sie hatte seine Handschrift sofort wiedererkannt.

Liebe Sylvia,
fast zwölf Jahre haben wir nichts voneinander gehört, aber in letzter Zeit denke ich oft an Dich. Heute weiß ich: Es war ein Fehler, daß wir damals im Zorn auseinandergegangen sind, ich habe mir danach oft Vorwürfe gemacht, aber bis heute nicht den Mut gefunden, meinen Fehler zuzugeben und ›Entschuldigung‹ zu schreiben. Und ohne den Onkel Doktor, der mir nicht mehr lange gibt – Krebs, unheilbar –, wäre ich immer noch zu feige, Dich um einen Besuch zu bitten.
Denn allmählich muß ich meinen Nachlaß ordnen, deshalb möchte ich Dich bitten, nach meinem Tode meine letzten Wünsche zu erfüllen. Alles weitere will ich lieber mündlich berichten. Unsere letzte Aktion ist leider schrecklich schief gelaufen; die anderen sind seitdem wütend auf mich, weil sie glauben, ich hätte sie betrogen; aber auch das ist eine lange Geschichte, die man besser erzählt als beschreibt.
Liebe Sylvia, komm bitte! Und komm bald! Ich brauche Dich!
Dein Michael

Sie war zu spät gekommen. Fast drei Monate hatte der Umschlag in ihrem leeren Haus auf Mallorca gelegen, nach der Rückkehr von ihrer Südamerikareise versuchte sie einen Abend lang vergeblich, mit ihm zu telefonieren, und als sie endlich in Röhrichtshausen eintraf, empfing sie der Pfarrer bedrückt: »Michael Jansen ist vor zwei Tagen gestorben.«

Einen Moment blieb sie noch im Auto sitzen. Seit mehr als zehn Jahren hatte sie vergessen, was Kälte und Düsternis waren. Vergessen wollen, würde der Doc sie jetzt spöttisch korrigieren. Bei allem Humor legte er größten Wert auf Präzision, und darüber hatte sie sich oft aufgeregt, als sie noch zusammenlebten. Jetzt war sie ihm dafür dankbar.

Den ganzen Tag über war es nicht mehr hell geworden, obwohl der Regen am frühen Nachmittag aufhörte. Zum Mittagessen hatte sie etwas aus der Tiefkühltruhe aufgewärmt und anschließend begonnen, das Haus systematisch zu durchsuchen. Den Umschlag mit dem Bargeld und die Liste mit seinen letzten Wünschen hatte sie nur flüchtig kontrolliert und dann beiseite gelegt; das eilte nicht.

Die meisten Kellerräume waren zugemauert. Gleich am Fuße der steilen Treppe lagen links der Raum mit der Ölheizung, rechts der Raum mit den zu drei Viertel gefüllten Tanks. Der Feuerlöscher war vor drei Jahren, wahrscheinlich bei seinem Einzug, zum letzten Mal inspiziert worden. Weitere Räume gab es im Untergeschoß nicht.

Im ersten Stock, unter dem Dach, fand sie vier Türen, die Schlüssel steckten außen, die Ritzen waren mit Klebeband abgedichtet. Sie holte sich eine Lampe, entfernte das Band und öffnete eine Tür so vorsichtig, als lauere dahinter ein hungriger Löwe. Trotzdem wirbelte sie so viel Staub auf, daß sie niesen mußte. Der Raum war völlig leer, und auf dem Boden breitete sich eine fingerdicke Staubschicht aus, mit völlig gleichmäßiger Oberfläche. Hier war seit Monaten kein Mensch mehr gewesen, und im Schein der Lampe sah sie, daß auch die Fugen der Fenster abgedichtet und zugeklebt waren. Es roch feuchtkalt, fast modrig, die dünne Innenverkleidung des Daches war an manchen Stellen bereits durchgefault. Auch in den anderen Zimmern das gleiche Bild: Staub, Leere, Kälte und Verfall.

Der Doktor hatte offenbar nur das Erdgeschoß bewohnt. Ein großer Wohnraum, eine sehr große Küche mit einem massiven Tisch und sechs Stühlen. Ein Schlafzimmer, spartanisch mit einem schmalen Bett und einem altersschwachen Kleiderschrank eingerichtet, zwei alte Teppiche übereinander gegen die Fußkälte. Das Bad dagegen blitzte vor Modernität, bis zur Decke hoch gekachelt, neue Armaturen und Becken. Über der Wanne ein ausgezogenes Leinengestell, über zwei Plastikbügeln hingen zwei knochentrockene Oberhemden. Gleich neben der Garderobe gab es einen fensterlosen Abstellraum, der mit Kisten, Koffern und Kartons bis zur Decke gefüllt war; Sylvia schnitt eine Grimasse, als sie mit einer Fingerspitze den Staub geprüft hatte.

Als es klingelte, schaute sie unwillig auf die Uhr. Wer zum Teufel kam noch um diese Zeit – sie riß die Tür auf und erstarrte bei dem Anblick des Mannes. Einen Moment nahm es ihr den Atem. Nach zwölf Jahren erkannte sie ihn auf Anhieb wieder, er hatte sich überhaupt nicht verändert, und wie früher griente er schräg, als habe er ein schlechtes Gewissen und fühle sich ausgesprochen unwohl in seiner Haut.

Erst als sie die hereindringende Kälte spürte, sagte sie laut: »Oh, Scheiße.«

»Tut mir leid, Sylvi.«

»Komm rein, bevor ich erfriere.«

»Danke.« Er hätte sich auch nicht abweisen lassen, sie wußten es beide.

Sein Mantel tropfte, sie schaute ausdruckslos zu, wie er ihn über einen Bügel drapierte und dann jämmerlich auf seine Schuhe hinunterblickte.

»Kann ich sie ausziehen ...?«

»Meinetwegen. In der Küche stehen Latschen«, antwortete sie kurz und ging ins Wohnzimmer voraus. Mit diesem Besuch hatte sie nicht gerechnet, und einen Moment verübelte sie dem toten Doc, daß er sie nicht irgendwie vorgewarnt hatte. Oder hatte er sich so sicher gefühlt?

Harry Risteck blieb an der Tür stehen und musterte sie unschlüssig. Mit ihr würde er kein leichtes Spiel haben, da gab er sich keinen Illusionen hin, sie war so hart wie intelligent, außerdem gerissen und auf eine Art skrupellos, die bei einer Frau verblüffte, kein hübsches Dummerchen, das sich herumstoßen ließ, im Gegenteil. Jeder Mensch, der ihr querkam oder ihre Pläne durchkreuzte, mußte höllisch aufpassen. Was viele Männer nicht getan hatten, getäuscht von ihrem Aussehen oder ihrer Figur oder ihrer scheinbar willenlosen Trägheit, die geradezu aufzufordern schien, ihr zu befehlen oder sie herumzuschubsen. Früher hatte er immer etwas Angst oder Unbehagen vor ihr verspürt, und das nicht nur, weil sie die Freundin des Doktors war.

»Na, Inspektion zu deiner Zufriedenheit beendet?«

»Du bist überhaupt nicht älter geworden.«

»Danke – wenn das ein Kompliment sein sollte. Setz dich endlich, sonst machst du mich nervös.«

»Das ist eigentlich auch meine Absicht«, entgegnete er vorsichtig.

Sie verzog nur kurz die Mundwinkel. Harry Risteck, der Sachse genannt, weil er perfekt sächseln konnte. Schon früher war ihr schwergefallen, ihn zu beschreiben: mittelgroß, weder dick noch dünn, weder schön noch häßlich, das absolute Durchschnittsgesicht, völlig unauffällig, ein Mann, den man sofort wieder vergaß, der keinen zweiten Blick und keinen zweiten Gedanken wert schien. Die ideale Tarnung für seine Tätigkeit, für die er sich eine zweite, überzeugende Maske zugelegt hatte: Er konnte feige und unterwürfig lächeln, was jeden von seiner Schwäche überzeugte, und damit den Eindruck totaler Unbedarftheit erwecken. Ein gefährlicher Mann, sie stöhnte leise.

»Wie lange haben wir uns nicht gesehen?«

Sylvia seufzte: »Harry! Bitte! Keine höfliche Konversation!«

Geduldig schüttelte er den Kopf: »Ich hab's nicht eilig. Und wenn du mir einen Schluck anbieten würdest ...«

»Was willst du?«

»Der Doktor ist tot.«

»Ja, wir haben ihn heute morgen beerdigt.«

»Wo hat er die Beute versteckt?«

»Ich weiß es nicht.«

Harry lächelte demütig, aber seine Augen wurden schmal.

»Ich weiß es wirklich nicht. Ich bin gestern angekommen, weil er mir geschrieben hatte, er wolle mich noch einmal sehen. Aber da war er schon gestorben.«

»Und warum wollte er dich noch einmal sehen?«

»Weil er wußte, daß er sterben würde. Krebs.«

»Einen sentimentalen Doktor kann ich mir eigentlich schlecht vorstellen, Sylvi.«

»Ich auch nicht!« versetzte sie trocken.

»Warum hat er dich dann herbestellt?«

»Ich soll seinen letzten Willen ausführen, das Haus verkaufen, die amtlichen Formalitäten erledigen.« Gleichmütig deutete sie auf den Schreibtisch. »Da liegt alles.«

»Mehr nicht?«

»Mehr nicht!«

»Das kann ich nicht glauben«, zweifelte der Sachse höflich.

»Niemand zwingt dich dazu.«

»Du sollst bestimmt noch etwas anderes für ihn tun.«

»Harry, ich bin damals vier Wochen vor dem Bruch abgehauen, bei der Gelegenheit hab ich zum letzten Mal mit dem Doktor gesprochen. Es gab Zoff zwischen uns, aus Gründen, die dich nichts angehen, und seitdem herrschte absolute Funkstille zwischen uns. Bis ich in der vorigen Woche seinen Brief fand, den er vor drei Monaten abgeschickt hatte. Als ich hier eintraf, war er schon tot.«

»Und wie lautet sein letzter Wille?«

»Lies selber, es liegt alles auf dem Tisch.«

Kopfschüttelnd stand er auf und ging in die Küche, sie hörte ihn rumoren und suchen, und als er zurückkam, brachte er eine Flasche Wein und zwei Gläser mit.

»Muß das sein?« fauchte sie.

»Er kann nicht alles ausgegeben haben, Sylvi.«

»Hör mal, Sachse, fünfzigtausend für jeden, das war ausgemacht. Zwanzig Prozent davon als Vorschuß.«

»Richtig. Das hat er gezahlt.«

»Und wenn es sich wirklich lohnen würde, wollte er freiwillig noch einmal für jeden fünfzig drauflegen.«

»Richtig.«

»Für alle.«

»Richtig. Den Vorschuß und die vierzig Riesen hat er gelöhnt, aber wir warten immer noch auf die versprochene Prämie. Weil es sich nämlich wirklich gelohnt hatte.«

Sie starrte ihn verblüfft an, aber er hielt ihrem Blick stand, offenbar sagte er die Wahrheit, was man beim Sachsen nicht ohne weiteres unterstellen durfte. Schließlich zuckte sie ungehalten die Achseln: »Davon weiß ich nichts.«

»Nein, du hattest dich abgesetzt, es stimmt, der Doktor hat deinen Namen nie mehr erwähnt.«

»Ja, und? Was willst du dann hier?«

»Wir sind pleite, um es vornehm auszudrücken, und wenn von dem Bruch noch was da ist – das glauben wir alle –, dann wollen wir teilen. Sozusagen als noch ausstehende Prämie plus Verzinsung.«

Einen Moment schien sie ehrlich erheitert: »Wir? – Sag bloß, die ganze Mannschaft ...«

»Ja. Achim, Bodo, Katte und Aja.«

»Und du.«

»Und ich, ja. Du etwa nicht?«

»Harry, ich weiß noch nicht einmal, ob der Doktor überhaupt etwas hinterlassen hat. Oder nur Schulden oder wie. Wenn ihr abgebrannt seid – warum habt ihr ihn nicht gefragt, als er noch lebte?«

»Weil er stinkwütend auf uns war.«

»Das glaube ich nicht.«

»Ich glaube dir deine Ahnungslosigkeit auch nicht.«

»Na schön, also steht es eins zu eins. Harry, ich habe, wie ihr alle, zehntausend als Verschuß bekommen. Dann bin ich abgereist, vor dem Bruch, vergiß das bitte nicht, und als wir uns das letzte Mal trafen, hat der Doktor mir den Flugschein und vierzig Riesen in die Hand gedrückt. Damit war für mich Schluß.«

»Aber später hat er deine Adresse herausgefunden, nicht wahr? Oder an wen war sein Brief gerichtet?«

»An meine richtige Anschrift auf Mallorca, ja. Wie er sie herausgefunden hat, weiß ich nicht. Wahrscheinlich hätte er es mir erzählt, aber er war ja schon tot, als ich hier ankam.«

»Und du willst mir allen Ernstes verklickern, bis zu diesem Brief hättest du nicht gewußt, wo sich der Doktor versteckt hatte?«

»Genau so. Und dabei fällt mir ein: Woher wißt ihr denn von diesem Nest? Der Doktor hat bestimmt keine Nachsendeadresse hinterlassen.«

»Ein saublöder Zufall. Vor einem knappen Jahr. Aja arbeitete in Hannover in einem Hotel und hat gesehen, wie sich der Doktor eingetragen hat. Mit korrekter Anschrift.«

»Aja strickt immer noch die alte Masche?«

»Manchmal. Sie hat lange überlegt, ob sie den Doktor ansprechen sollte, sich dann aber nicht getraut. Doch später, als ihr Job in die Hose ging, hat sie mich angerufen.«

»Und ihr Helden habt gewartet, bis er unter der Erde war?«

»Freiwillig hätte er nichts herausgerückt, und Gewalt wollte keiner anwenden.«

»Ach? Seit wann habt ihr solche Skrupel?«

Eine Sekunde lang preßte der Sachse die Lippen fest zusammen. »Skrupel vielleicht weniger als Vorsicht, liebe Sylvia. Er hatte nicht mehr lange zu leben.«

Sie musterte ihn scharf. »Woher wußtet ihr das?«

»Du hast ihn nicht mehr gesehen. Das erkannte man auch ohne Medizinstudium. Und bei aller Wut auf den Doktor – wir haben seine Intelligenz nie unterschätzt. Er hatte sich bestimmt abgesichert.«

»Aha. Und ihr wolltet kein Aufsehen erregen, wie?«

»Nein. Nach zwölf Jahren konnten wir auch noch zwölf Wochen abwarten.«

Nun trank sie doch einen Schluck, der Wein war sauer und zu kalt. Nicht der Geschmack des Doktors, schoß ihr durch den Kopf, vielleicht hatte er damit den Pfarrer traktiert, den er als Zeugen, Helfer und Unterhalter für lange Abende brauchte, aber nicht wirklich schätzte. Beim Doktor wußte man nie – hatte man nie gewußt, was sich hinter seiner glatten, höflichen Miene verbarg. Auch sie hatte lange gebraucht, die spärlichen Hinweise und hingeworfenen Wörter richtig zu verstehen.

»Okay, ich mach dir einen Vorschlag. Du hilfst mir, das ganze Haus zu durchsuchen. Wenn wir etwas finden, teilen wir. Ich bin auf das Geld nicht angewiesen, aber wenn schon, dann will ich meinen Anteil haben.«

»Gut«, stimmte der Sachse zögernd zu und musterte sie aus schmalen Augen. Er traute ihr nicht.

»Ich tu's nicht aus alter Anhänglichkeit, sondern nur, um dich und die anderen so rasch wie möglich loszuwerden.«

»Das überzeugt mich schon eher.«

»Aber zwei Bedingungen.«

Der Sachse zuckte die Schultern und stellte das Glas angewidert zur Seite.

»Du allein, und zwar so, daß weder die Nachbarn noch der Pfarrer Verdacht schöpfen.«

»Einverstanden.«

»Am besten fängst du mit den Briefen an.«

»Gibt es nichts Vernünftigeres in der Küche als diesen Säuerling?«

»Keine Ahnung.«

Das Schreiben war so harmlos, daß der Sachse enttäuscht schnaufte. Gleichmütig beobachtete sie ihn, jetzt mußte sie viel Geduld aufbringen.

»Zehntausend für deine Auslagen, hm.«

»Er hat sich eben nie lumpen lassen.« Ihr Hohn gefiel ihm nicht, aber er blieb stumm.

Liebe Sylvia,
bis heute habe ich gehofft, Dich noch einmal sehen zu dürfen, mit Dir sprechen zu können, aber bis heute bin ich ohne Antwort von Dir, und trotz der tröstlichen Sprüche meines Arztes weiß ich, daß mir nicht mehr viel Zeit bleibt. Allenfalls Tage, bestimmt keine Wochen mehr. Deshalb schreibe ich Dir, was ich Dir lieber mündlich erzählt hätte. Wenn Du diesen Brief liest, bist Du doch gekommen, dafür danke ich Dir. Ich hoffe, Dein Leben nach unserer Trennung war glücklicher als meines; ich habe nicht gewußt, welchen Fehler ich beging, als ich Dich wegschickte.
Also der Reihe nach:

Die zehntausend Mark in dem Umschlag sind für die Auslagen bestimmt, die Du haben wirst, Grab und Beerdigung sind bereits bezahlt. Ich bitte Dich herzlich, meine letzten Wünsche zu erfüllen.
1. Den Erlös aus dem Verkauf des Hauses samt Grundstück und Inventar überweise bitte als Spende an die Deutsche Krebsforschung e. V. in Heidelberg.
2. Bei meiner Bank in Mählingen wirst Du finden a) ein Girokonto, b) ein Sparkonto und c) ein Wertpapierkonto, außerdem eine beglaubigte Vollmacht auf Deinen Namen; Du mußt eine Sterbeurkunde und Deinen Paß vorlegen. Den Betrag von a) kann ich nicht vorhersagen, ich hoffe, das Konto ist noch positiv, sonst gleiche es mit b) aus. Auf dem Sparkonto liegen im Moment knapp 24.000 Mark. Diese Summe und der Betrag von a) soll ausgezahlt werden an den Weißen Ring e. V. Die Bank soll c) so günstig wie möglich verkaufen, der gesamte Erlös soll als Spende direkt überwiesen werden an das Altenheim Hochholz in Herdecke.
3. Meine Armbanduhr, der Füllhalter, das Auto (die Papiere liegen wie alle anderen amtlichen Unterlagen im Schreibtisch) und das Schachspiel sind für Pfarrer Peter Limbach bestimmt, der sich zwar sträuben wird, das anzunehmen, den Du aber überreden wirst.
4. Wäsche, Anzüge etc. gebe bitte in eine Sammlung.
5. Für Dich habe ich bestimmt den Inhalt der mit ›Sylvia‹ beschrifteten, versiegelten Kassette, die im linken Schreibtischfach steht. Der Kassetten-Schlüssel befindet sich an meinem Bund; Du sollst die Kassette in Anwesenheit von Peter Limbach öffnen. Der Inhalt wird Dir hoffentlich etwas Freude bereiten und zeigen, daß mich Deine Entscheidung seinerzeit geschmerzt, aber nicht verbittert hat.
6. Was mit meinen Büchern geschehen soll, auf die ich immer sehr stolz war, weiß ich nicht. Vielleicht willst Du sie behalten, vielleicht kennst Du jemanden, einen Bibliophilen, der sich darüber freuen wird, vielleicht schenkst Du sie einer Bibliothek oder einer Institution, die sie benutzt. Bitte verkaufe sie nicht einzeln auf einem Ramsch- oder Flohmarkt! Es tut mir leid und verwundert mich selbst, aber mir ist zu dem, was mich in den letzten Jahren

wirklich beschäftigt hat, nichts eingefallen, und in diesem Punkt verlasse ich mich auf Deine Geschicklichkeit und Phantasie.
Ich danke Dir für Deine Mühe.
Michael Jansen. Röhrichtshausen, den ...

Sorgfältig faltete der Sachse die Blätter zusammen. Daß er sich mehr erhofft hatte, war seinem Gesicht anzusehen, und Sylvia mußte ein höhnisches Lächeln unterdrücken, als sie seinen abschätzigen Blick auf das Bücherregal registrierte, das eine Längstwand des Raumes vollständig bedeckte. Gut fünfzehnhundert Bücher, hatte sie geschätzt, nachdem sie das Papier zum ersten Mal studiert hatte. Wertvolle Bücher, ohne Frage, er hatte nie Schund oder Talmi aufgehoben.

Nach einigen Minuten blaffte er sie an: »Der Doktor ist doch ein reicher Mann gewesen.«

»Sicher.«

»Und wo ist sein ganzes Geld geblieben?«

»Ich habe keine Ahnung, was sich in dem Wertpapier-Depot befindet.« Weil sich sein Gesicht aufhellte, setzte sie bissig hinzu: »Vergiß es! Ich muß diesen Brief der Bank zeigen, und ich habe keine Lust, deinetwegen Ärger zu bekommen.«

»Wie meinst du das?«

»Selbst wenn die Papiere Millionen bringen sollten – die Bank wird das Geld direkt an das Altenheim überweisen. Ohne mich zu fragen, lieber Harry.«

»Warum ausgerechnet an ein Altenheim?«

»Seine Eltern haben dort bis zu ihrem Tode gelebt.«

»Scheiße.«

Sie erlaubte sich ein winziges Lächeln. Die erste Runde ging an sie, er wußte es, und deshalb legte sie nach: »Weißt du, an was ich so denke?«

»Spuck's aus!«

»Dieser letzte Wunsch ist so abgefaßt, daß kein Fremder an sein Geld herankommt. Auch ich nicht. Und das hat vielleicht etwas damit zu tun, daß er euch zugetraut hat, nach seinem Tod kassieren zu wollen.«

Seinem verkniffenen Gesicht war abzulesen, daß er etwas Ähnliches gedacht hatte. Es konnte ihn nicht überraschen; der Doktor hatte sich immer großzügig gezeigt, aber Leistung verlangt und auf Absprachen gepocht. Wenn man ihn um einen Gefallen bat, bestand eine große Chance, daß er half; sobald er jedoch den Eindruck gewann, man wolle ihn ausnutzen oder gar unter Druck setzen, reagierte er hart und unversöhnlich.

»Ich mach dir ein Angebot. Auf dem Dachboden und im Keller gibt es nichts, aber davon willst du dich sicher selbst überzeugen. In der Zeit mache ich uns etwas zu essen. Und sei bitte vorsichtig, ich möchte nicht den ganzen Dreck hier im Erdgeschoß finden!«

Sie aßen stumm in der Küche an dem großen Tisch, und der Sachse grübelte vor sich hin. Auch er hatte nichts gefunden, und sobald Sylvia abgeräumt hatte, verkürzte sie eine unvermeidliche Debatte, indem sie die Schachtel aus dem Backofen holte und vor ihm abstellte.

»Was ist das?« fuhr er hoch, aber sie setzte sich wortlos.

Er pfiff nur leise vor sich hin. Mehrere Spritzen, Kanülen, eine Flasche mit reinem Alhohol, eine Flasche mit destilliertem Wasser, Watte, acht Streifen mit jeweils zehn Ampullen.

»War er süchtig?«

»Quatschkopf! Das ist Morphium gegen seine Schmerzen.«

»Und woher hat er das?«

»Harry! Stell dich bitte nicht dümmer, als du bist.«

Einen Moment sah er richtig zerknirscht aus und lächelte sie so offen an wie früher. Natürlich wußte der Doktor, wie man an Morphium kam, ob mit einem echten oder einem gefälschten Rezept oder ganz ohne. Der Arzt aus dem Nachbardorf, der ihn behandelt und den Totenschein ausgestellt hatte, mußte die Einstiche gesehen haben, aber er hatte sie nicht erwähnt, und Sylvia kannte den Streit in der Ärzteschaft über die Morphium-Behandlung bei starken Dauerschmerzen. Ob der Arzt dem Doktor geholfen hatte, wollte sie gar nicht erfahren.

»Na schön. Und wo fangen wir mit dem Suchen an?«

»Heute gar nicht, mein Lieber. Du verduftest brav, ich bin hundemüde, und morgen treffen wir uns um neun Uhr vor der Bank in Mählingen.«

»Wir könnten die Schmuckkassette ...«

»Nix! In Gegenwart des Pfarrers, und der kommt morgen nachmittag zum Kaffee. Wenn du mitspielst, kannst du dabei sein, wenn du den großem Macker abziehst, bleibst du draußen.«

»Vorsicht, Sylvi! Überspann den Bogen nicht!«

»Dasselbe wollte ich dir gerade raten.«

In der Nacht wachte sie einmal auf und mußte überlegen, wo sie war. Dunkelheit und Einsamkeit ängstigten sie nicht, aber diese kalte Stille bedrückte sie. Das war nicht immer so gewesen, und sie grübelte, ob die Zeit mit dem Doktor sie nicht stärker beeinflußt hatte, als sie sich eingestehen wollte. Der Doktor war gern allein gewesen, andere Menschen störten ihn, er saß lieber unbemerkt in seiner Ecke und beobachtete stumm, sie hatte sich oft gefragt, ob er die anderen in Wahrheit nicht verachtete, weil er ihre Schwächen so gut durchschaute, daß er sie gnadenlos betrügen konnte. Es sah ihm ähnlich, daß er sich zum Sterben in dieses Nest verkrochen hatte, zwanzig Kilometer von der innerdeutschen Grenze entfernt. Wer verirrte sich in diese - noch -vergessene Gegend? Im vorigen Monat war die Mauer in Berlin gefallen, wenn die Wiedervereinigung wirklich kam, lag Röhrichtshausen nicht mehr am Rand der Welt.

Über Nacht war das Wetter umgeschlagen, ein lauer Wind wehte aus Süd, das Thermometer war auf elf Grad gestiegen, und Sylvia spürte hinter ihrer Stirn einen häßlichen Druck. Viele Pfützen waren schon verschwunden, und auf der Fahrt nach Mählingen kam sie an zwei entwurzelten Bäumen vorbei. Kurz vor dem Ortseingang mußte sie eine Kehrmaschine überholen, die den Schmierfilm aus Nadeln und Blättern beseitigte.

Der Sachse wartete bereits vor der Bank. Dunkler Wintermantel, dunkler Anzug, weißes Hemd und gedeckte Krawatte – er konnte als ehrenwerter Geschäftsmann durchgehen, obwohl sie jetzt lieber Achim an ihrer Seite gehabt hätte, den intelligenten Gentleman.

»Guten Morgen«, begrüßte er sie höflich.

Wortlos nickte sie ihm zu. Nicht zu freundlich, nicht zu widerborstig, er sollte selbst einsehen, daß es nicht lohnte.

In der Bank wußen alle Angestellten gleich Bescheid. »Würden Sie bitte ...?«

Der Filialleiter, Mitte Dreißig, überschlug sich fast vor Eifer, bot ihnen Platz an und nötigte ihnen Kaffee auf. Laut Schildchen auf seinem kleinen Schreibtisch hieß er Arnold Müller.

»Darf ich Ihnen meinen Stiefbruder vorstellen? Harry Risteck.«

»Guten Tag, Herr Risteck. Müller.«

Er hatte keinen Verdacht geschöpft, und der Sachse war klug genug, seinen Stuhl demonstrativ zurückzurücken. Was hier zu verhandeln war, ging allein seine ›Schwester‹ an.

»So, hier ist Ihre Vollmacht, Frau Buschhaus. Leider muß ich Sie um einen Ausweis bitten ... und die Sterbeurkunde ...«

»Selbstverständlich.«

Eine solche Transaktion kam nicht alle Tage vor, Müller hatte sie akribisch vorbereitet und lächelte stolz, als er die Akte aufschlug.

»Sie haben das Schreiben mit dem letzten Willen? ... Ja, vielen Dank, gestatten Sie ...«

Obwohl er eifrig las, wurde sie den Verdacht nicht los, er kenne den Inhalt schon, und eine solche Vorsichtsmaßnahme entsprach des Doktors Mißtrauen. Sie hatte in der Nacht lange wach gelegen und im Dunkeln überlegt, ob der Doktor nach seinem Besuch in Hannover bemerkt hatte, daß ihm die alten Kumpel auf den Fersen waren.

»So, ja, dann wollen wir mal. Also, auf dem Girokonto befinden sich etwas über 900 Mark, Herr Doktor Jansen war sehr – sparsam in – hm – letzter Zeit. Auf dem Sparkonto stehen – Moment bitte – 23.875 Mark, dazu die Zinsen ...« Müller tippte wild auf einem Taschenrechner. »Zinsen von 112,80 Mark. Wenn wir das zum Girokonto addieren – 24.980 Mark und 35. Das wäre also die Summe, die wir an den Weißen Ring überweisen.«

Das »wir« monierte Sylvia nicht, sondern lächelte nur spöttisch, als ihr der Banker ein Formular hinschob. Die Kontonummer des Empfängers war bereits eingetragen, ganz, wie sie vermutet hatte, Müller kannte den Inhalt des Briefes also wirklich schon lange, und der Doktor hatte sie in sein Haus locken wollen. Nichts einfach hinnehmen, Sylvi, immer bedenken, warum es so und nicht anders ist. Der Doktor hatte nie abgeschaltet.

»Das Wertpapier-Konto – also, darüber kann ich nur eine vorläufige Auskunft geben. Sie verstehen, die genaue Summe hängt von den Tageskursen ab, zu denen wir verkaufen ...«

»Natürlich«, beschwichtigte sie. »Mich würde auch nur eine Schätzung interessieren.«

»Das sind rund 1.050.000 Mark, Frau Buschhaus.«

Einen leisen Seufzer konnte der Sachse nicht unterdrücken, sie drehte sich zu ihm um und warf beiläufig hin: »Na, was habe ich dir gesagt?«

Den Hohn konnte Müller nicht verstehen, und der Sachse nickte nur verkniffen.

»Gut, Herr Müller, dann verkaufen Sie bitte so schnell wie möglich. Ich werde noch zwei, drei Tage in dem Haus bleiben. Meinen Sie, daß Sie es in der Zeit schaffen?«

»Überhaupt kein Problem, gnädige Frau.«

»Dann hole ich mir vor der Abreise die Belege ab. Fein. Was muß ich unterschreiben ...?«

Vier Formulare, viermal kritzelte sie *Sylvia Buschhaus*, und Müller strahlte.

»Dann mein Hauptproblem – das Haus.«

Auch dazu war dem alerten Filialleiter etwas eingefallen. »Herr Knudsen erwartet Sie bereits.«

»Wer ist Knudsen?«

»Ein Makler. In Offsen, er hat Herrn Jansen das Haus verkauft, und wenn ich ihn richtig verstanden habe, kennt er bereits einen Interessenten.«

»Herr Müller, wenn wir Sie nicht hätten ...«

Geschmeichelt wuchs er in die Höhe, und die kleinen

Problemchen wie Wasser-, Strom- und Telefon-Rechnungen lösten sich im Handumdrehen.

Vor der Bank knurrte der Sachse: »Wozu wirst du eigentlich gebraucht? Das hätte doch dieser Bankschnösel alles auch ohne dich erledigen können.«

»Sicher.«

»Und warum hat dich dann der Doktor herbestellt?«

»Weil er mich noch einmal sehen wollte.« Sie beschied ihn halb spöttisch, halb gleichmütig, und nach einer Bedenkpause nickte der Sachse mürrisch.

»Schön, ich hab keine Lust mehr, den stummen Bruder zu spielen. Bis heute nachmittag also.«

»Meinetwegen.« Sie sah seinem Auto nachdenklich hinterher. Diese Runde ging wiederum eindeutig an sie, aber der Sachse hatte eine kluge Frage gestellt. Warum wollte der Doktor sie vor seinem Tod noch einmal sehen? Und wie, durch wen hatte er ihre Adresse auf Mallorca herausgefunden?

Heiner Knudsen knötterte und krittelte, wer wolle in dieser gottverlassenen Gegend ein Haus – und dann noch so verfallen – und keine drei Jahre her – die Grundstückspreise – er spulte eine endlose Liste von Bedenken, Einwänden, Schwierigkeiten ab, sie hörte ihm aufmerksam zu, lächelte fromm und unterbrach ihn nach fünf Minuten zuckersüß: »Dann entschuldigen Sie bitte, daß ich Ihnen die Zeit gestohlen habe.«

»Wie meinen Sie das?«

»Es ist wohl besser, wenn ich mit einem anderen Makler in der Stadt ...«

Sofort war Meister Knudsen wie ausgewechselt, es lief alles auf die Höhe seiner Provision hinaus, und sie feilschte zäh, bis er sie auf den Prozentsatz hochgetrieben hatte, den Sylvia sich von Anfang an als Limit gesetzt hatte. Dieser Scheinsieg war ihm einen selbstgebrannten Kirsch wert, den sie andächtig schluckte.

»Ich behalte nur die Bücher.«

Das war ihm recht. Die Kunden, an die er dachte, schienen mit Büchern nicht viel im Sinn zu haben.

»Können Sie mir Kartons besorgen?«

»Aber selbstverständlich, gnädige Frau. Noch heute?«

»Wenn Sie das hinbekämem, Herr Knudsen ...«

Auf dem Weg nach Röhrichtshausen bemerkte sie im Rückspiegel ein Auto, das sie bis zum Haus des Doktors verfolgte. Der Sachse traute ihr nicht.

Sylvia zog sich um und holte aus der Abstellkammer zwei große Koffer, die sie kopfschüttelnd reinigte. Bessere Pappe mit Sprüngen, die Schlösser funktionierten nicht mehr, sie würde sie mit Kordel oder Riemen sichern müssen.

Auch die Garderobe paßte nicht zu dem Michael Jansen, den sie einmal gekannt hatte. Zwei Anzüge, zwei Jacken, zwei dicke Cordhosen, mehrere Pullover aus grober Wolle. Bevor sie die Sachen zusammenfaltete, kontrollierte sie sorgfältig alle Taschen, fand aber nichts außer schmutzigen Taschentüchern, einem rostigen Taschenmesser und Stücken von Bindfaden und Kordel. Geduldig tastete sie das Futter ab, kein Knistern, kein Hinweis auf etwas Eingenähtes. Auch nicht in den Hosenumschlägen. Wäsche, Hemden, Socken, Schlafanzüge, du meine Güte, früher hätte der Doktor solche Qualität nicht einmal zum Staubwischen oder als Putzlappen fürs Auto geduldet. Stück für Stück untersuchte sie und fand nichts.

Der Pfarrer und der Sachse würden keine Freunde werden, das stand nach zehn Sekunden fest, sie spürte förmlich, daß die gegenseitige Abneigung wie Funken knisterte. Doch der Pfarrer hatte Geduld gelernt, und der Sachse riß sich zusammen, es würde für die eine Stunde reichen, die sie jetzt miteinander verbringen mußten.

Sie hatte Kaffee und Tee gekocht und in einem Küchenschrank eine weitere Flasche Cognac gefunden. Draußen dunkelte es bereits, und die Kerze in dem Bodenständer warf unruhige Schatten.

»Lieber keinen Alkohol«, lehnte der Pfarrer bedauernd ab. »Ich muß noch Auto fahren, und in der Dunkelheit ... die Augen, wissen Sie ...«

Daraufhin winkte auch der Sachse unauffällig ab. Gemütlich würde das Treffen nicht werden, und Limbach musterte den Fremden mit routinierter Aufmerksamkeit, die der Sachse nicht bemerkte. Es stimmte Sylvia nervös, das leichte Mißtrauen des Geistlichen und die Ahnungslosigkeit des Sachsen, der zum Glück den Schweigsamen spielte.

»So, Herr Pfarrer, ich soll in Ihrer Gegenwart diese Kassette öffnen.« Sie lachte munterer, als ihr zumute war, und zerriß das Siegel, schloß auf und schob den Kasten über den Tisch.

»Wie Weihnachten«, murmelte der Pfarrer und klappte den Deckel hoch. Obenauf lag ein Ledersäckchen, versiegelt, mit einer vergilbten Papierfahne an dem Band: *Für Sylvia.*

»Das ist für Sie«, sagte Limbach freundlich und schob ihr den Beutel hin. Einen Moment saß sie wie erstarrt, dann begriff sie: So weit wollte er sie also zurückführen.

Weil sie die neugierigen Blicke des Pfarrers und des Sachsen spürte, öffnete sie den Beutel und schüttete die Steine vorsichtig auf die Tischplatte. Im Licht der flakkernden Kerze schienen sie zu leben, und Limbach staunte entzückt: »Das ist ja prachtvoll.«

Der Sachse entspannte sich, den Beutel samt Inhalt kannte er, und deshalb lächelte er verächtlich.

»Verstehen Sie was von Steinen?« forschte Sylvia freundlich, und der alte Herr hob abwehrend beide Hände: »Oh nein, leider gar nichts.«

»Das ist schade, Herr Pfarrer. Einige sind sehr schön und wertvoll, andere sind nur Pfennige wert, Michael hat sie mir einmal geschenkt, wissen Sie, er besaß einen verqueren Humor, wenn er wollte. Denn ich sollte lernen, daß schön und wertvoll zwei verschiedene Dinge sind.«

Der Sachse hüstelte, schaute aber schnell zur Seite, als sie ihm einen scharfen Blick zuschoß.

»Zuerst dachte ich auch, sie seien Hunderttausende wert, aber dann habe ich sie einem Juwelier gezeigt, der sie schätzte, und ich bin ziemlich kleinlaut abgezogen.«

»Schönheit und Wert sind zwei verschiedene Dinge, Frau Buschhaus, das lehren wir Geistlichen auch, aber Wörter meinen oft ganz verschiedene Dinge.« Weil er dabei wie zufällig auf den Sachsen schaute, beeilte sie sich, die Kassette auszuräumen. Unter dem Säckchen lagen Manschettenknöpfe, zwei Ringe, ein Bündel Inflationsgeld aus dem Jahre 1923, obenauf ein schmaler Papierstreifen: *Meine erste Milliarde – sic transit valor pecuniae.*

»Ach du meine Güte«, sagte Limbach vergnügt, »an solche Geschichten kann ich mich auch noch erinnern, mein Vater besaß auch zig Millionen, die hatte er morgens bekommen, meine Mutter wartete am Werkstor, aber auf dem Weg zum Kaufmann brach sie sich ein Bein, und abends hätten sie damit den Ofen anzünden können, weil es schon nichts mehr wert war.«

»Anders als die hier!« Triumphierend hielt sie zwei Plastikmäppchen mit je einem Golddollar hoch. Der Sachse knurrte enttäuscht, schwieg aber immer noch.

Ein wuchtiger Füllfederhalter mit einer Goldfeder. Ein Bund Autoschlüssel: *Für Peter Limbach.*

»Sie wissen, daß Sie das Auto annehmen müssen.« Sylvia trug es so energisch vor, daß der Pfarrer lächelte: »Ausnahmsweise müssen Sie mich nicht überreden, Frau Buschhaus. Mein Methusalem sehnt sich nach dem Schrottplatz, und wenn ich ehrlich sein soll – ein neuer Wagen übersteigt im Augenblick meine Möglichkeiten.«

»Dann scheinen in diesem Punkt alle zufrieden zu sein.«

Ein kleines Steck-Album mit Briefmarken, gerade so groß, daß man es in einer Jackentasche tragen konnte. Ein festgeklammerter Zettel:

Liebe Sylvia,
das sind die letzten Stücke meiner früheren Sammlung. Vielleicht kennst Du jemanden, dem sie Freude machen
Michael.

»Hat er gesammelt?«

»Ja und nein, von seinem Vater hatte er eine Sammlung geerbt, aber immer nur mal Einzelstücke gekauft, richtig interessiert haben ihn Marken nicht.«

Diese Botschaft verstand sie nicht, noch nicht, und sie warf einen verstohlenen Blick auf den Sachsen, der gelangweilt ein Gähnen unterdrückte.

Die goldene Armbanduhr, sie betrachtete sie lange ausdruckslos und hielt sie dann dem Pfarrer hin: »Das müssen Sie auch annehmen.«

»Ich weiß nicht ...«

»Doch, Sie müssen, Michael hat das so gewollt.«

»Sie sieht sehr wertvoll aus.«

»Ja, das ist sie.«

Der Sachse blickte zwischen ihnen hin und her, und sie senkte den Kopf. Sie hatten sich etwas länger als ein Jahr gekannt, als Sylvia diese Uhr kaufte, zu seinem Geburtstag, und solange ihr Verhältnis dauerte, trug der Doktor sie täglich. Dann kam der letzte Spaziergang, ihr Geständnis, und nachdem er auf ihrer Seite die Autotür aufgeschlossen hatte, hatte sie beobachtet, wie er das Armband geistesabwesend aufschnallte und die Uhr in die Tasche steckte. Wenn er geschimpft oder getobt oder sie geschlagen hätte, wäre sie nicht so erschrocken gewesen wie bei dieser automatischen Geste, die ihm wahrscheinlich nicht einmal bewußt war; er hatte sein verschlossenes Gesicht aufgesetzt und schien völlig auf etwas anderes konzentriert, in Gedanken versunken, die schon der Zeit nach ihrer Abreise galten. Erst in dem Moment hatte sie begriffen, daß sie sich endgültig trennten. Was immer passieren würde, es gab für sie kein Zurück mehr.

»Erinnerungen?« fragte Limbach leise.

Sie schrak zusammen und holte tief Luft: »Ja, Herr Pfarrer. Erinnerungen an einen großen Fehler, den ich begangen habe, den er mir nie verziehen hat. Es ist schon gut, daß Sie die Uhr bekommen, Sie waren bei ihm, als er Hilfe brauchte.«

»Er war ein seltsamer Mensch«, antwortete Limbach ruhig. »Ich glaube, daß sein Intellekt immer über seine Einsicht gesiegt hat, und als er sich das eingestand, tickte bereits die letzte Stunde. Ich hätte ihm gewünscht, Sie wären früher eingetroffen, er war auch überzeugt, daß Sie sofort kommen würden, sobald Sie seinen Brief erhalten hatten, und als die Tage verstrichen, quälte er sich und lernte, wie schmerzhaft der Zufall sein kann.«

»Danke«, flüsterte sie und schob die Uhr über den Tisch.

Sobald sich die Tür hinter dem Pfarrer geschlossen hatte, griff der Sachse zornig nach der Cognacflasche.

»Gelabere, nix als dummes Geseiere.«

»Wenn du meinst«, erwiderte Sylvia gleichmütig.

»Wo steckt denn nun das ganze Geld?«

»Welches Geld?«

»Nun spiel doch nicht die Harmlose. Der Doktor war reich, er muß Millionen besessen haben.«

»Er wird sie ausgegeben haben.«

»Das glaubst du doch selber nicht!«

»Harry, ich hab keine Ahnung. Ich bin ins Ausland gegangen, woher soll ich wissen, was der Doktor anschließend mit seinem Vermögen angestellt hat.« Müde stand sie auf und räumte das Geschirr zusammen. »Vielleicht hat er sich wirklich zur Ruhe gesetzt. Irgendwo, wo niemand seine Vergangenheit kannte oder zufällig aufdekken konnte. Das könnt ihr wohl besser beurteilen als ich.«

Nach einer Weile kurrte der Sachse. »Was heißt denn dieses ›sic transit‹ und so weiter?«

»So vergeht der Wert des Geldes.« Sie überlegte, ob sie ihm die Herkunft des richtigen Spruches erklären sollte, aber das würde ihn nicht interessieren. Und auf den »Ruhm der Welt« hatte der Doktor immer verzichtet.

In der Nacht wehte es noch einmal heftig, aber der Wind erreichte nicht wieder Orkanstärke, und am nächsten Morgen stand eine kraftlose Sonne am Himmel, die weder wärmte noch wirklich leuchtete.

Sie saß noch beim Frühstück, als ein Lieferwagen auf dem Hof hielt und ein unfreundlicher junger Mann, der die Zähne nicht auseinanderbekam, einen Stapel zusammengefalteter Bücherkartons ablieferte.

»Von Knudsen«, murrte er, steckte das Fünfmarkstück weg und ging grußlos.

Der Motor hustete, und der Auspuff spie pechschwarze Wölkchen aus.

Auf seine Briefmarkensammlung war der Doktor sehr stolz gewesen. Es stimmte nur zum Teil, was sie dem Pfarrer erzählt hatte: Großvater und Vater hatten den Grundstock gelegt, aber erst der Enkel und Sohn hatte aus einem Wust von Marken eine Sammlung gemacht, vieles verkauft und mit dem Erlös Serien vervollständigt. Im Laufe der Zeit spezialisierte er sich mehr aus Zufall auf deutsche Kolonial- und Dienstmarken, korrespondierte mit anderen Sammlern und freundete sich mit einem Händler an, der zwar an ihm verdiente – was der Doktor nur für recht und billig hielt –, ihn aber nicht übers Ohr haute.

Ohne Hast studierte Sylvia das kleine Steckalbum und die wenigen Marken. Kamerun und Togo, sie wußte vom Doktor, daß beide Länder vor dem ersten Weltkrieg deutsche Kolonien gewesen waren, Kamerun, Togo, Deutsch-Südwest, Deutsch-Ostafrika. Inflationsgeld, Briefmarken – der Doktor hatte Geduld besessen und setzte Geduld voraus, von seinen Plänen hatte er immer nur so wenig wie möglich preisgegeben.

Noch vor dem Mittagessen hatte sie telefonisch eine Spedition dazu gebracht, am nächsten Morgen zu kommen, die Bücher zu verpacken und in ein Lagerhaus in Essen zu bringen. Mit zehntausend Mark hatte der Doktor nicht zu reichlich kalkuliert.

Am Nachmittag fuhr sie nach Lüneburg, um für das Wochenende einzukaufen, und als sie in einem Café die erste Zigarette anzündete, setzte sich eine blonde Frau zu ihr an den Tisch.

»Guten Tag, Sylvia.«

Eine gute Minute studierte sie das immer noch schöne, glatte Gesicht der Blondine, die perfekt geschminkt war und die gleichmäßig tiefe Bräune nicht nur in einem Sonnenstudio erworben hatte. Endlich seufzte sie: »Guten Tag, Aja.«

»Weißt du, es wurde mir zu albern, dir die ganze Zeit nachzuschleichen.«

»Harrys Idee?«

»Sicher. Er traut dir nicht.«

»Ausgerechnet der Sachse. Wenn einer weiß, wo das

restliche Geld – vielleicht! – steckt, dann doch er. Oder?«

»Er hat mich gewarnt, daß du mit genau diesem Argument kommen würdest.«

Wider Willen mußte Sylvia lachen, ärgerlich zwar, aber doch auch beeindruckt. »Er hat nichts verlernt, wie?«

»Nein.« Aja stöhnte leicht und zupfte ihren Rock zurecht. Noch immer besaß sie die mädchenhafte Figur, nach der sich Männer auf der Straße umdrehten. »Nichts vergessen und nichts dazu gelernt. Ein wirklich guter zweiter Mann, Sylvia. Wie immer schon.«

»Willst du mitkommen? Du kannst bei mir übernachten.« Sylvia bot es ernsthaft an, der Sachse hatte sich entschlossen, sie nicht aus den Augen zu lassen, und in dem Fall war es besser, sie bestimmte die Melodie und behielt die Kontrolleurin unter Kontrolle.

Aja zögerte und schüttelte den Kopf: »Nein, vielen Dank. So komfortabel soll es bei dir nicht aussehen. Sagt der Sachse.«

»Ausnahmsweise lügt er einmal nicht.«

Sie schlenderten durch die Stadt, es war dunkel und feuchtkalt, bald würde es neblig werden.

»Kannst du dir vorstellen, warum der Doktor sich in so einem Nest verkrochen hat?«

Mit der Antwort ließ sich Sylvia Zeit. Was sie wirklich vermutete, wollte sie Aja nicht auf die Nase binden, und mit einer Lüge mußte sie vorsichtig sein.

»Nein«, erwiderte sie deshalb unsicher. »Ich war ja nicht bis zum Ende dabei, aber als der Doc und ich uns trennten, schimpfte er ziemlich auf den Idioten, der den alten Mann umgebracht hatte. Du weißt ja, er haßte Gewalt. Erst recht, wenn sie einem die Polizei auf die Pelle holte.«

»Welchen alten Mann?« Aja fragte so erstaunt, daß Sylvia heimlich lächelte und sich die Daumen drückte. Es konnte klappen!

»Der Doktor hatte doch die Pläne für den Tunnel über den Sachsen von einem alten Knacki gekauft. Der Alte sollte dann unauffällig verduften, aber seine Leiche wurde später aus dem Rhein gefischt. Was natürlich die Bullen alarmiert hat.«

»Davon weiß ich nichts«, behauptete Aja, es klang sehr mißtrauisch und zugleich sehr erstaunt.

»Dann frag mal den Sachsen danach! Der Doktor hat geschäumt vor Wut, als das in der Zeitung stand.«

»Wieso denn? Hat einer von uns ...?«

»Das weiß ich nicht.«

Aja blieb stehen und hielt sie am Ärmel fest. »Und du glaubst, der Doktor hat einen von uns verdächtigt, er hätte ...?«

»Wäre doch denkbar – oder?«

Aja schluckte. Skrupel kannte sie nicht, aber die Vorsehung hatte ihr ein gewisses Maß an Angst oder Feigheit beschert, dank derer sie nie wegen einer Gewalttat verurteilt worden war. Nach einer Weile erkundigte sie sich mit veränderter Stimme: »Trotzdem! Warum hat sich der Doktor in diesem Nest verkrochen?«

»Er war gern allein, es hat ihm nichts ausgemacht.«

»Ja, da hast du recht.« Sie kicherte melancholisch. Männer hatte sie schon immer verachtet, aber nicht ohne sie leben können. Und Sylvia hatte offenbar keine Ahnung davon, daß es bei dem Bruch einen zweiten Toten gegeben hatte, einen vorbestraften Bordellbesitzer, den die Zeitungen damals verdächtigten, die Aktion finanziert zu haben.

Die vier Männer hatten alle nicht die gefällige Konversation erfunden, aber sie arbeiteten zügig durch und packten die Bücher wenn nicht liebevoll, so doch sorgfältig ein, tranken Unmengen Kaffee, und als Sylvia in größter Hilflosigkeit auf die Möbel deutete und fragte: »Was mache ich bloß mit all diesen Sachen?«, wechselten sie schnelle, vergnügte Blicke. Der Vorarbeiter schnaufte und tat ihr großmütig einen Gefallen: »Wissen Sie was, wir nehmen das Zeugs mit ...«

Alle wichtigen Dinge verstaute sie in dem einzigen Koffer, der sich abschließen ließ und nicht nach Pappe aussah. Plötzlich hatte sie es eilig, wollte sie keine Minute länger als nötig in diesem scheußlichen Bau verbringen, der ihr von Stunde zu Stunde mehr aufs Gemüt schlug. Selbst Heiner Knudsen schien sie mit ihrer Unruhe anzustecken, der große Meister geruhte eine halbe Stunde später zu erscheinen und nach einem flüchtigen Blick durch das Haus die Schlüssel zu übernehmen: »Selbstverständlich, gnädige Frau, um den Rest kümmere ich mich ... natürlich, die Bank weiß Bescheid. Ich wünsche Ihnen eine angenehme Reise.«

Als der Motor ansprang, legte sich ihre hektische Nervosität, sie faßte wieder einen klaren Gedanken und fuhr quer durch das Dorf. Sie durfte nicht einfach abreisen, und Peter Limbach lächelte, als er die Tür öffnete: »Sie wollen fort?«

»Ja. Den Rest erledigt die Bank. Ach ja, und Herr Knudsen hat sich angeboten ...«

»Heiner kommt immer auf seine Kosten, machen Sie sich seinetwegen keine Sorgen. Möchten Sie nicht einen Moment hereinkommen?«

»Gerne.«

Die Räume waren hoch, kühl und düsterer als der Himmel draußen. Wie unbewohnt, Sylvia mußte wieder an Peter Arntzen denken.

»Werden Sie noch einmal wiederkommen, Frau Buschhaus?«

»Ich weiß es nicht. Ich würde es gerne versprechen, aber ich weiß es einfach nicht.«

»Das verstehe ich gut. Kommen Sie im Sommer, im späten Sommer, wenn es noch grün und noch warm ist.«

»Wegen der Wärme bin ich nach Mallorca gezogen«, gestand sie und wunderte sich: Warum verriet sie etwas über sich? Ohne Anlaß, ohne Not?

»Das täte ich auch gerne.« Er schmunzelte. »Das Leben hier ist sehr – einfach.« Er hatte ›einsam‹ sagen wollen und sich im letzten Moment korrigiert. »Selbst für einen alten Mann.«

»Warum bleiben Sie dann hier?«

»Weil ich nicht weiß, wohin.« Einen Moment ruhten seine grauen Augen fest auf ihr, und sie meinte, einen leisen, warnenden Spott herauszuhören. Und die Betonung auf dem Wörtchen »ich« hatte sie sich bestimmt nicht eingebildet.

An der nächsten Tankstelle ließ sie Öl und Reifendruck prüfen, tankte bis zum Überlauf voll und kaufte sich einen Straßenatlas. In der Zeit, die sie außerhalb Deutschland verbracht hatte, waren doch viele neue Autobahnen entstanden, aber nach einem Blick auf den Himmel entschloß sie sich, lieber einen Umweg über vertraute Strecken zu fahren als in der Dunkelheit unbekannte Straßen zu benutzen.

Sie bog nach Süden auf die Bundesstraße Vier ein.

Zehntes Kapitel

Am späten Abend war sie angekommen und lange durch die Straßen gekurvt, bis sie ein kleines Hotel in Bredeney fand, das noch ein ruhiges Zimmer frei hatte. In den zwölf Jahren hatte sich die Stadt sehr verändert, und sie wunderte sich, daß sich überhaupt kein Gefühl des Vertrautseins oder Heimkehrens einstellen wollte. Vielleicht hing es mit dem scheußlichen naßkalten Wetter zusammen, das ihr hier mehr zu schaffen machte als in Röhrichtshausen. Vor Beerdigungen hatte sie sich immer gedrückt, und bei den wenigen, die sie nicht vermeiden konnte, hatte es in ihrer Erinnerung immer geregnet. Das schien dazuzugehören. Bei dem Gedanken an ihr Häuschen auf Mallorca fror sie und bestellte eine zweite Kanne Kaffee.

An der Rezeption unterhielt sie sich mit der jungen Eigentümerin des Hotels, die ihr ohne Umstände einen Sonderpreis für vorerst vierzehn Tage einräumte. Der Dezember war kein Reisemonat, und das große Zimmer lag sehr ruhig nach hinten heraus.

Auch im Autoverleih lief am nächsten Morgen alles reibungslos ab. Sie war, nachdem sie auf der Deutschland-Karte den Ort Röhrichtshausen gefunden hatte, von Mallorca bis Hannover geflogen und hatte sich am Flughafen einen Wagen gemietet.

»Kein Problem, Frau Buschhaus, Sie können ihn so lange behalten, wie Sie wollen. Allerdings würde es billiger, wenn wir uns jetzt auf eine längere Leihfrist einigen und Sie uns rechtzeitig mitteilen, ob Sie den Wagen früher zurückgeben oder noch länger behalten wollen.«

»Dann sagen wir mal – einen Monat.«

»Prima. Wenn Sie bitte einen Moment Platz nehmen, ich mach den Vertrag fertig.« Der junge Mann strahlte sie an, und weil sie den Grund seines Eifers erkannte, lächelte sie versteckt. Daß sie auf Männer wirkte, wußte sie, aber die meisten Männer begriffen nicht, daß sie gerade deswegen die Technik des Hinhaltens und Abwehrens perfekt beherrschte.

Im Hotel stellte sie den Wagen in eine Garage und fuhr mit Autobus und Straßenbahn in die Innenstadt. Städte eroberte man sich nur zu Fuß, darauf hatte der Doktor immer bestanden, und es bereitete ihr tatsächlich Mühe, sich zurechtzufinden.

In der Lindenallee war das *Hotel Kaiserhof* verschwunden, und dort, wo es ihrer Erinnerung nach gestanden hatte, residierte jetzt eine Bank. Also war auch die *Nordische Rückversicherung* wieder ausgezogen. Und das Juweliergeschäft Peter Arntzen gab es ebenfalls nicht mehr. Seltsam, wie schnell sich vertraute Umgebungen verändern konnten, zwölf Jahre waren heute eine kürzere Zeit als früher. Sylvia seufzte und spürte trotz der dicken Sohlen die Nässe an ihren Füßen. Quer über den Straßen hingen Gestelle mit vielen Glühbirnen, eine Weihnachtsbeleuchtung mit Märchenmotiven, aber sie zweifelte, daß es sie in festliche Stimmung versetzen würde. Als sie mit dem Doktor noch zusammenlebte, hatte sie sich oft über seine Scheu vor anderen Menschen und seinen Hang zur Einsamkeit geärgert oder amüsiert, je nachdem, aber schon im ersten Jahr auf Mallorca war ihr aufgefallen, daß sie ihn in diesem Punkt nachahmte. Auch sie mied jetzt Fremde, und das hatte nichts damit zu tun, daß sie etwas zu verbergen hatte.

Das Briefmarkengeschäft versteckte sich in einer Passage am Pferdemarkt, zwei- oder drei Mal hatte sie ihn dorthin begleitet, und bei dem letzten gemeinsamen Besuch stellte der Doktor sie dem alten dicken Glatzkopf vor: »Sylvia versteht nichts von Marken, aber viel von schönen Motiven.«

»Das ist eine schlechte Voraussetzung fürs Sammeln, aber eine gute fürs Glück«, nuschelte der Alte und blinzelte sie kurzsichtig an. Über den dummen Spruch hatte sie damals nur mühsam gelächelt.

Das Geschäft existierte immer noch, Sylvia drückte sich die Daumen und stieß die Tür auf. Hinter der Theke stand ein junger Mann mit einer starken Brille, der sich krumm hielt und sie ohne Interesse ansah.

»Guten Tag«, grüßte sie hilflos und richtete sich auf eine komplizierte Unterhaltung ein.

»Guten Tag.«

»Ich weiß nicht, wo ich beginnen soll ...«

»Ja?«

»Bis vor zwölf Jahren war ich mit einem Mann, mit einem Sammler, befreundet, der hier viel gekauft und verkauft hat. Damals führte ein älterer Herr das Geschäft, seinen Namen habe ich leider vergessen.«

»Wahrscheinlich meinen Sie meinen Onkel«, erklärte der junge Mann lustlos. Höflich würde er bleiben, aber viel Bereitschaft, ihr zu helfen, entwickelte er sichtlich nicht.

»Lebt Ihr Onkel noch?«

»Ja.«

»Mein Freund hieß Jansen, Dr. Michael Jansen.«

Jetzt rieb sich der Mann die Stirn. »Der Doktor, ja, ich erinnere mich, mein Onkel hat viel von ihm erzählt.«

»Michael Jansen ist vor einer Woche gestorben, und ich würde jetzt gern Ihrem Onkel etwas zeigen, das der Doktor hinterlassen hat.«

»Ja?« Soviel Desinteresse in einem Wörtchen mußte er einstudiert haben. »Mein Onkel lebt jetzt in Rellinghausen.«

»Wenn Sie mir noch sagen könnten, wie er heißt ...«

»Ach so, ja. Rudolf Benniger, Im Katzengatt. Hausnummer 13.«

Nun reichte es ihr, sie setzte ihr glattes, ausdruckloses Gesicht auf, und nach einer halben Minute schaltete selbst diese trübe Tasse, griff nach einem Block und notierte ihr Namen, Anschrift und Telefonnummer. Ihr kühles »Danke und Adieu« ließ ihn besorgt die Stirn runzeln, weil ihm zu spät aufging, daß er gerade eine mögliche Kundin vergrault hatte.

Bennigers Vater oder Großvater – das kriegte Sylvia nicht mehr zusammen – hatte als Reichsbeamter in der Kolonie Kamerun gearbeitet und sein Interesse an diesem Teil der Welt seinem Sohn vererbt. Daß es sich auf Briefmarken beschränken mußte, begründete die Bekanntschaft mit dem Doktor.

Die ersten Monate nach der Abreise damals vor zwölf Jahren hatte sie in Laredo de la Boca verbracht und manchmal gefürchtet, vor Einsamkeit und Ungeduld verrückt zu werden. Aber selbst in den dunkelsten Momenten siegte die Vernunft, sechs Monate hatte Sylvia stillgehalten, dann rief sie Peter Arntzen an. Unter seiner Privatnummer hörte sie nur »Kein Anschluß unter dieser Nummer ...«, und im Geschäft meldete sich ein fremder Mann, der ihr kühl erklärte, Peter Arntzen habe sein Geschäft verkauft und sei verzogen – nein, die neue Anschrift wisse er leider nicht, nein, der Juwelier habe auch keine Nachricht für sie hinterlassen.

An dem Abend lernte sie einen jüngeren deutschen Rechtsanwalt kennen, der sich in Laredo verkrochen hatte, ab und zu deutsche Touristen vertrat, die in einen Unfall verwickelt waren oder von einem der ausgekochten Immobilienhaie ausgeplündert wurden. Die meiste Zeit soff er, versorgte seine Katzen und tat in seinen seltenen nüchternen Momenten so, als interessierten ihn Frauen noch. Durch ihn bekam Sylvia wenig später eine Stelle in einem Geschäft auf Mallorca, und er half ihr auch, ein kleines Haus ausgesprochen günstig zu erwerben. Die verwitwete Besitzerin des Geschäftes, die damals schon kränkelte, freundete sich mit ihr an und vermachte ihr das Geschäft und einen Teil ihres Vermögens; nach einiger Zeit verpachtete Sylvia das Geschäft an ein junges Ehepaar, beide Spanier, die in Deutschland aufgewachsen waren und wußten, wie man deutsche Touristen einwickelte. Seitdem war sie eine wohlhabende Frau, die viel reiste und Kälte fürchtete.

In der Städtischen Bücherei mußte sie lange warten, bis sie zu einem älteren Herrn geführt wurde, der sich während des Gespächs dauernd den Magen rieb, als wolle er die Geschwüre zurückmassieren. Um lange Erklärungen zu vermeiden, hatte sie ihm den letzten Brief des Doktors zu lesen gegeben, und der Bibliotheksrat nickte griesgrämig: »Ja, ja, das verstehe ich. Aber ob wir – einen geschlossenen Bestand – gnädige Frau, ich weiß nicht ...«

»Sie würden mir schon sehr helfen, wenn Sie mir Anschriften von Institutionen geben würden, die in meinem speziellen Fall zuständig sein könnten.« Wenn Umständlichkeit gewünscht wurde, konnte sie mithalten; diesen Rat des Doktors hatte sie immer beherzigt: Laß den anderen Tempo und Tonfall des Gesprächs bestimmen. Erst wenn er glaubt, er allein habe die Musik ausgesucht, wird er falsche Töne spielen.

»Ja, das könnte ich wohl tun.« Seine Miene hellte sich auf. »Ja, das ist eine gute Idee. Allerdings müßte ich erst zusammenstellen, an wen ...«

»Aber selbstverständlich. Ich habe Zeit. Es eilt überhaupt nicht. Wenn Sie erlauben, komme ich in der nächsten Woche noch einmal wieder.«

Sein erleichtertes Lächeln erreichte einen Grad von Aufrichtigkeit, der sie amüsierte.

Das Wohnzimmer war zu klein für die fünf Personen, keiner konnte die Beine richtig ausstrecken. Der Sachse schwieg und wartete, bis sich das aufgeregte Gerede gelegt hatte. Ein paar Tricks hatte er vom Doktor gelernt, und so vertraute er darauf, daß man ihn, sobald sich allgemeine Ratlosigkeit ausgebreitet hatte, um seine Meinung fragen würde. Befehlen war eine Sache, aber wenn kommandiert wurde, fühlte sich immer einer übergangen oder auf den Schlips getreten und leistete Widerstand, oft gerade dann, wenn es ein Fehler war, und deshalb war es besser, solange zu quasseln, bis alle das, was er plante, als Ergebnis ihrer eigenen Überlegungen akzeptierten.

Als sie zum ersten Mal zusammengetroffen waren, nachdem Aja in Hannover die Anschrift des Doktors herausgefunden hatte, wollten die meisten dem Doktor massiv auf die Pelle rücken, und der Sachse mußte lange schweigen und viel reden, bis sie sich zu seiner Auffassung bekehrten, nicht mit Gewalt vorzugehen. Danach hatte er einen Brief an den Doktor geschrieben und ihre Situation geschildert; die Antwort fiel so aus, wie er befürchtet hatte: »Ihr habt bekommen, was vereinbart war, wir sind quitt. Laß mich in Ruhe, bevor ich unangenehm werde.«

Achim gähnte unterdrückt. Von dem ganzen Unternehmen hielt er wenig, aber er hatte mitgemacht, weil er kurz vor der Pleite stand, weil er nichts Besseres vorhatte und weil er sich einen sentimentalen Anflug erlaubte und die alte Truppe noch einmal sehen wollte, die so erfolgreich gewesen war. Viel versprach er sich von diesem Treffen nicht, aber wenn es nicht nutzte, so schadete es auch nicht.

Bodo schwitzte. Von den Anwesenden hatte er sich am meisten verändert. Mit seinem Honorar hatte er sich in eine kleine Autowerkstatt eingekauft, die immer noch existierte, aber nach wie vor wenig Gewinn abwarf. Vor Büchern und Bilanzen und Papieren besaß er nach wie vor einen Horror, das erledigte die Tochter des Eigentümers, die nach dem Tod des Vaters wie selbstverständlich dessen Position einnahm und Chefin wurde. Bodo hatte lange überlegt, ob er sich dagegen wehren sollte, doch irgendwie den Zeitpunkt zum Protest verpaßt und sich in die Verhältnisse geschickt. Immerhin ließ sie ihn gewähren, und aus seinem Hobby, Autos und Motoren zu tunen, machte sie ein legales Geschäft, in das sie ihm nicht hineinpfuschte. So war er also auch ein Chef geworden, und trotz seiner instinktiven Neigung, der Tochter immer noch aus dem Weg zu gehen, kamen sie ganz gut miteinander aus. Was er verdiente, reichte ihm, eigentlich brauchte er immer weniger, und wenn er gelegentlich – aber immer seltener – krumme Dinger drehte, achtete er sorgfältig darauf, sie nicht mit der Werkstatt in Verbindung zu bringen. Die Wahrheit war wohl, daß er die Chefin ein wenig fürchtete, aber daran hatte er sich so gewöhnt, daß ihn das Treffen mit den alten Kumpels mehr erregte und auch ängstigte, als er zugeben wollte.

Katte trug einen Blaumann. Wie immer, hatte Achim geschmunzelt und erst danach bemerkt, wie schlecht Katte aussah, grau, müde, krank. Mindestens fünfzehn Kilo mußte er verloren haben, und mit der Fülle oder Rundlichkeit von damals schien auch die Selbstsicherheit verloren gegangen, die Katte früher ausgestrahlt hatte. Vor fünf Jahren hatte ein betrunkener Fahrer die Gewalt über sein Auto verloren und war auf einen Bürgersteig geschleudert. Die neben Katte laufende Frau war sofort tot gewesen; ihn hatten die Ärzte mehr schlecht als recht zusammengeflickt, und seitdem wollte ihm nichts mehr glücken. Mit der Folge, daß bald keiner mehr etwas von ihm wollte. Im Moment verzehrte er seine letzten Reserven, und in vier oder fünf Monaten, so hatte er sich ausgerechnet, würde ihm nur der Gang zum Sozialamt bleiben. Wenn nicht ein Wunder geschah, und deswegen wollte Katte an die Überlegungen des Sachsen ganz fest glauben. Gegen den Doktor hatte er nie etwas gehabt und für Sylvia empfand er nichts; wenn man sie zwingen würde, die versteckte Beute mit dem alten Team zu teilen, beschwerte ihn das nicht.

An Aja waren die Jahre scheinbar spurlos vorübergegangen, doch sie wußte selbst am besten, daß dieser Eindruck täuschte. Irgendwann war ihr während eines furchtbar langweiligen Urlaubs ein komisches Buch in die Finger gefallen, das sie wirklich nur las, weil es in dem grauenhaften Hotel keine andere deutsche Lektüre gab. Ein junger Bengel mit zuviel Geld und zuwenig Gewissen ließ sich portraitieren, und das versteckte Bild alterte, während er unverändert jung blieb. Ein ziemlicher Quatsch, so ein typisch literarischer Blödsinn, wie sie ihn im Internat hatte lesen müssen, aber eines Nachts träumte sie, ihr gehe es auch so. Irgendwo existierte eine Photographie von ihr, die sich laufend veränderte, während ihr Gesicht glatt und faltenlos blieb. Was natürlich Blödsinn war, erstens gab es solche Aufnahmen nicht, und zweitens wuchsen die kleinen Fältchen rings um die Augen auch bei ihr. Aber daß sie von dieser Geschichte immer wieder einmal träumte, beunruhigte sie, ließ sie an das Alter denken, und die Angst vor dem Altern entwikkelte sich wider ihren Willen zwar langsam, aber stetig.

Es wurde Zeit, sich zu sanieren und diese Hotelmasche mit den Erpressungsmanövern an älteren Herren auf Dienstreise zu beenden, Kapital anzulegen und sich auf die Zeit vorzubereiten, in der sich die Männer nicht mehr nach ihr umdrehen würden. Die Jüngeren taten es ohnehin schon nicht mehr. Der Sachse hatte nie Interesse für sie gezeigt, für Bodo oder Katte hatte sie sich nie erwärmt, und Achim – Achim konnte sie wohl reizen, aber sein Anzug, die Schuhe und das Hemd verrieten der geübten Beobachterin, daß der liebe Achim zur Zeit nicht auf Rosen gebettet war. Bei ihm war nichts zu holen, das stand nach einer sekundenkurzen Musterung fest.

Seit einer Minute herrschte Schweigen, und der Sachse spürte, daß sich alle Blicke auf ihn richteten.

»Also, Harry, was schlägst du vor?« leitete Achim den ernsten Teil des Treffens ein.

»Ich hab keinen Vorschlag«, widersprach der Sachse erstaunt.

»Aber es war doch deine Idee, daß wir uns um die Beute kümmern.«

»Sicher. Unter der Voraussetzung, daß der Doktor nicht alles ausgegeben hat, daß da überhaupt noch etwas zu holen ist.«

Von seiner Begegnung mit Sylvia in Röhrichtshausen und den letzten Bestimmungen des Doktors hatte er ausführlich berichtet und das ungläubige Staunen zu Recht nicht auf seine Worte, sondern auf das Verhalten des Doktors bezogen. Als er sich jetzt räusperte, hatte er die ungeteilte Aufmerksamkeit aller.

»Ich hab den Doc und seine Denkweise ganz gut gekannt, wie ihr wißt. Und deshalb sind mir zwei – tja, wie soll ich sie nennen? – drei Hinweise aufgefallen.«

»Und die wären?« Aja kam gern direkt zur Sache.

»Langsam, immer der Reihe nach. Ich glaube, der Doc hat genau gewußt oder meinetwegen gefürchtet, daß wir nach seinem Tode herumschnüffeln würden. Daraus schließe ich, daß er dich in dem Hotel in Hannover doch gesehen und erkannt hat, Süße.«

»Ich bin nicht deine Süße, Harry.«

»Nee, ich weiß, daß du stacheln kannst. Er hat wohl vor seinem Tod damit gerechnet, daß wir in der Nähe waren.«

»Ja, und?« Achim wurde ungeduldig.

»Wenn er alles, was noch übrig war, Sylvia vermachen wollte, mußte er folglich damit rechnen, daß wir versuchen würden, Sylvia die Beute abzujagen.«

Darauf schwiegen wieder alle. Das klang logisch, der Fähigkeit des Doktors, alles vorauszuberechnen, verdankten sie einige glänzende Einkünfte. Dann räusperte sich Katte: »Aber wenn du uns die Wahrheit erzählt hast, hat der Doktor Sylvia doch nichts vermacht, ich meine, bis auf die paar Klunker und diese beiden Goldmünzen.«

»Stimmt, Katte. Das war das, was er sozusagen offen Sylvia geschenkt hat, in meiner und des Pfarrers Gegenwart. Aber wissen wir, welche Briefe er noch an Sylvia geschrieben hat, vorher, meine ich, außer dem einen, daß sie nach Röhrichtshausen kommen soll?«

Erneut trat Stille ein, noch waren sie nicht so weit, ihr gegenseitiges Mißtrauen zurückzustellen. Endlich lachte Achim geringschätzig auf: »Ob Sylvia gekommen wäre, wenn ihr der Doktor vorher schon alles vermacht hätte?«

Der Sachse hätte ihn umarmen können, genau diese Überlegung hatte er nicht äußern wollen, und alle Köpfe drehten sich zu Achim, der verlegen grienend die Schultern hochzog. Nach einer Weile lächelte der Sachse verstohlen. Wenn der Doktor ihm jetzt aus dem Himmel oder wohl eher aus der Hölle zuhörte, mußte er ihn eigentlich loben: Zähle die Tatsachen auf und überlaß es den anderen, daraus die richtigen Schlüsse zu ziehen, das überzeugt sie mehr als der klügste Vortrag.

»Also, wie geht's jetzt weiter?« Aja quengelte; bei Achims Bemerkung war ihr eine Idee gekommen, die unter Umständen mehr einbrachte als die große Show des Sachsen.

»In der Kassette lag ein Päckchen Inflationsgeld aus dem Jahre 1923. Mit einem Zettel: Meine erste Milliarde. Na, was soll das wohl heißen?«

»Daß es irgendwo noch eine zweite und dritte gibt«, stieß Bodo heiser heraus, und die anderen nickten rasch.

»Ja, das glaube ich auch. Dann hatte er noch etwas aufgehoben, nämlich ein Ledersäckchen mit Edelsteinen.«

»Ach nee! Damit hat Sylvia den Juwelier geködert.« Achim lachte leise und erwiderte Ajas verschleierten Blick. »Das weiß ich zufällig, liebste Alexandra Aglaja. Gegen den Willen des Doktors übrigens, der nicht damit gerechnet hatte, daß sich Sylvia an den Juwelier ranschmeißen würde.«

Der Sachse winkte ärgerlich ab. »Ich nehme es als Zeichen des Doktors für Sylvia, daß es noch eine oder mehrere Millionen aus dem Bruch gibt, bei dem diese Steine eine Rolle gespielt haben.« Geduldig schwieg er dreißig Sekunden und fuhr erst fort, als seine Gäste wieder genickt hatten. »Den dritten Hinweis werden nicht alle verstehen. Sylvia hatte dem Doktor einmal eine Armbanduhr geschenkt, die er ständig trug, solange sie zusammen waren. Und ausgerechnet diese Uhr hat er einem Pfarrer aus Röhrichtshausen vermacht, der ihn wohl häufiger besucht hat. Was würdet ihr daraus schließen?«

Weil der Sachse dabei Aja anschaute, zuckte sie lässig die Achseln: »Daß er Sylvia freigibt. Sie kann jetzt tun und lassen, was sie will, sie braucht keine Rücksicht auf ihn zu nehmen.«

»Ja, das denke ich auch. Das heißt für mich: Es ist noch Geld versteckt, das Sylvia einsacken will.«

Katte seufzte. Das war ihm alles zu umständlich und zu kompliziert, und Bodo dachte ähnlich.

»Wenn ihr alle mithelft, holen wir uns unseren Anteil von Sylvia.«

Das verstand Katte leichter. Natürlich würde er mitmachen, ihm stand das Wasser bis zum Halse, und was hatte er noch zu verlieren? Achim warf dem Sachsen einen spöttisch-amüsierten Blick zu. Wahrscheinlich hatte er am deutlichsten herausgehört, wie sehr der Sachse den Doktor imitiert hatte, bewußt oder unbewußt, und von allen Versammelten konnte er wohl am besten einschätzen, wieviel dem Sachsen an der Statur des Doktors fehlte. Aber es konnte nicht schaden, ein paar Tage an diese Sache zu hängen, vorausgesetzt, er mußte kein Geld vorschießen. Bodo grunzte zustimmend; er hätte es nie zugegeben, aber wenn ihm einer klipp und klar sagte, was er zu tun hatte, fühlte er sich immer noch am wohlsten. Aja nickte und überlegte dabei, ob Achim etwas für sie übrig hatte. Vielleicht konnte er eine Partnerin gebrauchen, und sie wälzte eine gute Idee, bei der sie allerdings auf einen Partner angewiesen war.

Katte stellte die erste Frage ihrer gemeinsamen Aktion: »Wo ist Sylvia?«

»Keine Ahnung.«

»Und wo steckt das Geld?«

»Das weiß ich auch nicht.«

»Wie sollen wir es dann finden?«

»Indem wir Sylvia nicht aus den Augen lassen.«

»Weiß sie es denn?«

»Vermutlich auch nicht genau. Aber nach diesem albernen Zirkus mit der Kassette und so denke ich mir, daß ihr der Doktor einen versteckten Hinweis gegeben hat, den ich nicht verstanden habe. Denn danach hatte sie es eilig, mich loszuwerden und aus Röhrichtshausen zu verschwinden.«

Auch das überzeugte sie, nach einer Weile registrierte der Sachse, daß sie alle kaum merklich vor sich hin nickten. Nun denn, dann galt es, die letzte Hürde zu nehmen.

»Allerdings müssen wir noch eine Sache unter uns klären.«

»Ach ja? Und welche?« Achim spielte den Höflichen, aber seine Augen waren schmal geworden.

»Im Zusammenhang mit dem Bruch hat es zwei Tote gegeben. Der eine Fall ist geklärt, der alte Knabe ist an Herzversagen gestorben, und ein etwas schwachsinniger Typ hat die Leiche im Rhein versenkt. Aber wer hat diesen Louis Hagen erschlagen?«

Das Schweigen war mit Händen zu greifen, keiner wagte laut zu atmen.

»Die Leiche ist im Innenhof der Post gefunden worden. Wir waren an dem Abend alle in der Nähe, der Doktor, ich, Bodo, Katte und Achim.«

Aja schluckte und biß sich auf die Lippen. Gott sei Dank hatte sie sich an dem Abend auf diese Abschiedsfeier einladen lassen. Bodo senkte den Kopf, und Katte verspürte das bekannte kneifende Ziehen im Magen. Auch Achim starrte sorgenvoll vor sich hin, ja, verdammt, dieser seltsame Tote. Der angeblich alles finanziert hatte, wie es in den Zeitungen hieß, was natürlich Blödsinn war, aber die Polizei wahrscheinlich abgelenkt hatte. Den hatte er fast vergessen.

»Dieser Mord ist nicht verjährt.« Der Sachse betonte jedes einzelne Wort. »Und die Kripo war seinerzeit fest davon überzeugt, daß Hagen den Bruch finanziert hat. Ich fürchte, sie denkt noch immer so. Wenn wir also mit der Beute erwischt werden ... ich habe jedenfalls keine Lust, wegen Raubmord verknackt zu werden.«

»Meinst du, einer von uns?« nölte Aja gelangweilt.

»Nein. Aber du hast mir selber erzählt, daß Sylvia von dem zweiten Toten noch nichts weiß. Sobald sie davon erfährt, hat sie eine ganz gefährliche Waffe gegen uns in der Hand.«

»Wieso denn das?« Aja strich über ihren Busen und lächelte dabei schräg zu Achim, der sie belustigt anstarrte.

»Als Hagen erschlagen wurde, war Sylvia im Ausland, das kann sie beweisen. Wenn wir sie zu sehr unter Duck setzen, muß sie nur der Kripo einen Tip geben, dann werden wir wegen eines Raubmords gesucht.«

»Was hatte denn dieser Hagen mit dem Bruch zu tun?« Bodo kapierte gar nichts und stierte den Sachsen gereizt an.

»Nichts. Aber wie willst du das beweisen?«

Jetzt senkte sich Schweigen auf die Runde. Jeder von ihnen hatte schon einmal mit der Polizei zu tun gehabt; was der Sachse da andeutete, war leider nicht so unwahrscheinlich, wie es klang. Sie konnten jede Menge Eide leisten, daß sie Hagen überhaupt nicht gekannt hatten, aber würde man ihnen auch glauben?

»Ja, verdammt noch mal, wer hat denn diesen Hagen umgebracht?« Katte sprach aus, was sie alle gerade überlegten, und der Sachse stöhnte leise, bevor er den Kopf schüttelte und murmelte: »Das weiß ich leider nicht.«

»Herr Benniger?« fragte sie unsicher. Sylvia hatte den Briefmarkenhändler als alten, fetten Glatzkopf in Erinnerung, und der Mann, der ihr kurzsichtig entgegenblinzelte, war zwar völlig kahl, aber klein und ausgemergelt und steckte in einem viel zu weiten Anzug. Das früher etwas feiste Gesicht war auf ein spitzes, faltiges Etwas zusammengeschrumpelt.

»Ja, der bin ich.« Eine dünne Stimme.

»Guten Tag, entschuldigen Sie bitte die Störung, aber ich hätte Sie gern gesprochen.«

»Eine hübsche Frau ist mir immer willkommen.« Der Versuch eines charmanten Lächelns mißlang so gründlich, daß sie fast Mitleid verspürte. »Kommen Sie herein, Sie stören mich nicht.«

Beim Gehen zog der alte Mann ein Bein nach, er führte sie in ein kleines Zimmer mit abgenutzten Möbeln und deutete auf den besten Sessel. Auf dem Tisch bemerkte sie eine Patience, im Hintergrund dudelte kaum hörbar ein Radio.

»Sie erinnern sich nicht mehr an mich?«

»Nein«, gab er zu, und es schien ihn zu betrüben.

»Ich war mit Michael Jansen befreundet, und der Doktor hat mich in Ihr Geschäft mitgenommen.«

»Der Doktor, ja. Wie geht es ihm?«

»Er ist vorige Woche gestorben, Herr Benniger. Krebs.«

Der Mann zeigte keine Überraschung. Er hatte sich einen hohen Stuhl herangezogen, auf dem er sehr gerade saß, wahrscheinlich hatte er Last mit seinem Rücken, und es störte sie, daß sie zu ihm aufschauen mußte.

»Wo ist er denn beerdigt?«

»In Röhrichtshausen«, erwiderte Sylvia unwillig, aber Benniger spitzte zufrieden den Mund: »Ja, da ist er hingezogen. Als er sich von mir verabschiedete, wußte er schon, daß er Krebs hatte. Uns allen ist unsere Zeit zugemessen.«

»Ich finde, seine war zu kurz«, widersprach sie hart. Predigten wollte sie sich nicht anhören, erst recht nicht von diesem Zwergengreis.

»Hat er Ihnen was hinterlassen?«

Einen Moment dachte sie voller Empörung daran, aufzustehen und zu gehen. Solche Unverschämtheit war selbst durch Bennigers Alter nicht zu entschuldigen.

»Ich glaube, das geht Sie nichts an.«

Benniger kicherte unangenehm, die Zurechtweisung nahm er einfach nicht zur Kenntnis. »Wenn er Ihnen nichts vererbt hat – was wollen Sie dann von mir?«

»Der Doktor hat ein paar Briefmarken hinterlassen. Wie wertvoll sie sind, kann ich nicht beurteilen, aber er meinte, vielleicht würde ich jemanden finden, dem ich damit eine kleine Freude machen könnte.«

»Ach ja? Darf ich diese Marken einmal sehen?«

Widerstrebend gab sie ihm das kleine Steckalbum, und Benniger sah sich die Stücke flüchtig an. Sein kurzes Zucken entging ihr nicht, aber er fing sich sofort, und sie lächelte harmlos, als er den Kopf wieder hob.

»Okay«, fuhr er mit veränderter Stimme fort. »Mit den Marken würden Sie mir wirklich ein Freude machen, sogar eine große.«

»Dann schlage ich Ihnen ein Tauschgeschäft vor. Ich schenke Ihnen die Marken, und Sie erzählen mir etwas über den Doktor.«

»Sie haben ihn doch viel besser gekannt als ich.«

»Wahrscheinlich, ja, aber wir haben uns vor zwölf Jahren getrennt. Seitdem hatte ich keinen Kontakt mehr zu ihm.«

Das winzige Blinzeln konnte er nicht unterdrücken, er hatte es gewußt und sie testen wollen.

»Was soll ich erzählen? Ich hatte lange nichts von ihm gehört, dann rief er aus heiterem Himmel bei mir an und erzählte auf seine spöttische Art, er müsse klar Schiff machen, sein Arzt wäre ein Idiot, aber auch die verkündeten leider manchmal Wahrheiten, und bevor er riskierte, daß seine Sammlung in alle Winde verstreut würde, böte er sie mir zum Kauf an.«

»Und? Haben Sie gekauft?«

»Nein, soviel Geld hatte ich nicht. Aber ich kannte einen Sammler, der sie en bloc erwerben wollte.«

»Nicht zu Ihrem Schaden wahrscheinlich«, murmelte sie boshaft.

Der Zwerg kicherte nur. »Nein, der Doktor meinte

nämlich, man solle dem Ochsen, der da drischt, nicht das Maul verbinden.«

»Gut. Er hat also verkauft – ich nehme mal an, es war eine sechsstellige Summe.«

»Nein, sieben.«

»Donnerwetter! Was hat er mit dem Geld gemacht?«

»Das weiß ich nicht, wir haben alles telefonisch erledigt, das dürfen Sie nicht vergessen, selbst für meine Provision hat er mir ein Päckchen mit Bargeld geschickt. Bei seinem letzten Anruf habe ich ihn das auch gefragt, doch er hat nur gespottet, das Dumme wäre, sein Arzt wollte sich nicht festlegen, er wisse nicht, wie lange er davon zehren müßte.«

»Schön, und wie ging's weiter?«

»Dann telefonierte er noch einmal, um sich zu verabschieden. Er zöge jetzt fort, nach Röhrichtshausen.«

»Warum ausgerechnet in dieses Nest am Ende der Welt?«

Benniger legte den Kopf schräg. »Das hoffe ich von Ihnen zu erfahren.«

»Ich weiß es nicht. Sie kennen den Ort nicht, aber dort bekommt das sonnigste Gemüt Depressionen.«

»Die hatte er schon, Sylvia.«

»Wie meinen Sie das?« Daß er plötzlich ihren Vornamen benutzte, verwunderte sie nicht.

»Genau so, wie ich es gesagt habe. Als er sich wegen der Sammlung meldete, war er schon verändert, und Sie können mich foltern und vierteilen, aber ich bleibe dabei, das hatte nicht nur mit dem Krebs zu tun.«

Schade, daß sie nie die Fähigkeit des Doktors erworben hatte, bei anderen Menschen zwischen Lüge und Wahrheit zu unterscheiden.

»Diese Anrufe – wissen Sie, von wo der Doktor telefonierte?«

»Nein, leider nicht. Natürlich habe ich ihm vorgeschlagen, uns wieder einmal zu treffen, aber das hat er abgelehnt. Da gäbe es einige schräge Typen, die glaubten, sie hätten noch eine Rechnung mit ihm offen, und denen wollte er nicht in den letzten Monaten seines Lebens über den Weg laufen.«

Wenn er log, konnte sie es ihm nicht beweisen, und deshalb stand Sylvia auf, doch Benniger blieb sitzen und sah sie nachdenklich an: »Aber vielleicht interessiert Sie, daß er mich etwa zwei Wochen vor seinem Tode noch einmal angerufen hat.«

»Ach, wirklich?« fragte sie gleichgültig.

»Ja. Ich sollte ihm ganz schnell zwei Golddollar besorgen und schicken, so schnell wie möglich. Kosten spielten keine Rolle.«

»Zwei Golddollar«, wiederholte sie gedehnt.

»Ja, sofort, am liebsten gestern noch.« Kichernd quälte er sich aus seinem Stuhl, es bereitete ihm Schmerzen, den Rücken zu strecken. »Er meinte in seiner speziellen Art, entweder würde eine gewisse Sylvia Buschhaus kommen und sie bezahlen, in Form von Briefmarken, oder ich müßte den letzten Gefallen für einen alten Freund und guten Kunden als Verlust abbuchen. Hier auf Erden, vielleicht würde es mir ja beim letzten Gericht strafmildernd angerechnet.«

»Sein Trost war nicht jedermanns Sache«, sagte sie unwillkürlich, und Benniger nickte heiter: »So ist es. Die Marken sind übrigens wertvoll, damit da kein Mißverständnis entsteht. Sehr viel mehr wert als die beiden Golddollar.«

»Das habe ich mir gedacht«, versetzte sie trocken. »Danke für Ihre Hilfe.«

Der Sachse hatte sein Geld besser zusammengehalten als Achim, Bodo, Katte oder Aja, die sich damals sofort in alle Himmelsrichtungen zerstreut hatten, nachdem er ihnen das restliche Honorar ausgezahlt hatte. Ihnen zu verdeutlichen, daß es keine Prämie geben würde, war ein mühseliges Geschäft geworden, zumal sie ihm nicht abkaufen wollten, daß er den Grund für die Weigerung des Doktors nicht kannte. Danach war er noch ein Vierteljahr in der Villa in Heiligenhaus geblieben und hatte den Transporter eifrig bewegt, anfangs hauptsächlich, um den verräterischen Wein loszuwerden. Seine Hoffnung, der Doktor werde sich doch noch einmal melden und die versprochene Prämie ausspucken, verflog rasch. Obwohl es sich »gelohnt« hatte, daran bestand nach den Meldungen in den Zeitungen, im Hörfunk und im Fernsehen kein Zweifel. Natürlich verfolgte er die Zeitungsberichte, und dem Sachsen wurde bald klar, daß die Sonderkommission »Kaiserhof« nicht weiterkam. Die Täter hatten sich, davon war die Kripo überzeugt, unter die Leute gemischt, die am letzten Wochenende Möbel, Teppiche, Gardinen und Wäsche aus dem Hotel geschleppt hatten. Möglicherweise, so hieß es, habe der En-bloc-Kauf der Weinbestände etwas mit den Einbrechern zu tun, aber auch diese Spur verlief im Sande. Der Kellermeister konnte den Mann, mit dem er gesprochen hatte, nur völlig unzulänglich beschreiben. Die Käufer des Werkzeugs, das zurückgelassen worden war, ließen sich ebenfalls nicht ermitteln. Mit dem Mißerfolg der Sonderkommission war die Bewunderung der Journalisten, die ungewöhnlich lange und ausführlich über den Fall berichteten, für die cleveren Täter gewachsen. Die Beute ging »in die Millionen« – genauer drückten sich die Zeitungen nicht aus, und der Sachse wußte natürlich, warum: Wer hatte schon auf den Pfennig korrekt den Inhalt seines Schließfaches deklariert?

Das Absetzmanöver aus der Villa ging glatt über die Bühne, weil er trotz seines Zornes die Mahnung des Doktors berücksichtigte: »Immer langsam und gründlich, Sachse.« Daß er für Monate untertauchen mußte, störte ihn nicht, das war immer so gewesen, und als er ins Ruhrgebiet zurückkehrte und sich nach neuen Jobs umsah, brachte ihn niemand mit dem Doppelbruch in Verbindung. Seine Kenntnisse waren nach wie vor gefragt, und trotzdem: Einen vergleichbar großzügigen, intelligenten und erfolgreichen Finanzier hatte er nie wieder getroffen. Einer hatte ihn übers Ohr gehauen, ein anderer wollte ihn hinterher verpfeifen, und bei den beiden Aktionen, die er auf eigenes Risiko ausgetüftelt, organisiert und vorfinanziert hatte, blieb unter dem Strich erschrekkend wenig übrig. Schon deswegen besaß er keine Skrupel, Sylvia einen Teil der Beute abzujagen. Eine halbe Million, und er hatte ausgesorgt.

Einmal hatte er gewagt, den Doktor aufzusuchen, der

in sein Häuschen in Werden zurückgekehrt war, aber das Treffen verlief frostig und unergiebig. Nein, er habe sich zur Ruhe gesetzt und benötige die Dienste des Sachsen nicht mehr. Das Kapitel war abgeschlossen.

Trübe starrte Harry Risteck in sein Whiskyglas.

Von der alten Truppe hielt er nicht viel. Katte war krank, das sah man auf den ersten Blick, und keiner Belastung mehr gewachsen. Bodo wirkte eingeschüchtert und auf gefährliche Art hilflos. Achim plagten Geldsorgen, was ihn zu größerem Leichtsinn verführen würde, und Aja zweifelte an sich selbst. Zwar würde es keiner zugeben, aber alle hofften wohl, sich mit dem letzten Coup so zu sanieren, daß sie sich zur Ruhe setzen konnten.

Genau wie er! Er trank aus und hob den Kopf: »Ich krieg noch einen!«

Er war kein Kneipen-Läufer, erst recht nicht in unmittelbarer Nachbarschaft seiner Wohnung, aber heute abend hatte es ihn in seinen tristen Räumen nicht mehr gehalten. Sein Revier lag in einem anderen Stadtteil, rund um den Wasserturm, dort trieb er sich in bestimmten Lokalen herum und wartete auf Kontakte, aber nach dieser Versammlung verspürte er keine Lust, erst noch groß mit Bus und Straßenbahn zu fahren.

»Ihr Whisky.«

»Danke.«

Die Kellnerin zögerte und blieb dann stehen: »Sie sehen nicht sehr vergnügt aus.«

Der Sachse schüttelte den Kopf: »Nee, bin ich auch nicht.«

Kein Auftakt zu einem Gespräch, sie zauderte, kaute einen Moment auf den Lippen und zog sich dann zurück. Woher kannte sie diesen Mann bloß? Sie hatte ihn schon einmal gesehen, da war sie sich sicher, aber sie kam nicht darauf, wann und wo. Es mußte lange her sein, und weil sie in ihrer Profession vielen Männern begegnet war, mußte etwas Ungewöhnliches passiert sein, wenn sie sich noch an ihn erinnerte.

Der Sachse hatte ihr nur flüchtig nachgeschaut. Oben nichts und unten nichts, dafür ließen sich die Rippen zählen. Er kannte sie nicht, und sein Geschmack war diese halbe Portion ohnehin nicht.

Aja hatte vor der Haustür auf Achim gewartet, der sie mit schrägem Lächeln betrachtete. »Na, wie fühlt man sich, wenn man fast reich ist?«

»In erster Linie hungrig«, erwiderte sie schnell, und er lachte lautlos auf.

»Bratwurst mit Pommes frites?«

»Eigentlich hatte ich an etwas Besseres gedacht«, wandte sie in ihrem sanften, schleppenden Ton ein, der Männern signalisierte, daß sie ihren Widerspruch nicht ganz so ernst meinte.

»Ich bin ziemlich pleite«, brummte Achim. Es war nicht gelogen, aber auch nicht die volle Wahrheit, noch konnte er es sich leisten, sie zum Essen einzuladen, aber er kannte Aja und ihre Ansprüche und wollte vorbeugen.

»Schön, schon verstanden«, gab sie nach. »Ich hab Angst vor einem einsamen Abend.«

»Das und den Hunger haben wir gemeinsam.«

»Also dann Abmarsch.«

Sie hatten das Essen ausgedehnt, der alte Mann am Empfang schnarchte laut und regelmäßig; sie zog die Schuhe aus und huschte die Treppe hinauf. Achim beugte sich über den Schlafenden und nahm lautlos den Schlüssel vom Haken; der Portier grunzte etwas Unverständliches, wachte aber nicht auf, sondern legte nur den Kopf auf die andere Seite und sägte nach einer Minute weiter.

Sie zog sich aus, während er abschloß, und das gedämpfte gelbe Licht von der Leuchtreklame am Haus gegenüber half, die winzigen Fältchen gnädig zu verbergen.

»Beeil dich«, befahl Aja leise, und er gehorchte. In seinem Alter hörte sich das Wort Liebe lächerlich an, aber er freute sich und war ihr dankbar, daß er kein Theater spielen mußte, und ihrem Ruf, eine gute Liebhaberin zu sein, wurde sie gerecht. Beide wollten sie nicht allein sein.

Sylvia aufzustöbern dauerte weniger als einen Tag; der Sachse hatte sich in Röhrichtshausen das Kennzeichen ihres Autos notiert und bei der Kaiserslauterner Nummer sofort an einen Leihwagen gedacht. Bodos Chefin erledigte ohne Arg die Anfrage beim Kraftfahrzeugbundesamt, das ihr den Vermieter mitteilte; Achim ermittelte mit zwei Gesprächen die Essener Filiale, und Bodo roch förmlich nach Auto und Werkstatt, als er eine leere Schminktasche hochhob und sie der Eigentümerin, die sie in der Werkstatt vergessen hatte, als er einen platten Reifen auswechselte, unbedingt persönlich zurückgeben wollte. Ohne Umstände erfuhren sie die Anschrift *Hügelhotel*. Logisch, daß sie an den Ort des Bruchs zurückgekehrt war. Wie Aja, Bodo, Katte und der Sachse, die auch alle nach Essen zurückgefunden hatten. Nur Achim trieb sich gewöhnlich in der Weltgeschichte herum und zeigte ein noch arroganteres Gesicht als früher.

Abends wollte sich Sylvia etwas die Beine vertreten und entdeckte ihren Schatten wenige Minuten später. Daß es so schnell gehen würde, hatte sie nicht erwartet. Katte gab sich wenig Mühe, nicht aufzufallen. Warum auch, sie sollte ja wissen, daß die alten Kumpel hinter ihr her waren. Man konnte sich an den hartnäckigen Begleiter gewöhnen, und sie vergaß ihn auch bald, während sie grübelte, wie es nun weitergehen sollte.

Der Doktor hatte also gewußt oder zumindest geahnt, daß die alte Truppe ihn entdeckt hatte. Die Warnung in seinem ersten Brief hatte sie richtig verstanden. Auch was ihre Person betraf, hatte er völlig richtig kalkuliert: Sie war gekommen, sobald sie seinen Brief gelesen hatte, aber womit der Doktor nicht gerechnet hatte, waren die drei Monate, die der Brief ungeöffnet in ihrem Haus auf Mallorca gelegen hatte. Oder er hatte sich verschätzt in der Frist, die ihm seine Krankheit noch ließ. Wie auch immer: Er mußte in aller Eile etwas arrangieren, für sie eine Nachricht codieren, die nach seinem Tod nur sie entschlüsseln konnte. Und so, wie er alles einkalkulierte, hatte er bestimmt in Betracht gezogen, daß sie nicht allein war, wenn sie diese Nachricht erhielt. Den Pfarrer hatte er als Zeugen herbeizitiert – für was? Für die Harmlosigkeit der Botschaft, die auch der alte Geistliche nicht verstand? Oder als Schutz, um zu verhindern, daß jemand von der alten Truppe sie gewaltsam daran hinderte, die Einzelteile dieser Botschaft ungestört zu erfahren? Die Nachricht war in dem Brief und in der Kassette verborgen, das war ihr klar, und einige Teile hatte sie bereits dechiffriert. Die Armbanduhr – der Doktor gab sie frei, sie sollte tun und lassen, was sie wollte. Die Briefmarken – nur sie wußte, daß diese Marken sie zum alten Benniger führten. Das Ledersäckchen mit den Steinen – es ging um diesen Fall. Das Inflationsgeld – es handelte sich um Millionen. Aber was zum Teufel hatten diese beiden Golddollar zu bedeuten? Ohne Zweifel gehörten sie in dieses Puzzle, sonst hätte der Doc sie nicht kurz vor seinem Tode noch beschafft. Zwei Golddollar. Der Doktor hatte bestimmt berechnet, daß einer aus der Truppe dabei war, wenn sie diese beiden Münzen entdeckte. Was immer sie also zu bedeuten hatten – es mußte etwas sein, was nur sie oder der Doktor wissen konnte. Sylvia atmete tief durch und versuchte, an etwas anderes zu denken.

Katte trottete wie ein braver alter Hund hinter ihr her. Daß Menschen unbedingt bei Kälte und Dunkelheit spazieren gehen mußten! Morgen konnten auch mal die anderen ran, überhaupt war nicht einzusehen, daß einer allein sie überwachen sollte. Dieser Achim, der sich immer zu fein für alle Arbeiten vorkam, und diese vorwitzige Aja durften auch etwas für ihren Anteil tun! Statt sich in einem Bett herumzudrücken, man sah es ihnen auf zehn Meter an den Nasenspitzen an.

Aus Gewissenhaftigkeit hatte sie morgens in der Stadtbücherei angerufen und tatsächlich den magenkranken Bibliotheksrat an die Strippe bekommen, der sich sogar an sie erinnerte: »Gnädige Frau, ich habe zwei mögliche Abnehmer. Wäre es möglich, daß Sie noch einmal bei uns hereinschauen?«

»Mit Vergnügen!« flötete Sylvia zuckersüß und schnitt eine häßliche Grimasse. Blöder Wichtigtuer!

Sie bekam ein Blatt Papier, auf dem zwei Anschriften sauber getippt standen, und der alte Knacker strahlte und gackerte vor Begeisterung wie ein Hahn, der zum ersten Mal ein Ei gelegt hatte. »Gnädige Frau, ich bin von Herzen froh, daß ich Ihnen helfen konnte ...«

»Was hätte ich bloß ohne Sie angefangen ...«

In ihrer Verärgerung nahm sie die falsche Treppe und geriet im Erdgeschoß in den Katalograum. Für Bücher hatte sie nie etwas aufgebracht, anders als der Doktor, der stundenlang schmökerte und sich manchmal in seiner lautlosen Art und Weise vor Lachen so ausschüttete, daß die Couch bebte. Sein Angebot, sie in diese Welt einzuführen, hatte sie schroff abgelehnt und es später bereut. Statt dessen hatte sie zwei-, dreimal getestet, was den Doktor mehr interessierte, sie oder einer dieser Schinken, und der krumme Hund hatte nur aufgeschaut und freundlich gemahnt: »Zieh dich lieber an, es ist kühl hier.« In Erinnerungen versunken war sie stehengeblieben, und als eine zittrige Stimme neben ihr stammelte: »Sylvia!«, wäre sie vor Schreck fast in Ohnmacht gefallen.

»Sylvia.«

Eine eiskalte Hand griff nach ihrem Herzen und preßte es so schmerzhaft zusammen, daß sie am liebsten geschrien hätte. Nein, es war kein Irrtum, das war Peter Arntzen, sie konnte es nicht glauben und wußte doch, daß es wahr war. Die Stimme versagte ihr, und das war vielleicht gut, so konnte sie die Verwünschung nicht ausstoßen, die ihr durch den Kopf tobte. Ausgerechnet hier und jetzt mußte sie auf Peter Arntzen treffen, der sie ungläubig-freudig anstarrte, als traue er seinen Augen nicht.

»Sylvia, das ist – ich kann es nicht ...«

Die Faust lockerte ihren Griff, sie konnte wieder atmen und mußte würgend schlucken, um die saure Angst unter Kontrolle zu bringen, die sie lähmte.

»Peter ...« Sie krächzte.

»Mein Gott, Sylvia. Ich habe dich sofort erkannt.«

Ja, kein Zweifel, das war Peter Arntzen, aber was hatte ihn zu diesem hilflosen, schwächlichen Tattergreis gemacht? Wie konnte ein Gesicht so schnell so faltig, so häßlich-abstoßend werden? Wo war der Mann geblieben, in den sie sich verliebt hatte? Etwas altmodisch, etwas scheu, immer etwas bedrückt, aber ein liebenswerter Mann, keine grauhaarige Mumie in einem zerschlissenen Anzug voller Flecken.

»Peter ...« wiederholte sie, und er mißverstand ihr Entsetzen als freudige Fassungslosigkeit.

»Seit wann bist du zurück?«

Zurück? Wieso zurück – Himmel, sie mußte sich zusammenreißen, erst einmal Zeit gewinnen, ihre wild jagenden Gedanken ordnen.

»Seit wann ...? Das ist eine lange Geschichte – du, die erzähle ich dir nicht hier, wo uns alle Leute schon anstarren.« Mit letzter Kraft lachte sie und spürte, daß ihre Knie weich werden wollten. »Komm, wir setzen uns irgendwo hin, wir haben viel zu erzählen, nicht wahr?«

»Ja, ja, natürlich.« Arntzen hatte seine Fassung noch weniger wiedergefunden als sie, und das half ihr, seinen Arm zu nehmen und ihn sanft Richtung Garderobe zu schieben. Drei, vier Minuten brauchte sie, und während er umständlich seinen abgetragenen Mantel anzog, hörte sie die spöttische Stimme des Doktors: »Sylvi, in solchen Fällen erst mal die Klappe halten. Die spontanen Lügen machen später die größten Schwierigkeiten.«

Bis sie auf der Straße standen, hatte sie das Zittern überwunden, und sie dankte dem Verkehrslärm, der eine normale Unterhaltung nicht erlaubte. »Früher gab es gegenüber dem Bahnhof ein Café«, sagte sie laut, und er nickte eifrig: »Das existiert noch.«

»Was ist mit dir passiert?« begann sie vorwurfsvoll, nachdem die Bedienung die beiden Tabletts abgesetzt hatte. »Ich habe nach sechs Monaten bei dir angerufen, wie versprochen, aber da hieß es nur: Kein Anschluß unter dieser Nummer. Und im Geschäft erklärte mir so ein junger Schnösel, du hättest verkauft und wärst weggezogen, deine neue Anschrift wüßte er nicht. Was war damals?«

Kummervoll sah er sie an, und sein treuer Dackelausdruck verhärtete sie. »Ja, das stimmt, leider. Hast du denn nicht gehört, was geschehen ist?«

»Du meinst, diesen Einbruch bei dir und in der Bank nebenan?«

»Ja.« Noch in der Erinnerung packte ihn das Grausen, sie sah es ihm an.

»Damals nicht. Ich bin – na ja, ich bin sehr bald in einen kleinen Ort an die Costa Brava abgereist, weißt du, es ging nicht mehr, und ich hatte dir versprochen, daß ich mit – ihm reden würde.«

»Hast du – hast du ihn um die Scheidung gebeten?«

»Nein.« Sie rührte in der Tasse und überlegte. »Nein, er hat mir ganz offen erklärt, daß er mich nach Spanien mitgenommen habe, damit ich zur Besinnung käme. Einer Scheidung würde er nie zustimmen.«

»Warum denn nicht?«

»Er war – er verlor nicht gerne. Verstehst du? Ich sollte mir das aus dem Kopf schlagen.«

»Dann bist du immer noch verheiratet?«

»Nein. Er ist drei Jahre später tödlich verunglückt.«

Bei dem frohen Leuchten in seinen Augen ekelte sie sich einen Moment vor sich selbst. »Hör zu, Peter. Ich habe ein paarmal angerufen, und du warst nicht da. Verkauft, unbekannt verzogen ... nein, nein, laß mich ausreden.« Er hatte verzweifelt den Kopf geschüttelt, aber sie durfte sich jetzt nicht das Heft aus der Hand nehmen lassen. »Drei oder vier Monate habe ich mir überlegt, was das zu bedeuten hat. Dann bin ich für einen Tag nach Essen gefahren, und es stimmte: Das Geschäft verkauft, das Haus verkauft, und du spurlos verschwunden. Natürlich hab ich von dem Einbruch gehört, das war schrecklich, aber ich habe nicht verstanden, warum du deshalb alles auflösen mußtest. Ohne mir irgendwo eine Nachricht zu hinterlassen. Ich war wütend, enttäuscht, Peter, ich bin nach Spanien zurückgefahren und habe mir Mühe gegeben, dich zu vergessen.«

Sein Keuchen hörte sich wie ein unterdrückter Schluchzer an. »Ich bin nicht weggelaufen, Sylvi. Ich habe einen schweren Herzinfarkt gehabt, man hat mich nach Stunden auf der Straße gefunden, und dann habe ich ein Jahr in Sanatorien verbracht.«

An seinen Worten konnte sie nicht zweifeln, doch sie mußte hart bleiben: »Warum hast du Haus und Geschäft verkauft? Warum?«

»Weil ich nicht mehr konnte. Erst deine – Abreise, dann der Einbruch, der Ärger mit der Polizei, die Aufregung mit den Versicherungen, ich wollte – nein, ich konnte nicht mehr.«

»An mich hast du nicht mehr gedacht?« Sie betete, das Gespräch möge bald enden, sie schämte sich und wußte, daß sie bald die Beherrschung verlieren würde.

»Doch, immer. Du hattest mir – ach, Sylvi, wie soll ich das beschreiben? Du kennst mich doch, die großen Bekenntnisse sind mir immer schwer gefallen, und mit dir hatte ich gehofft, ein neues Leben – oder nur einen Ausbruch aus dem alten – ich kann es nicht mehr beschreiben. Du warst ein Glück, auf das ich nicht mehr gehofft hatte – und dann bist du gegangen, und alles brach zusammen. Alles, ja, ich auch, der Herzinfarkt war nur – als ich aus dem letzten Sanatorium entlassen wurde, habe ich versucht, dich zu finden, aber wo sollte ich anfangen?«

Sie senkte den Kopf, damit er ihr Gesicht nicht sah. Wenn sie doch damals nach den ersten vergeblichen Anrufen wirklich nach Deutschland geflogen wäre! Aber sie hatte Angst gehabt, schlicht und einfach Angst, weil sie sich nicht erklären konnte, was das bedeutete: Kein Anschluß unter dieser Nummer. Das Geschäft verkauft. Hatte er doch Verdacht geschöpft? War ihnen die Polizei auf die Schliche gekommen? War da eine Falle aufgebaut, wollte man sie nach Essen locken? Wie oft hatte sie überlegt, den Doktor anzurufen und ihn um Hilfe zu bitten, und jedesmal hatte sie sich sein kühles Gesicht am Telefon vorgestellt: »Das ist allein dein Problem, Sylvi. Aber denk immer daran, was dein Peter tun wird, wenn du wegen Beihilfe verurteilt wirst.«

Auch Arntzen schwieg, sein Herz pochte dumpf, und er spürte die Schweißtröpfchen auf seiner Stirn. Wie oft hatte er sich das Wunder ausgemalt, seine Sylvia stünde plötzlich vor ihm und die vergangenen zwölf Jahre lösten sich wie ein böser, düsterer Traum auf. Doch schon in der Bücherei hatte er geahnt, daß er sich selbst betrogen hatte, und jetzt, inmitten der vergnügten und lachenden Kuchenesser, begriff er seine Einsamkeit. Er war alt geworden und sie war jung geblieben, aber das war es nicht einmal, er hatte sich geirrt, als er glaubte, sie würde ihn aus einem freudlosen Leben hinausführen, weil er selbst die Kraft dazu nicht mehr aufbrachte. Vielleicht sollte er endlich lernen, ihre Liebe als ein wunderschönes Geschenk zu betrachten, dem keine Dauer beschieden war. Sein Leben verlief jetzt in gleichförmiger Sicherheit, sie würde es vielleicht eintönig nennen, er las viel und hielt sich an den Befehl seines Arztes, regelmäßig spazieren zu gehen, Aufregungen zu vermeiden und eine dieser kleinen, blauen Tabletten nur dann zu schlucken, wenn die Düsternis ihn zu überwältigen drohte.

»Was machen wir jetzt?« Sie fragte voller Hilflosigkeit, die Angst hatte sie wieder eingeholt, warum hatte sie der Bitte des Doktors gehorcht? Hatte sie diesen Mann geliebt? Oder nur jene Sicherheit bei ihm gesucht, die sie jetzt auf Mallorca gefunden hatte?

»Ich weiß es nicht, Sylvi«, antwortete er mit seltsamer Würde.

»Zwölf Jahre sind eine lange Zeit, Peter. Zu lang für ein Gefühl.«

»Das erkenne ich auch gerade«, pflichtete er ihr bei, und zum ersten Mal stahl sich ein befreites Lächeln in seine Mundwinkel, das sie offen erwidern konnte.

»Du wohnst wieder hier in Essen?«

»Ja. Zum Schluß wußte ich nicht mehr, wohin sonst. Und du?«

»Ich lebe auf Mallorca. Seit Jahren schon – ja, ja, allein.«

»Das hätte ich dich nie gefragt, aber ich hätte es gern gewußt.« Wenn er leise lachte, klang etwas von dem früheren Peter Arntzen mit, der bei aller Schwerblütigkeit genug Humor besaß, sich selbst zu verspotten, wenn er einem anderen Menschen vertraute. »Was hat dich nach Essen verschlagen?«

»Geschäfte. Ich habe einen kleinen Laden auf Mallorca, weißt du, hauptsächlich für Touristen, und ab und zu muß man seinen Lieferanten diskret und persönlich auf die Finger klopfen. Das wirst du noch besser wissen als ich.«

»Oh ja, ich erinnere mich gut. Kommst du zurecht?«

»Ich kann nicht klagen. Und wie steht's mit dir?«

»Ich verzehre die Zinsen meines Kapitals, bin so ein richtiger Faulpelz, es ist nicht üppig, aber zu meinem Erstaunen stelle ich fest, daß ich immer weniger brauche.«

»Ja«, sagte sie und holte tief Luft. »Dann nehmen wir jetzt richtig Abschied?«

»Das müssen wir wohl, Sylvia. Wenn dieser Einbruch nicht passiert wäre – wer weiß, aber ich bin zu alt, um mich noch mit der Frage Was-wäre-wenn herumzugrämen.«

»Du stehst im Telefonbuch?«

»Ja. Es gibt nur einen Arntzen, Peter.«

»Nicht nur im Telefonbuch.« Sie holte ihr Portemonnaie heraus, aber er winkte ab, und sie wollte ihn nicht kränken. »Ich werde die Nummer nachschlagen, wenn ich das nächste Mal nach Essen komme.«

»Danke, Sylvi. Danke – für alles.«

Wie eine Verrückte rannte sie durch die Innenstadt, rempelte Fremde an und entschuldigte sich nicht, kämpfte mit den Tränen und hätte vor Scham, Wut und Verzweiflung am liebsten laut geschrien. Wenn der Einbruch nicht – ja, wenn nicht, wie hatte sie nur hoffen können, ein Glück auf einer Lüge zu gründen? Ganz genau wußte sie, daß sie den Mann, den sie damals liebte oder doch zu lieben glaubte, zerstört hatte, und er war noch dankbar, daß er sie noch einmal sehen durfte. Warum war ihr das nie früher klar geworden? Warum war sie in diese Stadt zurückgekehrt? »Ich hasse dich, Doc!« flüsterte sie voll ingrimmiger, hilfloser Wut, und der Doktor hob die Augenbrauen: »Sylvi! Wie denn das? Du hast dein Glück geschmiedet. Nur du allein.«

Katte schwitzte und rang nach Luft, seine Lungen stachen. Was war in dieses blöde Weib gefahren? Warum schleifte sie ihn kreuz und quer durch die Stadt? Was hatte sie mit dem Wackelgreis zu schaffen, mit dem sie Kaffee getrunken hatte?

Achim hatte sich in eine Ecke gedrückt und schielte zu dem träumenden alten Mann herüber, der müde zur Straßenbahn geschlurft war und nun auf seinem Sitz einzuschlafen drohte, hin und her schwankte, wenn die Bahn kreischend in den Kurven ruckelte. Auf den ersten Blick war ihm der Tattergreis bekannt vorgekommen, aber erst in dem Café erinnerte er sich wieder: Peter Arntzen, der Juwelier. Er hatte sich sehr verändert, war alt und klapprig geworden, aber Achim blieb auf der Hut. Denn er hatte sich sehr viel weniger verändert, und das hätte ihm gerade noch gefehlt, daß Arntzen jetzt Sylvias »Ehemann« entdeckte. Als der Doktor ihm seinerzeit den Auftrag gab, Arntzen seine und Sylvis Abreise zu verklickern, hatte er sich schon gedacht, daß zwischen Sylvi und ihrem Opfer nicht alles so verlief, wie sich der Doktor das ausgerechnet hatte, aber nicht gewagt, neugierige Fragen zu stellen. Und nun traf sich Sylvia mit ihrem früheren Opfer; Katte hatte nichts bemerkt, er kannte Arntzen nicht und knurrte nur, weil er Sylvia auf den Fersen bleiben sollte.

Was zum Teufel hatten die beiden beredet?

Sina hatte schlecht geschlafen und war immer wieder aufgewacht, weil sie von dem Mann träumte, der zum ersten Mal in den *Schlegelbusch* gekommen war. Sie kannte ihn, jede Wette, aber woher? Ein früherer Kunde? Unwahrscheinlich, die hatte sie immer gleich vergessen. Nachdem Louis Hagen auf dem Innenhof der Post erschlagen worden war, hatte sie sich eine Woche lang in ihrer Wohnung eingeschlossen, bis die Panik abebbte. Erst als feststand, daß sich niemand, auch die Polizei nicht, für sie interessierte, wagte sie sich wieder auf die Straße und suchte sich einen Job außerhalb des alten Gewerbes. Die Kneipe war scheußlich, die Gäste soffen wie die Löcher, pöbelten und betatschten sie, und der Wirt versuchte, ihr unter den Rock zu greifen. Vier Monate hielt sie durch, mit zusammengebissenen Zähnen, dann hatte sie das Geschäft gelernt und fand einen besseren Job in einer angenehmeren Umgebung. Dieter Grille kam aus dem Gefängnis, prahlte wie früher und war pleite wie immer, sie schoß ihn endgültig zum Mond und begann eisern zu sparen. Bequem oder gar angenehm war das Leben nicht, aber sie schaffte den Absprung aus dem Rotlicht-Milieu, und sobald die Versuchung heranschlich, ihr Geld leichter, auf etwas krummeren Wegen zu verdienen, erinnerte sich an die fürchterliche Woche, als sie jeden Moment das harte Klopfen »Aufmachen! Polizei!« fürchtete.

Dann geschah das kleine Wunder, sie gewann im Lotto, fünf Richtige mit Zusatzzahl, und bei der Bank nahm sich eine ältere Frau viel Zeit: »Wir stellen jetzt mal einen Finanzplan auf. Glauben Sie mir, Sie können es schaffen, aber es wird nicht leicht.«

Mit schweißnassen Händen hatte sie den Kaufvertrag für den *Schlegelbusch* unterschrieben. Was sie an diesem alten, etwas schiefen Fachwerkhaus mit den vielen kleinen Räumen und niedrigen Decken so faszinierte, gestand sie sich erst viel später ein, es war alt, auf altmodische Art würdevoll und Lichtjahre von jedem Rotlicht entfernt. Wie die Bankangestellte prophezeit hatte: Es wurde harte Arbeit, aber das Lokal lief vom ersten Tag an, es entwickelte sich sogar zu einer Goldgrube, als die allgemeine Nostalgiewelle ausbrach und der *Schlegelbusch* plötzlich in war. Gegen den Rat des Personals richtete sie in einem Zimmer eine Bar ein, die vom ersten Abend an belagert war, und dank der zwei jungen Köche, die sie einstellte, erwarb auch die Küche einen guten Ruf. Nach wie vor bediente Sina selbst, meist hinter der Bar, ihr entging wenig, und sie kannte alle Tricks. Vor allem wußte sie, wie sie mit Männern umzugehen hatte, die Anschluß suchten und sie mit den Augen verschlangen, während sie Süßholz raspelten und mit einer Hand den Ehering verdeckten.

Absichtlich war sie barfuß in die Küche an den Kühlschrank gegangen, die kalten Fliesen beruhigten sie.

Zu den Stammgästen zählte auch ein Thomas Pauli. Ihn hatte sie sofort wiedererkannt, er war ihr in der Canalistraße häufiger begegnet und aufgefallen, wenn er über den Kontakthof zu Hagens Spielsalon stolzierte; einmal war sie, als sie aus Bulles Küche kam, mit ihm vor der Tür zusammengestoßen. Damals hatte er sie nicht beachtet und sich nicht entschuldigt, und sie konnte diese selbstsicheren und selbstgefälligen Playboys ohnehin nicht leiden. Im *Schlegelbusch* saß er immer allein, ein ganz anderer Mensch als früher, verunsichert, fast ängstlich und mit einem bitteren Zug um den Mund, er trank wenig, aß sparsam und knauserte mit dem Trinkgeld.

Eines Abends waren sie an der Bar ins Gespräch gekommen. Anders als viele Gäste hatte er es nicht darauf angelegt, die Erfolgsshow abzuziehen, und sich höflich als »Thomas Pauli« vorgestellt.

»Sina Markowski.«

Er kam ein- oder zweimal die Woche, und allmählich bürgerte es sich ein, daß er sich nach dem Essen auf ein Bier zu ihr an die Bar setzte. Daß er Anschluß suchte, verheimlichte er nicht, aber ihn trieb mehr das Alleinsein als die vage Hoffnung auf eine Eroberung, und auf dieser Basis akzeptierte sie eine Beziehung. Sie würde ihm nie verraten, wo sie ihn früher getroffen hatte, mit diesem Abschnitt ihres Lebens wollte sie nichts mehr zu schaffen haben. Auch er sprach nicht gerne über seine Vergangenheit, doch sie verstand es, Männer zum Reden zu bringen, und an einem fürchterlich verregneten Abend, der die meisten Gäste zu Hause festhielt, schüttete er ihr sein Herz aus. Sohn eines Privatbankiers, der fest auf sein großes Erbe vertraut hatte und die Arbeit in der Bank haßte. Bis in die Bank eingebrochen wurde – sie schrak zusammen, natürlich, Thomas Pauli von *Jäger & Pauli*, er mißverstand es als Mitleid – und die wichtigen Kunden, die absolute Diskretion verlangten, ihr Vertrauen quasi aufkündigten. Drei Jahre hatten sich sein Vater und sein Kompagnon gegen den Niedergang gestemmt, dann mußten sie verkaufen, und die Großbank dachte nicht daran, einen mißratenen und faulen Filius zu übernehmen. Mit viel Glück war er bei einer Versicherung untergeschlüpft, und dort rückte die Position eines Abteilungsleiters in immer weitere Ferne. Wenn man so wollte, war er eine gescheiterte Existenz, die gerade noch genug Energie aufbrachte, sich selbst zu ernähren; zu mehr langte es nicht.

Plötzlich wußte Sina es wieder. Der Mann war der Sachse gewesen, Harry Risteck. Der mit dem Bullen geredet hatte, in dem Billardkeller, und kurz in die Küche geblickt hatte, als sie dort am Tisch aß. Der Bulle hatte die Pläne für den Bunkergang verkauft, ja, so hatte es in der Zeitung gestanden, für den Einbruch in die Bank und das Juweliergeschäft. Als Louis Hagen auf dem Hof von dem Schatten getötet wurde. Sie trank einen Schluck eiskalten Sprudel, ihre Zähne klapperten.

Mit Thomas Pauli duzte sie sich mittlerweile. Er war von weit oben ziemlich nach unten geraten, sie hatte die umgekehrte Richtung gemeistert, aber das konnte und wollte sie ihm nicht erklären. Wenn aus ihrer Bekanntschaft mehr werden sollte, mußte sie den ersten Schritt tun, und während sie einen kalten Fuß an ihrer Wade rieb, überlegte sie, ob sie mehr Zuneigung oder Mitleid für Thomas Pauli verspürte.

Der Tag blieb kühl und grau, aber trocken. Katte abzuhängen war ein Kinderspiel. Sylvia spazierte Richtung Bredeneyer Rathaus, schaute sich Geschäfte an, kaufte einen Lippenstift und drehte ab und zu den Kopf; Katte folgte ihr treu und brav. Dann sah sie ein freies Taxi, überquerte rasch die Straße, zwang den Fahrer zu einer Vollbremsung und ließ sich auf die Hinterbank fallen: »Zum Hauptbahnhof, bitte!«

Der junge Mann hatte schon zu einer Schimpfkanonade angesetzt, die er sich jetzt schenkte. Katte stand hilflos am Straßenrand und sah ihnen nach.

Auf halber Strecke beugte sie sich vor: »Fahren Sie bitte einen Umweg, doch, ja, nach rechts in die Kurfürstenstraße.«

»Wie Sie wollen.« Jede Kundin war Königin, und sie selbst hatte das Wort »Umweg« benutzt.

Vor der Eisenbahnbrücke seufzte sie laut: »Ich hab's mir schon wieder anders überlegt. Lassen Sie mich bitte oben an der Moltkestraße raus.« Ein reichliches Trinkgeld unterband seinen Protest.

In der Nacht nach der Begegnung mit Peter Arntzen hatte sie schlecht geschlafen, sich hin- und hergewälzt, wüst geträumt und gegen drei Uhr den Kampf aufgegeben. Es war kalt geworden, und sie hatte sich fest in den Bademantel eingewickelt, am spaltbreit geöffneten Fenster gesessen, geraucht und auf die Stille gelauscht. Ob Peter jetzt schlief? Der Doktor war auch manche Nacht wach geblieben, und wenn sie in das Wohnzimmer herunterkam, weil sie im Bett vergeblich nach ihm getastet hatte, lächelte er schräg: »Schlaf ruhig weiter.«

»Bist du denn nicht müde?«

»Doch, Sylvi. Sehr sogar. Aber mein Kopf will nicht immer so wie mein Körper. Daran muß man sich gewöhnen.«

»Nimm doch eine Tablette.«

»Nein. Man kann nicht alles immer dann bekommen, wenn man es sich gerade wünscht. Wie bei einer Münze, die man wirft, Kopf oder Zahl.« Einen Augenblick lang spürte sie hinter seinem Spott echte Zuneigung. »Und wenn man will, daß sie auf dem Rand stehenbleibt, muß man das gründlich planen, Sylvi.«

Plötzlich begriff sie, was die beiden Golddollars in der Kassette bedeuteten. Es war wie ein Hitzestoß, sie japste und glühte, wie hatte sie das vergessen können? So hatte sie den Doktor kennengelernt, in einem Juweliergeschäft, als sie während einer schlimmen Phase eines ihrer letzten Wertstücke verkaufen mußte, einen Golddollar. Den Mann mit dem energischen Gesicht und spöttischen Lächeln, der neben ihr stand und sich Uhren vorlegen ließ, hatte sie zunächst nicht beachtet. Der Juwelier sträubte sich, nannte zum Schluß einen Preis, den sie empört zurückwies, und in dem Moment hatte der Fremde gemurmelt: »Gestatten Sie?« Verblüfft hatte sie sich das Plastikmäppchen aus der Hand nehmen lassen.

»Ein schönes Stück, gut erhalten«, urteilte der Mann endlich und musterte sie nachdenklich. »Was hatten Sie sich denn als Preis vorgestellt?«

»Dreihundert Mark?«

Sein lautloses Lachen sollte sie noch sehr gut kennenlernen. »Das war ein Fehler. Fangen Sie mit dem Doppelten an, damit Sie das erhalten, was Sie sich vorgestellt haben. Ich zahle Ihnen fünfhundert, und wert ist das

Stück zwischen sechshundert und siebenhundert.«

Vor Zorn runzelte sie die Stirn, und der Doktor betrachtete sie amüsiert: »Einen Teil Ihres Verlustes kompensiere ich freiwillig durch die Einladung zu einem ordentlichen Essen – einverstanden?«

Warum sie genickt hatte, wußte sie selbst nicht, und wann immer sie sich später übereilt oder hastig für etwas entschied, mahnte er sie: »Denk an Olbricht.«

Beim ersten Mal hatte sie verdutzt zurückgefragt: »Wer ist Olbricht?«

»Dein Golddollar-Juwelier.« Er brummte erheitert in sich hinein. »Und der ist der Vater eines Kollegen in der Kanzlei, in der ich einmal angestellt war. Der Sohn haßt seinen Vater, und der Vater weiß nicht, daß ich seinen Sohn kenne.«

»So was macht dir Spaß, wie?«

»Ja, ich lasse gern die Menschen-Marionetten an meinen Fäden strampeln.«

Rechtsanwalt Olbricht nahm sich Zeit, prüfte umständlich ihren Paß und die Sterbeurkunde, bevor er sich die Augen rieb: »Armer Michel.«

»Sie haben ihn gekannt, nicht wahr?«

»Aber ja. Drei Jahre lang haben wir gemeinsam in einer großen Kanzlei Frondienst geleistet, bis er aufhörte. Die ganze Paragraphenreiterei langweilte ihn.«

»Ja, das stimmt, er haßte Gleichförmigkeit und Regelmäßigkeit.«

Olbricht nickte schwermütig. Er mußte auch Anfang Sechzig sein, und das Büro verriet wenig geschäftlichen Erfolg. »Danach haben wir uns nicht mehr gesehen. Bis er hier vor drei oder vier Wochen anrief und mir in seiner trockenen Art erklärte, sein Arzt habe ihm die letzte Fahrkarte ausgestellt, etwas früh für seinen Geschmack, aber was sollte er machen.«

»Er hatte sich in einem winzigen Nest verkrochen.«

»Komisch, nicht wahr? Ausgerechnet der wilde Michel!«

»War das sein Spitzname?«

»Ja, früher. Bis er ruhiger wurde. Und statt dessen zynisch.« Olbricht starrte in das Grau hinaus und bewegte stumm die Lippen, bis Sylvia sich schließlich räusperte. »Wo war ich ...? Ja, zynisch. Ehrlich gesagt, weiß ich nicht, welcher Michel mir besser gefallen hat.«

Sie antwortete nicht. Das ganze Gespräch behagte ihr nicht, aber sie wollte den Anwalt weder erzürnen noch verärgern.

»Na ja. Er hat mir auch erzählt, daß er mit Ihnen zusammengelebt hat.« Leise keuchend stand der Anwalt auf. »Nach dem Anruf hat er mir einen Brief mit Anweisungen geschickt. Bitte warten Sie einen Moment.«

Im dem kleinen Zimmer war es kühl und bedrückend still. Hinter einer dicken Tür wurde getippt. Als der Doktor seinen Brief nach Mallorca geschrieben hatte, war er davon überzeugt gewesen, daß sie kommen würde, und als sie sich nicht meldete, hatte er sich entschlossen, alles davon abhängig zu machen, daß sie seinen letzten Wunsch erfüllte.

»Diesen Brief soll ich Ihnen aushändigen.« Olbricht setzte sich schwerfällig.

»Vielen Dank.« Sie verstaute den dicken, festen Umschlag in ihrer Handtasche. »Herr Olbricht, ich habe einige Jahre mit dem Doktor zusammengelebt. Zu Anfang war es ein sehr enges Verhältnis, das hat sich gelockert, aber wir sind Freunde geblieben, bis ich einen anderen Mann kennenlernte und Michael mich wegschickte. Warum ist er zynisch geworden? Warum hat er die Juristerei hingeworfen?«

Zwei lange Minuten schwieg ihr Gegenüber und knetete seine Finger. Endlich holte er tief Luft, und seine Stimme zitterte: »Ich weiß es nicht, Frau Buschhaus. Oder um genauer zu sein: Ich vermute etwas, aber ich kann es nicht beweisen.«

»Wollen Sie mir Ihre Vermutung nicht erzählen?«

»Nein.« Es klang sehr bestimmt, aber nicht unfreundlich. »Wir sind nie Freunde gewesen, allenfalls Kollegen, die sich gut verstanden haben, gut genug jedenfalls, um ein Versprechen zu halten.«

»Das Sie ihm gegeben haben?«

»Ja.«

Unter seinem festen Blick wurde sie unsicher. »Herr Olbricht, ich habe den Doktor gut genug gekannt, um zu wissen, daß er sich selten auf einem geraden Weg seinem Ziel genähert hat ...« Unschlüssig brach sie ab, und Olbricht rieb sich müde das Kinn. »Es tut mir leid, weiter kann ich Ihnen nicht helfen.«

Nicht weit von der Kanzlei setzte sich Slylvia in ein kleines Café und öffnete den Umschlag.

Liebe Sylvia,
leider haben wir uns nicht mehr gesehen, aber du bist doch noch gekommen. Das Schreiben fällt mir inzwischen schwer, deshalb in aller Kürze: Ich habe alles zu Geld gemacht, was wir aus der Bank und dem Juwelierladen geholt haben, und das Geld bei drei Schweizer und zwei Luxemburger Banken deponiert. Die fünf Ausweiskarten findest Du anbei, das Kennwort lautet in allen Fällen ›Golddollar‹, und wenn Du meine Sterbeurkunde vorlegst, wirst Du als Allein-Verfügungsberechtigte anerkannt. Du mußt Deinen Paß mitnehmen und mit Deinem Namen Sylvia Buschhaus unterschreiben; verstell Deine Schrift bitte nicht, als Vorlage bei der Erbschafts-Regelung habe ich die Unterschrift eines Briefes von Dir benutzt.
Du kennst meinen alten Wahlspruch: Wer nichts behalten kann, sollte wenigstens so klug sein, nichts niederzuschreiben. Es hat Gründe gegeben, warum ich nach unserem letzten Projekt mit diesem Geschäft nichts mehr zu tun haben wollte, und als der Arzt meinen Verdacht bestätigte, es handle sich um Krebs, bin ich nicht nur weggezogen, um eine falsche Spur zu legen. Ein gewisses Maß an Sentimentalität leugne ich ja nicht, und wenn ich schon allein sterben mußte, sollte es nicht an einem Ort geschehen, an dem ich gelebt habe. Mit der Zeit wirst Du es schon verstehen.
Sei vorsichtig, die Bande ist hinter mir her und weiß, daß ich nicht mehr lange zu leben habe. Höchtwahrscheinlich beobachten sie Dich! Deshalb habe ich einen sehr komplizierten Weg gewählt, Dir diesen Brief zukommen zu las-

sen. Denk an das, was ich Dir beigebracht habe, und vergiß mich nicht.
Noch einmal: Hüte dich vor der alten Truppe! Ich hoffe, daß Du sie jetzt, wenn Du diesen Brief liest, abgeschüttelt hast. Sie sind fest davon überzeugt, daß ich sie betrogen habe, und daran ist richtig, daß ich ihnen die versprochene Prämie nicht gezahlt habe, obwohl es sich wirklich gelohnt hat. Den Grund will ich Dir nicht nennen, damit Du gegenüber jedermann ehrlich behaupten kannst, Du hättest keine Ahnung. Allerdings bezweifle ich, daß sie Dir glauben werden. Also noch einmal: Sei vorsichtig!
Viel Glück, Dein Michael.

Ihr Gesicht wurde hart. Fünf Karten, fünf Durchschläge von Formularen, die sie im Falle seines Todes als Allein-Verfügungsberechtigte über die Konten einsetzten, eine Liste der Filialen, er hatte an alles gedacht. Zum Entsetzen der jungen Bedienung des Cafés zerriß Sylvia den Brief in kleine Fetzen, die sie im Aschenbecher verbrannte.

In der nächsten Stunde telefonierte sie mit einem der Männer, die sich für die Bücher des Doktors interessierten, und verabredete sich mit ihm zum Mittagessen.

Sie wurden sofort handelseinig, auf den Erlös kam es ihr nicht an, und anschließend fuhren sie gemeinsam zum Lagerhaus der Spedition und erledigten die Formalitäten. Jetzt hatte sie es eilig. Als nächstes kaufte sie sich ein Ticket nach Mallorca, das auf dem Flughafen am Schalter hinterlegt werden sollte. Dann besorgte sie sich Umschläge und Briefmarken und schickte die Banken-Unterlagen an ihre Adresse in Mallorca. Der Doktor hatte ganz recht: Der Bande war alles zuzutrauen, auch ein Überfall.

Katte wartete vor dem Hotel auf sie, und sie erhaschte seinen traurigen, beinahe vorwurfsvollen Blick; vor Hohn verzog es ihr die Lippen.

Am nächsten Tag reiste Sylvia ab, nachdem sie das Auto zurückgegeben und sich ein Taxi bestellt hatte. Achim, der mit dem Beschatten wieder an der Reihe war, fluchte still und ausdauernd vor sich hin, als sie auf dem Düsseldorfer Flughafen ein Ticket abholte und in einem Abflugraum verschwand. Aus, vorbei, Ende aller Träume vom großen Reichtum. Der Sachse war ein Idiot, bildete sich ein, er könne den Doktor imitieren. Eine Schnapsidee, nach der Beute zu suchen! Nein, was vergangen war, sollte man vergessen, und davon würde er auch Aja überzeugen.

Oberkommissarin Christine Seidel schüttelte sich. Die Leiche war abtransportiert, aber das Bild des alten Mannes, der so verkrampft in seinem Bett gestorben war, konnte sie nicht so schnell vertreiben. Eine kleine Wohnung in einem schäbigen Hinterhaus. Sauber zwar, aber so spärlich eingerichtet, daß sie fröstelte. So hatte sie sich Sylvester nicht vorgestellt! Der Mann neben ihr räusperte sich umständlich, und sie atmete tief durch.

»Nun, was meinen Sie?«

»Gestorben ist er vor drei, höchstens vier Tagen, Frau Seidel.«

»Eines natürlichen Todes?« Eine Nachbarin hatte das Revier alarmiert, weil ihr heute morgen die Zeitungen im Hausflur aufgefallen waren und ihr dabei aufging, daß sie ihren Nachbarn seit ein paar Tagen weder gehört noch gesehen hatte.

»Es sieht so aus, aber ...« Er zögerte.

»Was aber, verehrter Medizinmann?«

»Die Tabletten.« Das Metallröhrchen steckte in einer Plastiktüte; die beiden Polizisten hatten die Mordkommission und die Kriminaltechnik alarmiert, nachdem sie die Tür aufgebrochen und den toten Mann im Bett gefunden hatten, und die Gruppe packte jetzt schon zusammen. »Psychopharmaka. Verschreibungspflichtig.«

»Denken Sie an Selbstmord?«

»Möglich. Oder an ein Unglück. Wenn er zuviel von diesem Zeugs geschluckt hat, aus Versehen, aus Verzweiflung ...«

»Verzweiflung?«

»Das Mittel wird hauptsächlich gegen Depressionen verschrieben.«

»Ach so.« Seit einigen Minuten irritierte Christine Seidel etwas, aber bis jetzt hatte sie keine Ruhe zum Nachdenken gefunden.

»Deswegen müssen Sie wohl eine Obduktion beantragen.«

»Ja, klar, geht in Ordnung«, stimmte sie zerstreut zu.

»Und vielleicht finden Sie den Namen des Arztes heraus, bei dem er in Behandlung war.«

»Okay, ich denke daran. Aber eine Frage noch – ohne diese Tabletten würden Sie auf einen natürlichen Tod tippen?«

Der Arzt lachte, auch er hatte es eilig. »Tippen – ja. Aber nicht auf dem Totenschein bescheinigen.«

»Tja, danke, dann wünsche ich Ihnen einen guten Rutsch ins neue Jahr.«

»Danke, ebenso.«

Die Kommissarin sah ihm nach und wünschte, ihr fiele endlich ein, was sie so beunruhigte. Ein alter, offensichtlich alleinstehender Mann, der Tabletten gegen Depressionen schluckte. Den die Nachbarn erst nach Tagen vermißten. Der Himmel hatte ein trübes Grau angenommen, sie drehte sich zum Fenster um und hoffte auf einen Geistesblitz. Die Zeche jenseits der Siedlung mußte Zollverein sein, schon lange außer Betrieb, die Hauptgebäude sollten zu einem Kulturzentrum umgebaut werden.

»So, wir haben alles. Ein ordentlicher Knabe.« War sie früher als Hauptmeisterin dem Chef auch so auf den Wecker gefallen wie der Hauptmeister Mackenroth ihr heute?

»Wie meinst du das?«

»Er hat alle Papiere und Unterlagen schön sauber in drei Mappen gesammelt.«

»Irgendwelche Hinweise auf Familie oder Verwandte?«

»Vielleicht hierdrin!« Mackenroth hob die drei Mappen hoch. »Und jetzt laß uns bloß verduften, bevor ich vollends Trübsal blase.«

Und dann funkte es. Arntzen. P. stand für Peter, Peter Arntzen, der Juwelier, der vor elf – oder waren es schon zwölf? – Jahren ausgeraubt worden war. Seidel lachte so erleichtert auf, daß Mackenroth sie verwirrt anstarrte. Mit der Chefin kam er nicht gut klar, sie mochte ihn nicht, und manchmal hatte er den Eindruck, daß sie etwas spann.

»Also auf dann!« befahl sie fröhlich. »Und vergiß nicht, die Wohnung zu versiegeln.«

Das »Bullenquintett« war zusammengeschmolzen. Leo Kirchmann und Otto Fröhlich genossen den wohlverdienten Ruhestand. Miriam Wolff hatte geheiratet und den Dienst quittiert, sie lebte jetzt in Trier und schrieb zu Weihnachten und aus dem Urlaub regelmäßig Postkarten. Harald Möller war als frischgebackener Kriminalrat nach Recklinghausen versetzt worden, wo er sich ausgesprochen unwohl fühlte und sich »dienstlich wie privat« langweilte; ab und zu telefonierten Möller und Christine miteinander, aber nicht zu oft, weil Möllers Frau auf die frühere Kollegin eifersüchtig reagierte. Seidel war als einzige in Essen geblieben, als Kommissarin in den Betrug versetzt worden, wo man sie schätzte, doch sie hatte die erste Chance genutzt und war wieder in die Mörderei übergewechselt. Sicher hatte es auch etwas damit zu tun gehabt, daß Georg, mit dem sie vier Jahre zusammengelebt hatte, arbeitslos geworden war und sich binnen weniger Wochen von einem freundlichen Liebhaber in einen jämmerlichen Nörgler verwandelt hatte, dem sie schließlich den Stuhl vor die Tür setzte. Zum Bereitschaftsdienst an Sylvester hatte man sie nicht überreden müssen; sie feierte nicht gerne unter Paaren, und erotisch herrschte bei ihr seit einiger Zeit Funkstille.

Tatsächlich, der Tote war der Juwelier Peter Arntzen; sie hatte Kaffee gekocht, Mackenroth nach Hause geschickt und es sich mit den drei Mappen am Schreibtisch bequem gemacht. Ein langes Leben in drei Mappen. Draußen war es bereits dunkel geworden.

Daß Arntzen nach dem Einbruch gesundheitlich zusammengebrochen war, wußte sie noch. Danach hatte er das Geschäft verkauft. Vor nicht ganz fünf Jahren war er nach Essen zurückgekehrt; selbst die Durchschläge der Anmelde- und Abmeldebescheinigungen hatte er chronologisch abgeheftet. Von seiner Seite gab es keine Familie mehr; seine Frau hatte noch zwei Schwestern gehabt, aber der Kontakt schien abgerissen. Vielleicht würden sie sich um die Beerdigung des früheren Schwagers kümmern. Schadenfroh grienend kritzelte sie eine Notiz für ihren Hauptmeister.

In der dritten Mappe lagen mehrere große Oktavhefte. Vor gut zehn Jahren, nach seiner Entlassung aus dem Sanatorium, hatte Arntzen angefangen, Tagebuch zu führen, sehr unregelmäßig, oft nur in Stichworten, Zeugnisse eines einsamen Lebens. Freund- und freudlos, wie er es selbst formulierte, und deprimierend, weil er sich mit der Einförmigkeit des Nichtstuns nur schwer abfand; doch zu einem Neuanfang reichte seine Kraft nicht mehr. Reisen, Bücher, Vorträge, Oper- und Theaterbesuche, und immer wieder diese Ausbrüche eines Pessimismus, gegen die er schließlich ärztliche Hilfe brauchte, weil sich ohne Tabletten das lähmende Schwarz nicht mehr aufhellte. Geduldig blätterte die Kommissarin und freute sich an der altmodisch-peniblen Schrift, die plötzlich in eine hastige, streckenweise kaum leserliche Klaue überging.

Ich habe Sylvia getroffen. Heute, zufällig, in der Stadtbücherei, nach zwölf Jahren. Mein Gott, ich habe es nicht glauben können. Sie ist so schön wie früher, hat sich überhaupt nicht verändert, trägt sogar noch den Topas, den ich ihr geschenkt habe. Zwölf Jahre. Meine große Liebe, meine Hoffnung auf ein neues Glück. Ihr Mann ist jetzt tot, sie lebt auf Mallorca, jetzt könnten wir heiraten, doch wir wissen beide, wir haben uns entfremdet. Sie sagt, sie hat mich angerufen, aber da war ich nach dem Einbruch zusammengeklappt und lag im Krankenhaus, und sie hat geglaubt, unser Versprechen gelte nicht mehr. Ich könnte weinen, in einem Jahr Glück, Geschäft, Liebe und Gesundheit verloren, aber sie kommt ab und zu nach Essen und will mich anrufen. Sylvia, du hättest nicht gehen dürfen, dann wäre alles nicht passiert ...

Unruhig legte Christine das Heft zur Seite. An Peter Arntzen konnte sie sich noch gut erinnern, an sein Entsetzen, als er von dem Einbruch erfuhr, und an seine Hilflosigkeit. Wie gebrochen, richtig, damals hatte es sie ein wenig verwundert, daß er sich von dem Einbruch so umwerfen ließ. Aber wenn sie das Tagebuch nicht falsch gelesen hatte – nein, die verheiratete Sylvia hatte ihn vor dem Einbruch verlassen. Eine Sylvia hatte er damals nicht erwähnt – oder sie müßte sich sehr täuschen.

Sie hat ein Geschäft auf Mallorca, und dort wohnt sie allein, es geht ihr gut. Sie hat nicht gewagt, ihren Mann um die Scheidung zu bitten, sondern hat ihn verlassen und ist an die Costa Brava gezogen. Damals hat sie mich noch geliebt. Sie erinnert sich so gut wie ich an den Tag, als sie in das Geschäft kam und mir den Lederbeutel voller Steine auf die Theke kippte. Der ist nun auch gestohlen worden, und sie sagt, daß sie nicht mehr sammelt ... Ob sie wirklich anruft? Ich habe in der Aufregung vergessen, sie nach ihrer Anschrift zu fragen ... Sie hatte völlig recht, als sie mir auf den Kopf zusagte, ich würde in meinem Haus noch wohnen, aber nicht mehr leben. Sie hat so wunderbar in das Haus gepaßt ... Den Ehemann habe ich gehaßt, er war so kühl und arrogant und selbstsicher, als würde niemand ihm etwas wegnehmen können, und er wollte nicht, daß Sylvia in Essen blieb, sie mußte ihn nach Spanien begleiten, und ich Feigling habe geschwiegen und mich nachher geschämt, daß ich Angst hatte, die Angestellten könnten zuhören ... Die Tage werden kürzer, dunkler. Das schwarze Tier kriecht wieder heran. Manchmal fürchte ich, ich werde verrückt ...

Eilig schlug Seidel das Heft zu und ignorierte das leichte Frösteln auf dem Rücken, die letzten Sätze hatten an etwas gerührt, das auch sie gern in den hintersten Winkel ihres Kopfes verbannte.

Unter den Oktavheften hatte Arntzen in der Mappe private Briefe aufgehoben, nicht viele, einige schon vergilbt und kaum noch lesbar. Kondolenzschreiben zum Tod seiner Frau, ein bitterböser Brief seiner Schwägerin

Brunhilde, die ihm vorwarf, den Tod der Schwester durch Lieblosigkeit und Gleichgültigkeit verschuldet zu haben. Drei Abschiedsbriefe seiner Angestellten in das Sanatorium, als das Geschäft nach dem Einbruch verkauft worden war. Er mußte ein umständlicher, aber gerechter Chef gewesen sein, vielleicht nicht geliebt, aber respektiert und geachtet.

Und dann schluckte Christine heftig. Drei Schuldscheinformulare, zweimal über 20.000, einmal über 15.000 Mark, unterschrieben von einem Thomas Pauli, und die Rückzahlung hatte ein Louis Hagen quittiert. Diesmal funktionierte das Gedächtnis sofort: Nach ihren Erkenntnissen hatte Louis Hagen den Doppeleinbruch bei *Jäger & Pauli* und dem Juwelier Arntzen organisiert und war in der Nacht des Einbruchs ermordet worden.

Harald Möller hörte sich am Telefon schweigend an, was sie berichtete; im Hintergrund quengelte seine Frau, es wäre wirklich allerhöchste Zeit, zur Sylvesterparty abzufahren.

»Ja«, räumte er endlich unschlüssig ein, »das sind Spuren, wirklich. Und wegen des Mordes zum Nachteil Hagen ist der Fall auch noch nicht verjährt, rede aber lieber vorher mit der Staatsanwaltschaft.«

»Kannst du dich daran erinnern, daß Arntzen etwas von einer großen Liebe unmittelbar vor dem Einbruch erzählt hat?«

»Nein.« Möller stöhnte übertrieben. »Und wenn du mich so fragst – mir gefällt gar nicht, daß sie sich offenbar wenige Wochen vor dem Bruch verabschiedet hat.«

»Glaubst du etwa ...«

»Risti, warum hat er verschwiegen, daß eine Frau in seinem Geschäft und in seiner Wohnung gewesen ist, die er erst einige Wochen zuvor kennengelernt hat?«

»Ich hatte mehr daran gedacht, mir diesen jungen Pauli vorzuknöpfen.«

»Sicher, mußt du auch. Aber steig besser noch mal in die Akten, sicherheitshalber.«

»Wieso besitzt der Juwelier die Schuldscheine, die Pauli junior bei Hagen unterschrieben hatte?«

Möller seufzte; seine Frau schimpfte jetzt lautstark, und er kannte seine sture Kollegin: »Hör zu, das weiß ich nicht. Wir machen jetzt Schluß, laß uns morgen noch einmal telefonieren.«

»Aber sicher doch. Rutscht gut ins neue Jahr.«

Der Sachse redete mit Engelszungen, aber Achim lächelte nur spöttisch. Aja lehnte sich an ihn, sie hatte einen Winzigen sitzen und fand die Welt wunderschön, auch die Männer, sogar den Sachsen. Die letzte Stunde vor Mitternacht, im Moment war sie davon überzeugt, daß sie im neuen Jahr jene Sicherheit bekommen würde, nach der sie sich sehnte, und zwar durch ihren Achim, den sie ganz toll liebte. Um sie herum tobte und lärmte es, die Bar war bis auf den letzten Quadratzentimeter besetzt, von allen Seiten flatterten Luftschlangen auf die schöne Aja zu, deren blonde Locken mit Konfetti wie eingepudert waren.

»Du hast doch selbst gesagt, daß sie einen Flug nach Palma de Mallorca genommen hat. Dort lebt sie, das hat sie mir in Röhrichtshausen verraten.«

»Na schön, sie wohnt also auf der Insel.«

»Du kannst sie finden, Achim. Du sprichst spanisch, du kennst dich in Spanien aus und weißt, wie man die Leute zum Reden bringt.«

»Na gut, ich finde Sylvia also. Und was dann?«

»Dann verfolgst du sie, wenn sie losfährt – losfliegt, um die Beute zu holen.«

»Ach ja?«

»Das Geld muß irgendwo hier in Deutschland versteckt sein.«

»Das kann ein großer Irrtum sein, Harry. Vielleicht hat es der Doktor längst auf ein Nummernkonto in die Schweiz gebracht, und sie besitzt nun eine Vollmacht dafür.«

»Okay, möglich, aber selbst dann muß sie eines Tages in die Schweiz fliegen und etwas abholen.«

Aja hickste fröhlich, und Achim musterte sie zärtlich. Über ihre Pläne hatte er anfangs nur nachsichtig geschmunzelt, aber je länger er darüber nachdachte, desto mehr leuchteten sie ihm ein. Und so, wie er sich mit Aja in den letzten Wochen verstanden hatte, schreckte ihn auch der Gedanke nicht mehr, sich mit ihr zusammenzutun. In einem Punkt irrte der Sachse nicht: Er hatte sich viel an den Mittelmeerküsten herumgetrieben, er schätzte das andere Temperament, die leichtere Lebensart und vor allem das wärmere Wetter. Warum mit dem, was Aja plante, nicht in den Rentnerkolonien auf den Inseln beginnen?

»Das kann aber Wochen dauern, bis wir Sylvia aufgestöbert haben«, zierte er sich.

»Wir?«

»Aja und ich bleiben zusammen.«

Der Sachse schnitt eine Grimasse. Damit hatte er nicht gerechnet, das verteuerte das Projekt und vergrößerte die Gefahr, daß Achim die anderen Kumpel übers Ohr haute; Aja teilte nicht gern, das war bekannt. Düster schaute der Sachse auf die Uhr an der Wand. Wer nicht sät, kann nicht ernten, hörte er den Doc näseln.

»Na schön«, knurrte er widerwillig. »Ich strecke euch das Geld vor, für Flug und vorerst einen Monat. Aber das verrechnen wir später, ist das klar?«

»Alles klar, Harry. Und nun reich mal die Pulle rüber, in drei Minuten müssen wir anstoßen.«

Auch Sina mußte sich beeilen, alle Gläser, die ihr hingestreckt wurden, auf Kosten des Hauses zu füllen; im Fernseher zuckte bereits der Sekundenzeiger auf die Zwölf zu. »Fünf – vier – drei – zwei – eins – Prosit Neujahr.« Das fröhliche Gebrüll drohte das Dach anzuheben, sie lachte vergnügt und stieß mit Thomas an, der sich in die hinterste Ecke bis an die Wand gezwängt hatte, wo er gegen unerwartete Stöße in den Rücken sicher war.

»Alles Gute und ein schönes neues Jahr, Tom.«

»Danke, und für dich auch, Sina.«

Sie küßte ihn flüchtig und mußte sich gleich wieder um ihre Gäste kümmern, die außer Rand und Band schienen. Zwei Studentinnen halfen hinter der Bar aus und kamen mit den Bestellungen nicht nach.

Um zwei Uhr waren die letzten Gäste singend und

schwankend abgezogen; weil sie ihn darum gebeten hatte, war Pauli geblieben und half nun dem erschöpften Personal, Fenster aufzureißen, Gläser einzusammeln, Aschenbecher zu leeren, Luftschlangen und Konfetti zusammenzufegen; dann schleppte er Geschirr in die Küche und stopfte fleckige Tischtücher in die Wäschebeutel. Alle stöhnten erleichtert auf, als frischer Kaffee ausgeschenkt wurde, und er freute sich, daß er das neue Jahr mit einer notwendigen und nützlichen Tätigkeit begann. Von den großen Vorsätzen an Sylvester hielt er nicht viel, aber »Aufräumen« war nicht der schlechteste Anfang eines Jahres.

Sie lächelte ihm zu. »Müde?«

»Etwas.«

»Ich würde gern noch einen Schluck mit dir trinken.«

»Ich auch, Sina.«

»Aber nicht hier. Kommst du mit zu mir?«

»Gerne«, sagte er ruhig und wunderte sich, wie selbstverständlich alles geschah.

Elftes Kapitel

»Herr Pauli? Thomas Pauli?«

Überrascht drehte er sich um und blieb unter dem Vordach stehen. Die Frau musterte ihn ernsthaft.

»Ja, das bin ich.«

»Sie erinnern sich nicht mehr an mich?« Dabei lächelte sie schwach.

»Nein, tut mir leid, müßte ich das?«

»Vielleicht.« Sie holte tief Luft und kramte in ihrem Beutel. »Ich heiße Christine Seidel. Kriminalpolizei.« Geduldig hielt sie ihm den Ausweis hin, aber er schüttelte nur rasch den Kopf. »Vor zwölf Jahren haben wir miteinander zu tun gehabt, nach dem Einbruch in die Bank und das Juweliergeschäft.«

»Ja«, entgegnete er wie betäubt. Damals hatte es eine Beamtin namens Seidel gegeben, eine hübsche, lebhafte und energische Frau, aber er hätte sie nicht wiedererkannt. Sie sah müde aus, und der schmale Mund verriet, daß sie nicht oft lachte. An ihnen huschten eilige Männer und Frauen vorbei, die nach Hause wollten und Schirme gegen die dicken, matschigen Schneeflocken aufspannten.

»Ich müßte mit Ihnen noch einmal über diesen Einbruch sprechen«, sagte sie endlich. Den ganzen Tag über war es nicht richtig hell geworden, jetzt brannten schon die Laternen. »Hätten Sie eine Stunde Zeit für mich?«

»Ich weiß nicht ...« zögerte er. »Eigentlich bin ich verabredet.«

»Rufen Sie an!« schlug sie vor, und ihre Hartnäckigkeit irritierte ihn.

Warum er mit ihr ins Präsidium gefahren war, wußte er selbst nicht, aber der Gedanke, sich über diese Zeit in einer lauten Kneipe zu unterhalten, widerstrebte ihm. Das Zimmer war klein und seltsam winkelig verbaut.

»Ich muß Ihnen etwas zeigen«, begann die Kommissarin gleichmütig und holte aus dem Beutel die Kopien der drei Schuldscheine heraus. »Die kennen Sie sicher.«

Es traf wie ein Schlag mit dem Hammer vor die Stirn. Seit vielen Jahren hatte er nicht mehr daran gedacht, ja, regelrecht vergessen, welch würgende Angst er damals verspürt hatte, vor seinem Vater, vor der Polizei, vor den Unbekannten, die er hinter Louis Hagen vermutete. Und jetzt waren sie wieder aufgetaucht, die Vergangenheit hatte ihn wieder eingeholt, die alte Furcht griff zu, umklammerte schmerzhaft seine Brust. Er wußte nicht, daß er totenbleich geworden war.

»Okay, Sie erkennen sie also«, stellte sie unverändert ausdruckslos fest.

Er konnte nur nicken.

»Sie haben also bei Louis Hagen gespielt. Und verloren.«

»Ja«, flüsterte er.

»Diese Schuldscheine haben Sie im April und Mai vor dem Einbruch unterschrieben. Aber noch kurz vor seinem Tod hat Hagen die Summe quittiert. Woher hatten Sie plötzlich das Geld?«

In seiner Erschütterung kam er gar nicht auf den Gedanken, sich ihre Fragen zu verbitten. »Hagen hatte mich ein paar Mal angerufen. Er wurde ungeduldig. Und ich bekam Angst.«

»Angst? Vor wem?«

»Vor Hagen. Er war ein harter Bursche, doch, doch, höflich und glatt, aber damit hat er mich nie getäuscht, wenn's darauf ankam, war er ein skrupelloser Gauner.«

Nachdenklich blickte Seidel ihn an. In Hagens Charakter, soweit der aus den Akten ersichtlich war, irrte er sich nicht, aber trotz seiner Einsicht hatte der Junior dort gespielt, wahrscheinlich gepokert.

»Und weiter?«

»Ich hab meiner Mutter gebeichtet. Mein Verhältnis zu meinem Vater war – nicht gut. Nein. Gar nicht gut. Er hätte mich vor die Tür gesetzt.«

»Aber Ihre Mutter hat Ihnen geholfen?«

»Sie ist zu Arntzen gegangen. Dem Juwelier in der Lindenallee.«

»Moment!« unterbrach sie. »Sie kannten Peter Arntzen?«

»Natürlich. Sein Geschäft lag ja gleich neben der Bank, meine Eltern und das Ehepaar Arntzen waren – na ja, vielleicht kann man sogar ›befreundet‹ sagen.«

»Ah ja.«

»Mutter hatte bei Arntzen eine Kette gekauft, die hat sie ihm zurückgegeben und ihn gebeten, die Schuldscheine bei Hagen auszulösen.«

»Was er auch getan hat?« Ihr Ton ließ nichts erkennen.

»Ja.«

»Aber die Schuldscheine hat Arntzen Ihnen nicht zurückgegeben?«

»Nein. Gleich danach passierte ja dieser Einbruch, wir alle hatten andere Sorgen – vielleicht hat er's vergessen, ich weiß es nicht.«

Eine ganze Weile rauchte Christine stumm und schaute dem Rauch nach. Daß die Bekanntschaft zwischen Arntzen und dem Ehepaar Pauli so eng gewesen war, daß der Juwelier sich für solche Dienste hergab, erstaunte sie. Möglich, schon, doch noch überzeugte es sie nicht.

»Dann haben Sie Peter Arntzen auch – wie soll ich sagen? – privat gekannt?«

»Sicher, er kam ja ab und zu in mein Elternhaus. Er und seine Frau, als sie noch lebte. Aber er mochte mich nicht leiden, und ich bin ihm aus dem Weg gegangen.«

»Haben Sie ihn in dem halben Jahr vor dem Einbruch einmal privat getroffen oder gesprochen?«

Pauli sah sie unruhig an: »Das weiß ich nicht mehr. Das ist so lange her ...«

»Natürlich. Ich würde nur gern wissen, ob Ihnen im Zusammenhang mit Peter Arntzen der Name Sylvia etwas sagt.«

»Sylvia? Wer soll das sein?«

»Eine Bekannte von Arntzen.«

»Nein«, erwiderte er langsam, »nein, Sylvia? – Tut mir leid.«

Schade, dachte sie grimmig und beugte sich vor. »Herr Pauli, diese Geschichte mit der Kette kann uns Ihre Mutter sicher bestätigen?«

»Wie bitte?« Mehr noch als die Frage verwirrte ihn ihr veränderter Ton.

»Ja, sie kann bezeugen, was Sie mir gerade erzählt haben.«

»Bezeugen?« Noch immer wirbelten seine Gedanken durcheinander.

»Es kann nämlich auch ganz anders abgelaufen sein, Herr Pauli. Hagen wurde ungeduldig, und deshalb haben Sie ihm bei dem Einbruch in die Bank geholfen, zur Belohnung hat er diese Schuldscheine annulliert.«

»Wie – was – das ist nicht Ihr Ernst!« Plötzlich keuchte er.

»Warum nicht? Wir vermuten, daß sich Hagen Pläne von diesem Bunkergang beschafft hatte. Wir wissen, daß der Bruch gründlich, von langer Hand geplant worden ist, und wir haben Hagens Leiche im Innenhof der Post gefunden, erschlagen in der Nacht, in der die Bank und das Juweliergeschäft ausgeräumt wurden.«

»Soll das ... was wollen Sie damit andeuten? Daß etwa ich ...?«

»Denkbar, nicht wahr? Wie ist das nun – wird Ihre Mutter diese Geschichte mit der Kette bestätigen?«

»Nein.« Vor Entsetzen schrie er fast. »Mutter liegt in

einem Pflegeheim, sie kann nicht mehr sprechen, sie hatte einen Schlaganfall.«

»Und Ihr Vater?«

»Der durfte doch nie von meinen Schulden erfahren.«

Enttäuscht drückte die Beamtin die Zigarette aus und schwieg. Die meisten Menschen vertrugen es nicht, einem anderen stumm gegenüberzusitzen, es trieb sie zum Reden. Harald Möllers Rat, vorher einmal die alten Akten zu lesen, hatte sie befolgt, und daher wußte sie – was Thomas Pauli wahrscheinlich längst vergessen hatte –, daß er an dem Abend des Einbruchs auf einer Party gewesen war, im Hause der Familie Jäger, dem Partner von Albert Pauli. Eva Jäger hatte gerade mit dem Studium begonnen, und damals, vor zwölf Jahren, hörte es sich so an, als hätten beide Familien es darauf angelegt, Eva Jäger und Thomas Pauli zu verkuppeln. Was dem Versuch ähnelte, Feuer und Wasser zu verheiraten; Eva Jäger hatte es sehr drastisch formuliert, sie verabscheue Männer, deren Eier größer seien als ihr Gehirn. Wann er die Party verlassen hatte, war in den Akten nicht festgehalten; damals hatte es keinen Anlaß gegeben, einen der Geschädigten zu verdächtigen.

»Fragen Sie doch Arntzen!« schlug Pauli unvermittelt vor und japste vor Erleichterung.

»Arntzen ist tot«, entgegnete sie schleppend.

»Was?« Sein Erschrecken war nicht gespielt, und sie nickte knapp. In den Zeitungen hatte nichts über den Tod des Juweliers gestanden, und der Obduktionsbefund befand sich irgendwo auf dem geheimnisvoll verschlungenen Dienstweg. Weil sie sah, wie es hinter seiner Stirn arbeitete, setzte sie ärgerlich hinzu: »Wir haben die Schuldscheine in der Wohnung des Toten gefunden.«

»In seiner Wohnung? – Aber das beweist doch, daß ich Ihnen die Wahrheit gesagt habe.«

»Vielleicht!« wehrte sie ab. »Ihre Darstellung würde mich sehr viel mehr überzeugen, wenn Sie – oder Ihre Mutter – damals zugegeben hätten, in welcher Beziehung Sie zu Hagen standen.«

»Dann hätten Sie doch gleich geglaubt, ich hätte etwas mit Hagens Tod zu tun.«

»Wahrscheinlich. Und nun kommt mir dieser Verdacht eben zwölf Jahre später.«

»Nein!« Wieder wurde er bleich, weiß wie ein Blatt Papier, und sie betrachtete ihn aus schmalen Augen.

»Ich – ich – ich habe Hagen nicht umgebracht.«

Das glaubte sie eigentlich auch nicht. In ihrer Erinnerung war er ein verwöhnter, feiger Playboy, der weder den Mut noch die Kraft zu einem Mord aufgebracht hätte. Aber einen anderen zu beauftragen, viel Geld für solche Drecksarbeit zu zahlen, das traute sie ihm zu. Auch jetzt noch, obwohl er sich sehr verändert hatte. Sobald sie den kleinsten Beweis dafür fand, daß er in den Einbruch verwickelt war, und sei es nur, daß er von diesem alten Bunkergang wußte, würde sie ihn wegen des Mordes durch die Mangel drehen. Über ihre Hartnäckigkeit hatten sich schon viele getäuscht.

»Sie können jetzt gehen, wir sehen uns noch, Herr Pauli.«

In der Nacht beichtete er, und Sina hörte schweigend zu; wie gut, daß er im Dunkel ihr Gesicht nicht sehen konnte. Sie mochte ihn, vielleicht liebte sie ihn sogar, er tat ihr leid, aber alles in ihr sperrte sich dagegen, ihre Vergangenheit zu offenbaren, um ihm zu helfen. Würde er sie verlassen, wenn er erfuhr, daß sie früher eine Prostituierte gewesen war? Oder hatte er so viel von seiner Selbstachtung verloren, daß es ihm gleichgültig war? Würde ihr das gefallen? Oder liebte er sie so sehr, daß er mit dem Wissen leben konnte? Sie zermarterte sich den Kopf, während er sich unruhig hin und her warf und immer wieder im Schlaf redete. Die Nacht wurde lang und kalt.

Aja blühte auf. Zwar blieb es kühl, aber der Himmel war blau, die Sonne schien, der Wind wehte schwach, kein Vergleich mit dem naßkalten, unfreundlichen Winterwetter im Ruhrgebiet. »Hier kann man es aushalten«, lobte sie Achim mehr als einmal, und er grinste dann breit.

In einem Punkt hatte der Sachse völlig recht gehabt: Achim kannte Land und Leute. Das Hotel war zu dieser Jahreszeit nur zur Hälfte belegt, eiskalt und freundlich handelte er den Preis für die »Suite«, die sich nachher als recht bescheidene Zwei-Zimmer-Angelegenheit herausstellte, auf die Hälfte herunter. Bei dem Preis für den Mietwagen verzog er nur einen Mundwinkel, und siehe da, es existierten Sondertarife. Zum Essen schleppte er sie in Lokale, die Aja freiwillig nicht betreten hätte, in denen sie aber schmeckte, was mallorquinische Küche sein konnte, wenn sie nicht auf Touristenniveau angeboten wurde.

Der Hotelbesitzer mußte natürlich fragen: »Wollen Sie sich auf der Insel niederlassen?«

»Wir denken daran, ja.«

»Haben Sie sich schon einen Ort ausgesucht?«

»Nein, wir sehen uns noch um.« Achim zwinkerte. »Wir möchten nicht ständig über Landsleute stolpern.«

Dabei beließ er es vorerst, und sie streiften mehrere Tage durch die Touristenzentren, nach einem Plan, der Aja einleuchtete. Sie hockten in Lokalen, in denen Einheimische verkehrten, die jene Ausländer kannten, die fest oder wenigstens für mehrere Monate im Jahr auf Mallorca lebten. Sylvia mußte irgendwo arbeiten oder ein Geschäft besitzen oder ein Restaurant führen, irgend etwas, von dem sie lebte. Allzu klein durfte der Ort nicht sein, und weil der Name »Buschhaus« für spanische Zungen unaussprechlich war, würde man sie dort unter dem Namen Sylvia kennen. Aja schimpfte, daß sie zuviel Kaffee trinken mußte, und deswegen liefen sie zwei Stunden stramm, bevor sie erschöpft in die Betten fielen.

Einen Tag verbrachten sie in der Hauptpost und wälzten Telefonbücher. Der Sachse meinte sich zu erinnern, daß Sylvia ihm erzählt habe, sie lebe schon seit längerer Zeit auf der Insel; also bestand eine Möglichkeit, daß sie unter ihrem korrekten Namen im Telefonbuch eingetragen war, und zu Achims maßloser Verblüffung fand er den Namen »Buschhaus« tatsächlich ein dutzend Mal.

Auch Aja lachte: »Eine deutsche Kolonie.«

»Vorsicht, Aja. Es hat mal eine Schlagzeile gegeben, wir würden Mallorca den Spaniern abkaufen, es war ein saudummer Scherz, der viel böses Blut gemacht hat.«

Schon Ende der zweiten Woche entdeckten sie in

Puerto de Pollensa ein Geschäft, das neben fremdsprachigen Zeitungen und Büchern auch Handarbeiten verkaufte, die nach Ajas Meinung zwar teuer, aber nicht mit jenen Phantasiepreisen ausgezeichnet waren, über die sie sich sonst immer wieder aufregte. Und auf der Eingangstür stand klein *Sylvia*.

»Halt«, hielt Achim Aja zurück, »abwarten.«

Bis zum Abend lösten sie sich mit dem Beobachten ab, und kurz bevor das Geschäft schloß, erschien Sylvia und unterhielt sich mit dem jungen Ehepaar, das in dem Laden bediente. Achim stieg aus und verfolgte sie zu Fuß bis zu einem kleinen Haus, das sich hinter einer hohen Mauer versteckte; an der Auffahrt wäre er wahrscheinlich glatt vorbeigefahren.

Sie hatte ihn eine Woche in seinem Saft schmoren lassen wollen, aber am letzten Tag fand sie unter ihrer Dienstpost einen anonymen Brief, gerichtet an die Kommissarin Christine Seidel: *HARRY RISTECK, DER SACHSE, HAT DEN BRUCH BEI ›JÄGER & PAULI‹ ORGANISIERT, ABER NICHT FÜR LOUIS HAGEN.* Große Druckbuchstaben, mit einem schwarzen Filzstift wie gemalt, eine wahre Fundgrube für jeden Graphologen, aber sie hatte den Brief vorerst in der kleinen Akte abgeheftet und still in sich hinein gelächelt.

Mackenroth knötterte: »Mensch, was soll denn das?«

»Wir beobachten einen Verdächtigen.«

»Und warum das?«

»Um einen Mord aufzuklären, der vor zwölf Jahren begangen worden ist.«

Ihr Adlatus meckerte nur, weil er sich wieder zu dünne Schuhe angezogen hatte, modisch, aber eben nicht wasserdicht, und was nachts schneite, verwandelte sich schon in den ersten Morgenstunden zu feuchtem Matsch. Sie verbargen sich in einem Geschäftseingang, schräg gegenüber der Versicherung, in der Thomas Pauli arbeitete, und Mackenroth zitterte. Vielleicht fror er tatsächlich, gut möglich aber auch, daß er nur ihr Mitleid erregen wollte, damit sie ihn nach Hause schickte, und sie ärgerte sich ein wenig über seine Dummheit. Das Manöver war ihm schon so oft mißglückt, daß er eine andere Masche stricken sollte.

»Da, der Knabe in dem blauen Steppmantel mit der braunen Aktentasche.«

»Ja, ja, schon gut«, murrte Mackenroth und machte sich auf die feuchten Sohlen.

Der anonyme Brief veränderte vieles. Hatte Thomas Pauli ihn geschrieben? Ein so plumpes Ablenkungsmanöver traute ihm die Kommissarin eigentlich nicht zu. Außerdem war sie bei älteren Kollegen und in ihrer Straftäterdatei fündig geworden. Es gab tatsächlich einen Risteck, Harry, vorbestraft wegen Einbruchs, und in einer Akte hatte sie den Hinweis entdeckt, Risteck könne möglicherweise den Spitznamen »der Sachse« tragen.

Möller riet ihr, mit dem Kollegen Steinmüller zu reden, und Steinmüller fand den Gedanken gar nicht so abwegig, daß Risteck seine Finger bei Arntzen und *Jäger & Pauli* im Spiel gehabt hatte.

»Harry hat viele Talente, Christine. Daß er einen großen Bruch organisiert hat, traue ich ihm durchaus zu. Allerdings ...« Er brach ab und rieb sich die gewaltige Nase.

»Ja, allerdings?« wiederholte sie gleichmütig. Bei »Zwerg Nase«, wie der 1,92 Meter große Steinmüller gehänselt wurde, mußte man viel Geduld aufbringen.

»Tja, schau mal, so ein Bruch ist nicht billig. Angeblich sind doch allein für die Pläne 25 Riesen geblecht worden, ich kann mir nicht vorstellen, daß Harry jemals soviel Geld in eine Sache investieren konnte.«

»Dann denkst du, Harry hat im Auftrag eines anderen den Einbruch geplant?«

»Das kommt mir wahrscheinlicher vor als anzunehmen, Harry habe auf eigene Rechnung gearbeitet.«

Wenn sie es sich recht überlegte, paßten Zwerg Nases Bemerkungen gut ins Bild. Unterstellt, Thomas Pauli hatte den Brief nicht geschrieben, dann konnte es nur eine Person gewesen sein, der er anvertraut hatte, daß die Kripo ihn vor kurzem wegen des Einbruchs und des Mordes an Louis Hagen vernommen hatte. Daß ein Unbeteiligter ausgerechnet jetzt sein Gewissen erleichtern wollte, wäre ein zu großer Zufall, nein, diese Möglichkeit schloß sie aus. Also jemand, mit dem Pauli gesprochen hatte, der Harry Risteck, den Sachsen, gut genug kannte, um von seiner kriminellen Vergangenheit zu wissen, und diesen Jemand sollte Mackenroth, frierend und mit nassen Füßen, aufspüren. Dieser Jemand mußte die an dem Einbruch Beteiligten kennen, zumindest so gut, daß er behaupten konnte, nicht Louis Hagen sei der Geldgeber gewesen. Der Ring schloß sich: Wenn Hagen nicht hinter dem Einbruch steckte, war auch Thomas Pauli aus dem Schneider, und gerade das schien der Briefeschreiber beabsichtigt zu haben – ein Indiz mehr dafür, daß er mit Thomas Pauli vertraut, befreundet, gut bekannt war.

Risteck, Harry war gemeldet, stand sogar im Telefonbuch. Seidel lächelte schräg.

Mackenroth nieste im Akkord und verbrauchte Unmengen von Papiertaschentüchern; die Feuchtigkeit mußte von seinen Füßen bis in die Nase durchgestiegen sein, aber ihr Mitleid sparte sie sich für andere auf.

»Ich melde mich krank!«

»Warum denn das? Liest du mit der Nase?«

»Du bist ein altes Ekel ...«

»Ekel stimmt, alt ist falsch.«

»Ja, ja, schon gut. Also, er ist mit der Straßenbahn bis zum Frankenplatz gefahren, dann in seine Wohnung gegangen, die er eine Viertelstunde später wieder verlassen hat.« Daß Mackenroth, unterbrochen von Niesattakken, dabei gewichtig in seinem Notizbuch blättete, amüsierte seine Chefin. »Zu Fuß in ein Restaurant, den *Schlegelbusch*.«

»Ja, den kenne ich.«

»Dort ist er bis Mitternacht geblieben und mit der Wirtin fortgegangen, sie heißt – Moment ...« Er holte ein Streichholzheftchen aus der Tasche: »Markowski, Sina Markowski.«

Der Name sagte ihr nichts.

»Übrigens ein hübsches Weib, Christine.«

»Schon verstanden, also netter als ich«, kommentierte sie trocken. »Weiter.«

»Eine Viertelstunde Fußweg.« Er seufzte tief. »Riesweg.«

Ihm entging, daß sie zusammenzuckte. Das war wirklich ein Zufall. Risteck wohnte in der Amselstraße, und wenn sie den Stadtplan richtig im Kopf hatte, lagen die beiden Straßen nur fünf oder sechs Fußminuten auseinander. Das ließ sich ja alles sehr erfreulich an, was Makkenroth zwar anders betrachtete, aber sie gönnte ihm den Schnupfen.

»Nach einer halben Stunde waren alle Fenster dunkel, und deshalb bin ich abgezogen.«

Zur Vorsicht pflügte sich Christine noch einmal durch die Akten, aber der Name Sina Markowski war nicht erwähnt, und der Polizeicomputer meldete *Fehlanzeige*.

Arntzens Schwägerin Brunhilde hatte eine Beerdigung organisiert, die an Kärglichkeit nicht zu überbieten war, und schien richtig zornig, daß sich außer ihr noch drei Männer und eine Frau vor der Kapelle einfanden.

»Das Beileid können Sie sich sparen«, fuhr sie Christine Seidel, Leo Kirchmann, Otto Fröhlich und Harald Möller an. »Ich habe ihn gehaßt.« Dabei bebte das weißhaarige Persönchen vor Wut. »Eigentlich sollte man ihn wie einen tollwütigen Hund verscharren.«

Miriam war nicht gekommen, hatte aber an den »Rest des Bullenquintetts« geschrieben; die übrigen vier fuhren auf die Margarethenhöhe in ein Lokal, das Christine ausgesucht hatte. Arntzen war laut Obduktion eines natürlichen Todes gestorben, und für ein Fremdeinwirken gab es keinerlei Hinweise.

»So langsam stirbt uns der Fall im eigentlichen Sinne des Wortes«, murmelte Kirchmann.

Christine Seidel stupste ihn fröhlich an: »Nein, Leo, es gibt Neuigkeiten.«

Möller schwieg, weil er Christines Fortschritte schon kannte, und freute sich, daß sie in diesem Kreis auftaute und den bitteren Zug um den Mund verlor. Warum sie sich so schwer tat, neue Freunde zu gewinnen, ahnte er nur, aber bis jetzt hatte sie jeden Versuch, ihr zu helfen, so geduldig wie hartnäckig abgewiesen. Und deswegen machte er sich seine Gedanken, weshalb sie gerade von diesem Fall nicht lassen wollte. Gut, der Mord an Louis Hagen war nicht verjährt, aber das war die amtliche Version, privatim weinte keiner diesem Verbrecher eine Träne nach. Die Versicherungen würden natürlich begeistert sein, wenn ein Teil der Beute jetzt noch auftauchen sollte, doch für die Kriminalbeamten gab es keine Belohnung, und wahrscheinlich war es nicht, daß jemand das Geld, die Steine und das Edelmetall so lange gebunkert hatte.

»Das klingt alles sehr gut«, nickte Kirchmann nachdenklich. »Dieser Risteck hat organisiert, ein Unbekannter hat finanziert ... aber halt mal! Wenn dieser Hagen nur zufällig in die Geschichte hineingestolpert ist – wie hat er überhaupt davon erfahren?«

»Es muß über diesen Bullen, diesen Herrmann Stier gelaufen sein«, mutmaßte Otto Fröhlich, der mit seinen schlohweißen, vollen Haaren sehr imposant aussah. »Der hat doch bei Hagen im Billardkeller ausgeholfen.«

»Solche Zufälle gibt's, Otto. Schau mal, es ist wirklich gut möglich, daß Pauli junior bei Hagen gepokert und verloren hat, daß seine Mutter ausgerechnet Arntzen gebeten hat, die Schuldscheine auszulösen, und das auch noch in der Woche vor dem Einbruch.«

»Für meinen Geschmack etwas zuviel Zufall«, knurrte Kirchmann und zwinkerte Christine zu. »Du siehst gut aus.«

»Danke, Leo.«

»Und was willst du nun machen?«

»Ab und zu kümmere ich mich um diesen Risteck. Mal sehen, ob er mich irgendwohin führt. Thomas Pauli benimmt sich völlig unauffällig, er ist mit einer jüngeren Frau liiert, sie besitzt ein Restaurant, und manchmal hab ich den Eindruck, da könnten bald Hochzeitsglocken läuten.«

»Diese junge – jüngere Frau – hat sie den anonymen Brief geschrieben?«

»Keine Ahnung, Harald. Ich hab sie nicht gefragt, mich nur sehr diskret über sie erkundigt. Unehelich geboren, mit siebzehn ist sie von zu Hause fortgelaufen, wegen eines Mannes, keiner weiß genau, wo sie die nächsten vier, fünf Jahre gesteckt hat, bis sie mit regelmäßiger Arbeit anfing. Mit ganz viel Phantasie kann ich mir ausmalen, daß sie in dieser Zeit auch mal in dem Bordell gesteckt hat, an dem Hagen beteiligt war, aber wie willst du das festmachen? Was ja immer noch nicht heißen würde, daß sie Hagen näher gekannt hat.«

»Aber der Gedanke, daß dieser Risteck den Bruch organisiert hat, scheint dir zu behagen?« Otto Fröhlich beugte sich vor und musterte die Kommissarin fest, bis sie rot wurde und sich hastig über die Haare fuhr: »Ja, Otto, so ist es.«

»Weibliche Intuition oder ein Hinweis, den du uns bis jetzt verschwiegen hast?«

Nervös lachte sie auf: »Weder noch, Otto.«

»Sondern?«

Niemand wollte von diesem Thema ablassen, das ihr sichtlich peinlich war, und deshalb mußte sie gestehen: »Ich hab einen Hauptmeister, der mir den letzten Nerv raubt. Den hab ich dreimal auf Risteck angesetzt, und er ist von Ristecks Harmlosigkeit so überzeugt, daß ich fest an Ristecks Verwicklung glaube.«

Eine halbe Minute herrschte verblüfftes Schweigen, bis Kirchmann sich räusperte: »Da verstummen wir und jede Strafkammer. Wir sollten zum gemütlichen Teil übergehen.«

Achim rief in der letzten Januarwoche an: »Wir kommen zurück, Harry. Es ist sinnlos.«

»Was heißt das?«

»Das heißt, daß es sinnlos ist, nichts bringt, sie noch länger zu beobachten. Sie hockt in ihrem Haus, geht ab und zu in das Geschäft, das ihr gehört, besucht Freunde, das kann noch Monate so gehen. Sie gibt wenig Geld aus, benimmt sich völlig unauffällig, telefoniert nur harmlos, und ...«

»Woher willst du das wissen?«

»Das werde ich dir nicht auf die Nase binden, Harry.« Achim lachte grimmig. »Glaub mir ruhig, es ist so. Ich meine, Aja und ich haben nichts dagegen, daß du uns hier einen netten Aufenthalt finanzierst, aber mehr kommt dabei nicht herum.«

»Das muß ich mir überlegen«, sagte der Sachse widerwillig. »Ruf mich übermorgen noch einmal an, okay?«

Sylvia hatte bisher weder Achim noch Aja bemerkt, aber der jungen Frau in dem Geschäft fiel eine blonde Deutsche auf, die sich immer wieder um den Laden herumdrückte und auffällig für die Inhaberin interessierte. Es war Aja, und vor Schreck verstummte Sylvia.

»Kennst du die Frau?«

Sie konnte nur nicken, und die kleine Bewegung schmerzte bis in die Haarspitzen. An dem Abend saß sie lange vor dem Kaminfeuer und zwang sich, alles noch einmal kühl zu bedenken. Gut, sie hatte die Zähigkeit der Bande unterschätzt. Und wahrscheinlich auch ihre Skrupellosigkeit. An das Geld kamen sie nicht heran, das lag sicher auf den Banken, und wenn ihr etwas zustoßen sollte, würde es dort stehen bleiben und eines Tages sehr diskret in das Grundkapital überführt werden; den Vorschlag, eine Erbschaftsregelung zu treffen, hatte sie überall höflich abgelehnt. Die Ausweiskarten hob sie in einem Zürcher Bankschließfach auf, das man nur ihr persönlich öffnete – oder der Schweizer Polizei, falls ... die Polizei. Das war ein Gedanke. Den sollte sie ausspinnen. Und wenigstens eine Nacht darüber schlafen.

Aja und Achim! Sylvia lächelte bitter und ließ die Jalousie vorsichtig sinken, die beiden paßten zusammen wie Hand und Handschuh und fielen hier nicht auf; es gab viele deutsche Paare, die auf Mallorca den Winter verbrachten, und Achim kannte Spanien gut.

An die Kriminalpolizei in Essen

Mein Name ist Sylvia Buschhaus. Wenn Sie diesen Brief lesen, bin ich tot, vermutlich umgebracht wegen der Beute aus den beiden Einbrüchen in das Bankhaus Jäger & Pauli und das Juweliergeschäft Peter Arntzen.

An diesem Einbruch waren sechs Personen beteiligt. Harry Risteck, genannt der Sachse, hat den Bruch organisiert; über ihn hat Herrmann Stier, mit Spitznamen Bulle, die Pläne des vergessenen Bunkergangs an den Finanzier ver-

kauft. Ferner Achim Lauffer, der sich als Gast im Hotel Kaiserhof einquartiert hatte und in der Bank den Raum mit den Schließfächern ausspionierte. Alexandra Aglaja (Aja) von Alten, die sich unter dem Namen Anja Beckum einen Zeitvertrag als Assistentin der Hausdame im Hotel verschaffte. Werner Jambowski, in seinen Kreisen als Katte bekannt, besorgte das Werkzeug und leitete den ›technischen Teil‹ der Vorbereitungen. Bodo Schlitter war für die Fahrzeuge zuständig, also die beiden Lieferwagen mit den gefälschten Aufschriften ›Gärtner & Roedicke‹. Und ich, Sylvia Buschhaus, die für einen Zugang zum Juwelier Peter Arntzen sorgte.
Der Initiator und Finanzier des Unternehmes, Dr. Michael Jansen, ist tot, beerdigt in Röhrichtshausen. Ich war zehn Jahre seine Geliebte und habe mich unmittelbar vor dem doppelten Einbruch von ihm getrennt. Gleichwohl hat er mir sein Vermögen hinterlassen, das die anderen Bandenmitglieder mir nun abjagen wollen. Achim Lauffer und Aja von Alten haben meine Anschrift in Mallorca herausgefunden und treiben sich seit einigen Tagen um mein Haus und mein Geschäft herum. Weil ich fürchte, daß sie auch vor Gewalt nicht zurückschrecken, schicke ich diesen Brief an einen zuverlässigen Freund, der ihn im Falle meines gewaltsamen oder natürlichen Todes an die Kriminalpolizei weiterleiten soll.
Sylvia Buschhaus. Ort und Datum, Unterschrift.

Nachdem sie den Umschlag mit der Aufschrift: *Im Falle meines Todes an die Essener Kriminalpolizei schicken. Sylvia Buschhaus* versiegelt und abgeschickt hatte, fiel ihr ein Stein vom Herzen. Abends bummelte sie durch den Ort, setzte sich zu einem späten Essen in ein Lokal und ließ sich einen Berg Münzen herausgeben. Von einer Telefonzelle rief sie Olbricht an, der erstaunt und sehr beunruhigt reagierte: »Was soll ich tun?«

»Den Brief in Ihren Tresor legen und im Falle meines Todes an die angegebene Adresse leiten.«

»Und warum das, Frau Buschhaus?«

»Ich glaube, das sollte ich Ihnen nicht erzählen. Sie sind Anwalt, ich bin oder werde Ihre Mandantin, und ich möchte nur soviel verraten, daß Sie dem wilden Michel damit einen großen, letzten Gefallen tun.«

Schweren Herzens verzichtete er auf weitere Fragen, und sie verabredete mit ihm, wenigstens einmal im Monat bei ihm anzurufen oder ein unzweifelhaft datiertes Lebenszeichen zu schicken.

»Wollen Sie nicht bei mir vorbeikommen?«

»Nein, besser nicht. Man könnte mich verfolgen. Sie hören von mir, einverstanden? Und bei unserem nächsten Telefonat sagen Sie mir Ihre Honorarforderung, ich werde Ihnen Bargeld senden.«

Eine ganze Weile atmete er schwer, und sie lauschte amüsiert. Aber dann warf er sein Herz doch nicht über die Hürden, und sie legte schnell auf.

Daß der Doktor hinter seiner kühlen Fassade sentimental sein konnte, hatte sie bald vermutet, aber er hatte nie gerne gezeigt, was er empfand, und sein winziges Häuschen immer mit praktischen Argumenten verteidigt: Hier falle ich nicht auf, hier muß ich nicht viel putzen, für meine Zwecke liegt es günstig, die Nachbarn haben sich an mich gewöhnt. Nach der Schauspielschule, während des ersten Engagements, hatte Sylvia von Luxus geträumt und sich eine große Villa mit einem Swimmingpool gewünscht; als dann die schreckliche Zeit begann, in der sie von Pontius zu Pilatus lief und um eine Rolle bettelte, mußte sie sich mit miesen Pensionen und scheußlichen möblierten Zimmern begnügen. Der Golddollar war das vorletzte wertvolle Stück gewesen, das sie verkaufen konnte, und der Doktor hatte sie bei dem Essen, zu dem er sie in dem Olbricht-Geschäft eingeladen hatte, sofort durchschaut. Beim Kaffee schlug er sachlich vor: »Wenn Sie einen Job suchen, kann ich Ihnen helfen.«

»Besitzen Sie ein Privattheater?« schnappte sie bissig.

»Nein, das nicht.« Er ließ sich nicht aus der Ruhe bringen. »Eine gute Bekannte, um das irreführende Wort Freundin zu vermeiden, führt ein großes Modegeschäft. Sie sucht eine Art Empfangsdame, die Geduld aufbringt und den Kundinnen den Eindruck vermittelt, sie seien immer willkommen, gleich, ob sie viel, wenig oder gar nichts kaufen.«

»So etwas lernt man auf der Schauspielschule.«

Ihre Wut ließ ihn kalt. »Warum nicht?«

Zwölf Monate begrüßte sie also Kundinnen, plauderte mit ihnen und beriet sie. Sie hatte ihren eigenen Geschmack, den sie nicht verleugnete, und überzeugte deshalb Unsichere, wenn sie nach kritischem Blick urteilte: »Ja, das steht Ihnen« oder »Nein, davon würde ich abraten.« Ihre Finanzen kamen in Ordnung, der Doktor lud sie ab und zu zum Essen oder ins Theater ein, und bevor er das erste Mal mit ihr schlief, eröffnete er seelenruhig, daß er die Juristerei an den Nagel gehängt habe und nun Verbrechen finanziere. Seine Gelassenheit hatte sie fasziniert, eine Woche kam sie aus seinem Bett nicht heraus, und danach kündigte sie in dem Modesalon, nahm sich eine eigene Wohnung und half ihm, lohnende Objekte auszubaldowern. Zwischendurch verkrachten und versöhnten sie sich; Sylvia hatte bald genug gespart, um sich an einer kleinen Firma zu beteiligen, die Schablonen für Nähautomaten herstellte; auf einen Wink des Doktors hin verkaufte sie rechtzeitig und legte ihr Geld in einem Investmentfonds an, der fast raketenhaft zulegte, stieg vor dem Crash frühzeitig aus und wurde Teilhaberin in einer Baugesellschaft, die sich einige Jahre dumm und dämlich verdiente, so daß sie ihre Anteile mehr als vorteilhaft verscherbeln konnte. Noch immer hatte sie in ihrer eigenen Wohnung gelebt, der Doktor wollte das Wort »heiraten« nicht einmal buchstabieren, und im Zorn darüber wagte sie ein Betrugsmanöver auf eigene Faust, das aufflog und sie vor den Kadi führte; der Doktor erschien mit einer perfekten Maske und falscher Identität im Prozeß und rettete sie mit einem Meineid. Notgedrungen mußte sie einen Großteil ihres Vermögens opfern, um Geschädigte zu besänftigen und weitere Anklagen zu vermeiden, und danach suchte sie Sicherheit, was den Doktor eher amüsierte als beunruhigte. Bis sie Peter Arntzen kennenlernte. Heute leugnete Sylvia nicht länger vor sich selbst, daß sie mit dem Beutel voller Steine in das Juweliergeschäft nur gegangen war, um sich trotzig über die Anweisung des Doktors hinwegzusetzen. Bis dann mehr daraus wurde ...

Sie hatte sich nie wirklich von ihm getrennt.

»Hallo, Achim.« Er fuhr herum, wie von der Tarantel gestochen, und rang nach Luft. Daß es auf der Rückseite des Hauses noch ein kleines Törchen in der Mauer gab, hatte er entweder übersehen – oder Aja war das stundenlange Warten zu langweilig geworden.

»Mensch, hast du mich erschreckt.«

»Das war auch meine Absicht. Ich möchte dir was zu lesen geben.«

»Ach ja? Sehr liebenswürdig!« Über seine mißglückte Heiterkeit konnte Sylvia nur müde lächeln, und während er die Fotokopie ihres handschriftlichen Geständnisses studierte, betrachtete sie ihn abschätzig. Daß hinter dem Gentleman-Äußeren brutale Rücksichtslosigkeit steckte, hatte sie immer gewußt, sie hätte diesen Brief nie geschrieben, wenn sie ihm nicht Entführung und Folter zutraute. Genau wie Aja, die ihr Gewissen – wenn sie denn je eines besessen hatte – Stück für Stück abgetötet hatte.

»Du bist verrückt!« Er war bleich geworden, und sie nutzte seine Verwirrung, nahm ihm die beiden Kopien ab und zerriß sie sorgfältig.

»Nein, nur vorsichtig.«

»Im Falle deines natürlichen oder gewaltsamen Todes – willst du uns ans Messer liefern?«

»Nein. Drück mir die Daumen, daß ich euch alle überlebe, Achim. Und was immer du jetzt überlegst – an das Geld kommt niemand heran, weder zu meinen Lebzeiten noch nach meinem Tod.«

»Sylvi, laß uns doch darüber reden ...«

»Da gibt es nichts mehr zu reden.« Sie kicherte häßlich, weil ihr ein Gedanke gekommen war. »Mit dem Freund ist verabredet, daß er den Brief auch und gerade dann losschickt, wenn ich ihn bitte, das Schreiben zu vernichten oder mir zurückzugeben. Er weiß dann, daß ich gezwungen werde, so zu reden.«

Zwölftes Kapitel

Thomas Pauli unterschrieb das Protokoll und wartete stumpf. Seine Angst hatte sich seltsamerweise gelegt, dafür erfüllte ihn dumpfe Gleichgültigkeit. Eine Frau wie Sina zu treffen hatte er schon nicht mehr gehofft, und als das Wunder geschah, holte ihn seine Vergangenheit ein.

Christine Seidel ahnte, was in ihm vorging, und lächelte schmal. »Sie haben es überstanden, Herr Pauli.«

»Ja«, murmelte er und bewegte sich nicht.

»Haben Sie diesen Hagen eigentlich näher gekannt? Ich meine, nicht nur als Besitzer dieses Pokerclubs?« Den anonymen Brief würde sie nicht erwähnen.

»Nein. Darauf legte er auch keinen Wert.«

»So, ja, keinen Wert. Was denken Sie – ist in dem Club ehrlich gespielt worden?«

»Ehrlich?«

»Mit gezinkten Karten oder was weiß ich, von Poker verstehe ich nichts.«

»Gezinkte Karten? – Nein, sicher nicht. Manchmal habe ich den Verdacht gehabt, zwei oder drei Spieler stünden auf Hagens Gehaltsliste, aber auch die haben anstandslos gezahlt, wenn sie verloren.«

»Sie glauben also nicht, einer der Clubgäste hätte ein Motiv gehabt, Hagen umzubringen?«

»Nein«, erwiderte Pauli gleichgültig.

Nach einer Weile ächzte die Kommissarin leise. Mit diesem Mann war nichts anzufangen, und je länger sie ihn ausfragte, desto weniger würde er wissen. Nach zwölf Jahren konnte sie auch noch zwölf Tage warten.

»Sie können gehen, Herr Pauli«, forderte sie ihn freundlich auf, und er brauchte eine halbe Minute, den Satz zu verstehen.

»Das ist doch Bluff! Sie will dich reinlegen, nichts mehr!« Der Sachse tobte und wütete am Telefon, daß Achim den Hörer ein Stück vom Ohr weghielt.

Aja saß auf seinem Schoß und hörte mit, sie vertraute ihrem Achim, mit Geld aus der Beute rechnete sie schon lange nicht mehr, und wenn Achim jetzt endgültig mit dem Sachsen Schluß machte, sollte ihr das recht sein.

»Und wenn nicht?« Achim erkundigte sich sehr sanft.

»Quatsch! Hirnrissig. Sie reißt sich doch selber rein ...«

»Na klar. Tut sie.«

»Mensch, schnapp sie dir doch! Zwing sie, den Namen dieses Freundes zu nennen, ich hole mir den Brief dann schon.«

»Harry, sie ist ausgekocht, vergiß das nicht, sie ist beim Doktor in die Lehre gegangen. Sie nennt mir einen Namen und eine Adresse, du steigst dort ein und findest nichts. Was dann?«

»Dann spuckt sie beim zweiten Mal den richigen Namen aus!«

»Kann sein, kann aber auch sein, daß sie mit dem richtigen Mann etwas verabredet hat. Bei Einbruch – ab zur Kripo.«

Achims Tonfall wurde immer schleppender, und der Sachse atmete schwer, bis sich das Brausen in seinen Ohren legte. »Du glaubst ...«

»Sie hat nicht viel zu befürchten. Sie war im Ausland, als der Bruch geschah.«

Obwohl die Wut seinen Magen schier zerfressen wollte, riß sich der Sachse zusammen. »Was schlägst du also vor?«

»Abbrechen. Aja und ich bleiben hier, und du kannst den anderen erklären, daß wir nicht mehr mitspielen. Tschüß, Harry, und halt die Ohren steif!«

Dreizehntes Kapitel

Mitte März rief Harald Möller an, ohne einen bestimmten Grund, wie er es häufiger tat, und erkundigte sich beiläufig, wie es ihr gehe.

»Danke, gut.«

»Gibt's was Neues im Fall *Jäger & Pauli*?«

»Nein. Ich hab Thomas Pauli laufen lassen, ich glaub zwar immer noch, daß er Dreck am Stecken hat, aber mir fällt beim besten Willen nicht ein, wie ich ihm das beweisen soll.«

»Und was macht dieser Harry Risteck?«

»Nichts Besonderes.«

»Hast du immer noch ein Auge auf ihn?«

»Gelegentlich.« Christine Seidel kicherte melancholisch. »Sozusagen als Abendbeschäftigung, Harald. Oder Freizeit-Bewältigung.«

Darauf schwieg er eine Weile. Sie tat ihm leid, und er wußte nicht, wie er ihr helfen sollte. Wenn ihn seine Hilflosigkeit ärgerte, redete er sich ein, daß er für sie nicht verantwortlich war, weder dienstlich noch privat, aber mit dieser Ausrede tröstete er sich allenfalls einen halben Tag.

»Hör mal, Risti, wenn dieser Sachse wirklich den Doppeleinbruch organisiert hat, wird das doch nicht das erste Mal gewesen sein.«

»Nein, das denke ich auch. Und das ist meine Wochenend-Beschäftigung.«

»Was?«

»Alte Akten zu entstauben und zu lesen.«

»Was machst du?«

»Alte Akten studieren. Von großen Brüchen, die langfristig und aufwendig ausbaldowert sein mußten. Der Sachse hat einmal gesessen, wegen Einbruchs, und ist danach nicht mehr aufgefallen. Jetzt versuche ich herauszufinden, ob er sich danach auf die Organisation solcher Aktionen verlegt hat.«

»Du bist verrückt!« klagte Möller entsetzt.

»Das denke ich manchmal auch.«

»Warum nimmst du ihn nicht direkt in die Mangel?«

»Und was halte ich ihm vor? Einen anonymen Brief? Harald, wenn er der große Organisator war oder ist, verfügt er über mehr Grips als unsere normalen Kunden. Dann läßt er sich nicht einschüchtern, sondern verlangt nach einem Anwalt, und weißt du, was der Anwalt mit mir anstellt?«

»Der zerfetzt dich in der Luft. Erst dich und dann den anonymen Brief.«

»Oder umgekehrt.«

»Na schön. Hast du herausgefunden, wer den anonymen Brief geschrieben hat?«

»Nein. Eine Ahnung, das ja, aber keinen Beweis.«

»Laß den Fall liegen, Risti!«

Sie verstand schon, warum er das vorschlug. Trotzdem widersprach sie heiter: »Und womit beschäftige ich mich in meiner Freizeit?«

Von Computern hielt sie nicht viel, aber eines Tages hatte sie sich doch so ein Ding angeschafft, und Mackenroth, frisch in ihre Abteilung versetzt, gab sich viel Mühe, ihr die Scheu vor dem Kasten zu nehmen. Was ihm besser und schneller gelungen wäre, wenn er dabei seinen immer leicht überheblichen, gelegentlich arroganten Ton abgelegt hätte, der Seidel mächtig verstimmte und ihre dauerhafte Abneigung begründete. Immerhin lernte sie so viel, daß sie sich später neue Programme kaufte, die ihr ein Nachbarssohn installierte, und mit viel Geduld die unverständlichen Handbücher durchackerte. Ihre Technik, Dateien zu vergleichen, mußte einen Fachmann zum Selbstmord treiben, aber sie hatte Zeit und sie war hartnäckig. Den Sachsen hatte sie mehrfach heimlich geknipst und die Bilder stundenlang betrachtet. Zweite Hälfte Fünfzig, jede Wette. Also war er etwa Mitte Vierzig, als er vor zwölf Jahren die Einbrüche durch den Bunkergang organisierte. Woran sie, was Seidel selbst immer wieder erstaunte, jetzt nicht mehr zweifelte. Zum ersten und einzigen Mal im Alter von 29 Jahren verurteilt. Dreieinhalb Jahre abgebrummt, entlassen auf Reststrafen-Bewährung. Großzügig gerechnet, bis er sich wieder gefangen hatte: Mitte Dreißig. Zehn Jahre also, und aus dieser Zeitspanne las sie alte Akten des Einbruch-Dezernats, tippte die wichtigsten Details nach einem Schema, das sie sich ausgeknobelt hatte, in ihren privaten PC. Namen, modus operandi, allmählich gewann sie Spaß an dieser Tätigkeit.

Und heute morgen die Heiratsanzeige in der *Westdeutschen Allgemeinen Zeitung*: *Thomas Pauli und Sina Pauli, geborene Markowski.*

Sie war einige Male im *Schlegelbusch* gewesen und noch häufiger wieder umgekehrt, wenn sie Thomas Pauli auf seinem Stammplatz entdeckte. Das Lokal florierte, einen eigenen Tisch bekam man so gut wie nie, und die Küche verdiente ein uneingeschränktes Lob. Sina bediente normalerweise an der Bar, eine ruhige und zurückhaltende Frau, überschlank, die fast immer enge schwarze Hosen und ein hochgeschlossenes schwarzes Samtoberteil trug. Die Männer stellten ihr nach, aber sie verstand es, bei aller Freundlichkeit Distanz zu wahren, und wenn jemand mal laut wurde, weil er ein Bier zuviel getrunken hatte, griffen die anderen Bargäste ein, um den Störenfried an die frische Luft zu befördern.

Also hatten sie geheiratet. Jetzt konnte sie jede Aussage über ihren Ehemann verweigern, und damit war Waffengleichheit hergestellt.

Elisabeth Markowski mußte einmal eine schöne Frau gewesen sein, und Spuren davon ließen sich in dem harten Gesicht immer noch erkennen, wenn sie einmal lachte und darüber vergaß, daß die ganze Welt sie immer nur schlecht behandelt hatte. Die Verbitterung war ihr in Fleisch und Blut übergegangen, und Christine Seidel verstand sehr gut, daß die meisten Menschen einen großen Bogen um diese unfreundliche, eckige Frau mit den ungepflegten grauen Strähnen schlugen. Leicht hatte sie es tatsächlich nicht, Kassiererin in einem Supermarkt, aber vielen anderen Frauen ging es nicht besser, und die klagten nicht pausenlos andere an und machten sie für ihr Schicksal verantwortlich.

»Nein, mit meiner Tochter hab ich seit fast zwanzig Jahren keinen Kontakt mehr.«

Sie saßen in einer Wirtschaft in Kray, die Speisekarte war dürftig, die Qualität noch bescheidener. Daß sich eine Kriminalbeamtin mit ihr beschäftigte, paßte in Elisabeth Markowskis Weltbild: Alle trampelten auf ihr herum, und Christine hatte sich mit Geduld gewappnet, sobald sie merkte, daß ein Gespräch von Frau zu Frau nicht in Frage kam.

»Hat sie was ausgefressen?« Das würde ihr gefallen, warum sollte es ihr allein schlecht gehen.

»Nein, nicht daß ich wüßte«, erwiderte Christine zögernd.

»Warum erkundigen Sie sich dann nach Sina?«

»Das ist eine lange Geschichte«, begann sie hilflos, und Elisabeth Markowski lächelte höhnisch. »Man hat mir erzählt, daß Sina ausgerissen ist.«

»Wer hat das erzählt?«

»Ihre früheren Nachbarn.«

»Das sieht denen ähnlich, sich das Maul über andere zu zerreißen, anstatt vor der eigenen Tür zu kehren.«

»Ja«, pflichtete die Beamtin bei. »Da war Sina siebzehn?«

»Gerade geworden. Suchen Sie meine Tochter?«

»Ja, ich würde schon gern mit ihr reden.«

»Und warum?« Die Mutter wollte es ganz genau erfahren, der Gedanke, dem undankbaren Kind könne es ebenfalls schlecht ergangen sein, tröstete, ja munterte sie regelrecht auf.

»Weil ich gerne von ihr hören möchte, ob sie damals einen bestimmten Mann gekannt oder getroffen hat.«

»Sie meinen doch – mit ihm ins Bett gestiegen ist?«

»Nicht unbedingt, Frau Markowski.«

Ihre Art, hämisch und ungläubig die Zähne zu fletschen, ließ sich schwer ertragen. »Wer soll denn das gewesen sein?«

»Hagen, Louis Hagen.« Unauffällig behielt Christine die Grauhaarige im Auge, aber der Name sagte ihr nichts.

»Nie gehört.«

»Wie hieß denn der Mann, mit dem Sina damals ausgerissen ist?«

»Grille, Dieter Grille. Sie sang so schön und zirpte so falsch, ein widerlicher Angeber. Ein Knacki.«

Einen Moment grübelte die Kommissarin, etwas kam ihr bekannt vor, aber bevor sie ihre Gedanken ordnen konnte, fuhr die verbitterte Mutter fort: »Eine Null, ein Verbrecher, ein Blender, was hab ich Sina gewarnt, aber sie wußte es ja besser, natürlich, Mütter sind ja alle dumm und eifersüchtig und verkalkt. Na schön, Sina, hab ich ihr gesagt, überleg dir das gut, entweder ich oder diese Grille, und wenn du dich mit diesem Sauhund einläßt, brauchst du nicht mehr nach Hause zu kommen, dann sind wir geschiedene Leute. War in den Wind gepredigt.« Ihre Lippen bildeten nur noch einen Strich, und

Christine musterte sie nachdenklich: »Wissen Sie, wohin Ihre Tochter gegangen ist?«

»Nein. Ich wollte es auch nicht hören, Sina hat sich nie wieder bei mir gemeldet.«

Nein, jetzt sagte sie die Wahrheit, sie hätte alles Schlechte über ihre Tochter mit dem größten Vergnügen ausgebreitet, und Christine entschloß sich, keine weiteren Fragen zu stellen. Der Frau gegenüber war alles im Leben mißglückt, aber Elisabeth Markowski würde nie prüfen, wer dafür die Verantwortung trug.

Angewidert schob die Beamtin den Teller mit den fettigen Bratkartoffeln zurück.

Grille, Dieter Grille. Mit »Alt F2« rief sie das Suchprogramm auf, und endlich blinkte der Cursor vor einer Eintragung. Ein Grille, Dieter hatte in Werl mit Stier, Herrmann, genannt der Bulle, vorübergehend in einer Zelle gelegen, und ganz dunkel kam ihr die Erinnerung an einen jungen, alerten Beamten, der es darauf anlegte, mit ihr zusammenzustoßen, weil er sich für unwiderstehlich hielt. Zwölf Jahre lag das jetzt zurück, es hätte auch eine Ewigkeit sein können.

Mackenroth warf einen Blick auf Seidels Gesicht und verkniff sich jede Bemerkung. Bis zur Prüfung noch, dann würde er sich versetzen lassen, das schwor er sich erneut, mit dieser Frau konnte doch kein normaler Mann klarkommen. Also nickte er ergeben: »Grille, Dieter Grille. Wird gemacht, Chefin.«

»Bring ihn ins Präsidium, aber ohne Drohung.«

»Ja, sicher, schon verstanden.«

Vierzehntes Kapitel

Anfang April flog Sylvia nach Zürich und hob Geld ab. Vom Hotel rief sie Olbricht an, der sich ehrlich freute, ihre Stimme zu hören: »Ihnen geht's also gut?«

»Doch, ja, danke, ich hoffe, Ihnen auch.«

»Ich könnte klagen, aber ich muß ja nicht.« Sein Lachen

klang nicht so überzeugend, wie er das gehofft hatte, aber sie überhörte den Unterton.

»Sie wissen ja, mich zieht's in die große weite Welt, ich treibe mich jetzt noch eine Woche in der Schweiz herum und fliege dann nach Südamerika.«

»Aber unsere Verabredung gilt weiterhin?«

»Unverändert. Jeden Monat melde ich mich wenigstens einmal bei Ihnen, telefonisch oder schriftlich. Wenn nicht – nun, das steht auf dem Brief.«

»Ja«, bestätigte er etwas hilflos, aber wieder traute er sich nicht, die entscheidende Frage zu stellen, und deshalb beendete sie das Gespräch so schnell, wie sie konnte, ohne ihn zu beleidigen.

Als sie zum ersten Mal die Summen der fünf Konten addiert hatte, schwindelte ihr. Crime doesn't pay, hieß es immer, aber der Doktor mußte die Ausnahme gewesen sein, die jede Regel bestätigte. Über sechs Millionen Mark hatte er ihr hinterlassen, doch nach dem ersten Rausch begann sie zu überlegen und stellte verwundert fest, daß sie gar nicht wußte, was sie mit diesem Reichtum anfangen sollte. Schon vor dieser Erbschaft hatte sie sich alles leisten können, was sie sich wünschte, und selbst bei großzügigster Prüfung entdeckte sie nichts, was sie sich bisher aus Geldmangel versagt hatte.

Wie hatte der Doktor immer gespottet: »Geld beruhigt, Sylvi, manchmal bis zur Schläfrigkeit.«

Wenn überhaupt, dann beschäftigte sie der Gedanke an das Alter und das Alleinsein. Sie hatte Freunde, Bekannte, sie war bei ihren Nachbarn wohl gelitten und brauchte, wenn sie nur wollte, keinen Abend allein zu verbringen. Und sie wußte sehr genau, daß viele Männer nur auf ein Zeichen von ihr lauerten. Aber ein zweiter Michael Jansen war nicht darunter, und die Szene in dem schauerlichen Haus in Röhrichthausen stand ihr oft vor Augen: Er schenkte ihre Uhr dem Pfarrer. Nein, sie hatte ihn nie wirklich verlassen, selbst Peter Arntzen, den sie damit vernichtet hatte, war nur ein vergeblicher Versuch gewesen, sich von ihm zu trennen. Vom Doktor hatte sie damals Sicherheit verlangt, als sie ihn zur Ehe drängte. Und jetzt? Was wünschte sie sich jetzt?

Grille schwitzte. Das flotte Jüngelchen, das bei ihm klingelte, hatte ihn nicht beeindruckt, auch nicht mit dem Ausweis, und Mackenroth gähnte: »Meine Chefin will Sie sprechen.«

»Ihre Chefin?«

»Oberkommissarin Seidel.«

»Die triste Tine?« Das war ihm so rausgerutscht, Mackenroth legte den Kopf schräg und sah ihn düster an: »Sie können die Chefin ja mal so anreden.«

Davor würde er sich hüten; von der merkwürdigen Oberkommissarin hatte er einiges gehört, das meiste mochte übertrieben sein, aber der Rest reichte, ihn vorsichtig zu stimmen. Und deshalb fuhr er sich jetzt mit dem Finger unter dem Kragen entlang und wünschte sich weit weg.

Sie betrachtete ihn schweigend. Eine gescheiterte Existenz mehr. Mitte Fünfzig, mittelgroß und mager, ein faltiges Gesicht und dünne Haare. Anzug, Hemd und Krawatte verkündeten akuten Geldmangel. Kaum vorstellbar, daß er einmal ein Mädchen wie Sina Markowski verführen konnte, heute roch er förmlich nach Versagen. Die Angst stand ihm im Gesicht geschrieben, obwohl er sich um einen gelassenen Ausdruck bemühte.

»Vielen Dank, daß Sie gekommem sind«, begann Christine Seidel endlich, und er starrte sie so verblüfft an, daß sie leise gluckste: »Nein, es liegt nichts gegen Sie vor, ich brauche nur ein paar Auskünfte von Ihnen.«

»Auskünfte?«

»Ja. Sie haben einmal in der JVA Werl mit einem Herrmann Stier zusammen in einer Zelle gelegen.«

»Mit dem Bullen?« Seine Gedanken rasten. »Hören Sie, das können Sie mir nicht anhängen, als der Bulle hops ging, saß ich noch, das können Sie nachprüfen.«

»Weiß ich, Herr Grille. Mit dem Tod des Bullen haben Sie nichts zu tun. Aber ich würde mich trotzdem gerne mit Ihnen über den Bullen unterhalten.«

»Ja?« Er blieb mißtrauisch.

»Wie lange haben Sie in einer Zelle gelegen?«

»Wie lange? – Du meine Güte, das ist doch – drei Monate vielleicht?«

»Nicht schlecht«, lobte sie gelassen. »Es waren vier Monate – nun schauen Sie nicht so konsterniert, natürlich habe ich die alten Akten gelesen.«

»Und warum?«

Diese Frage überhörte sie. »Wie war denn der Bulle so? Haben Sie sich angefreundet? War er ein angenehmer Genosse?«

Nach einer Weile entschloß sich Grille, auf ihre Fragen einzugehen. Die Kommissarin schaute ihn so eigentümlich an, nicht drohend, sondern irgendwie gelangweilt oder unerschütterlich, jedenfalls so, als ob sie unendlich viel Zeit hätte.

»Na ja, wie war er? Ruhig, einer von der schweigsamen Truppe, es ging ihm auch nicht gut, er ist dann ja bald operiert worden.«

»Kannten Sie ihn von früher?«

»Nee.«

»In Werl saß zu dieser Zeit auch ein gewisser Louis Hagen ein. Kannten Sie den?«

»Na ja, was heißt kennen? Im Knast begegnet man sich ab und zu, aber deswegen kennt man sich noch nicht.«

Auch das stimmte mit den alten Anstaltsakten überein. »Aber vor Ihrer Haft waren Sie Hagen nicht begegnet?«

»Nee.«

»Wie war das mit Bulle? Kannte der Hagen von früher?«

»Glaub ich nicht.«

Sie seufzte und holte ein Bild aus der Schublade. »Herr Grille, kennen Sie den Mann?«

Trotz seiner Anspannung zuckte er zusammen, und Seidel lächelte dünn. Also doch!

»Ich weiß nicht ...«, zögerte Grille und schaute hoch. Unter ihrem spöttischen Blick wurde ihm wieder warm. »Er sieht aus wie – tja ...«

»Wie wer?«

»Risteck heißt er, Harry Risteck.«

»Mit Spitznamen Sachse«, ergänzte sie trocken, und Grille nickte kläglich.

»Sie sind also dem Sachsen vor Ihrer Haft in Werl schon einmal begegnet«, stellte sie klar. »Wo und wann?«

Eine lange Minute brütete er vor sich hin, bis die Kommissarin sich räusperte. »Sie sind doch ein alter Knacki und kennen sich mit Verjährungsfristen und dergleichen etwas aus. Was immer Sie mit Risteck zusammen angestellt haben, liegt wenigstens vierzehn Jahre zurück. Wenn es also nicht gerade Mord war, haben Sie nichts zu befürchten. Ich will Ihnen auch nichts anhängen, ich will doch nur wissen, woher Sie den Sachsen kannten.«

»Wir haben mal zusammen ...« Er brach ab und verschluckte die restlichen Wörter: ein Ding gedreht. »... na ja, etwas unternommen.«

»Gut. Etwas genauer muß es allerdings sein. Einbruch?«

»Ja«, gab Grille widerstrebend zu.

»War das, bevor der Sachse einfuhr? Oder nach seiner Haft?«

»Nachher. Es hatte ihn ziemlich erschüttert, daß die Bul-, äh – daß er geschnappt und verknackt worden war, das sollte ihm nicht noch mal passieren. Deshalb wollte er nur noch Dinger drehen, die genau organisiert waren. Ohne Risiko.«

»Also hat er organisiert?«

»Ja...aa.« Grille fühlte sich sichtlich unwohl in seiner Haut, und sie schnitt eine Grimasse.

»Auch den Einbruch, von dem wir jetzt sprechen?«

»Ja.«

»Hat der Sachse den Einbruch damals auf eigene Rechnung vorbereitet?«

»Nein. Es gab einen Mann im Hintergrund, der zahlte.«

»Wissen Sie, wer das war?«

»Nee! Auf dem Ohr war der Sachse taub. Wir haben genau ausgeführt, was er uns befahl, und dafür haben wir eine vorher festgelegte Summe bekommen.«

Ziemlich gestelzt, dachte sie belustigt, aber warum sollte er sich unnötig belasten?

»Schön, der Sachse hatte also Kontakt zu einem Unbekannten, der große Projekte finanzierte. Kann man das so sagen?«

»Genau so.«

»Prima, Herr Grille, und nun die entscheidende Frage: Kannte der Bulle den Sachsen?«

»Woher wissen Sie ...«

Über sein verblüfftes Gesicht mußte sie schmunzeln. Es ging voran, diese Grille sang wirklich sehr schön.

»Der Bulle und Sie haben sich also in Werl über gemeinsame Bekannte unterhalten und dabei festgestellt, daß Sie beide Harry Risteck kannten.«

»Sicher, aber woher wissen Sie das?«

»Unwichtig«, winkte sie ab, und Grille spürte Stiche in seinem Magen. Genau so, wie man es ihm erzählt hatte, ein grämliches Weib, das aus heiterem Himmel Tiefschläge landete.

»Hat der Bulle Ihnen verraten, wann und wo er den Sachsen kennengelernt hatte?«

»Nei-ein, nicht direkt, aber ich hab mir immer vorgestellt, daß sie sich früher mal in einer Kneipe kennengelernt hatten. Aber wie schon gesagt, der Bulle war nicht sehr gesprächig.«

»Macht nichts, Herr Grille. Wußte der Bulle in Werl, daß der Sachse große Dinger organisierte – oder haben Sie ihm das verklickert?«

»Nee, das hab ich ihm verraten, und er hat ziemlich dumm aus der Wäsche geguckt. Das hatte er seinem Freund Harry nicht zugetraut.«

Die Lücken schlossen sich, Seidel lächelte den verwirrten Mann offen an. »Gut. Damit Sie sehen, daß ich Sie nicht aufs Kreuz legen will, erzähle ich Ihnen, um was es geht. Der Bulle hat nach seiner Entlassung den Sachsen gesucht und ihm Pläne von einem alten Bunkergang verkauft, der vom *Hotel Kaiserhof* bis in einen Tiefbunker unter dem Innenhof der Hauptpost führte – ich sehe schon, die Lämpchen glühen, genau, die beiden Einbrüche in die Bank und das Juweliergeschäft.«

»Von der Beute träumen alle!« Es lag soviel Sehnsucht in seinem Satz, daß sie mitfühlend kicherte und aufstand: »Bier und Schnaps mag ich nicht, aber ich habe einen ordentlichen Weißwein im Kühlschrank. Trinken Sie ein Glas mit?«

»Gerne«, stimmte er rasch zu.

Nach dem ersten Schluck wurde Christine wieder ernst: »Sie haben sicher auch gehört, daß in der Nacht des Einbruchs ein Mann getötet wurde, dieser Louis Hagen.«

»Später, ja.« Der Wein schien ihn zu überzeugen, daß sie ihn nicht auf den Leim locken wollte. »Wie es in den Zeitungen hieß, sollte er die Brüche finanziert haben, aber das kann ich mir nicht vorstellen.«

»Nein?«

»Nee! Nicht Hagen. Wissen Sie, so gut kannte ich den Sachsen ja auch nicht, aber der und so ein großmäuliger Zuhälter wie Hagen? – Den die anderen Luden aus der Stahlstraße rausgeprügelt hatten? – Nee, das paßte nicht zusammen.«

»Kein Tip, wer der Unbekannte gewesen sein könnte, der den Einbruch geplant hat?«

»Nee! Absolut nicht.«

»Na schön, Herr Grille. Jetzt müssen wir noch mal in Ihre Vergangenheit steigen. Sina Markowski.«

Er hatte gerade trinken wollen und setzte das Glas im Zeitlupentempo wieder ab. »Sina?«

»Sina Markowski, ja.«

»Muß das sein?« An diese Frau erinnerte er sich ungern, und seine Reaktion verwunderte die Kommissarin ein wenig. Bis jetzt hatte er mal ängstlich, mal vorsichtig geantwortet, was sie gut verstand; immerhin ging es um mögliche Straftaten. Was hinderte ihn daran, von einer früheren Freundin zu reden? Dann schaltete sie und versicherte müde: »Es geht nicht um Verführung Minderjähriger, auch nicht um Zuhälterei. Sina hat Sie nie angezeigt, das Kapitel ist abgeschlossen, auch für uns und den Staatsanwalt.«

»Und Betty?«

»Wer ist Betty?«

»Die Mutter. Sinas Mutter.«

So war das also abgelaufen; Seidel ekelte sich und schüttelte den Kopf: »Ich hab mit ihr gesprochen. Elisabeth haßt Sie, aber unternimmt nichts gegen Sie.«

»Das wäre ja auch noch schöner«, bemerkte er beleidigt. Betty war ein Flitzer, ein Flittchen, und konnte die Hand nicht weit genug aufhalten. Er hatte gelöhnt, wie viele andere auch, und eines Tages die Tochter in der Wohnung angetroffen, die Mutter verspätete sich. Na, sie kamen ins Gespräch, die Kleine war ganz hübsch, ein bißchen dürr vielleicht, und tat so, als hätte sie's faustdick hinter den Ohren. Na ja, warum sollte er verschmähen, was ihm aufgedrängt wurde? Bald darauf tobten sie zusammen im Bett, und die Kleine entwickelte sich zu einer Klette. Was ihm, wenn er ehrlich sein sollte, ganz gut gefiel. Bis die Mäuse knapp wurden und er sich nach – Arbeit umsehen mußte.

Das Wort ›Arbeit‹ reizte Christine Seidel zum Lachen, und Grille wurde rot.

Es war schief gegangen, und bei seiner Vorstrafenlatte war ihm klar, daß er nicht unter vier Jahren davonkommen würde. Sina schwor ewige Treue, wollte unbedingt auf ihn warten, zu Hause war sie ausgezogen, aber er hatte kein Geld mehr. Und sie – na ja, was sollte sie tun – gut, warum drumherum reden – sie schaffte an.

»Wo denn?«

»Das hat sie mir nie erzählt.«

Während die Kommissarin nachschenkte, überlegte sie, ob sie ihm die letzte Behauptung glauben sollte. Grille hatte genau fünfzig Monate gesessen, vier Jahre und zwei Monate, eine lange Zeit für eine Siebzehnjährige, in der sie tatsächlich aufwachen und erkennen konnte, mit wem sie sich da eingelassen hatte.

»Schade. Noch eine Frage, Herr Grille: Hat Sina diesen Sachsen gekannt?«

»Wie kommen Sie denn darauf?« fragte er patzig zurück, richtig empört – und stockte plötzlich, sein Gesicht verfärbte sich. Ihm war etwas eingefallen, mit einer Hand wedelte er nervös in der Luft herum, als gehöre sie gar nicht ihm, bis er so tief Luft holte, daß seine Bronchien rasselten. »Verdammt!« krächzte er und stürzte fast ein ganzes Glas Wein herunter, um seine Kehle anzufeuchten.

»Was heißt das – verdammt?«

Seine Stimme wollte Grille nicht gehorchen. »Ja, sie kannte ihn.«

»Ach! Und woher?«

»Ich war der Dussel.« Um die Geschichte auf die Reihe zu bekommen, brauchte es einige Geduld. In einem Restaurant, ganz zu Anfang ihrer Beziehung, als er noch Geld besaß, sie ihn unsterblich verliebt anhimmelte und er den großen Macker markierte – er drückte es anders aus, aber Seidel übersetzte es sich so. Drei oder vier Tische weiter saß Harry Risteck mit zwei Männern, die vor Geld stanken, die Ober scharwenzelten nur so um das Trio herum. Grille hatte mit seinen Kenntnissen geprahlt: »Der Kerl heißt Harry Risteck, aber alle Welt nennt ihn den Sachsen, und das ist ein ganz Großer im Geschäft. Organisiert und plant, nur allererste Superdinger. Mit den besten Connections zu den Großen im Hintergrund.« Es hatte Sina mächtig beeindruckt. Ihr Dieter kannte die ganz Großen im Geschäft, und als sich die Ebbe in seiner Brieftasche abzeichnete, hatte sie ihm in ihrer Naivität vorgeschlagen, er solle sich doch mit dem Sachsen in Verbindung setzen, der hätte doch bestimmt einen lohnenden Job für seinen guten, alten Freund Dieter.

»Sie müssen sehr aufgeschnitten haben«, bemerkte die Beamtin versonnen, und er nickte jämmerlich. Der dünne Hemdkragen lappte weich vor Feuchtigkeit.

»Na, das wär's dann, Herr Grille – nein, nein, warum trinken wir nicht noch ein Glas?«

Das würde ihm kein Mensch glauben: Die triste Tine lud ihn zum Wein ein. Abends, im Präsidium, in der Mordkommission. Und schnorrte seine Zigaretten!

Nach dem scheußlichen Winter verleugnete der April seine Launenhaftigkeit, es blieb trocken und warm, Büsche und Bäume trieben Blätter im Rekordtempo, und Christine Seidel bummelte abends traurig durch die Straßen.

Nach langem Gewissenskampf hatte sie für Mackenroth eine zu gute Beurteilung geschrieben; eine ehrliche, also schlechte, hätte unter Umständen bedeutet, daß er den Sprung in den Gehobenen Dienst nicht schaffte, und sie rechnete sich aus, daß sie wahrscheinlich die Hauptleidtragende sein würde, noch auf Jahre mit einem Hauptmeister gestraft, der sie nicht ausstehen konnte und ihr immer mehr auf die Nerven ging. Zum ersten Juni würde er versetzt, ein Lichtblick.

Plötzlich faßte Christine einen Entschluß.

»Pauli.«

»Guten Tag, Frau Pauli, hier spricht Christine Seidel. Die Oberkommissarin. Ich möchte mich gerne mit Ihnen über den anonymen Brief unterhalten, den Sie mir geschrieben haben.«

Sie träumte aus dem Fenster, das Telefon rauschte und knackte, und nach einer langen Zeit antwortete eine erstickte Frauenstimme: »Ja, ja.«

»Kennen Sie die Isenburg?« – »Gut, treffen wir uns dort in einer Stunde.« – »Nein, keine Sorge, ich komme allein ...« – »Ja, ich kenne Sie. Ach, und noch etwas, Frau Pauli.«

»Ja?«

»Von unserem Gespräch muß niemand erfahren. Am allerwenigsten Ihr Mann.«

Sina Pauli hatte sich verändert, sie trug die Haare länger und hatte einen Rock angezogen, sie wirkte nicht mehr so streng, und auf der Hochzeitsreise hatte sie Sonne getankt. Freilich verdarb die Angst den hübschen Anblick, und Christine Seidel seufzte. Hoffentlich beging sie keinen Fehler; der Mut hatte sie verlassen, noch während sie den Hörer zurücklegte.

»Ich kenne Sie doch«, sagte Sina statt einer Begrüßung unruhig.

»Ja, guten Tag, Frau Pauli, ich bin häufiger im *Schlegelbusch* gewesen, ich wollte sehen, wer Sie sind.«

»Warum? Haben Sie ...?«

»Nein, aber mir war klar, daß Thomas Pauli nicht jedem von seiner Vergangenheit erzählen würde, von diesen Schuldscheinen, die er Louis Hagen ausgestellt hatte.«

»Dann habe ich einen ... aber er war fest davon überzeugt, daß Sie ihn verdächtigen.«

»Das habe ich auch getan. Laufen wir ein paar Schritte?«

Um diese Tageszeit hatten sie die Waldwege fast für sich allein, die Sonne wärmte, es roch verheißungsvoll nach frischem Grün, und unter ihnen blitzte das Wasser des Baldeneysees. Absichtlich schlug Seidel ein Bummeltempo an, und Sina Pauli paßte sich wortlos an.

»Wir müssen etwas klarstellen, Frau Pauli. Niemand kann Sie zwingen, meine Fragen zu beantworten, es wird kein Protokoll geben, kein Mensch außer uns beiden wird erfahren, was wir besprechen, und Ihr Mann wird von mir nie hören, daß wir uns getroffen haben.«

»Ja«, hauchte sie nach einer ganzen Weile.

»Ich habe mich vor einiger Zeit mit Dieter Grille unterhalten.« Die Kommissarin schluckte, weil Sina vor Schreck stehenblieb und dann mit langen Schritten aufholte. »Ein ziemlicher Widerling, den ich gerne durch den Fleischwolf gedreht hätte.«

»Ja, das war er. Aber ich war sechzehn ...«

»Das habe ich mir ausgerechnet. Grille hat Ihnen einmal in einem Restaurant einen Mann namens Harry Risteck gezeigt, den Sachsen.«

»Ja. Und ich Dummerchen bin in Ehrfurcht erstarrt ...«

»Wenig später wurde Grille bei einem Einbruch geschnappt und fuhr ein. Was haben Sie danach getan?«

Drei, vier Minuten spazierten sie stumm nebeneinander her, bis Sina schnarrte: »Das wissen Sie doch.«

»Ich vermute es. Sie haben angeschafft. Sie würden sich jetzt mächtig irren, wenn Sie denken, ich verachte Sie deswegen. Oder würde den moralischen Stab über Sie brechen.«

»Man wird seine Vergangenheit nie los«, antwortete Sina hart.

»Nein, das nicht. Aber man kann zu ihr stehen.«

»Das sagen Sie so leicht ...«

»Ich kenne mehr Menschen als Sie, die das tun müssen.« Aus den Augenwinkeln sah sie, daß sich Sinas Fäuste wieder lockerten. »Wohin sind Sie gegangen, nachdem Grille verurteilt war?«

»Zu Hagen. In die Canalistraße.«

Also doch! »Zu einer Zeit, als der Bulle unten im Billardkeller aushalf?«

»Ja.« Sinas Stimme klang noch scharf, aber sie atmete tief durch. »Eines Abends saß ich beim Bullen unten in der Küche, wir Mädchen haben uns bei ihm aufgewärmt oder schnell mal was gegessen, da kam der Bulle mit dem Sachsen herein, beide ganz vergnügt.«

»Der Sachse kannte Sie nicht?«

»Nein, er hat mich auch nicht beachtet. Unmittelbar darauf verschwand der Bulle, und später las ich in der Zeitung, daß man ihn tot aus dem Rhein gefischt hatte.« Sie bemühte sich um einen gleichmütigen Plauderton, aber der glückte ihr nicht so recht, und Christine schwieg bedrückt. »Ich hab hin und her überlegt, ich wollte raus aus diesem verdammten Puff, und dann hab ich mir ausgerechnet, daß Louis – also Hagen – für diese Information was zahlen würde.«

»Information ...?«

»Daß sich der Bulle und der Sachse gut kannten und getroffen hatten.«

»Und? Hat er gezahlt?«

»Oh ja. Einen Tausender. Ein großzügiger Typ! Dafür mußte ich die Hose runterlassen ...«

Wieder dauerte es Minuten, bis sie sich gefangen hatte.

»Eine Woche später hat er mich geholt. Ich sollte ihm helfen, den Sachsen aufzustöbern.«

»Wie das?«

»Normalerweise trieb sich der Sachse um den Wasserturm an der Steeler Straße herum, aber da war er seit Wochen nicht mehr gesehen worden. Hagen hatte einen Tip bekommen, der Sachse wäre häufiger in der Nähe der Hauptpost zu finden, also bin ich wochenlang in der Innenstadt herumgewandert.«

»Auf Hagens Anweisung?«

»Sicher.« Nach einer Weile fuhr Sina trocken fort: »Er hat dafür gezahlt, und lieber Blasen als ...«

»Ja. Haben Sie den Sachsen gefunden?«

»Nein, das war Hagen, durch einen blöden Zufall. Der Sachse kam aus dem Juweliergeschäft Arntzen, und Hagen hat ihn verfolgt, aber später verloren. Deshalb hat er mich angerufen, ich sollte in der Lindenallee Position beziehen.«

»Wann war das?«
»An dem Samstag, an dem bei Arntzen und der Bank eingebrochen wurde.«
Jetzt stoppte Christine Seidel vor Überraschung. »An dem ...«
»Sicher. Im letzten Moment. Kannten Sie Hagen?«
»Flüchtig.«
»Ich kannte ihn besser, und ich kann Ihnen flüstern, ich habe panische Angst vor ihm gehabt, also hab ich brav getan, was er wollte, und es wurde eine heiße Nacht.«
»Wie meinen Sie das?«
»Ihr Versprechen gilt immer noch: Kein Protokoll, und niemand erfährt von unserem – Spaziergang?«
»Mein Wort, Frau Pauli.«
»Sagen Sie ruhig Sina. Meinen Namen möchte ich – er gehört nicht in dieses Kapitel.«
»Ich heiße Christine.«
Einen Moment sahen sie sich offen an, und Sina lächelte sogar. »Zu viert sind wir fast die ganze Nacht zwischen Hauptbahnhof und Theater herumgewandert.«
»Zu viert?«
»Sicher. Hagen, der Sachse, ich und ein Mann, den ich nicht kannte. Risteck und der andere gingen Schmiere, Hagen und ich immer hinter ihnen her, aber wir konnten nicht herausfinden, wo etwas stattfand.«
Nach einer Bedenkpause stimmte die Polizistin nachdenklich zu: »Nein, der Bruch lief ja im wahrsten Sinne des Wortes unterirdisch. Und so, wie der organisiert war, haben sich der Sachse und der Unbekannte wahrscheinlich über Funk mit den eigentlichen Einbrechern verständigt.«
»Gut möglich«, pflichtete Sina bei, »einmal schlich ich an dem Unbekannten vorbei und hörte, wie der etwas murmelte, obwohl er allein war.«
»Sie haben ihn nicht erkannt?«
»Nein. Mittelgroß, mehr weiß ich nicht mehr.«
»Und dann ging etwas schief, nicht wahr?«
»Ja, ziemlich. Hagen hielt mich an, er wollte sich jetzt mal um den Unbekannten kümmern, und ich hängte mich an den Sachsen. Der machte ganz plötzlich kehrt

und kam auf mich zu, ich kriegte Panik und sauste in die Einfahrt.«

»Welche Einfahrt?«

»Zur Post. Auf den Innenhof. Da saß ich schön in der Falle, ich hab mich hinter einem Vorsprung versteckt und nur noch gebetet.« Sina kickte kleine Steine vor sich her. »Nach einer Weile hab ich mich getraut, ganz vorsichtig um die Ecke zur Einfahrt zu schielen, und das hätte ich besser nicht getan.«

»Wie meinen Sie das?«

»In dem Moment kam ein Mann herein. Nein, das muß ich – also, in dem Moment huschte ein Schatten durch die Einfahrt in den Hof und blieb stehen.«

»Konnten Sie ihn erkennen?«

»Nein, dazu war es zu dunkel. In der Post brannte noch Licht, in einem der oberen Stockwerke und im Parterre, aber auf dem Hof konnte man keine Einzelheiten erkennen, eben nur Schatten. Der erste Schatten bewegte sich eine ganze Zeit nicht, dann tauchte hinter ihm plötzlich ein zweiter Schatten auf, und der holte mit einem Arm weit aus und schlug auf den anderen Mann ein. Nur einmal, glaube ich, aber das weiß ich nicht sicher, ich habe mich vor Angst wieder ganz nach hinten an die Wand gepreßt, und als ich mich nach zehn Minuten wieder heraustraute, war alles ruhig. Sehr ruhig. Oh ja.« Sie lachte, und bei dem hysterischen Unterton drehte Christine besorgt den Kopf zu ihr. »So ruhig, daß ich über einen Mann gestolpert bin. Einen Toten. Daß ich nicht geschrien habe, war das reinste Wunder.«

»Woher wußten Sie, daß er tot war?«

»Weil er sich überhaupt nicht bewegte. Obwohl ich ihn verdammt heftig getreten hatte.«

»Wer war das? Hagen?«

»Ich hab nicht nachgeschaut. Als ich mich wieder rühren konnte, bin ich nur noch weggelaufen. Bis in meine Wohnung.«

Stumm spazierten sie nebeneinander her. Daß Sina die Wahrheit gesagt hatte, bezweifelte Christine nicht, aber mit dieser Aussage konnte sie den Sachsen nicht nageln. Versuchen würde sie es, das schwor sie sich, aber sie hatte Sina versprochen, kein Protokoll anzufertigen, und ihr Wort wollte sie halten.

Eine Woche hatte sie sich in ihrer Wohnung verbarrikadiert und war danach nie mehr in die Canalistraße gegangen. Sina sprach mehr zu sich als für ihre Begleiterin. Gekellnert, gespart, die Grille zum Teufel gejagt, als der wieder abgebrannt und großmäulig bei ihr aufkreuzte, einmal in ihrem Leben etwas Glück gehabt und den *Schlegelbusch* gekauft. Thomas Pauli kannte sie vom Sehen, früher ein aufgeblasener Playboy, der bei Hagen im Spielclub gerupft wurde, und sie erinnerte sich wieder an ihn, als er regelmäßig im *Schlegelbusch* erschien. Sehr verändert, still und ziemlich mutlos. Eines Abends schüttete er an der Bar sein Herz aus, und sie begriff, daß sich ihrer beider Leben in ein und derselben Nacht geändert hatte. Aber von ihrer Vergangenheit sollte, durfte er nichts erfahren, und seine hatte ihn eingeholt, als er zur Kriminalpolizei zitiert und verdächtigt wurde, an den beiden Einbrüchen beteiligt gewesen zu sein.

»Der Sachse kommt jetzt häufiger zu Ihnen in den *Schlegelbusch*«, warf Christine ein, und Sina schluckte erstaunt.

»Ja, aber er weiß nicht, wer ich bin.«

»Haben Sie ihn sofort wiedererkannt?«

»Nein, nicht auf den ersten Blick, aber es ist mir rasch wieder eingefallen.«

Ja, Toms Geständnis. Sie wußte ja, daß nicht Hagen den Doppelbruch organisiert oder finanziert hatte, Hagen wollte sich, nachdem er von ihr etwas über die Bekanntschaft des Bullen mit dem Sachsen erfahren hatte, nachträglich in die Sache reinhängen, abstauben, einen Anteil erpressen. Darin war er groß, na ja, und gefährlich. Also hatte sie den anonymen Brief geschrieben ...

»Der Rest war sehr einfach, Sina. Wir haben Thomas Pauli überwacht, Sie sind die einzige Person, mit der er enger verbunden ist, also habe ich vermutet, daß Sie den Brief geschickt hatten. Und den Sachsen kennen mußten. Von Ihrer Mutter habe ich den Namen Dieter Grille gehört, und die Grille hat gezirpt und mir erzählt, daß er Ihnen einmal den Sachsen gezeigt hatte.«

»Und wie geht es jetzt weiter?«

»Ich weiß es nicht. Es reicht nicht, um dem Sachsen den Mord an Hagen anzuhängen, und außerdem habe ich Ihnen versprochen, daß Sie nie irgendwo aussagen müssen.«

»War es denn wirklich der Sachse?«

»Nein, so wie Sie es geschildert haben, kann es auch der Unbekannte gewesen sein.«

»Haben Sie eine Ahnung, wer das gewesen ist?«

»Nein. Überhaupt keine.«

Sina holte tief Luft und knöpfte ihre Jacke auf, als sei ihr warm geworden. »An dem Abend – in der bewußten Nacht – hat Hagen etwas Komisches gesagt, so ganz nebenbei.« Vor Nervosität kicherte sie. »Jede Wette, daß der Harry für den Doktor unterwegs ist.«

»Für welchen Doktor?«

»Das weiß ich nicht. Und so, wie Hagen gelaunt war, hab ich auch nicht gewagt, ihn irgendwas zu fragen.«

Über Hagens Jähzorn hatte Seidel einiges in den Akten gelesen, und heute bewunderte sie die Kaltschnäuzigkeit, mit der Hagen Harald Möller und ihr Auskunft über den Bullen gegeben hatte. Damals hätten sie einhaken müssen, aber damals verdächtigte niemand diesen Bordellbesitzer, der so offen redete.

»Ich würde gerne einen Kaffee trinken«, murmelte Sina. Vor ihnen lag ein Restaurant.

»Ich komme nicht mit hinein, Sina. Es ist besser, wenn man uns nicht zusammen sieht. Wir werden uns nicht mehr treffen, und ich wünsche Ihnen viel Glück. Auch für Ihre Ehe.«

»Danke, Christine.«

Sie blieb so lange vor dem Eingang stehen, bis Christine auf den Parkplatz einbog, und beide winkten sich noch zu.

Der Sachse erstarrte, als er die Wohnungstür öffnete und die beiden Schutzpolizisten sah.

»Herr Risteck? Bitte kommen Sie mit aufs Präsidium.«

»Und warum?« würgte er heraus.

»Oberkommissarin Seidel lädt Sie zum Verhör vor.«

Mackenroth schaltete das Tonband an und verzog sich in eine Ecke; um was es ging, hatte ihm diese blöde Zicke natürlich nicht verraten, seine wütende Miene war nicht gespielt.

»Sie heißen Harry Risteck und werden der Sachse genannt«, begann die Kommissarin in einem so gleichgültigen Ton, daß der Sachse alle Alarmglocken schrillen hörte.

»Ja.«

»Sie haben vor dreizehn Jahren für den Doktor die Einbrüche in das Juweliergeschäft Arntzen und die Bank *Jäger & Pauli* organisiert.«

Trotz aller Anspannung zuckte er zusammen, und ihrem spöttischen Blick entnahm er, daß es ihr nicht entgangen war.

»Nein.« Der Sachse schluckte. »Ich weiß überhaupt nicht, wovon ...«

»Sie kannten auch Herrmann Stier, den Bullen.«

Er preßte die Lippen zusammen und überlegte fieberhaft, ob er das leugnen konnte – nein, das war zu riskant. »Ja.«

»Wo haben Sie ihn kennengelernt?«

»Das weiß ich nicht mehr. In einer Kneipe, vermutlich.«

»Sie haben ihm für 25.000 Mark die Pläne für den unterirdischen Gang zwischen dem *Kaiserhof* und dem Bunker unter der Post abgekauft.«

Und wieder konnte er ein überraschtes Blinzeln nicht unterdrücken, das sie zu amüsieren schien. »Nein.«

»An Bulles Tod waren Sie nicht schuldig, aber in der Nacht des Einbruchs ist ein Mann getötet worden, Louis Hagen.«

»Davon weiß ich nichts.«

»Aber sicher wissen Sie das. Erstens arbeitete der Bulle in einem Billardsalon, der Hagen gehörte, und Sie haben ihn dort besucht. Zweitens sind Sie und der Doktor in der Nacht des Einbruchs sozusagen oberirdisch Schmiere gelaufen und haben dabei Hagen beobachtet, der Ihnen auf der Spur war.«

»Nein, Blödsinn, ich weiß gar nicht ...«

»Hagen ist mit einem Schlag ins Genick getötet worden, und der Täter waren Sie oder der Doktor.«

»Hören Sie, das ist doch alles Mumpitz, ich weiß wirklich nicht, wovon Sie reden ...«

»Über die Einbrüche unterhalten wir uns später, jetzt interessiert mich erst einmal der Mord an Louis Hagen.«

»Wollen Sie mir etwa einen Mord anhängen?«

»Sicher. Ihnen oder dem Doktor.«

Am meisten irritierte ihn, daß Seidel so selbstverständlich von dem Doktor sprach. Offenbar schien sie zu wissen, wer das war, und das mußte doch bedeuten, daß einer aus der alten Mannschaft gesungen hatte. Oder war Sylvia – die Vorstellung nahm ihm einen Moment den Atem, aber dann würde diese Giftspritze anders mit ihm umspringen oder legte sie es darauf an, ihn zu verwirren? Die Kommissarin schien eine Menge zu wissen – von wem eigentlich? Oder bluffte sie?

»Na schön«, seufzte sie übertrieben. »Also das Ganze noch einmal von vorn. Sie heißen Harry Risteck, sind vorbestraft, organisieren Einbrüche im Auftrag von Hintermännern – ach ja, bevor ich es vergesse, wir haben Zeugen gefunden, Herr Risteck. Spät zwar, aber immerhin. Also ...«

Es zog sich über Stunden hin, und der Sachse mauerte, schwieg, leugnete, stritt ab, wußte nichts. Ihre Zermürbungstaktik durchschaute er bald, und auch Mackenroth, der seine Chefin eigentlich besser kennen sollte, ahnte erst nach einer Stunde, daß sie zwar auf dem Mord an Hagen herumhackte, es in Wirklichkeit aber auf Details über den Einbruch angelegt hatte.

»Sie waren Kunde von Arntzen.«

»Kunde – ich hab da mal was gekauft, ja.«

»Was denn?«

»Woher soll ich denn das heute noch wissen?«

»Na schön. Als Sie bei Arntzen kauften – war da auch Sylvia im Geschäft?«

»Welche Sylvia?« Er hatte ein Zehntelsekunde zu spät zurückgefragt, und Christine wechselte zufrieden das Thema. Er wußte also, wer Sylvia war.

Kollege Steinmüller, »Zwerg Nase«, hatte ihr nicht helfen können. Der Spitzname »Doktor« stand nicht in seinen Akten und Dateien, und die Gerüchte über einen großen Finanzier waren immer vage gewesen und geblieben. Es war nicht ausgeschlossen, daß solch eine Person existierte, und mit Steinmüllers Vermittlung hatte sie Kollegen in anderen Städten angerufen und ihr Problem geschildert; überall hatte es große, ungeklärte Brüche gegeben, deren Akten sie ins Archiv geben mußten, aber ein Muster zeichnete sich nicht ab, Namen oder Hinweise auf einen Großen Unbekannten existierten nicht, und Harry Risteck war nach seiner ersten und einzigen Verurteilung nicht wieder aufgefallen. Auch mit dem Namen »Sylvia« hatte Seidel Schiffbruch erlitten.

»Wie war das eigentlich mit den Plänen für den Bunkergang? Ist der Bulle zu Ihnen gekommen, oder haben Sie ihn angesprochen?«

»Wie oft soll ich das noch wiederholen? Ich kannte Herrmann Stier, ja, aber er hat mir nie etwas verkauft.«

Nach zwei Stunden zweifelte sie nicht mehr daran, daß der Sachse und sie dasselbe Spiel trieben, allerdings mit umgekehrten Vorzeichen – sie wollte etwas erfahren, und er wollte herausfinden, wieviel sie wußte. Denn sonst hätte er längst nach einem Anwalt verlangt oder stur jede weitere Aussage verweigert.

»Wovon leben Sie eigentlich?«

»Ich habe Ersparnisse.«

»Das ist löblich. Und wie konnten Sie Ersparnisse machen?«

»Wir befinden uns hier doch in der Mordkommission?«

»Ganz recht«, lächelte Seidel müde, »mit der Steuerfahndung haben wir nichts zu schaffen.«

Nach drei Stunden meldete sich ein pochender Schmerz hinter ihrer Stirn, und sie schaltete den Recorder aus.

»Machen wir Schluß für heute, Herr Risteck.«

»Für heute?« Er hatte sich besser gehalten als sie, und Mackenroth, der gegen den Schlaf ankämpfte, überlegte einen Moment, ob er dem Sachsen heimlich applaudieren oder ihn wegen dieses Tonfalls in den Arsch treten sollte.

»Natürlich, wir werden uns wiedersehen.« Sie kniff sich in die Nasenwurzel und preßte einen Moment die Lider zu. »Bis dahin versuchen Sie, sich zu erinnern, wo Sie in dieser Nacht gewesen sind, Herr Risteck.«

»Meinetwegen.« Er stand schwerfällig auf und streckte sich, um die verkrampften Glieder zu lockern. »Das werde ich tun, das und noch etwas mehr, Frau Seidel.«

»Ja?«

»Ich werde mir einen Anwalt suchen und ihn zu unserem nächsten Gespräch mitbringen.«

»Das ist Ihr gutes Recht.«

»Er wird dann die erste Frage stellen.«

»Ach, meinen Sie?«

»Nämlich, wer diese geheimnisvollen späten Zeugen sind, die mich belasten.«

»Da wird er sich bis zur Anklageschrift gedulden müssen. Vor der er natürlich Akteneinsicht beantragen kann.«

»Auf Wiedersehen.«

Während Mackenroth zusammenräumte, starrte Christine Seidel auf die Kopfschmerztablette, die sich im Wasserglas sprudelnd auflöste, und verabschiedete sich von dem Fall. Sie hatte Sina ein Versprechen gegeben, das sie halten würde, und damit gab es keine Chance mehr, den Mord und den Doppeleinbruch aufzuklären. Bitter, aber kein Beinbruch.

Der Sachse lief vom Polizeipräsidium zu Fuß nach Hause. Irgendwann hörte er den Doktor sticheln: »Na, wie fühlt man sich, wenn einem die Fehler der Vergangenheit begegnen?« Er hätte nie den Bullen in diesem verfluchten Billardkeller aufsuchen dürfen. Na gut, es war passiert, und es war noch einmal gutgegangen, diese müde Schöne aus dem Präsidium hatte keine Beweise gegen ihn in der Hand; sie wußte nicht einmal, wer der Doktor war. Daß der Doktor diesen Widerling von Hagen erschlagen hatte, vermutete der Sachse schon lange; zwar hatte der Doktor nie darüber gesprochen, nicht mit einer einzigen Silbe angedeutet, was damals im Innenhof der Post geschehen war, aber als er sich so beharrlich weigerte, die versprochene Prämie auszuzahlen, und später nie wieder ein Ding organisieren wollte, hatte er sich einiges zusammengereimt. Der Doktor zürnte, weil jemand durch Unvorsichtigkeit oder Schwatzhaftigkeit Louis Hagen auf ihre Spur gesetzt hatte, und er hatte sich aus dem Geschäft zurückgezogen, weil er entgegen seinen Grundsätzen doch Gewalt hatte anwenden müssen, um sein Projekt zu retten. Pech!

Aber ihn, den Sachsen, würde man nicht mehr zu einem Verhör vorladen.

Fünfzehntes Kapitel

Sylvia Buschhaus starb Ende Mai bei einem Verkehrsunfall auf der Fahrt von Montevideo nach Punta del Este. Ein betrunkener Autofahrer verlor in einer Kurve die Gewalt über sein Auto und prallte frontal gegen ihren Mietwagen; sie war sofort tot.

Krimis von Horst Eckert

Bittere Delikatessen

ISBN 3-89425-059-3 DM 16,80

Feinkostkönig Fabian wird niedergestochen; die Bluttat ist für die Medien ein gefundenes Fressen. Kommissar Engel gerät unter Druck - getrieben von Publicitysucht, gefordert vom Chef, angefeindet von Kollegen, angezogen von einer schönen Verdächtigen.

»Ebenso unverzüglich wie unverhofft wird der Leser ... mitten in eine packende Geschichte hineingezogen.« (Weinheimer Nachrichten)

»... durch einen ganz eigenen originellen Blick auf die Ereignisse und Personen schafft Eckert es, den üblichen Krimi-Klischees zu entkommen.« (WAZ)

»Die Zutaten stimmen.« (Emsdettener Volkszeitung)

Annas Erbe

ISBN 3-89425-053-4 DM 16,80

»Eine spannende, geheinisumwitterte Geschichte, worin sich ein Mord vor 25 Jahren mit einem gerade frisch passierten verbindet, ein sympathischer, da mit manchen Macken behafteter Held (junger Oberkommissar), bitterböse Quasi-Enthüllungen über Filz, Korruption und Sittenpolizei, ein bißchen Liebe - und eine gekonnte Schreibe. ... ein vielversprechendes Debüt.« (Überblick)

»... ein harter, düsterer Großstadt-Krimi, packend und stringent erzählt, also: beste Unterhaltung.« (Dresdner)

»Die Spannung hat den richtigen Atem, und auch die Szenen wirken plastisch, fast vertraut.« (Westdeutsche Zeitung)

»Pegasus«-Krimis von Ard & Junge

Das Ekel von Datteln
ISBN 3-89425-426-2 DM 14,80
»Süffige, spannende Lektüre - ein Muß für jeden Krimi-Freund.« (WAZ, Bochum)
»Gründlich ausrecherchiert - darum sehr realitätsnah - ist die Szenerie an den Schauplätzen des kriminellen Geschehens.« (Ruhr-Nachrichten)

Das Ekel schlägt zurück
ISBN 3-89425-010-0 DM 14,80
»Die Rezeptur... stimmt mal wieder: Tempo, Spannung, der milieusichere Blick in die rauhe Herzlichkeit des Revier-Genossen-Filzes.« (Manfred Breuckmann/WDR)
»...freche, vergnügliche Polit-Satire von manchmal sympathischer, manchmal abstoßender Bösartigkeit.« (WAZ)

Die Waffen des Ekels
ISBN 3-89425-021-6 DM 14,80
»Genial springen die Autoren zwischen mehreren Handlungssträngen, spielen mit der deutschen Sprache wie mit Verdachtsmomenten; so entsteht Lesevergnügen vom Feinsten. Unter den deutschen Krimis hat die eklige Trilogie schon jetzt einen Ehrenplatz verdient.« (SCHNÜSS, Bonn)

Meine Niere, deine Niere
ISBN 3-89425-028-3 DM 16,80
PEGASUS, das berühmteste Videoteam zwischen Marten, Oespel und Lütgendortmund, deckt kriminellen Organhandel auf - und natürlich mischt »Ekel« Roggenkemper wieder mit.

Der Witwenschüttler
ISBN 3-89425-044-5 DM 16,80
Doppelmord in Recklinghausen: Die Opfer sind der Umweltminister von NRW und seine Geliebte. Private Rache oder Terror? Und welche Rolle spielt »Das Ekel von Datteln«? PEGASUS recherchiert - zusammen mit dem Star-Reporter von BLUT.

grafit

azekel50696.cdr5

GrafiTäter & GrafiTote

Ard u.a.: Der Mörder kennt die Satzung nicht - Der Mörder würgt den Motor ab - Der Mörder bittet zum Diktat - Der Mörder kommt auf sanften Pfoten - Der Mörder kommt auf Krankenschein - Der Mörder bricht den Wanderstab - Der Mörder packt die Rute aus - Der Mörder schwänzt den Unterricht - Der Mörder zieht die Turnschuh an - Der Mörder bläst die Kerzen aus - Der Mörder ist immer der Gärtner • Die Meute von Hörde • Good bye, Brunhilde • *Leo P. Ard/Michael Illner:* Flotter Dreier - Gemischtes Doppel • *Leo P. Ard/Reinhard Junge:* Der Witwenschüttler - Meine Niere, deine Niere - Die Waffen des Ekels - Das Ekel schlägt zurück - Bonner Roulette • *Dorothee Becker:* Mord verjährt nicht - Der rankende Tod • *Jacques Berndorf:* Eifel-Feuer - Eifel-Schnee - Eifel-Filz - Eifel-Gold - Eifel-Blues • *Horst Bieber:* Kaiserhof • *Horst Eckert:* Bittere Delikatessen - Annas Erbe • *Anatol Feid:* Tote schweigen besser • *Christoph Güsken:* Bis dann, Schnüffler • *Harald Irnberger:* Das Schweigen der Kurschatten - Geil - Stimmbruch - Richtfest • *Andreas Izquierdo:* Das Doppeldings - Der Saumord • *Reinhard Junge/Leo P. Ard:* Das Ekel von Datteln • *Reinhard Junge:* Totes Kreuz - Klassenfahrt • *Jürgen Kehrer:* Bären und Bullen - Spinozas Rache - Schuß und Gegenschuß - Wilsberg und die Wiedertäufer - Kein Fall für Wilsberg - Killer nach Leipzig - Gottesgemüse - In alter Freundschaft - Und die Toten läßt man ruhen • *Agnes Kottmann:* Tote streiken nicht • *Leenders/Bay/Leenders:* Feine Milde - Jenseits von Uedem - Belsazars Ende - Königsschießen • *Fabian Lenk:* Brandaktuell • *Hartwig Liedtke:* Tod auf Rezept - Klinisch tot • *Reiner Nikula:* Laurins Garten - Tödliches Schach - Ein Stückchen Hirn • *Theo Pointner:* Scheinheilige Samariter - Tore, Punkte, Doppelmord • *Werner Schmitz:* Mord in Echt - Nahtlos braun - Dienst nach Vorschuß - Auf Teufel komm raus • *Gabriella Wollenhaupt:* Killt Grappa! - Grappa und der Wolf - Grappa fängt Feuer - Grappa dreht durch - Grappa macht Theater - Grappas Treibjagd - Grappas Versuchung

grafit

0696

Chemnitzer Str. 31, D-44139 Dortmund
Internet http://www.grafit.de
e-mail grafit@knipp.de

Umschlagfoto: Matthias Zölle
Belichtung: Knipp Medien und Kommunikation, Dortmund
Druck und Bindearbeiten: Fuldaer Verlagsanstalt
ISBN 3-89425-068-2
1. 2. 3. 4. 5./98 97 96